EUROPA VERLAG

Mariam Kühsel-Hussaini

# 57

Roman

EUROPA VERLAG

Originalausgabe

Auf welcher Plattform ich stehe, aus welcher Wertewelt ich meine Maßstäbe für Kritik und Lehren nehme: Aus jener übernationalen, an keine Grenzen gebundenen geistigen Welt, die noch immer die besten deutschen Geister angezogen hat und anziehen wird, wenn auch das geographische Preußen verschwunden ist und von allen Freigelassenen über seine Zerstörung hinaus verdammt wird.

Rudolf Diels

Gerade 1957 kam die aggressive Komponente in Adenauers Wesen auf beinahe exemplarische Weise zum Vorschein.

Daniel Koerfer

Das größte Problem in der Geschichte der Menschheit ist, dass die Leute, die die Wahrheit kennen, den Mund nicht aufmachen und diejenigen, die von nichts eine Ahnung haben, bekommt man einfach nicht zum Schweigen.

Dieter Hallervorden

Es gibt einen amerikanischen Ausdruck, in dem Entdeckung, Vergeltung, Folterung, Tod, Ewigkeit auf eine einzigartig abstoßende Formel gebracht sind: this is it.

Vladimir Nabokov

# 1949 : Exposition

# 1

Deutschland.
Es ist aus. Zum Vorschein kommt Stille. Eine Stille, die sich durch die untoten Schädellöcher stehen gebliebener Fassaden zieht, die farblos herumstehen, als könne ein letzter Hauch vertrockneter Lippen sie fortwehen.

Ein Mann in seinem Regenmantel betritt das Dürer-Haus in Nürnberg. Er hat eine leichte Reisetasche bei sich. Im unteren Bereich des Gebäudes sind noch Rechtecke offen, Teile des Baus werden von Stangen wie ein zertrümmertes Bein aufrechterhalten. Hart ist es innen, ein gestorbenes Kinderlachen kichert aus dem Dreck der Steine.

„Fast wieder aufgebaut“, taucht eine zitternde Stimme auf, ein abgemagerter alter Herr, der sehr jung ist.

„Ich sehe es“, stimmt der große, schlanke Schwarzhaarige im Mantel mit ein.

„Draußen wartet ein Ami. Wartet der auf Sie?“ „Ja“, sagt der Dunkle. „Kurz nach dem Krieg schien es mir, als könnte dieses Haus nie mehr … es jetzt so zu sehen verblüfft mich.“ – Er geht prüfend herum, als wäre er allein. „Was ist das für ein Buch, das Sie da in Händen halten?“, fragt er dann.

„Das hier?“, und der Nürnberger betrachtet es. „Ach, dies Büchlein hat meiner Frau gehört, es hat, wie ein Wunder, alles überstanden, nicht einen Kratzer abbekommen. Es ist eine kleine, alte Ausgabe von Dürers Briefen, Tagebuchgedanken und so was. Gut lesbar, weil aus seinem unmöglichen Fränkisch übertragen. Das haben wir hier immer verkauft, also meine Frau, ihretwegen zog ich ja erst nach Nürnberg. Das Letzte, was ich von ihr sah, war ihr brennendes Gesicht, ihre brennenden Hände. Sie lebte noch – ihr Körper lebte –, aber ihr Gesicht und ihre Hände wurden vor meinen Augen so … so wie von innen durchschwelt und so stand sie vor mir. Über uns, der pfeifende Himmel, übersät, mit den schmutzigen Streifen der Engländer, die flogen so seltsam … so wie Fische, die unaufhörlich ihren Laich werfen, Kilometer für Kilometer für Kilometer, immer und immer wieder fielen ihre Bombenschwärme nieder. Sie hatte schon Wochen nicht mehr geschlafen. Unser Haus am Ende der Straße schwankte wie ein Schiff, eins gegenüber sprang gleich entzwei, alles brannte, die ganze Stadt brannte, die ist ja fast nur aus Holz, verstehen Sie? Hab schon längst Großschadensfall angemeldet, nur die Toten, die kann man schlecht … – Auch einen Freund fand ich unter den Trümmern, er war mit anderen verschmolzen, klebrige Ascheteile waren das, die manchmal zerbröselten, wenn man sie berührte. Was ich fand von ihm, löste ich und legte es in einen Eimer, ich erkannte ihn an seinem Ring, eine sehr wertvolle Goldschmiedearbeit, der grüne Stein war weg. Ich rieche das immerzu noch, Leiche, Leiche, Leiche. Herrgott, was gäb' ich jetzt für ein Parfum!", lacht er bleich.

„Dann habe ich einen Vorschlag", sagt der Schwarzhaarige im Mantel und öffnet sein Gepäck. Er holt zwischen seinen Hemden ein halb verbrauchtes, smaragdgrünes Fläschchen hervor und reicht es dem Anderen. „Wir tauschen. Mein Parfum gegen Ihr Buch."

„Wie Karnickelschießen."

US-Tiefflieger P-51 Mustang gegen ostfränkisches Dorf.

♦ ♦ ♦

## 2

Wohin?
Von Nürnberg nach Hannover ist es nicht weit, kein Katzensprung, aber auch keine Weltreise. Es sei denn, auf dieser Fahrt liegt die Welt selbst verborgen. Es sei denn, man fährt zwischen ihre Haut ein. Dann pellt sich die milde Regenluft Abendsekunde für Abendsekunde, und unter den Dunkelheiten beginnen alle Erinnerungen zu leuchten, mit einem Mal.

Auf dem Wagen stand U. S. A. Er ließ sich von dem Amerikaner fahren und war dankbar für die Sprachlosigkeit. Nichts war so wohltuend wie dieses Schweigen nach all den Stimmen im Justizpalast in Nürnberg, die sich in ihm wie betäubende Gewitter nachritzten.

Er lehnte seinen Kopf gegen die Scheibe, eine Strähne des schwarzen Haares streifte das Glas wie ein verlorenes Seidenband. Selten verließ eine Strähne den sorgfältig nach hinten gekämmten Haarhelm, doch einmal hatte sie es gewagt, sich von seiner Stirn zu lösen und verspielt zu pendeln, das war, als er vor einigen Jahren vom geglückten Attentat auf Heydrich gehört hatte.

Was für ein unbegreifliches Fest war das gewesen, Geschenk aller zärtlichsten, aller schrecklichsten Sterne! Reinhard Heydrich, der oberste Schlächter in der Gestapozentrale, die Folterbestie, der Herrscher über Prag, wo er Böhmen-Mähren sein Eigen nannte, der Lederkampfhund, die Violine Himmlers, die Signatur der Vernichtung, der oberste Sachbearbeiter des Mordens – im offenen, gigantischen Mercedes auf dem Weg von seinem Landgut zur Burg angegriffen, unflickbar außer Gefecht gesetzt: eine Atem raubende, berauschende, prachtvolle Momentaufnahme dieser Welt. Ja, der Schwarzhaarige lutschte diese Erinnerung wie den köstlichsten Granatapfelsamen auf der Zunge weich. Er hatte von der Ermordung Heydrichs gehört, als er selbst in Agram war. Die Nachricht schlug bei ihm ein wie Goldstaubhagel, als hätte ein Komet seinen Schweif einem Gürtel gleich um ihn herum aufgewirbelt. Aus dem Kofferraum des Wagens – mit der SS konnte man in Schnaps verhandeln – nahm er sich eine Flasche, setzte an und ließ dem Prickeln in der Kehle seinen vollen Lauf. Dann umarmte er die herumstehenden Kroaten, jeden einzeln, und reichte jedem einen großen Schluck. Er schrie und jubelte und lachte so ergeben und so begeistert, und die Sonne, die traf mit ihrer ganzen heilenden Schärfe bis in seine heiseren Narben hinein, die schwitzend glitzerten.

Auch jetzt noch, wie eine Murmel zwischen den zerschnittenen Landschaften Deutschlands kullernd, empfand er so viel grenzenlose Dankbarkeit dafür, jetzt und hier, mit dem unbekannten Buch auf dem Schoß. Überallhin hatte ihn das Schicksal seit dem Verlassen und Zurücklassen der Gestapo geführt, und schließlich war das Schicksal nichts anderes als eine Karte, die den Verstand verloren hatte.

Vor Kriegsende hatte er in seiner Berliner Wohnung diejenigen zusammengerufen, mit denen er schon ’33 vertrauensvoll war: Staatsanwalt Joël. Der war aus hartem, aus feinem Holz. Aber auch solche, von denen er sich versprach und erhoffte, die Lehren des Augenblicks doch noch gewonnen zu haben, wie den ehemaligen SA-Obergruppenführer Helldorf. Vier der Anwesenden wurden jedenfalls später als Mitverschwörer des 20. Juli hingerichtet, darunter Oberregierungsrat Hans von Dohnanyi.

Der Schwarzhaarige selbst hatte bei unzähligen Begegnungen im engen und entfernten Bekanntenkreis eine Spur der ungeschütztesten Aufforderung zum Einschreiten in das staatliche Unwesen hinterlassen, es war heikel geworden, sich mit ihm abzugeben, wenn er in züngelnden Konturen seinem Hass gegenüber dem Machttumor der SS jeden Ausdruck verlieh. Das hatte er in Hannover vor benachbarten Bauern getan, wo er einen Hof besaß, und das hatte er in Berlin getan, wo er eine Wohnung hatte. Und so kehrte er schließlich, nach mehreren absichtlich unvorsichtigen Ausbrüchen vor versammelter Gesellschaft, festgenommen in Berlin, in die Prinz-Albrecht-Straße zurück, dahin, wo er einst der erste Chef der Geheimpolizei Hitlers geworden war – nun selbst eingesperrt –, Himmler hatte sich Zeit lassen wollen mit einem Urteil für den schon so lang verachteten Defätisten. Göring aber forderte die Freilassung unter der Bedingung, der Befleckte möge sich dafür wieder von Görings Cousine scheiden lassen; dagegen hatte der große Dunkle nicht das Geringste einzuwenden, im Gegenteil, von der Ilse wollte er ohnehin weg.

Im Keller der Gestapo war noch einer der „Alten", der früheren Polizeibeamten, in seine Zelle gekommen, hatte ihm Mut zugesprochen und gefragt, warum er denn damals nicht geblieben sei. Wären sie doch geblieben! Die einziehenden Russen erhängten den klagenden Herrn als einen der Ersten, während der ehemalige erste Chef der Geheimpolizei in eine Strafkompanie kam, hinaus, in die immerfort zerspringende Stadt Berlin, die von der Royal Air Force und den United States Army Air Forces attackiert wurde.

Das alte Gestein der Gebäude sammelte die Hitze und durchglühte alles, überall bildeten sich Gase, jedes Spielzeug, jeder Puppenkopf lösten Gift aus. Die Häuser selbst wurden zu sich ausbreitenden Gefängnissen der Erstickung. Gefäße in Gehirn und Lunge rissen auf und verbluteten, den Menschen quoll Schaum aus Nase und Mund. Und es war heiß und es war kalt, heiß war es und kalt zugleich.

Wieder auf freiem Fuß, hatte er auf dem Weg ins Adlon, durch die Sichtgläser seiner Luftschutzmaske – langsam ins lange Ventil hineinatmend, wie in die zeitgestreckte, marsartige Sphäre zwischen Film noir und Verderben – einen Elefanten erblickt, der aus dem zerklüfteten Berliner Zoo geflohen war. Die Häuser ringsum waren von oben aufgebrochen, Fliegerangriffe rammten sich wie Haie durch die Stadt, und überall verteilt bildeten sich einzelne Brände und ketteten sich aneinander.

Ein Zeitzünder erfasst das Tier, der Elefant zeichnete sich aus seinen flammend strömenden Schemen hervor, brennend am ganzen Leib, über die Straße stürmend, wie wahnsinnig. Die feinfühligen Falten seiner Haut zwickten im Phosphorregen dampfend auf, er strahlte weißrot wie durchsichtiges Blut, mit dem Rüssel in weiten Sirenenschreien um sich greifend. Seine riesigen Stoßzähne leuchteten zwei gondelscharf geschnittenen Lampen gleich in eine heulend einstürzende Berliner Nacht hinein.

Im Luftschutzkeller des Hotels traf er auf manche Künstler und Politiker, die sich dort eingefunden hatten, Riefenstahl war auch da. Er erzählte allen von seiner Verhaftung, und oben, oben stand die Geschichte in Flammen.

– Der Amerikaner vorne am Steuer hatte das Ziel fast erreicht. Rudolf Diels schlug wenige Meter vor seinem Hof das Buch auf. In mancher Kriegsnacht war es so hell gewesen, dass man hätte die Zeitung lesen können – jetzt sah er nur die leicht schummrige Seite vor sich, … *ich bitte Euer Ehrwürden, wenn sich mein gnädigster Herr der Schuld mit den Hirschgeweihen entsinnen will, damit ich ein paar schöne Hörner bekomme, denn ich will zwei Leuchter daraus machen. Euer williger Albrecht Dürer zu Nürnberg.*

Wirf noch einen Packen Flugblätter in die Bomben!
Wenn alles, Mensch und Splitter
Mörder und Ritter
Durch die Luft stürzen
Wirf sie eben dann wie weiße Tauben raus!
Mitten in den Lärm
Mitten ins Gedärm!

## 3

Zerstörung.
Es war, als hätte die Geschichte sich selbst verseucht und als wären alle kommenden Zeitalter verdammt. Als hätte man jemanden wirklich geliebt und wäre verlassen worden. Nur, dass dieser Jemand Deutschland war. Man wollte die Liebe zurück, die überhebliche Verliebtheit, die Erregung, die Versprechen. Man wollte in jeden anderen rein, so hungrig nach Nähe, so vertraut mit der Angst. 1949, diese Zahl war gar nicht da, die Leere war da und die überschlug sich mit Stummheit und Vorwurf zu einem großen Zittern. Städte, deren aberwitzig geschraubter Wuchs aus mittelalterlicher Zeit – Türme wie eingebildete Taillen, Giebel wie unbeherrschte Kronen, Maurermeisterschaften einer zu Stein verwandelten, einschüchternden Leichtigkeit – jetzt in Aufschüttungen aus zerstoßenem Leben seitlich von den Straßen weggeräumt war, im steinernen Atempulver und im letzten massiven Geröll einer in ihrer tiefen Alchemie, in ihrer Bewunderung für den Menschen, in ihrer Unwiderstehlichkeit unwiederholbaren Architektur.

Und doch, an einem jeden neuen Tag – nur sehr wenig, nur eine Nadelspitze mehr – schien sich diese Verzweiflung auflösen zu wollen, wie ein sanfter Faden, der irgendwo aufwacht, zwischen der zusammengekehrten Geschichte loszufliegen beginnt und viele Gesichter hat.

Die Frau, in deren Haar noch immer ein Foxtrott tollt. Vielleicht ist sie ergraut, vielleicht ist sie verrückt, vielleicht ein klein wenig entsetzt um die Augenhöhlen herum und aus Vitaminmangel eigentlich nicht mehr wiederzuerkennen, doch wenn sie Butter gegen Puder oder Lippenstift oder ein Paar weiße Socken zu tauschen weiß, dann hängt sie an diesen Dingen wie an den Schätzen einer Pharaonin. Die Kinder, die noch da sind, sind Greise jetzt, aber sie sind einem geblieben. Da sind auch noch Männer, ihre Zahl ist geschrumpft, doch ein heiler Mantel oder ein Seidenschal ist eine begehrenswerte Sache, ein Hut dazu lässt sie auf den Punkt auftreten, man trägt alles Schöne, was man retten konnte, auf einmal spazieren, zwischen Trockenblut-Altstadt-Resten gehen sie aufrecht und knochig über eine ihrer Straßen, die einst bis ans Ende der Welt geführt hatten, in deren Wortlosigkeit sie sich jetzt verlaufen.

Die entfernten Landstriche, die weiten Ellipsen einer namenlosen Geografie, in die Väter heimkehren, von Weitem, einem unsicheren Strich ähnlich, lange uneindeutig im Gang, näher kommend und erkennbarer dann mit jeder Minute, die ins Herz einsticht, grausam und groß.

Das Herz konnte nicht aufhören. Es wäre doch aber die erwartete Folge gewesen, die Folge dieses bedrohlich gemeinsam begangenen Selbstmordes. Die Reaktion auf die Hölle, auf das verursachte Meer an Tränen und Grauen, auf den süßlichen Rauch, der noch in den deutschen Sommerkleidern steckte, die nicht weit von Krematorien quirlig an langen Wäscheleinen den Wind zum Tanz aufgefordert hatten.

Sie, die Menschen in diesem Land, konnten doch nicht allein schuld sein. Auch eben jener Wind war schuld und musste schuld gewesen sein und jeder Sonnenstrahl, der in den offen stehenden, leichenstarren Mund eines vergasten jüdischen Kindes hineingestrahlt hatte. Das Perlmuttzwitschern der kleinen, bunt hin und her hopsenden Vögel am Morgen, in dem überhaupt das ganze Böse und die scheußliche Verlogenheit des Lebens mitsingen, war schuldig geworden. Schuld war ebenso die Armbanduhr am Handgelenk, der samtene Kinositz, die sehnsüchtig langgewellten Halme auf der Frühherbstwiese, die Tafel in der Schule, die Straße, der Strand, die Grenze zur Welt.

Manchmal, in den Stunden gaffender Erinnerung, tauchten alle Farben des Krieges wieder vor einem auf. Die Bluthimmel des Bombenkrieges der Amerikaner und Engländer, nicht irgendwo über einem abgelegenen Schlachtfeld, sondern mitten in den deutschen Städten, über die sich das Vesuvrot der brüllenden Nächte wölbte, die zuletzt auch ganz Tag geworden waren. Rot ohne Zeit, wie in einer unbekannten Kammer der Erfindungen erzeugt und in die Wirklichkeit gezwungen.

Das gewittrig glimmende Dunkelrot zerstochener Wolken, Rot wie über einem abschreckenden biblischen Gleichnis, ein thermalsprudelndes Altdorfer-Rotblau, das echt war, tödlich und magisch. Wenn es auf Aufbauten oder auf menschliche Haut traf, dann begann es zu zaubern, ganz im Fieber losgelassen, begann es grauenvolle Vorstellungen zu geben, und alle gebärdeten sich merkwürdig oder verkrampften mit verhärtenden Händen. Das selbstglühend chemische Blaugrün hochweit oben, voller Himmelszeichen, die einfach auf die Menschen niederfielen wie Schwefelgoldäste, bis alles und alle in einem satanischen Marmor zerflossen. Die wie mit Diamant besetzten, wie Quallen emporspritzenden Phosphorbomben, mit ihren sich selbst immer und immerfort entflammenden, neblig ineinanderspringenden Bernsteinfunken. Hexen konnte Phosphor! Er konnte in Strömen niederfluten, er konnte einen überspülen, und dann genügte ein Kuss der bloßen Luft und der Arm fing von selbst alle Feuer in sich ein und brannte. Und man staunte über das gläserne, regenbogenschimmernd gelockte Dekor aus Gedärm, das irgendwem gehörte, der selbst nicht mehr da war. Wie ein riesiger futuristischer Blauer Neon zog sich der Streifen zwischen Leben und Tod als leuchtender Schatten über einen dahin, zeppelinartig, halb Raumschiff, halb Zeitlupe, und dreckig verätzender Silberregen versprühte krächzendes Geschrei. Hindenburglichter wie Feuertränen über die schwankenden Böden der Luftschutzkeller verteilt und übermeilenweit die sich die ganze Zeit reinnagelnden Bomben, das hämmernde Dribbeln eines todesgöttlichen Doppelsteppstichs.

– Diels erwachte. Es musste zwischen drei und vier Uhr in der Früh gewesen sein. Sein Hof Twenge schlief. Er fühlte durchs offene Fenster die dunkelgrüne Luft, ersehnte schon die kommenden Champignons in ihren Anzuchtkisten, den Kohl, den er liebte, und Obst, er würde endlich Obst anbauen, eine alte Sorte würde er züchten. Ein Plattenspieler musste auch wieder her, überhaupt Musik, Sekt und … und Frauen … in Seide und hochhackigen Schuhen über die Wiesen kreischend.

Der Vorhang wehte. Jetzt wurde der Regen heftiger, schwerer, weiter. Er genoss das, dieses Ausströmen. Regen ohne Stürme, ohne Blitze. Nur Regen. Es roch vertraut, darin lag alles.

Sein Körper brannte wie von innen, wie immer um diese Zeit. Sein Herz schlug so stark, dass er glaubte, jemand nähere sich ihm schmetternden Schrittes, dabei war es sein eigener Puls, der in der Matratze, an den Wänden und dunklen Streben, durch das Holz zu ihm kam. Er zog sich den Dürer aufs Kissen, knipste die Nachtleuchte an, die mit ihrem weiten, cremefarbenen Lackschirm ihre Lichtzunge über die Buchseite warf,

*… von Kreuzen, die vom Himmel fielen – das größte Wunderding, das ich all' mein Tage gesehen habe, ist im Jahre 1503 geschehen, wo auf viele Leute Kreuze gefallen sind, insbesondere mehr auf die Kinder, als auf andere Leute. Auch habe ich einen Kometen am Himmel gesehen.*

Ein Mann kommt auf mich zu
Einen Koffer in jeder Hand
Aufrecht, leer
Wer
Bist du?

## 4

Kraft.
Hannover hatte Kraft, eine stabile und intelligente Kraft, fast schon einen wunderbaren Trotz. Genau das lag auch in dem sehr jungen Rudolf Augstein. Er öffnete die Tür in kurzen Hosen, Diels trat ein.

Augstein führte ihn über einen kleinen Flur. „Das Hochhaus kann durchaus beengend sein, Herr Diels. Dies hier sind private Räume meiner Familie, mein Bruder und ich nutzen sie des Öfteren mal, sie kennen ihn ja", sagte er. „Kenne, und schätze ihn", sagte Diels, im einfachen weißen Hemd und dunkelblauer Leinenhose. „Bester Jurist. Vielversprechend."

„Der Vielversprechende aus unserer Familie, der bin nun allerdings *ich*!", entgegnete Augstein und setzte sich ihm schmunzelnd in den elegant abgenutzten Klubsessel gegenüber. „Sollte ich selbst einmal Rechtsbeistand benötigen, würde ich dann gerne Carl Schmitt bemühen."

„Seine Einzelhaft in Nürnberg, eine Schande", entgegnete Diels. „Er stand sie wohl nur durch, indem er sich vorstellte, das Ganze als Fall von seinen besten Studenten lösen zu lassen."

„Die Aufgabe", meinte Augstein, „mochte wohl ungefähr so geheißen haben: *Was hat der eingedrungene Fremdkörper nunmehr mit unserem Lande vor? Arbeiten Sie drei mögliche Szenarien durch.* Den Amerikanern muss er ja wie dunkle Magie vorkommen."

Augstein war 1949 schöner als jemals Schostakowitsch! Sein feines, hell durchspültes Haar war nass von dem prinzenhaften Gesicht weggekämmt. Seine warmen Augen ruhten oder rotierten geheimnisvoll in seinem geschärften Blickrahmen, sie schwangen weg oder durchbrachen einen. Es war Hannover, aber es hatte was von Amalfi, wenn er mit seiner Sommerhaut und übergeschlagenen Beinen in seinen Pastellfarben vor einem saß. Seine entschlossenen Hände lagen bewegungslos lässig auf den Lehnen des Sessels oder auf seinem Bein, als würde ein tausendarmiger, unsichtbar über ihm schwebender Apparat gleichzeitig sein Hirn für ihn durchsuchen, auf dass er sich selbst nicht zu sehr traue. Er besaß eine wilde, zarte Aura.

„Jede Form von geistiger Auseinandersetzung ist für Amerikaner dunkle Magie“, sagte Diels. „In ihrer hysterischen Umerziehung ist Schmitt das Letzte, was sie gebrauchen können. Sie isolierten ihn, weil sie fürchteten, er könne Scharen von Deutschen anziehen. Dabei war es kurz nach dem Krieg doch ein amerikanischer Besatzungsgeneral, der rund dreihunderttausend Menschen als politische Gefangene in seinen süddeutschen Lagern festhielt. Absurd, nicht?“

„Absurd und teuer für uns“, sagte Augstein. „Aber stellen sie sich vor, Herr Diels, meine Mitarbeiterin, sie sehen sie dort am Tisch neben meiner Gattin Lore arbeiten, konnte ein paar Kalorien beschaffen. Da wären gefüllte Pfannkuchen, allerhand Kaffee-Ersatz und Zigaretten, bedienen Sie sich. Später könnte es sogar noch etwas Feierliches zu trinken geben. Literweise hätte ich noch Deinhard-Cabinet im Angebot, der uns wöchentlich ereilt, aber wie gesagt, warten wir lieber auf das feine Zeug! Sie sind nicht böse, wenn wir hier nicht zu zweit sitzen, sondern uns die bescheidene Schar des *Spiegels* umgibt, nicht wahr, lieber Herr Diels?“

„Kein bisschen. Und auch ich bin nicht mit leeren Händen gekommen.“ Diels reichte ihm ein winziges Päckchen.

„Also Herr Diels, wenn Sie glauben, ich bräuchte mal wieder ein Geschenk, um mich so richtig gut zu fühlen, dann haben Sie durchaus zutreffend geraten!“ –

Augstein entfaltete es lächelnd und fand darin einen Johann-Faber-Anspitzer aus Messing mit frisch eingesetztem Messer.

„Für die Wahrheit“, sagte Diels.

Augstein zog einen Bleistift aus der Brusttasche seines kurzärmligen Hemdes, die Spitze leicht abgeflacht. „Den brauche ich, wie sie unschwer erkennen können, ja nun dringend, und die Wahrheit, wie sie sagen, die muss noch dringlicher erforscht werden, auch und gerade mit Ihnen, mit Ihrem Auge, das ja diesen unerhörten Einblick besitzt. Sie haben das Innere des Dritten Reichs mit entstehen sehen, Sie haben die Nürnberger Prozesse erlebt, beides hautnah – natürlich will ich diesen Blick festhalten, denn die Wirklichkeit um mich herum, löst sich gerade gewissermaßen in eine, nun ich will nicht sagen einzige, so aber doch sehr amerikanische ... –"

„In eine amerikanische Scheinwirklichkeit auf", beendete Diels den Satz.

„Ich würde sogar sagen, in eine Scheinsouveränität", bemerkte Augstein, seine Stimme klang klar und fest in ihrem angenehm matten Staccato. „Und ich komme nicht umhin, diesen Schein also als trügerisch zu charakterisieren."

„Ich habe das alles gesehen, ja. Das Dritte Reich und seine Liquidierung, befand mich in Gestapohaft von Himmlers Polizei und kenne die verhangenen Zimmer der Nürnberger Prozesse. Das klingt jetzt vielleicht etwas salopp, aber ich geriet von dem einen ins andere, und wenn Sie mich heute fragen, wie, dann weiß ich es nicht.

Durch meine Vorbildung natürlich, durch meine Kenntnisse, und doch wurde mir eben das immer wieder zum Verhängnis." Diels hauchte den Rauch seiner Zigarette weit ins Zimmer, an einem größeren Tisch saßen drei Frauen und ein Mann über verschiedenen Inseln von Texten und Bildern, sahen kaum auf, vom Fenster her spielte Nachmittagslicht herein.

„Sie haben unseren ja nunmehr verflogenen Staat richtiggehend in Händen gehalten, den preußischen Geiste der Verwaltung immer verteidigt", fing Augstein wieder an.

„Da die Alexander und Napoleone unserer Zeit gottlose Massenmenschen sind, ist das Studium der deutschen Verwaltungsorganisation auch tatsächlich das erste, was ich jedem empfehle, der zu mir kommt. Guter Wille allein reicht nicht, Betulichkeit ist sehr gefährlich." Diels winkelte seinen Arm an der Lehne des Sessels an. So saß er am liebsten.

Augstein betrachtete die feinen Strukturen im Diels-Gesicht, die Schnitte auf der Haut, dunkle Flüster-Flüsse in einer sanften Landschaft. „Der Spiegel ist ein Exponent gegen diese Betulichkeit, überhaupt deshalb bin ich hier. Wenn, dann kann Ihre Arbeit die Wahrheit ergründen", sagte Diels. „Es sind zu viele auf den Plan getreten, die das verderben wollen."

„Nicht selten mit Widerstandslorbeer geschmückt", warf Augstein ein.

„Vergoldet gleich jedes einzelne Blatt", sagte Diels, „es genügt, ein Denunziant zu sein, die Amerikaner lieben so was."

„Unsere preußische Verwaltungsorganisation", fragte Augstein, „ist das der Komplex der Amerikaner?"

„Wilson begann doch kaum eine Schrift ohne Verherrlichung Preußens. Das ist es, was Roosevelt eigentlich ‚ausrotten' wollte, das Deutsche schlechthin und möglichst endgültig. Die deutsche Kultur, wenn Sie so wollen, die für ihn ja ihrem Wesen nach schon militaristisch ist. Ich darf doch ganz ungeschützt zu Ihnen sprechen, Herr Augstein? Der Nürnberger Gerichtssaal wurde wie das größte Bühnenbild hergerichtet, von jeder Art Naziverbrecher gab es ein besonderes Exemplar, das, stellvertretend für jeden einzelnen Deutschen, dasaß, und Kameras in Form von Riesenschlangen flogen über die Köpfe hinweg, wie in einem der Studios von Hollywood. Ein guter Deutscher, wollten die Amerikaner dann klarmachen, könne nur ein Antideutscher sein, und selbst der Edelstein in unserer humanistischen Kultur sei einst nur darauf spitzgeschliffen worden, einmal die Juden zu vernichten, wir hätten doch alle in unseren feuchtesten Träumen immer nur einen Himmler ersehnt, Deutschland, ein einziger grinsender Totenkopfverband, ein SS-Volk von vornherein. Dass der missbrauchte preußische Staatsgeist eine sittliche Ordnung ist – mal liberaler, mal konservativer – eine höhere, organische Form, das wissen die zwar, das haben sie in Harvard gelernt, wo man zuweilen sogar Descartes zu entziffern fähig ist, aber da Gerechtigkeit nur *amerikanisch* sein kann, nutzten sie die ‚Gunst' der Stunde in Nürnberg, nahmen sie auch gern einen Hitler als ‚Anlass', das Deutsche ein für alle Mal zu kastrieren." Diels brach direkt mit seinen amethystfarbenen Augen in Augsteins aufmerksame, punktgenaue, dunkle Peridotlinsen ein: „Hitler hat Preußen schwer beschädigt, die Amerikaner haben Preußen *beendet*."

„An den deutschen Eliten stören sie sich ja nun auch gewaltig, die Bringer der Freiheit", sagte Augstein.

„Ja", sagte Diels. „Da haben sich die Briten und Amerikaner bereits kurz nach Kriegsende in deutschen Gefangenenlagern reich bedient, an solchen Zu-kurz-Gekommenen, die sich sowieso schon vor und seit '33 an diversen Offizieren, am Bürgertum, an der Wirtschaft oder an der Industrie abreagieren wollten."

„Sogar die *grand tour*, ließ ich mir erst kürzlich sagen, hat einen ganz neuen Impetus. So bereisen Amerikaner nicht mehr die ehrwürdigen Ruinen der alteuropäischen Geschichte, sondern die Kriegstrümmer Berlins", erzählte Augstein.

„Nicht entgangen ist Ihnen dann aber auch der Spruch, *besitzt du Berlin, besitzt du Deutschland*", entgegnete Diels.

Augstein schmunzelte. „*Hatte* man Sie in Nürnberg?"

„Ich war weitestgehend frei", begann Diels. „Ich hab mich gestellt, wurde interniert, dann als Zeuge befragt, schließlich begann der Hauptprozess gegen die Hauptangeklagten, den ich beobachtet habe. Ich hielt mich in Nürnberg und Umgebung auf. Verreisen konnte ich immer nur bedingt. Die Asche der Erhängten ist in alle Winde ausgestreut worden, es folgten die *subsequent proceedings*.

'47 war ich viel zugegen und dann auch offiziell als Zeuge entlassen, aber bis vor Kurzem immer wieder dort gewesen. Zum

Kreuzverhör kam es in Sachen *I.G. Farben*. Es ging um Vergasungen, ich sagte aus, dass diese dem Kopf des Unternehmens hätten nicht unbemerkt bleiben können, wobei dieser, meines Wissens, aber nicht in Vergasungen involviert war. Er kam einmal '33 zu mir in die Prinz-Albrecht-Straße, bot mir an, die Gestapo mit Informationen aus dem Ausland zu versorgen, er bastelte an so etwas wie einem Nachrichtendienst. Sein Angebot erschien mir eigen, ich dankte ihm, und das war's auch schon. Ich erinnere mich noch, ich lächelte höflich und verwundert. Er wollte mich aber auch einfach kennenlernen, das muss man ebenfalls sehen, so war das damals. Wir sprachen eine halbe Stunde und fertig."

„Nach Ihrem Weggang von der politischen Polizei, hat er es da noch mal bei Ihren Nachfolgern versucht, mit seinem Angebot?", fragte Augstein.

„Das weiß ich nicht, kann ich Ihnen nicht sagen, keine Ahnung. Jedenfalls hatte ich beim I.G.-Prozess keinen Anlass, ihn hammerhart zu belasten, auch wenn das die Engländer gerne von mir wollten."

„*Well done*!", sagte Augstein.

„Nur *fair-play*", winkte Diels ab und legte den Kopf zurück, als schaue er den Wolken an der Decke nach. „Wie mich das alles noch anwidert."

„Aber Herr Diels, ich bitte um Pardon, schließlich geht es hier um nichts Geringeres als das *come-back* Deutschlands!", rief Augstein verschmitzt.

„Hören Sie gefälligst auf, mich mit Ihren Fragen zu *screenen*, werter Herr Journalist!", lachte Diels.

Augstein bat: „Seien sie nachsichtig, ich bin doch gerade so im *drive*!"

Privat

In Auschwitz wurde viel gelacht
Wenn das Personal die Kanister entfacht,
Dann wurde Sonne getankt
Wurden Locken gewickelt
Und der Höcker knipste ganze Alben
Mengele inmitten
Trällernd und mit Witzen
Ganz feucht wurden die SS-Helferinnen dann in ihren Schlitzen.

## 5

Luftholen.

„Wie geht es denn eigentlich Ihrer Lunge?“, fragte Augstein und erhob sich, als es an der Tür klopfte.

„Es geht mir sehr gut, seit meinem Aufenthalt im Schwarzwald zur Behandlung bei einem Freund, seitdem bin ich wiederhergestellt. Er wollte mich früher schon mehrfach vor der Gestapo retten, wollte mich sogar einmal – das war kurz vorm Ende des Krieges – in einer Schweizer Irrenanstalt verstecken!“ Diels zog sich noch eine Zigarette aus der Schachtel. „Als ich interniert war, kam das Lungenleiden kurzzeitig zurück. In meinen Dreißigern war auch einmal der Kiefer entzündet, ich habe das alles etwas schleifen lassen. Ist kein Zuckerschlecken.“

Augstein kam mit einer jungen Frau wieder ins Zimmer zurück. „Wie versprochen, die besseren Getränke sind eingetroffen, Herr Diels. Dieser Cognac hier ist geradezu hinreißend!“ Augstein stellte zwei Flaschen auf den Tisch, die Frau blieb mitten im Raum stehen. Sie trug eine weite Hose, den viel zu großen Bund mit einem wie zu einem Bootsseil gezwirbelten Tuch an der Hüfte zusammengeschnürt. Ihr kurzes, haselnussbraunes Haar lockte sich über der Stirn.

Diels wollte weiterplaudern, aber die Zigarette steckte noch zwischen seinen Lippen und er sah sie nur an. Ihre grauen Augen waren weich, aber auch grenzenlos zerstört. Die dunkle Bluse erinnerte an die Dreißiger und war an den Armen hochgekrempelt. Ihre Haut besaß so etwas Nasses neben dem rauen Haar.

„Herr Diels, diese Dame nun meint, ich müsste sie beide nicht mehr miteinander bekanntmachen – mir sehr recht so.“ Augstein suchte Gläser zusammen.

Diels erhob sich, trat auf sie zu, dachte nach. Seine länglichen Augen visierten sie an.

Sie zog die Zigarette aus seinem Mund und zündete sie sich

selbst an. „Du kommst nicht drauf? Der Krieg hat uns eben alle älter gemacht. Dünn bist du geworden."

„Die, von der ich glaube, dass du sie bist ... nein, niemals. Die wäre dann jetzt –".

„Sechsundzwanzig", sagte sie.

Augstein setzte sich wieder und gab ihr zu verstehen, dass sie sich durchaus entfernen dürfe. Sie ging an den Tisch zu den anderen und begann, die Bleistifte anzuspitzen. Dabei rauchte sie abwechselnd, blickte dann jedes Mal, wenn sie einen Zug nahm, seitlich hinter Augstein zu Diels herüber, sodass seine Augen vorsichtig und gekonnt zwischen Augsteins alles mitbekommenden und ihren stolz beobachtenden wanderten.

„Die Menschen wollen verstehen. Sie wollen verstehen, eh diese Chance sozusagen abhandenkommt. Lassen Sie uns alle Spiegel aufstellen, die wir haben", begann Augstein entspannt und schenkte ein. „Unsere ersten, unsere letzten Spiegel.

Zerbrochene, neue, alte. Alles, was wir gesehen haben, was wir erleben mussten, was wir wussten und nicht wussten, alles das, was wir sind. Fügen wir uns in allen unseren Taten, in unserer – wenn Sie so wollen – Unvernunft, zu einem Bilde zusammen. Das muss einmal kommen und wenn, dann muss es von uns kommen, von uns selbst, von uns allein. Persönliche Erkenntnis reinigt."

„Ihr Blatt könnte jetzt alleiniger Träger einer solch unverfälschten deutschen Innenschau werden. Die echte Meinung der Menschen ist nämlich eine ganz andere als die öffentliche. Die echte Meinung ist wie eine geheime Macht", sagte Diels.

Rechts von Augsteins Schläfe studierte die Bleistiftanspitzerin Diels, ihr Mundwinkel spielte mit einem Lächeln, das sie dann wieder hastig wie einen Tropfen Wein wegleckte.

„Das wird sonst bis auf den letzten Rest eingehen, so mein Verdacht", sagte Augstein. „Und dann wäre ein, nun sagen wir, inneres Archiv doch wohl für immer verloren."

„Das wäre das Verdienst derer, die die Verhältnisse gar nicht oder nur bis höchstens ’34 kannten und sich nun unaufhörlich als ‚Widerständler‘ dem Feind anbieten. Aus diesen staatsfeindlichsten Milieus heraus bilden sich seit Nürnberg sowieso schon die Triebkräfte, die einen neuen Staat für uns entwickeln helfen sollen, der gegen alle Rückfälle ‚immun‘ ist – das wahre Ziel dabei ist aber der vollständige Abbau deutscher Substanz. Musterdemokraten, echte Bestien an Tugend und Moral, widerlich. Lauschten sie unserem Gespräch jetzt, als zwei satte Nationalsozialisten würden sie uns abstempeln. Dabei geht es …“, Diels traf mit ihrem Blick zusammen, während sie ihm unauffällig lauschte und sich das Haar hinters Ohr legte, das doch wieder hervorsprang. „Dabei geht es … um …“ – Ihre Fingerspitzen glitten über den Tisch, als sie die gezackten Späne zusammenstrich.

„Um Erneuerung“, half Augstein nach und grinste wissend.

„Danke“, fuhr Diels fort, „und nur so wird unser Staat wieder eine eigene Gestalt annehmen, seine klassischen Talente erneut erwecken können, das preußische Beamtentum zurückholen.“

„Der *Deutsche Widerstand* strebte ja nun auch Erneuerung an, Sie besaßen Kontakt“, sagte Augstein.

„Ich habe nur mit solchen in Verbindung gestanden, die den Staat als Staat verehrt haben, keine düster-märchenhafte, poetisch-militärische Utopie erträumten. Eine Reichsreform war mein Realismus, den Staatskörper zu erhalten mein Wunsch. Wahren Widerstand lehrt einzig preußische Verwaltung. Lehrt das Widersprechen in der Sache, das Abwägen von Entscheidungen, sodass es nie zu Mustern und Schablonen kommt, dass Befehle unnötig werden, dass guter Geschmack Willkür beeinflusst. Wahrer Widerstand, der darf nie aufhören, auch jetzt gegenüber den Besatzern nicht.“

„Verkörpern Sie den wahren Widerstand?“, fragte Augstein.

„Herr Augstein, ich bin jetzt neunundvierzig Jahre alt, im Zuge der Nürnberger Prozesse wurde ich abwechselnd als Hauptakteur und Mitläufer betitelt." Diels zählte mit seinen Fingern auf. „Was in Zukunft noch kommt, davon wollen wir gar nicht erst anfangen, Vampir vielleicht? Schürzenjäger auf jeden Fall! Kommunist, Morphinist, Atheist. Kommunistenjäger, Gegner der Nazis, Nazi. Die Zeit, die kann man nicht erklären, die muss man erleben, und Atmosphäre war 1933 alles!

In Nürnberg hatte es ein CIC-Offizier besonders auf mich abgesehen, denn für alle unehelichen Kinder in meiner Umgebung machte er mich verantwortlich.

Zugegeben, einige sind da entstanden, aber er muss ein anderes Zahlensystem führen als ich, denn ich komme, beim besten Willen, nicht auf sein schmeichelndes Ergebnis. In seiner Überwältigung, was meine Wenigkeit betrifft, vermengte er Wahrheit und Dichtung auf eine Art, wie sie auch gerade in der Enthüllungs- und Anklageliteratur methodisch betrieben wird. Er warf mir nicht nur Vielweiberei, sondern auch Homosexualität vor. Im Hause meiner Freunde, des Grafenehepaares Faber-Castell, trieb er sein Unwesen, quartierte seine Mutter und seine schwangere Frau im Schloss ein, die, so unterstellte er, ich ebenfalls bedrängt hätte. Weihnachten näherte er sich in betrunkenem Zustand der Gräfin Castell, die sich nur durch eine Ohrfeige aus der Situation zu befreien wusste, woraufhin er sie beleidigte, der geldgierige Lump. Nach Aufhebung meiner Beschränkungen war er es gewesen, der mich hin und wieder aus der Novalisstraße zum Schloss des Grafen fuhr, ich hatte das für einen menschlichen Akt gehalten, wie falsch ich lag. Seine Beschuldigungen gegen mich reichten von Meineid bis zu hemmungslosem Triebleben. Der fadenscheinige Hitlerfotograf Hoffmann und die Gräfin Kálnoky halfen ihm beim Ausschmücken seiner Fantasie. Schon Hitler gegenüber verbutterte ich einmal gleich zu Beginn alle nur denkbar kommenden Verunglimpfungen über meine Person in einer Art Katalog. *Weg damit Diels,* hat er gesagt. Auch meine Sekretärin, die gute Edith, schüttelt nur den Kopf und fragt sich, was man aus meiner Person noch machen wird, einen Blutsauger?", er lachte, und die Enden seiner Augen sichelten sich in die Wangen. „Ich versicherte jedenfalls dem Chef der Behörde, dass meine Bereitschaft, als Zeuge auszusagen, von diesem Offiziersflegel nicht getrübt würde, aber dass mir der Stil des Knaben nicht passe und ich mich frage, warum all die schwarzhäutigen Gouvernanten, die doch gewiss regelmäßig von seinesgleichen auf den herrschaftlichen Wiesen der Anwesen im Süden des Landes ausgepeitscht wurden, den hohen Anvertrauten denn keine besseren Manieren beigebracht hätten? Nun, ich fürchte, dass solche amerikanischen Herren meine Denazifikation entschleunigen dürften. Die werden immer wieder etwas hervorholen, wenn ich im besten Tatendrang loslegen will."

„Na, dann holen Sie eben auch immer wieder etwas hervor", schlug Augstein vor, und sie stießen an.

„Fest steht, wir können uns selbst erziehen", sagte Diels. „Uns selbst erkennen. Das liegt in uns, muss in uns sein und als Selbstzeugnis, käme es also aus uns allein, würde es immerhin Dummheit entbehren, Verlogenheit und Heuchelei. Die Amerikaner übten ihre ganz eigene Art von Rache in Nürnberg, keine ‚Rechtsprechung'. Seinem geistigen Gehalt nach war Nürnberg eine *amerikanische Schöpfung,* wie es Kranzbühler, der Verteidiger von Dönitz, kürzlich in einem Meistervortrag sagte."

„Erzählen Sie nun aber von diesem Vortrag", bat Augstein.

Diels begann, und es war, als würde er das alles mit seiner Stimme und seinen lebhaften Bewegungen skizzieren: „Otto Kranzbühler ist der dunkelhaarige Jurist, der bei den Hauptprozessen immer direkt unterhalb Görings saß, ein ebenmäßiger Charakter, Typus des Feinen, Naziparolen ekeln ihn an. Er hat versucht, das Momentum Nürnberg rechtsneutral zusammenzufassen, und wissen Sie, er ist nicht so hochfahrend, wie ich es bin. Auch er war seit dem ersten Prozess im Oktober '45 dabei. Sein Vortrag beginnt mit der Würdigung des Rückhalts, den die

Amerikaner Deutschland jetzt gäben, er beginnt aber auch damit, dass die deutschen Verteidiger so gut wie kein Material zusammentragen durften, weil das angloamerikanische Strafverfahren nur das jeder Partei günstige Material vorlegt. Da das Gericht bereits im Vorlauf so gut wie alles ergattert hatte, blieb den Deutschen nur das Belastungsmaterial. Der Weg in die Archive für Entlastungszeugnisse wurde untersagt, denn deren Gerichte und Staatsanwaltschaften unterliegen keiner Pflicht, die Wahrheit *selbstständig* zu erforschen, sie ergeben sich den Beweisen."

„Mein Bruder erzählte mir, es wurden da lauter Anträge gestellt, vonseiten der deutschen Verteidiger", sagte Augstein.

„Immer und immer wieder vom Tribunal abgelehnt", antwortete Diels. „Gerade in Fragen der Außenpolitik des Dritten Reichs konnte darum kein historisch wahres Bild entstehen. Kranzbühler meint den deutsch-russischen Geheimvertrag von '39, die Voraussetzung für den Angriff auf Polen. Ein Verteidiger bewies diesen Geheimvertrag schließlich beschwerlich unter eidesstattlichen Erklärungen und – ", Diels spottete kopfschüttelnd, „unter ständigen Protesten der Russen.

Polen war ein Angriffskrieg, ja, aber bei den weiteren Kriegen konnte das wohl nicht so klar nachgewiesen werden. Der Norwegenfeldzug zum Beispiel. Dem Gericht wurde von einem Verteidiger Schriftgut zugetragen, aus dem hervorgeht, dass die britische Regierung gleichzeitig eine Landung in Norwegen beabsichtigte. Es gibt einen aktuellen Bericht von Hauptankläger Jackson, aus dem man erfährt, wie sehr englische Vertreter bei der Schaffung des Internationalen Militärgerichts im Sommer '45 in London davor bangten, dass diese britischen Absichten im Nürnberger Prozess zum Vorschein kommen könnten."

„Kurt Schumacher war es doch, der offen fragte, ob England nur den Krieg führte, um sich, ich zitiere, ‚unbequemer Konkurrenzfirmen' zu entledigen?", Augstein zupfte sich ein winziges Stück Haut von der Unterlippe.

„Woraufhin Adenauer, es durchaus besser wissend, forderte, endlich Schluss zu machen mit Rache, Hass und Demontage!“, rief Diels.

„Ist ja kein Hass, es ist Wahrheitstrieb, und das wird doch wohl noch dem Menschen ein Recht sein?“, entgegnete Augstein.

„Nicht, wenn es um deutsche Geschichte geht, Herr Augstein“, sagte Diels. „Auch der Begriff der deutschen ‚Kollektivschuld‘ ist so ein gefährliches Gebilde.

Kranzbühler sagt ganz klar, dass an der Vernichtung des Judentums, dass an dieser historischen Wahrheit niemals ein Zweifel besteht, und er drückt seine persönliche Scham aus, die er, angesichts dieses Verbrechens, nicht wird überwinden können. Besonders aber die Amerikaner konnten sich zunächst nicht vorstellen, dass solche Verbrechen unbekannt zu bleiben vermochten, erst mit der Zeit fand in den Richtern der Gedanke Einlass, dass die Gräuel an den Juden, dass die Vernichtungsvorgänge gegen Menschengruppen, die Hitler nicht passten, nicht im Bewusstsein aller die heutigen Konturen besaßen. Damit war das Tribunal und die Besatzungspolitik widerlegt, die ‚Sühneperiode‘, die ja ganz Deutschland auferlegt wurde. Darauf“, wiederholte Diels, „war Nürnberg ja überhaupt erst gestützt worden.“

„Nun stellt sich mir natürlich die Vermutung nahe, dass die Viermächte mit der nun einmal kolossalen deutschen Schande der Konzentrationslager ja gewissermaßen keinerlei Rechtmäßigkeit mehr benötigen“, schob Augstein rein.

„Ade Gleichheit, ade *fairness*.“

„Mit angloamerikanischen Begriffen der fairness kommt man in Nürnberg aber sowieso nicht weit“, versicherte Diels. „Jahrelange Haft ohne Rechtsschutz, Vernehmungen unter Aussagezwang, Einschüchterung von Zeugen durch Verhaftung, Einschaltung in die Entnazifizierung, Androhung von Auslieferung und so weiter.

Genial beschreibt Kranzbühler das ganze Wesen des Militärtribunals vergleichbar mit einer einzigen Person, die sowohl Gesetzgeber, Richter als auch Staatsanwalt ist."

„Ich staunte ja nicht schlecht über eine noch weitere frischfröhliche Nürnberg-Rechtfertigung", sagte Augstein. „Diese hieß ‚künftige Kriegsverhütung'." „Sie führen mich unmittelbar zu Kranzbühlers letztem Punkt: Das Nürnberger Gericht hat nicht eine Spur zur Erhöhung der Sicherheit unter den Völkern beigetragen, der Staat Israel wurde jetzt praktisch nur per Krieg geschaffen. Eine internationale Gemeinschaft hat sich nicht verwirklicht. Kranzbühler zitiert den Historiker Bainville: *Wo liegt die Verantwortung derer, die durch die Gestaltung des Friedens den ewigen Krieg organisieren?"*

„Deutschland zu gestalten, diese köstliche Aussicht muss Amerika ja geradezu in Ekstase versetzen!", rief Augstein. „Und zwar auf unabsehbare Zeit hinweg zu gestalten. Herr Augstein, wenn ich Ihnen sage, dass es mir unbegreiflich ist, wie mein Bundesgenosse in der Justizverwaltung, Joël, vom Nürnberger Gericht zu sieben Jahren Haft verurteilt wurde und diejenigen, denen sein Kampf all die Jahre hindurch galt, verschont blieben – diese ganzen Sadisten mit Privat-KZ, meine ich. Das ist das reinste Chaos angloamerikanischer Rache. Dummheit ist und bleibt eben etwas, was mich schon des Öfteren hat richtiggehend krank werden lassen, ich meine wirklich krank. Himmler hat mir genügt, mit seinen Verdächtigungsschriften, die er regelmäßig über mich in Auftrag gab." Diels schloss die Augen, der Cognac funkelnde seinen Gaumen hinab, und er dachte an den Morgen, als er sich in der Küche seines Hauses vor dem kleinen Klappspiegel rasierte. Das kalte Wasser hatte er inzwischen lieber als ein warmes Bad, und das Licht, das vom kleinen Fenster über der Spüle auf seine Wange fiel – die er sich mit einem Finger straff zog – ließ ihn einen Tropfen Wasser die V-Narbe entlang verfolgen. Auf dem alten Bauerntisch mit den Kugelbeinen hatte

Dürer gelegen, ... *diese meine Mutter hat achtzehn Kinder getragen und erzogen, hat oft die Pestilenz gehabt, hat große Armut erduldet ... Verspottung, Verachtung, höhnische Worte, Schrecken und große Widerwärtigkeiten. Dennoch ist sie nie rachsüchtig gewesen.*

Dreißigtausend politische Gefangene '33 im Reich,
Dreihunderttausend im Frühjahr '39 gleich,
Mit Eichmanns Bericht von sechs Millionen war Himmler nicht zufrieden
Und wollte gebieten,
Einen Statistiker zu schicken
Erneut in die Zahlen zu blicken,
Und er war enttäuscht
Und seine Fresse verseucht
Und seine Äuglein stanken
Hinter dem blanken
Glas.

# 6

Temperament.

„Man hat mich ja vor Ihrer impulsiven Art gewarnt, Herr Diels", gestand Augstein. „Umso mehr wollte ich sie treffen. Unser Adenauer hingegen, ich werde das Gefühl nicht los, dass er unecht ist."

„Jedenfalls kein echter Preuße", sagte Diels.

„Bin ich denn aber einer?", fragte Augstein. „Meine Familie stammt, wie sie wissen, aus dem Rheingau, in Hannover bin ich geboren und aufgewachsen, mein Vater war alles andere als preußisch."

„Preußische Staatsgesinnung ist keine Geburtsurkunde, sondern ein Numerus clausus. Ist man in der Lage, aus Persönlichkeit und Gerechtigkeitsgefühl ein Urteil zu fällen, einen Schlüssel zu fertigen? Selbst Göring empfand '33 noch Respekt davor, später nicht mehr. Er wählte mich für meine Tätigkeit eben darum aus, weil er Sachverstand wollte. Preußen ist die Proportionslehre der beständigsten Zeichnung von der Idee eines Staates. Was einem Albrecht Dürer das unbedingte Erlernen des Maßes nach Vitruv war, ohne dass er keinen Weg in ein bleibendes Gemälde fand, ist für den Beamten die verinnerlichte Kenntnis der Verwaltungsmuskulatur. Kriege und Schlachten, große Taten – danach schauen alle, aber die Ausartungen der Bürokratie sollten der Mittelpunkt der Geschichtsbetrachtung sein, denn der Mensch steht dem Staat gegenüber: Bildet der Staat eine Anmaßung aus, muss der Mensch argwöhnisch erwachen, ihr Ausgleich ist das Ziel."

„Wie konnte Henker Heydrich diese Essenz, die sie beschreiben, dann derart austreiben, wenn sie doch so sehr in uns verankert ist, wie sie behaupten wollen?"

„Weil Henker ‚Heiderich' keinen Schimmer von Technik besaß", antwortete Diels, „er war ein Ideologe. Ideologen sind keine

Fachmänner, sie sind doktrinär. Statt in Gesetzen einen geistig beweglichen Raum zu erkennen, hat er den Wortlaut bevorzugt. Er hat alle Beamten aussortiert, die ihm suspekt erschienen, die Skepsis über Menschenquälerei stellten. Er hat diesen Numerus clausus abgeschafft, verhältnismäßig unbemerkt, getarnt durch Personalpolitik, verborgen hinter seiner Endlösung. Den Geschwüren wahllos sich bildender Behörden, die ihm allein unterstanden, und seinem Ausrottungsfeldzug gegen die Juden stand ab '34 nichts mehr im Wege. Er begann, einen schaurigen Cocktail anzumischen: Misstrauen, Dilettantismus und Verbrechertum. Carl Schmitt ist deshalb dunkle Magie, weil kaum einer versteht, dass Schmitt das Dritte Reich nur unter der Bedingung des Einklangs als einen rechtmäßigen Staat betrachtete. Wo Legitimität und Legalität jedoch auseinandergehen, nimmt Unrecht den Platz ein. Preußische Staatsgesinnung ist jenseits von Hass, auch darum, weil sie sich ganz offen und empfänglich am Beispiel Englands gestaltete und den französischen Zentralstaat übernahm. Das ist dann das vielleicht Höchste, was sich bilden kann: die volle klassische Staatskunst des freien Ermessens, mit dem Ziel von Freiheit und Gerechtigkeit, die sich nicht mehr abstoßen, sondern ergänzen, im großen europäischen Stil."

Sie trat an die beiden heran und setzte sich einfach dazu, Augstein missfiel das. „Siehst du denn nicht, dass wir beschäftigt sind? Halte uns bitte nicht auf, hier geht es eher dreckig zu."

„Du wirst eh abgehört", bemerkte sie Augstein gegenüber und nahm sich einen Schluck. „Ein Gespräch im Freien wäre vielleicht anzuraten? Übrigens solltest du netter zu mir sein, sonst spendiert dir mein Bruder in Zukunft keine erlesenen Kriegsreste mehr."

„Also doch", sagte Diels, „du bist es, du bist Elisabeth! Natürlich bist du Elisabeth. Vielleicht ... wollte ich es nicht fassen, vielleicht wollte ich eine unbekannte Frau kennenlernen. Diesen Cognac hier kann jedenfalls nur deine Familie ausgesandt haben!"

„Na endlich, und Lisa für dich, wie du weißt“, sagte sie und nahm einen Schluck, sah ihn an.

„Lisa für mich“, wiederholte Diels brav, beugte sich zu ihr vor und küsste sie auf die Wange.

„Du liebe Güte! Entsetzlich ist das ja!“, klagte Augstein lachend. „Und ihr da am Tisch, hier gibt es nix zu gucken, weiterarbeiten!“ – Augsteins Mundwinkel waren schon eine Sensation, die besaßen etwas so Unheiliges, etwas so Ansteckendes, Filigranes und bedrohlich Schönes, wie er die Lippen so zusammenpresste beim Schmunzeln! Dazu die linke Braue, die wartende Stirn, die doch alles schon zu wissen schien.

„Hat der Heinrich Hoffmann dich eigentlich auch fotografiert?“, fragte Lisa.

„Ja“, sagte Diels. „Hat er. In der Novalisstraße. Störte mich beim Lesen. Störte mich im Garten. Störte mich beim Nachdenken.“

„Grundgesetz?“ Diels reichte Lisa die Zigaretten. „Sie haben es ja längst auf dem Schirm, Herr Augstein, es handelt sich wohl eher um eine Art unsichtbares Zwangsgesetz der Besatzer, trefflich in unser Land transplantiert: Herr Adenauer hat den Beruf verfehlt, er hätte Chirurg werden sollen. Ihr Gefühl stimmt, Herr Augstein, Adenauer ist unecht, geradezu wie vom Himmel gefallen – nicht wahr? Alle Tatsachen verbergend. Stimmt es, dass Adenauers erste Frau in angeheirateten, verwandtschaftlichen Verhältnissen zu Hochkommissar McCloy, dem ehemaligen Chef der Weltbank, steht? Wenn ja, dann hat Adenauer eine steile Karriere vor sich. Ein vielleicht ganz neuer Staatsverbrecher, denn er ist dabei, gleich ein ganzes Land zu verkaufen. Die Sowjetische Zone darf immer mehr dem Marxismus die Ehre geben, und wir werden umkonstruiert, so zerreißt Deutschland ganz von allein, das Spiel der Alliierten geht auf, aber der Iwan, der wird eines Tages alles holen, wenn man ihn weiter so provoziert und klein hält.“

„Aufsplitterung und Föderalismus, wohin man schaut", sagte Augstein, „das scheint nur niemanden zu beunruhigen. Die Wünsche der Alliierten und die Einsichten der Deutschen hätten zu einem vorübergehenden Konstrukte sich vereinen können, bis zu dem Tage, an dem die Besatzer uns die Rechte freier Staatsbürger zurückgegeben und uns gestattet hätten, in Freiheit die Verfassung zu wählen, die die vom Volke beauftragten Vertreter für gut befinden. Stattdessen wird eine Verfassung ausgerufen, die nicht frei, sondern vom Ausland beschnitten ist. So, wie es jetzt ist, wird es uns nur weiter schwächen. Man kommt ja gar nicht umhin, zu unterstellen, dass das alles doch befremdlich eingespielt ist."

„Von Stärke und Größe versteht Adenauer nichts, weil er vom aufrichtigen und aufrechten Beamtentum nichts versteht oder etwa von der Wirtschaft. Seit meiner Zeit bei den Reichswerken weiß ich, wie wichtig eigene Initiative und kühne Investitionen sind. Da ihm an einem eigenständigen Deutschland aber nichts liegen darf und er das Preußische immer schon verdammte, wird er uns stets rechtzeitig zu bändigen wissen. Er unterzeichnet nämlich jetzt gerade in diesem einen ewigen Augenblick, dass Amerika das Recht hat, ihn für immer auszuleihen, auch, wenn er selbst schon nicht mehr da ist. Geld kann Geist werden, nicht so mit Amerikanern, für die ist es einzig Geschäft und Mittel und all das Material, was da ist, nennen sie es Geschichte, nennen sie es Liebe, Politik, Handel – all das wird ebenso unecht werden, so, wie es Adenauer geworden ist, beim bloßen Berühren des weißen Handschuhs der Befreier."

„Es wird auch minderwertig werden", sagte Augstein. „Erst kommt unecht, dann minderwertig. Erst war Berlin, jetzt ist Bonn – erniedrigend genug."

„Und dann ist endlich das Deutsche ganz gebrochen, der alte Machtstaat als Verkörperung preußischer Ordnung ausgelöscht und ein machtloser Unstaat gegründet, unsere Bundesrepublik –

Prost!" – Diels schenkte nach. „Du kannst gern von meinem Glas trinken, da der Herr Augstein dir jeglichen Genuss verweigert", er schob es Lisa zu.

„Als dein Bruder mich einmal bei sich versteckte, kurz vor meiner Verhaftung, du warst nicht im Haus", sagte Diels, als Augstein sich kurz entfernte.

„Er hielt es für besser, wenn ich nicht dort wäre, er schickte mich zu Freunden", erklärte sie.

„Sehr weise", fand Diels. „Ich danke ihm dafür. Sechsundzwanzig also", flüsterte er. „In dem Alter sollte einem die Welt gehören, verzeih mir, dass ich sie dir nicht schenken kann."

„Die Welt sollte einem immer gehören", sagte sie in seine Augen hinein und trank sein Glas leer.

Duck: The „Spiegel", what is it?
Dick: It's a magazine.
Duck: What is it about?
Dick: Celebrities.
Duck: „Spiegel". What does that really mean?
Dick: Means egg, because in the restaurant you can order it.
Duck: Contains any news?
Dick: About celebrities.
Duck: Any dangerous stuff?
Dick: About celebrities.
Duck: Nazis?
Dick: Nazi celebrities.

7

Hoffnung.
Augstein nahm sich etwas vom spärlichen Buffet. „Kekse schmecken auch schon wieder fast wie früher. Danke noch mal, Herr Diels, dass sie sich in Ihrer Zeit als Regierungspräsident hier in Hannover für Bahlsen so stark gemacht haben.“ „Wörtlich schrieb ich damals dem General Muff, dass wenn die bedeutende niederländische Dauerbackwarenindustrie überhaupt einer Betreuung bedürfe, so hierfür doch einzig Bahlsen, die sich damals um die kommissarische Betreuung bewarben, infrage käme. Förderung hannoverscher Industrie eben“, Diels legte den Arm über die Lehne des Klubsessels, in Lisas Richtung. „Außerdem, nach den ganzen Strapazen, dem Partei-Behörden-Müll in Köln, war Hannover ein Idyll, der nationale Sozialismus besaß hier eine skeptischere Note, Hitler hat für seine Reden in Hannover immer mehr Zeit eingeplant, hier bräuchte er länger, eh er sie so weit habe.“

„Sagen Sie das mal keinem Ami“, riet Augstein. „Skeptisch? Deutsche und zurückhaltend? Am Ende vielleicht sogar sittlich? Solche darf es doch gar nicht gegeben haben.“

„Ach, Herr Augstein, die Sittlichkeit der Amerikaner ist natürlich unerschöpflich, ich weiß das. In den Nachfolgeprozessen waren sie sogar die alleinigen Regisseure, die übrigen Mächte nur durch Beobachtungsstäbe vertreten, da habe ich die ‚Sittlichkeit‘ aller Versammelten eingehend studieren können. Der blutrünstige Russe wurde neutralisiert von der Kühle des Engländers, der Engländer karamellisiert vor der Guillotine-Schneidigkeit des Franzosen und alle miteinander, geblendet von Amerikas makellosem Zahnweiß. Doch wir wollen mal nicht so sein, da sind ja auch noch diese ganz anderen Amerikaner, solche, wie ich sie vereinzelt im Laufe meines Lebens kennenlernen durfte, nicht der Typus des ignorant mikrobenfreien, geschichtslosen Reiters, der von hoch oben seine Krempe mit einem Finger zum Gruß anhebt, nichtsahnend von der selbstbestimmten Seele und den Kulturen der Welt – sondern human, vertraut mit Europas politischer Bildung und Zucht. Nun raten Sie aber mal, Herr Augstein, was mit solchen bei den Nürnberger Prozessen geschah?"

„Unterdrückt", sagte Augstein. „Weggedrängt."

„Rausgeekelt, Deutschenhasser an ihre Stelle gesetzt." Diels hob sein Glas.

Augstein stieß mit seinem an.

Augstein dachte nach. „Ihre Arroganz, von der man ja nun gerne hört, die steht Ihnen nicht übel unter Ihrem dunklen Haarhelm da. Und ist man so einzigartig wie Sie, kann man sich vieles leisten, manchmal muss man sich vielleicht nicht einmal entscheiden, wie?"

Diels blickte Augstein an, mit einer unaufgeregten Aufgewecktheit, die das ganze Zimmer schüttelte. „Was ich Ihnen heute sage, habe ich immer gesagt und ich habe mich danach verhalten. Dann steht man vor mir: hat er, hat er nicht? Und dann der Begriff *Geheimpolizei* schon allein, der löst ja grässlichste Bilderbücher in den Köpfen aus, der ganze Kuh -und Pferdemist auf meiner Wiese reicht nicht an diesen Dreck heran, der mir diesbezüglich entgegenkommt, und ich bin, ehrlich gestanden, an einer kranken Kuh auch deutlich mehr interessiert. Die Wirklichkeit ist und war anders, viel verschlungener, atemloser und noch viel schrecklicher. Ich und meine unbürokratischen Kollegen dokumentierten die Gewaltakte von SA und SS schon früh, aus einem innewohnenden Wahrheitsdrang heraus. Als ich schließlich erkannte, dass man in meiner Rechtschaffenheit nur Defätismus sah, entschied ich mich, auf die Amerikaner einzugehen, man nennt das *agreement*, in besonders schmutzigen Fällen heißt es *gentlemen's agreement*, aber wer könnte sich mit Churchill messen? An dem Bauern, der ich bin, hat weder das eine noch das andere je etwas geändert. Ich bin und werde immer der bleiben, der sich durch unüberhörbare Zwischenrufe unübersehbar macht. Ich bin so viel gereist, habe so vieles untersucht, erlebt – sogar mit der rumänischen Königsfamilie freundete ich mich einmal an, eh Himmler eingriff. Dass man sein Land lieben kann, dass das Nationale und seine Anerkennung elementare menschliche Wirklichkeiten sind, hat Kurt Schumacher gleich nach '45 versucht festzuhalten, mitten in der Hochzeit der Denunzianten; nun, es ist ihm nicht gelungen, diesem Star, diesem echten Mann ist es nicht gelungen, gegen Adenauers Verkaufstalent anzukommen. Vielleicht gehöre ich nirgends hin, das kann sein und es kann auch sein, dass gerade das Preußische in mir mich übernational befreit, mich alles denken lässt. Vielleicht liebe ich dieses Land so sehr, dass ich es nur frei ertrage. Nur, wenn man sein eigenes Land kennt, kann man auch die Welt empfinden, erlangt man selbst, erlangen die anderen eine Proportion."

„Und nur dann kann man irgendwo ankommen", sagte Lisa leise.

Diels nickte. „Ja!"

„In der Welt haben wir jedenfalls nur noch einen Namen, Schuld", sagte Augstein.

„Für immer untrennbar mit uns verbunden. Schuld ist der Nationalität nach deutsch."

Diels stand auf, mit einem Mal. „Schuld", wiederholte er. „Schuld!"

Seine Augen schlugen um die Wette, er setzte sich wieder. „Ja, klingt gut das Wort, nicht wahr? Ausgezeichneter Titel! Ich kann Ihnen das Wort aber im Herzen umdrehen, wenn ich will."

„Bitte!", rief Augstein. „Ich bitte Sie, tun Sie das! Nur zu!"

„Ossietzky. *Weltbühne*. Journalismus. Deutschland vor dem letzten, vor dem aber wirklich allerletzten Millimeter, der in den Abgrund führte. Tollwütig wurde seine Zeitung ausgerechnet dann: tollwütig. Aus der Freiheit der Demokratie machte dieses

Blatt einen Exzess nach dem anderen. Ossietzky wusste, wer ihn las – die gebildete deutsche Jugend. Er wusste, was er tat, wenn er die letzte entscheidende Wendung zum Nationalismus in diesen Wertvollsten bewirkte, indem er durch seine Selbstgerechtigkeit erst recht den Antisemitismus in ihnen hochkitzelte. Schuld. Die Schuld, die in den amerikanischen Internierungslagern der Besatzer lag, in den Auspeitschungen, Scheinerhängungen und Selbstmorden im Namen der Befreier, alle erdenkliche Arten des third degree kann ich Ihnen aufzählen. Zahlenmäßig überstiegen diese Taten jene von 1933, plötzlich konnte so ein strahlender Kreuzfahrer der Freiheit ganz anders vor einem erscheinen.

Für sie war Deutschland ein riesiges KZ, hier fingen sie sich die Nachkultur aus Himmlers Erbschaft ein, aus der nun eine Internationale des Untermenschentums steigt. Schuld. Die Schuld eines Göring, der in Nürnberg – Hitler war endlich von ihm abgefallen und er konnte nur noch er selbst sein – statt sein persönliches Verbrechen zu benennen, das darin bestand, die Ideologen der Vernichtung, Himmler-Heydrich, nie infrage gestellt zu haben, doch lieber in seiner letzten Rolle die ‚gesamtdeutsche Schuld' auf sich nahm und sich dabei durchaus Sympathie einfing, was ihm immer wichtiger war als wahres Handeln.

Wie fand der *Spiegel* heraus, waren es die Franzosen oder die Briten, die es schade fanden, dass der *kleine Dicke* aufgehängt wird? Warum hat Göring diesen ‚Charme' nie für sein Land eingesetzt, dafür lieber seine Burgspiele aus Kindertagen ins Mannesalter übertragen und Gier und Selbstwahn potenziert? Ich kannte Göring sehr gut, ich war der Einzige in seiner Umgebung, der ihm, wenn er brüllte, in derselben Lautstärke widersprach. Schuld, Herr Augstein, nimmt das Gesicht desjenigen an, der gerade in das changierende Becken der Schuld blickt, in der eine Flüssigkeit irisiert, die einen um den Verstand bringen kann. Dass wir Deutschen deshalb den Kopf nicht höher tragen dürfen, das weiß ich, denn nach einem Buchenwald kam ein Auschwitz. Ich hielt den Spiegel der Schuld bereits ’33 hoch, ich wollte noch größeres Schuldigwerden verhindern, es gelang nicht.“

„Sagen Sie, was führte damals zum Bruch mit Köln, wie wurden Sie Regierungspräsident von Hannover?“, fragte Augstein.

„Was wohl? Ich hab mich auch in Köln nicht SS-mäßig verhalten. Einmal half ich einem heute überaus prominenten Kölner wieder wohlbehalten in sein Haus zurückzukehren, einer, den die Gestapo lieber abgeholt hätte. Dann wurde eine junge Schauspielerin schwanger von mir. Man kann also sagen, für die Kölner Gauleitung war ich kein guter Nazi, für die Kölner Bevölkerung kein guter Katholik.“

„Und es folgten die Hermann-Göring-Werke“, sagte Augstein.

„Ich war da nur ein kleines Licht im Schifffahrtsblock“, sagte Diels.

„Göring ging es besonders um den mittleren Block, Waffen. Er wollte so einen eigenen Rüstungszweig aus dem Reich herausleiten, aber ein anderer zog die Reichswerke schließlich ganz an sich. Göring sah sich als eine Art Helden-Siegfried mit der Hand über dem Krieg, das, was sich dann Speer krallte. In Nürnberg, bei meinen Befragungen, blickten die Amerikaner durch diese, zugegeben lächerlichen, Ränke kaum durch, bis ich es eigenhändig skizzierte, in Form von Rechtecken, Pfeilen und Namen auf Harvard-Niveau. Dann haben sie es irgendwann verstanden.“

„Die Frage nach Zwangsarbeitern war ja dann gewiss auch nicht mehr weit“, riet Augstein.

„Unternehmen beauftragten entweder intern Leute, die regelmäßig in die KZs gingen, um sich Arbeiter auszusuchen, oder manch ein Industrieller machte das gleich selbst, wenn Sie verstehen. Schließlich aber kam es auch vor, dass sich diese KZ-Insassen mit freiwilligen Arbeitern aus europäischen Ländern oder mit von vornherein als Zwangsarbeiter von der SS verschleppten Gruppen vermischten, rückblickend ist das verworrener, als man denkt. Die SS verschlang ja ganze Länder, wie Kroatien oder

Polen, den Rumänen saugten sie ihr Öl und ihr Getreide fast ganz aus, von den üblen Bankgeschäften ganz zu schweigen. Die SS reichte erst scheinheilig die Hand, die *Eiserne Garde* sei eine von der SS schützenswerte brüderliche Vereinigung und so weiter und so fort, und dann ließen sie das Land zerrüttet und genötigt am Boden liegen, das war so ihre Art. Ich habe in Nürnberg immer wieder erklärt, dass die Gestapo anfangs nicht das Monstrum war, dass die SS ab '34 daraus machte. Die Gestapo hat 1933 kein einziges KZ eröffnet, das revolutionäre Erstarken der SA aber war so erheblich geworden, dass Göring SA-Hilfspolizisten auf die Staatspolizei und auf die politische Polizei losließ, um der SA sozusagen ein ‚Geschenk' zu machen. Da sich die Polizeipräsidenten über die Maßen über Kommunisten in ihren gepflegten Gefängnissen beschwerten und untersagten, sie dort weiter unterzubringen, bauten sich SA und SS ihre eigenen wilden Lager und die sogenannte *Schutzhaft*, die beanspruchten sie flegelhaft gleich mit dazu. Die Ankläger wollten das alles gern etwas vereinfachter haben. In mir sehen sie zwar einen Zeugen, aber schließlich auch den ‚skrupellosen' ersten Chef der Geheimpolizei. Die Ironie der Geschichte ist doch aber, dass ich gehen musste, damit Himmler und Heydrich einziehen konnten."

Augstein wandte sich ihm zu. „Ironie der Geschichte nennt sich heutzutage ‚Beschönigung': Herr Diels, Sie haben in mir einen – glauben Sie es oder glauben Sie es nicht – Bewunderer gefunden. Mal abgesehen davon, dass Sie mich physisch um drei Köpfe überragen", Augstein lachte, „übertreffen Sie auch meine Erfahrungen. Die Nürnberger Prozesse wurden von den Alliierten ja nun damit gerechtfertigt, dass sie die Welt wieder sicher machen wollen. Russen und Franzosen, Amerikaner und Briten, sogar Polen sahen sich als internationale Gemeinschaft der Kriegsverhütung. Als Sichersteller von Freiheit, als Jäger von der Folter und vom Tode durch Verfolgung. Nun, hoffen wir und wollen wir einmal abwarten und sehen, ob denen das gelingt oder ob Nürnberg nicht doch gezielte Machtpolitik war, die die Form für ihre Zwecke ausnutzte." Er griff nach der ungeöffneten Flasche. „Darf ich Ihnen den zweiten hier mit nach Hause geben?"

Diels nahm ihn gern. Die drei erhoben sich.

Lisa kaute an einem Nagel. „Wir trinken zu viel. Sag, wie bist du heute hergekommen?"

„Mit meinem Wagen", sagte Diels. „Inzwischen haben die Briten und die Amerikaner herausgefunden, dass von mir ‚keine ernsthafte Gefahr' mehr ausgeht, aus dem Spruchkammerverfahren bin ich als ‚entlastet' hervorgegangen. Von Papen war unter denen, sogar Carl Severing sagte für mich aus; man sollte meinen, der hätte zumindest ein Recht gehabt, sagen wir, beleidigt zu sein. Aber ein tapferer Kosmopolit wie er ist solchen Bockigkeiten erwachsen. Einander ‚reinwaschen'? Wie das? Amerikas Nürnberg-Kommentator, Herr Oulman – kürzlich als Hochstapler entlarvt – war es doch, der den Hauptangeklagten kleine Botschaften von außen zuspielte und umgekehrt. Ich profitierte mit Sicherheit von niemandem, als Zeuge stand ich der Sache zur Verfügung. Der Generalinspekteur der Britischen Zone wollte im vergangenen Jahr sogar einen Haftbefehl gegen mich erlassen, weil ich doch eine SS-Mitgliedskarte besessen hätte und die Uniform getragen habe und von den Verbrechen alles wusste", Diels stand da, gerade und unausweichlich, „es gibt diese Momente, da weiß man nicht mehr, soll man jetzt haltlos auflachen, soll man den Menschen da eigenhändig und brüllend erwürgen, soll man die ersehnte letzte Haselnuss in der Hosentasche dazu nutzen, in gleitenden Flügelschwüngen davonzufliegen, weil ohnehin alles vergeblich ist?", er sah an Augstein vorbei, wie in einen anderen Raum. „Als hätte es einen nie gegeben", murmelte Diels. „Als hätte ein Revolverschuss auf Hitler alles gelöst. Als wäre man ein Hund und kein Mann. Bei den großen Jubiläumsfestreden an meiner Universität in Marburg ging es immer um Persönlichkeit. Die aber muss sich in den Dienst ihrer Nation stellen, komme was wolle, das ist meine volle Überzeugung. Der Wert des Einzelnen ist der Wert des Ganzen. Der Einzelne für den Staat verpflichtet sich zum Ausgleich von Kräften, zum Bremsen von Eskalationen." – Dann, wie aufgewacht: „Ich kann mich jedenfalls frei bewegen, das wollte ich sagen. Da sind mir zwar nicht selten zwei im Nacken, wenn ich unterwegs bin, aber gnädigerweise darf ich meinen Hof bewirtschaften."

„Mit gefährlich meinen die Ihr Netzwerk und, wenn ich das mal so behaupten darf, Ihre Geheimnisse, Herr Diels", sagte Augstein zwinkernd. „Wie in allen guten Gesprächen haben auch wir heute das Eigentliche ja mit keinem Worte angesprochen: Lassen Sie mich Ihnen versichern, dass es eine Ehre ist, Ihren in der Schweiz erschienenen *Lucifer Ante Portas* im Spiegel als Vorabdruck für die Deutschen bekommen zu haben. Diesen einen Moment, von dem sie vorhin sprachen – diese politische Pause, soziale und ökonomische Genesung, die die Befreier uns nicht gewährten, dieses eiskalte Nichtpausieren und noch eiskältere Weitermachen – wollen wir auf den *Spiegel* übertragen, der soll dann jetzt auch nicht, ja erst recht nicht ruhen! Ich hatte Ihnen zwar brieflich geraten, Ihre Memoiren im *Spiegel* unter Pseudonym zu bringen, da ich fürchte, dass Ihr unglückliches Amt sonst immer Ihren erhellenden Worten im Wege steht, doch das kam für Sie nicht infrage und Ihr Wunsch ist mir nun mal Befehl. Aber keine Lesungen im engeren Freundeskreis mehr, versprechen Sie mir das! Wir wollen nichts tun, was unserer Sache schaden könnte."

„Keine Lesungen mehr daraus! Besuchen Sie mich das nächste Mal unbedingt auf meinem Hof, ich gehe oft Stunden spazieren. Rufen Sie nicht an, schreiben Sie mir lieber. Sie kündigten mir ja Ihren Fotografen an. Wir könnten unser Gespräch bei einem Wein oder bei einem Gang zu den Seen im Umland fortsetzen, jetzt ... jetzt blüht ja so vieles wieder und wächst ... flüsternd ... zu." Diels sah Lisa an.

„Wie kommst du nach Langenhagen?“

„Mit dem Auto. Komm doch mit zu uns“, sagte sie, „Tante Vera fragte auch nach dir.“

„Für heute richte meine Grüße aus“, sagte Diels. „Ich habe deine Familie vermisst.“

„Da fällt mir ein, Herr Diels, ein gefährliches Netzwerk ist doch unbestreitbar bereichernd. Ich habe kürzlich einen italienischen Diplomaten getroffen, ich kenne seinen Sohn, er selbst hat den Bombenkrieg erlebt, als er in Hamburg war.

Er überreichte mir einen übersetzten Auszug aus einem Buche, das gerade in Italien erschienen ist, Titel – *Die Haut*, Autor – *Malaparte*. Sie müssen es lesen, es soll auch bald auf Deutsch erscheinen.“

„Die Süditaliener hatten ja als Erste in Europa das unschätzbare Vergnügen, die amerikanischen Soldaten zu empfangen“, Diels schritt langsam mit Augstein und Lisa zur Tür. „Trefflich, wie Sie im *Spiegel* beschrieben, wie die gerade eingetroffenen Amerikaner in Sizilien als allererste Handlung die von Mussolini weggesperrten Mafiosi aus den Gefängnissen ließen, um Unruhe in der Bevölkerung zu stiften.“

„Von diesem Vergnügen erzählt Herr Malaparte erschütternd, seelische Pest nennt er die Amerikaner, malt jedoch auch sehr angenehme Wesenszüge von ihnen, das will ich gleich hinterherschicken, um das Buch nicht zu verzerren. Zudem verlangen die Menschen in seiner Erzählung, dass die schuldig gewordenen Machthaber ihres Landes von einem doch bitteschön italienischen Gerichte verurteilt werden, was die Amerikaner überhaupt nicht kapieren, sie fragen nur immer mit ihrem Whiskey in der Hand – *why Hitler*?“

„Und lassen Sie mich raten“, bat Diels, „die Antwort im Buch ist, dass man Hitler nicht logisch erklären kann?“

Erst raubten die Nazis den Juden die Renoirs
Jetzt stehlen GIs Vermeer und Corot
Cranach to go.
Stehlen alte deutsche Karten und kaiserliche Siegel
Verschleppen Uhren und Rüstung und Meißener Porzellan
Germany ist ja nun ganz zahm.
Doch gib ja Ruh!
Das ist ein Tabu!
Darüber spricht man nicht!
Adenauer will alles wieder gut machen
Aber nur die bösen deutschen Sachen.

Geburtstag.

„Wann?“, fragte Diels. Sie standen vor seinem Auto.

„Ich hab das Zeitgefühl verloren“, sagte sie. „Irgendwann bald, glaube ich.“

„Und ich habe Lust zu feiern, dein Leben zu feiern! Lass uns dann wiedersehen, lass mich dich wiedersehen!“ Er legte die Flasche hinein und warf die Autotür wieder zu. „Ich werde dich abholen, jede Uhrzeit soll mir recht sein, und weißt du, was wir dann machen?“

„Nein?“, meinte Lisa und ihr Blick ging hoch zu ihm, sie war weich und sie war doch wie aus Stein.

„Ich entführe dich – und das wird mein Geschenk sein – nach Neuschwanstein.“

„Ins Schloss?“, fragte sie.

„Ins Schloss. Ich habe nämlich heute festgestellt, dass Dürers berühmtes Selbstportrait – du weißt, das mit dem sehr herrlichen Pelzkragen – während der Kriegsjahre von der Pinakothek dorthin gerettet wurde.“

„Nach Neuschwanstein?“

„Ja!“, lachte er. „Die umliegenden Klöster kamen nicht infrage. Ich erinnere das, ich muss nachgeforscht haben irgendwann, dann verlor ich es wieder aus dem Sinn. Ich frage mich nur, ob ich es als Junge einmal in München gesehen habe, ich weiß einfach nicht mehr, ob es Traum war oder Wirklichkeit. Ich kann dir ganze Gespräche aus meinem Leben, die über Stunden und Tage gingen, rekonstruieren, nicht aber erinnern, ob ich schon einmal vor diesem Dürer stand oder nicht. Ich betrachte inzwischen beinah täglich eine kleine Schwarz-Weiß-Aufnahme davon in einem Buch, doch die Reproduktion ist schlecht.“

„Dann machen wir den Traum doch einfach zur Wirklichkeit

und fahren zu dem Bild“, sagte sie, ihr Hals entstieg ihrem Kragen wie eine schlanke Vase.

Er hatte die Hände in den Taschen, über die schwarzen Bögen seines Haars hinweg glänzte ein linder Abend. Er sah die Straße hinab, in die spitze Flucht hinein.

„Was wohl hinter diesem Weg liegt?“, fragte er. „Es fühlt sich an wie ein ... wie ein Sprung, als ob man gar nicht anders könne, als zu springen.“

Er schaute sie an, spürte ihre Pupillen in seinem Bauch.

„Bis dann“, sagte sie aufgewühlt, zupfte an dem Tuch, das um ihre Hüfte geschnürt war, sah ihn noch einmal an, stieg ein und brauste los.

Im Wagen verschwand alles, Diels fuhr lange durch die Nacht und war in seinen schmerzhaft kribbelnden Rückblicken wieder in einer alten F13, irgendwo über einem aufgestiegenen Reich, das nicht mehr da war. Jene klirrenden Vollmondnächte, in denen er mit metallischen Schwingen zwischen Berlin und Köln oberhalb eines gereizten Wolkenbandes mitten in die Geschichte hineinraste.

Hiroshima, wo kommst du her?
Ich kannte dich nie, eh du geschändet
Kannte dich nicht, eh du geblendet
Vom Nuklear
Vom gespaltenen Haar
Des Uran.

9

Zukunft.
Nichts als Fratze. Der Moment zählte, nur der Moment, vor allem, ihn zu verstehen. Die Leute wollte Rudolf Augstein dabei *nehmen* und das tat er. Der *Spiegel* war das ganze Ausholen zu einem Schlag der Wahrhaftigkeit.

Seit er der aufreibenden und zeitverschlingenden Besatzungszensur entronnen war, seit die britischen „Freunde" ihm das Blatt zu den Bedingungen der Stunde überlassen hatten – eine Hannoversche Zeitung, die einmal *Die Woche* geheißen hatte und bei der er nach dem Krieg Redakteur gewesen war, um die Zeit totzuschlagen – seither drehte sich alles anders, drehte sich neu.

Der *Spiegel* war unbeherrscht, war raffiniert und heißblütig. Wenn er so vor einem lag auf dem Tisch, ganz eben ausgebreitet, das dünne Papier, die gute Luft darin, die poröse Druckqualität. Unberechenbar, aufdringlich, verführerisch.

In der Hand, nicht leicht und nicht schwer. Überheblich, ohne eine Spur von Verlogenheit. Sogar in Brasilien gelesen. Zappelndtanzend durchmischt, ohne Rücksicht auf Nazi oder Besatzer oder auf Philipp Rupprecht, *Fips*, ehemals Zeichner vom Stürmer, der von einer Spruchkammer zu zehn Jahren Arbeitslager verurteilt wurde – juristisch verteidigen durfte er sich zwar nicht und eine *Anklage ohne Verteidigung* ist auch eigentlich *keine Anklage*, sei es drum. Was Nazis schließlich nicht alles taten, um Deutschland unbemerkt zu verlassen, sogar mit fantasievollem Turbanen ertappte man sie an Grenzen. Boxen? Gab es alles, eine Frau bestand sogar darauf, mit einem Mann in den Ring zu steigen.

Fett durchwirkte Churchill die Textzellen, allmächtig, neben dieser sehr zu empfehlenden Neuauflage der Bücher des Malers Emil Nolde, überhaupt Noldes Aquarelle und ihre *schwül zwischen Wolken aufgehende Sonne* und wenn Blut am Kragen, dann nur am Ago-Kragen, der sich so leicht und *friedensmäßig* reinwaschen ließ. War Thomas Mann bereits zu international? Aber die Welt fand ihn doch immer so deutsch! Sogar im Regen konnte man den Spiegel lesen, wenn man nur den echten Knirps-Taschenschirm hervorzuziehen wusste. Selbstverständlich gab es in Washington Hundefriedhöfe, einem toten Hund jedoch wurden sie verwehrt, denn sein Herrchen war ein Schwarzer – doch mit Camelia-Binden für die kritischen Tage der Frau aus den vereinigten Papierwerken Nürnbergs ließ sich auch das sicher ertragen. Winifred Wagner war doch einmal die *girlfriend* von Adolf Hitler, richtig? Dafür hätte so manche Amerikanerin die Hand ins Feuer gelegt, die einem Deutschen zu reichen nicht mehr gestattet war, nicht einmal Hansaplast-Wundverband hätte sie da noch nötig gehabt, cremte sie sich die Hände nur oft genug mit Sebalds-Hautgelee ein, aber davon fiel Thomas Mann – entgegen seiner Hoffnung – das Schreiben immer noch nicht *leichter*, darum war er zwar ein *Mann*, das aber mit *vielen Worten*. Bauhaus-Tapeten konnten das Leben verwandeln, selbst wenn 50% der Deutschen wollten, dass die westlichen Alliierten das Land verlassen, immerhin war für 55% die demokratische Freiheit wichtiger als ein geregeltes Auskommen, zumal 45% die Demokratie für durchaus entbehrlich hielten. Ob die amerikanische Malerin, die ihr Ohr zum Verkauf anbot, dann malen würde können wie einst van Gogh? Herr Pohl benötigte keinen van Gogh, er ließ in seinem Leserbrief durchschimmern, dass er einmal vom fast vollständig erblindeten Heinrich Nüßlein gemalt wurde. Innerhalb *goldbronzener* Kleckse hatte der Maler Herrn Pohl entstehen lassen, einzig und allein mit den Fingerspitzen. Herr Pohl fand sich nicht nur selbst darin getroffen, sondern auch seinen – und Herrn Nüßlein gänzlich unbekannten – Urgroßvater. Darauf erstmal eine Virginia-Zigarette oder lieber gleich etwas übrig gebliebenes Pervitin, schließlich musste mit den Vorräten der letzten Reichsjahre etwas Sinnvolles angefangen werden, gerade, wo Not am Mann war. Notfalls konnte Bernard M. Baruch *pfahltaub* sein, behauptete man, das elektrische Ohr, (sein Trommelfell war geplatzt), einfach abschalten. Der *Spiegel* aber fand, dass *der Greis ausgezeichnet* hören konnte, wenn es um die *New Yorker* und *Washingtoner Hintergrundgeräusche* ging. *Pannen* im *Ohr*, wenn Baruch mit seinen *Freunden* unter den *Großen* der *westlichen Welt beriet* und *Ratschläge erteilte*? Keinesfalls. Stalin durfte also nicht expandieren, das war der, wusste Stalin, *Wille des amerikanischen Volkes*. Nun gut, mochte Amerika auch das Atombombengeheimnis und die denkbar schlechtesten elektrischen Stühle dieser Welt auf seiner Seite haben – Todesstühle, die einem den Schädel bei noch lebendigem Zustand zum Rauchen brachten und die Handflächen auf den Lehnen stückchenweise festbrennen ließen – so hatte Stalin doch mindestens eine *ideologische Kernspaltung* und *unter den Völkern* eine *Kettenreaktion* auszulösen, das war auch drin. Baruch war der Sohn eines jüdischen Arztes, der 1870 in die USA auswanderte, und er wuchs in jener parallel *erregenden Entwicklung* von *Finanz* und *Industrie* auf, es waren die Jahre von *Rockefeller* und *Pierpont*, er selbst wurde Bankier in New York. Der *Spiegel* plauderte anmutig und ungestört über diesen *Lenker* der *amerikanischen Politik*. Er war die *Hand hinter dem Vorhang*, die zwischen zwei Weltkriegen die amerikanische Rüstungsindustrie und auch die Atombombenproduktion führte. Er hatte sich wie ein *Schüler* von Atomwissenschaftlern in den *Geheimnissen der Atomphysik* unterrichten lassen, wurde Präsident der Atomenergiekommission. Baruch *repräsentierte die Wallstreet hinter dem Präsidenten*, er hielt eine Hand über der Wallstreet und eine über dem Weißen Haus. Schon unter Präsident Wilson erlangte er seine erste große Position, als jener 1917 in den Krieg mit eintrat, dann mit dieser Parole hier: „Macht, Machteinsatz ohne Einschränkung und Begrenzung!" – Baruch, einer von Wilsons engsten Mitarbeitern, übernahm die Leitung des Kriegsindustrieamtes und wurde zum *Diktator über Industrie,*

*Arbeiter und Landwirtschaft*. Er und Roosevelt glaubten, dass ihr Land mit der *Niederringung Deutschlands und Japans* die beiden *gefährlichsten industriellen Konkurrenten auf dem Weltmarkt* los sei. Im März '45 überreichte Baruch dem Weißen Haus eine Denkschrift: „Wir müssen Deutschland und Japan hindern, sich wieder im Ausfuhrhandel der Welt festzusetzen." – Der *Spiegel* jedenfalls glaubte nicht daran. Zwar würden Männer wie Baruch und Churchill die Welt in die von *ihnen für richtig gehaltenen Geleise lenken*, aber der Wandel in der Weltzeit besaß doch hoffentlich noch eine eigene, unergründliche Dynamik? Das wusste auch Baruch – Beine lang wie Stelzen, Gehstock, schlank, Uhr in der Weste, Clubkragen. Er wusste das, in seinem wohlgeformten Gesicht, in seinen säurehaltigen Augen und den verschwiegenen Lippen ... den sechs, sieben, neun Sommersprossen auf der adlerhaft geschwungenen Nase – diese Sommersprossen klangen wie leiser Jazz auf seiner Haut. Sein Blick auf die Echtzeit, sein psychologischer Einfluss, sie waren so maßlos und so flink, dass Zweifel an seinen Theorien oft erst viel später *zündeten*, zuvor waren seine Denkschriften, seine streichelnde Hand schon die *Grundlage von Verhandlungen* gewesen. Ganz unten und in klein vermerkte der *Spiegel* noch, das „Baruch" hebräisch sei für „der Gesegnete". Tja, Talleyrand war eben doch einen Gedanken wert, warum sonst hatten ihn die Deutschen auf Platz sechs der größten Politiker der Vergangenheit gewählt, gleich nach Hitler und Stalin? Längst vergangen waren die Tage, als Otto Hahn noch verträumt das Innerste der Kernspaltung aus ihrem *Dornröschenschlaf von Jahrmillionen* erweckt hatte, die er doch eigentlich mit nur einer Handvoll Kollegen heimlich zu teilen und so gern für immer still zu hüten vorhatte. Wie auf Spitzenschuhen erzählte der *Spiegel* von diesen Atomen, dieser *unvorstellbaren Menge an unvorstellbar kleinsten Teilchen*, zerzupfte sie explizit, als ginge es um Gott selbst, der so richtig fassbar wurde unter *Neutronenbeschuss*, so echte Konturen erhielt in seiner *Lust der Steigerung zur Katastrophe*, zur *ungeheuerlichsten Explosion* des Dollars! Der expandierte wie das Weltall. Von der *Welt* wollte Hotelier Dreesen vom Godesberger Rheinhotel jedenfalls nichts mehr, die schrieben ja geradezu das Gegenteil dessen, was wahr war, und wahr war, dass das Hotel gar nicht wieder öffnen konnte, von welchem Geld auch und wohin mit den vierhundert Ostvertriebenen? Noch immer hauchte etwas vom *Fremden-Führerjargon* über den *Pforten der Schönheit*, wo jetzt pommersche Unterhosen von den Balkonen hingen. Dagegen konnte Dreesen ebenso wenig tun, wie dagegen, dass er als *Gruppe V* kategorisiert wurde, „entlastet". Neffe Fritz, *Gruppe IV*, „Mitläufer". Die Hauptsache war doch, dass die Vereinigten Staaten ihr Militärbudget wieder auf fünfzehn Milliarden Dollar gebracht hatten, wie von Zauberhand oder doch mit Mondamin? Nur nicht *plötzlich müde* werden, zwei *bis drei Tabletten Kola Dallmann* gaben wieder *geistigen und körperlichen Schwung, Gedanken -und Willensstärke*. Oder *Rückgrat*, das half gegen alles, besonders, wenn die besten Versuchsobjekte für amerikanische Piloten-Geschwindigkeits-Belastungsproben *menschliche Versuchskaninchen* waren. Von denen wimmelte es in Rom, Ingrid Bergmann hatte *keine ruhige Minute*. So floh sie nach Capri, wo sie nur *eine* von *vielen* schönen Frauen war. Überhaupt war im *Spiegel* manchmal eine Frau einfach nur *bildschön*, weil der *Spiegel* keine Angst hatte, sinnlich zu werden, und sei es nur in einer Buchbesprechung: *Das alles ist getaucht in die farbiglühende Luft des östlichen Mittelmeeres und in ein unbestimmt schillerndes geschichtliches Gewand, in dem sich das verwirrende Spiel der griechischen Mythologie mit der prächtighöfischen Fassade des europäischen Barocks fantasievoll vermischen*.

Wegen der deutschen Schuld jetzt wirklich die Nietzschestraße umbenennen? Dann aber gefälligst auch die Kantstraße, denn der war ebenso Philosoph. Weise, wie die daheimgebliebenen

Amerikanerinnen zu verhindern wussten, dass US-Army-Bordelle in Deutschland entstanden, dann doch lieber St. Pauli, wo die zwölfjährigen Hamburger vermittelten. Zeitgleich wurde in den Staaten der *netteste* Junggeselle Amerikas gekürt, Montgomery Clift – dafür konnte er nichts.

Ebenso wenig konnte der zu entnazifizierende Weltkriegsoffizier Ferdinand Sauerbruch dafür, dass er Hitler schon vor dem deutschen Volk gekannt hatte: mitten in München redete Sauerbruch nach dem Ersten Weltkrieg einen Mann in *zerrissenen Hosen und altem Soldatenrock* an, der vor der Universitätsklinik *herumstand*: „Du bist doch auch Soldat gewesen." – Der Angeredete besaß *weder Geld* noch *Unterhosen*, der Angeredete war Hitler. Sauerbruch päppelte ihn auf. Edel war auch der Verfasser von Sherlock Holmes – das wusste die vom *Spiegel* gefeierte Biografie zu Conan Doyle, der mit dem Spruch *Ritterlichkeit für alle Frauen* aufgewachsen war und der die Deutschen und Deutschland nicht mochte, was ihn in jungen Jahren nicht davon abhielt, seine Uhr zu versetzen, als ein *heruntergekommener deutscher Gelehrter* ihn *weinend* um ein Darlehen bat. Eine Bitte hatten die Engländer dann aber doch, 69% der englischen Schüler waren ganz unbedingt für die Prügelstrafe, und in Stuttgart hörte das *seriöse Musikpublikum schwarz*, denn der *total verjazzte Negerpianist* Roy Eaton traf auf der Bühne auf eintausendfünfhundert *vor Begeisterung schreiende Schwaben*. Tage später noch einmal, Eaton war immer *noch schwarz*, dafür im Smoking und diesmal mit Mozart. Seine Interpretation, *fast stilvoll*. Was man vom gerade verabschiedeten Grundgesetz der Bundesrepublik Deutschland vielleicht nicht ganz und gar behaupten konnte: *Spalterverfassung*, urteilten die Sowjets. *Ablehnung*, beantragte Bayern. Beim Hauptausschuss wurden die vierzig *Maschinenseiten über Grundrechte* aus *Zeit -und Lustmangel* dann gar nicht erst vorgelesen. Dafür wurde kräftig angestoßen, mit dreißig Flaschen Champagner und vier Flaschen Cognac Louis Rouyer & Cie. Acht

Länderparlamente hatten nämlich zugestimmt, damit war das Grundgesetz rechtskräftig, *ganz ohne Volksabstimmung*. Es gibt für einen deutschen Bürgermeister eben nichts Schöneres auf dieser Welt, als von einem amerikanischen General direkt *als VIP behandelt* zu werden.

– *Verschiedentlich las ich im „Spiegel" die Abkürzung VIP. Ich bin ungebildet genug, nicht zu wissen, was ein VIP ist, vermute aber, dass eine sprachliche Verbindung mit „Vipern" (Giftschlangen) nicht besteht. Können Sie mir Auskunft geben?* K.B. – In den Fluren des Nürnberger Militärgerichts stank es nach großem *Aufwasch, lysolgetränkte Putzfrauen wuschen die juristische Vergangenheit von den Fliesen*. Kisten über Kisten deutscher Akten warteten darauf, nach Amerika zu kommen, wo Thomas Mann erfuhr, dass er den Goethepreis bekommen sollte. – *Kaum wieder in Amerika, trägt Thomas Mann erfolgreich dazu bei, die amerikanische Oeffentlichkeit mit Mißtrauen gegen uns zu erfüllen. In den nordischen Ländern betätigte er sich als pseudowissenschaftlicher Gewaltphilosoph von Luther über Bismarck querbeet zu Goethe. Was soll man dazu sagen? Mit Nachdruck: daß er für die Mehrzahl des deutschen Volkes bedeutungsloser als der unbedeutendste Deutsche ist. Unser Landesbischof Lilje hat es treffend gesagt: Er soll schweigen, weiter nichts. Damit tut er „seinem" Volk den einzigen Dienst, der er uns noch erweisen kann!* A.B. – Botticellis Venus, die die Amis vor zwei Jahren *nach USA evakuierten*, die war auch zurück in Deutschland, *wohlbehalten*, dies sei festgehalten mit dem echten rotberingten Tintenkuli, denn *nicht jeder Röhrchenschreiber ist ein Tintenkuli. Aber Verbrechen gegen die Menschlichkeit* sind es auch dann, wenn sie nicht unter Hitler begangen wurden. Dr. Robert Kempner, der *bis 1933 im preußischen Innenministerium* saß, stellvertretender Generalankläger in Nürnberg, glaubte, dass durch das Militärtribunal die *Heiligkeit des Menschen*lebens wieder *unterstrichen wurde*. Er glaubte auch, er hätte *manchen*

*Angeklagten besser verteidigt*. Die deutschen Verteidiger über ihn? Er sei *der reißende Löwe* gewesen, und *persönliche Ressentiments* hätten aus seiner Haltung gesprochen. – *Der „Spiegel"* zitiert in Nr. 21 Generalankläger Dr. Kempners *Rechtfertigung der Nürnberger ex-post-facto-Gesetzgebung: „Gott hat Kain wegen des Brudermordes bestraft, lange bevor Moses die Gesetze auf dem Berg Sinai erhalten hat." Dazu erlaube ich mir zu bemerken: Die USA sind vielleicht „Gottes eigenes Land", sicherlich aber nicht der liebe Gott selbst. Auch für sie gilt daher der alte lateinische Spruch: Quod licet Iovi, non licet bovi!*) – stud. jur. F.L./* Lateinisch: „Was Jupiter sich leisten kann, das steht doch nicht dem Ochsen an."* – Und die Afghanen sollten sich mit ihrem Land der Kontraste nur *langsam* in die Modernisierung beeilen, zumal zwischen Pakistan und Afghanistan ein kalter Krieg en miniature aufgekommen war, es ging um jenen nordwestindischen Streifen *wildromantischen Berglands*, den weder Alexander der Große noch die Engländer jemals *befrieden* konnten. Niemandsländische Moslembrüder konnten den Engländern schon die *Suppe versalzen*, als diese noch *Köche in Indien* waren. Würde die Sowjetunion nun wieder die einstige, *geschickte Rolle im Vorfeld Indiens* übernehmen? – Und wenn das hier keiner hören will, dann bitte den Kaugummi gegen den *unangenehmen Druck* im Ohr einfach direkt in die Ohren rein, statt ihn zu kauen, wie es der dänische Fluggast beim Start in Kopenhagen machte. – *In unserem Heimatblättle „Badisches Tagblatt" lese ich, daß der SPIEGEL eine „Dreckschleuder" sei, in der und um die herum sich „etliche ausgewachsene Exemplare der publizistischen Vertreter der Tausend Jahre Rassenwahn häuslich niedergelassen" haben, ferner, daß der SPIEGEL den „Schmutz, den er bestellt auch gut honoriert", daß er „sudelt" und „schumachert", daß der Münchner Vertreter des SPIEGEL, R. Holl, identisch mit dem Angehörigen eines SS-Rollkommandos und im Besitz eines falschen Passes sei. Und daß er schließlich in Freiburg von ei-*

*nem ehemaligen höheren Offizier erkannt wurde. Ich möchte Sie nun fragen, was der SPIEGEL gegen die badische „Dreckschleuder" zu tun gedenkt? E.K.*

– Antwort der *Spiegel*-Redaktion: *Wie immer nichts. Herr Holl hat bereits Klage eingereicht. Der höhere Offizier, der ihn „erkannt" haben soll, war früher mal sein Einheitsführer und ist jetzt Präsident des südbadischen Landtags.*

– Wie wäre da ein Rita-Hayworth-Cocktail? Carpano Vermouth und White Label Whisky, *mit einem Schuss Angostura und Chartreuse* – die Kirsche nicht vergessen. Nach dem Mixen konnte man sich die Hände dann mit Warta-Seife wieder verjüngen, deren Hautwirkstoff die *Rückfettung* sicherte. – *Euer „Spiegel" gefällt mir, weil er irgendwie raffiniert aufgemacht ist. Es ist erstaunlich, dass er sogar hier von den sturen Alemannen gekauft wird. Das will was heißen. E.P. – Der Spiegel ist die einzige Zeitschrift, die ich regelmäßig lese. Er hat seinen eigenen Stil, was man von den wenigsten anderen Zeitschriften behaupten kann. Besonders gut fand ich Nr. 31, die ja einen Knüller nach dem anderen brachte. G.E.*

– *Wenn es Sie interessiert, kann ich Ihnen nur sagen, dass auch im hiesigen Bereich der „Spiegel" bei den Leuten geistig gesehen das darstellt, was der Wochenendkuchen nach dem Alltagsschwarzbrot ist. Im hiesigen dürren Blätterwald empfindet man das als eine wahre Wohltat. Der „Spiegel" repräsentiert eben eine journalistische Form, die mit flottem und doch gepflegtem Stil wirklich neue Gesichtspunkte bringt, die sich nicht in Gedankenakrobatik verliert und mit einer glänzend glossierten Prägnanz den Leser zum Nachdenken und – zum Schmunzeln bringt.* A.S. – Doch David Lilienthal, Chef der amerikanischen Atomenergie-Kommission, hatte nichts zu schmunzeln, er fragte sich besorgt, ob das *Atomgeheimnis der USA* noch gesichert war, denn oh Schreck, *vier Gramm Uranium waren verschwunden*! Das FBI durchleuchtete doch jeden Mitarbeiter bis auf die Seele, wie konnte das nur passieren? *Atomkontrolle* war also doch *militärische* Angelegenheit. *Sechstausend Wächter*, die *fünfmal am Tag abgelöst* wurden, genügten da nicht. Unbewacht und leicht entfaltete sich Marcel Breuers Schmetterlings-Dach-Haus, das er, *der in Ungarn geborene und in Deutschland erzogene Erfinder der Stahlmöbel, der 1937 mit Gropius von Weimar nach Harvard ging*, für die Millionen amerikanischer Familien gebaut hatte, die am *Rand der Großstadt* darin leben wollten. Breuer hatte ein Haus entworfen, so überwältigend: das Dach lag Kopf, im *schwach geneigten Winkel*, wie zwei unterschiedlich lange, aufgeklappte Flügel eines weißen Falters.

[Spiegel-Zitate *kursiv* ]

Der *Spiegel* gehörte sich selbst und sonst niemandem. Augstein war nicht die Art Journalist, die täglich neu geboren wird. Er war ein Duellant. Er besaß diese sehr konkrete Energie, eine klassizistische Haltung, ein Aussprechenkönnen unangenehmster und angenehmster Worte und Gedanken, das war dionysisch.

Die Welt war das Geschehen, war der Raum. Er wollte niemandem dienen und wenn, dann der kraftvollsten Seite und die war für ihn immer die aufbegehrende Seite.

Er verteidigte den *Spiegel* wie ein Bildhauer seine Skulptur und er war nicht allein, die Idee auch nicht. Dass dieses Nachrichtenmagazin fliegen konnte, das passte vielen nicht. Sie sahen in der Frische nur Frechheit, im intrigierenden und treffsicheren Spiel der Texte nur Willkür.

Etwas Kokettes ging von diesem Kunstwerk aus, etwas Richtiges, ein Recht auf Zeitwahrheit oder auch nur die Frage: Warum darf es kein neues Deutschland geben, das sich selbst setzt – frei – weil Freiheit verraten, weil Freiheit entbehrt, weil Freiheit vermisst, weil Freiheit jetzt und hier vielleicht das Unkünstlichste würde ausrichten können?

Augstein war verliebt in das, was die Zeit über sich selbst erhob. Diese Lust nach einem absoluten Collagen-Panorama der Gegenwart – um sich zugleich von ihr zu befreien und ihr nicht zu trauen, um nie mehr von ihr betrogen werden zu können –, das lästerte sogar über den Verstand. Denn wenn der Verstand misstrauen soll, dann muss man auch dem Verstand selbst misstrauen.

Viele erkannten, viele andere nicht, dass der *Spiegel* nichts isolierte, sondern den Charakter schärfte und das Leben zurückholte. Wie es jede große Setzung von sich behaupten darf, tupfte der *Spiegel* sich frei, kreidete sich wie eine große Vorzeichnung in die Menschen hinein.

Neunzehnhundertfünfundvierzig.
Eine neue Welt begann
Und dann
Auch viele neue Narrative und vieles was nicht mehr
So erzählt wurde wie bisher
Und vieles wurde leichter
Und seichter
Und alles war besser zu ertragen so und Edith Piaf schrieb in Paris
In sich rein und tief in sich hinein und in den Schoß
Ihrer Gedanken schrieb sie
Bloß
La vie en rose.

## 10

Ich.

*Habe fünf Weißpfennige in Gesellschaft vertrunken und für's Baden ausgegeben … ich verspielte sieben Stüber um einen Spiegel.*

Diels schloss das Buch, legte es oben auf seine Papiere, die über dem Ordner auf dem Tisch lagen. *Sich selbst zu befragen*, damit würde Diels nie aufhören. Sein Spiegel, das waren die Spuren überall, die Gerüche in den Hauseingängen, die stehen geblieben waren. Sein Spiegel lag in Scherben im ganzen Land verteilt, und etwas da draußen flüsterte diese Bruchteile zusammen, sodass sie sich unbemerkt bewegten, verschoben, wieder zusammenglitten!

Er tastete mit seiner Fingerkuppe über das goldene DÜRER auf dem Leineneinband, wie ein Blinder, in Gedanken war er im Nürnberger Militärgericht. Konnte es auf dieser Erde überhaupt eine Geschichte geben, wenn einer immer die Geschichte des anderen auffraß? Bliebe die Anatomie der Ereignisse einmal nur stehen, würde sie dann nicht eine Reihe unverstellter Erklärungen abgeben können? Wahre Korrekturen am Versagen, wahre Wünsche an ein übermächtiges Universum, Wahrheit im Gehandelthaben und Nichtgehandelthaben? Nicht nur einander überlappende Rezeptionen einer immer neuen Weltordnung, einander sich ablösende Großmächte, unendliche Trübsal, Hoffnungslosigkeit als Zeitgeist.

*God save the United States of America and this holy tribunal.* Die Prozesse besaßen – trotz der Fülle an Material, das in Schwärmen durch die Justizräume zog – keine sensible Ordnung, kein in seiner Menschlichkeit und Anschauung besseres Wesen, keine Absicht der Liebe. Differenzierungsversuche und persönliche Empfindungen perlten daran ab wie Wasser auf Fett. Wichtig war, so viel wie möglich von den Deutschen zu *erfahren*. Es gab Vernehmungen, Gespräche und Kreuzverhöre. Zu Anfang sollte ein Zeuge zu bestimmten Schlagworten etwa kurze schriftliche Erklärungen abgeben, die dann später, bei den Unterhaltungen, eventuell näher erörtert wurden. Das Geflecht ineinander verflochtener gesellschaftlicher, industrieller oder politischer Tiefen des Dritten Reichs zu durchdringen war für die Amerikaner aber komplexer, als sie angenommen hatten, selbst für ein *Office of Chief of Counsel for War Crimes – U.S. War Department*. Zwischen den massenhaft gesammelten Papieren dann auch mal ein Totenschein aus Dachau oder Ortsmeldungen an Hitler über die letzten – nicht namentlichen, sondern zahlenmäßigen – Schwangerschaften, Abtreibungen und Geburten. Flutendes Chaos. Preußenhass. Ahnungslosigkeit. Panik.

In den eidesstattlichen Erklärungen vom Zeugen Rudolf Diels befanden sich Kleinigkeiten wie, dass er als Regierungspräsident von Hannover in der Reichskristallnacht vom 9. auf den 10. November '38, in den allermeisten Stadtgemeinden seines Regierungsbezirks Zerstörungen verhindern konnte. Während Jeckeln, Polizei-Inspekteur für Braunschweig und Hannover, in Sachen Brandstiftung vorneweg ging, so, wie er auch für die Massengräber in Kiew, in Ungarn und Transsilvanien der Verantwortliche war.

Kleinigkeiten wie, dass es jedem Deutschen möglich war, alltägliche Befehle zu verweigern, ohne sich dabei einer Lebensgefahr auszusetzen. Man hätte dann womöglich als Feigling gegolten, aber keine großen Beeinträchtigungen davongetragen, so, wie sich auch Rittmeister Faber-Castell weigerte, eigenhändig hunderte von Menschen zu erschießen und diesen Befehl auch nicht weitergab.

Kleinigkeiten wie, dass Gisevius bei der Drucklegung seiner Abrechnung mit Diels in Buchform wohl davon ausgegangen war, dass Diels das Gestapo-Gefängnis nicht mehr lebend verlassen würde.

Kleinigkeiten wie, dass Diels als Chef der Schifffahrt der Göring-Werke die Verschiffung von zwanzigtausend Juden mithilfe kroatischer und bulgarischer Kollegen verhindern konnte, indem sie Stau und vollgeladene Fuhrwerke vortäuschten und diese Taktik sich auch nach seiner Zeit bei den Reichswerken, ja bis Kriegsende hielt. Nur, das nannte Diels nicht Widerstand, sondern *Manipulation unappetitlicher Befehle*.

In den Gesprächen dann und im Kreuzverhör erklärte Diels, dass es Defätismus war, der zu einer wirklichen Gefahr werden konnte und in ihm, in Diels, hatte die SS seit dem Röhm-Putsch einen solchen gesehen. Das war mehr als Befehlsverweigerung gewesen, die laut dem Deutschen Kriegsgesetz ein Recht des Soldaten war – Nein zu sagen, wenn der Befehl von verbrecherischer Natur ist. Es war bekannt, erzählte Diels dem Gericht, dass er seit seiner Zeit bei den Hermann-Göring-Werken auf etlichen Reisen Dinge erfahren hatte, die ihn, der ohnehin gebrandmarkt war, gefährdeten. Der neue Chauffeur, den der SD gegen seinen ersten Fahrer austauschte, erzählte von Vergasungen. Sein Botaniklehrer wandte sich entsetzt an Diels, in derselben Angelegenheit. Diels erklärte, dass er bald schon vom SD dazu angehalten wurde, nie wieder über diese Dinge zu sprechen, mit niemandem. Aber Diels hatte auch schon vorher, in seiner Zeit als Regierungspräsident, von Vergasungen am Rhein gehört. Einmal legte man ihm die Entsorgung einer ganzen Irrenanstalt nahe, was er ablehnte. In Hannover sei die Herstellung von Blausäure in bestimmten Kreisen auch kein Geheimnis gewesen.

Diels hatte diese Gerüchte seinerseits bei Unterhaltungen zunehmend angebracht – immer vorstoßender, immer unverhüllter – seine Verhaftung im Rahmen des *20. Juli* war die Folge gewesen, auch wenn er nicht zum Kreis des *20. Juli* gehörte.

Warum Diels Katholiken zur Ordnung gerufen hätte, wo er doch selbst Katholik sei und sich laut eigener Aussage für den konfessionellen Frieden eingesetzt habe.

Weil, so Diels, einige dieser katholischen Verbände schon bündischen Charakter besaßen und regelmäßig, gerade '33, für Beunruhigungen in der Bevölkerung gesorgt hatten. Diels sah sich selbst nicht als Katholik.

Ob Diels mit seiner Erklärung sagen wolle, dass *alle Deutschen* wussten, dass Juden vergast wurden? Diels sagte, in seiner Erklärung sei die Rede von *urteilsfähigen und durchschnittlich unterrichteten Deutschen* in den von der SS *beherrschten Gebieten* wie dem *Rheinland, Pommern, Hamburg* und *Bayern* mit seinem Zentrum *Dachau* gewesen. *Die Exzesse von Rohheit und Grausamkeit seitens der SS gegenüber politischen Gegnern,* besonders gegenüber *persönlich missliebigen Individuen*, konnten den besagten Deutschen nicht entgehen, spätestens nach dem Reichstagsbrand. Was jeder einzelne Deutsche, so Diels, erkennen musste, war, dass nach dem Röhm-Putsch der *Mord* zum *Staatsprinzip* gemacht wurde. Wer ist hier *jeder?* Eben *jeder*, der auch nur ein *gewisses Ohr* oder *Gefühl für Tagesgeschehen* und *politische Ereignisse* hatte – also auch und zuallererst die, die sich jetzt nach dem Krieg als Widerstandskämpfer ausgaben. Durch anfängliche Gerüchte, die sich mit anderen Gerüchten vernetzten, die zwangsläufig zum Austausch in den unterschiedlichsten Gesellschaftsschichten führten, verbreitete sich das Wissen um diese Verbrechen also mehr und mehr und mehr. Dabei schloss Jeder nicht Jeden ein, und das war im Rahmen des Tribunals einer der wenigen sehr präzisen Augenblicke, und er zeichnete die Möglichkeit eines Umgangs mit der deutschen Schuld.

Doch andere Fragen waren wichtiger für die Amerikaner, etwa die Ehe mit Görings Cousine. Diels gab zu Protokoll, dass das keine Ehe war, sondern dass sie ihn Ende der Dreißigerjahre aufgesucht und ihm gesagt habe, dass er sich eigentlich nur noch auf diesem Weg retten könne. Irgendwann geriet er in Handlungsnot. Er heiratete sie, sie hatte einen Selbstmordversuch unternommen, sie war hysterisch, sie war verliebt in ihn, sie wollte ihm noch immer das Leben retten.

In seiner Gestapohaft habe sie ihm einen Brief geschrieben: *Du verdienst, in dich zu gehen.*

Wie erklären, dass das Dritte Reich kein abmessbares Areal, kein Stempel und kein Ausweis – sondern ein Klima war, dass man darin ebenso zu überleben und zu leben versuchte, wie Verfolgte es taten, dass man berührte und berührt wurde, dass man den Meuchlern die eigenen Taten gegenüberstellte – selbst, wenn man nicht die ganze Reichskristallnacht verhindern konnte? Dass man den Mund aufmachte, Himmlers Befehle nicht ausführte und das auch vor anderen aussprach, es *aussprach*, wann und wo es nur ging, immer häufiger, immer lauter, immer verlorener, immer größer!

Diels sah noch die toten Möbel im Justizpalast, wusste noch vom faden Geruch der Wände, sah sich noch dasitzen, mit den Erinnerungen in ihm, die sich verkrampften und alles überschlug sich wie einst, als er auf den Obersalzberg bestellt worden war und alles grimassierte wieder so gehässig und man flog wie über sich selbst hinweg, suchte nach Antworten, suchte nach seinen eigenen Augen in der eigenen Geschichte, die in der Geschichte der Welt gefangen lag.

*Wie lautet Ihr voller Name?*
*Rudolf Diels.*
*Wann und wo sind Sie geboren?*
*Ich bin am 16. Dezember 1900 in Berghausen/Lahnkreis geboren.*
*Haben Sie die Schule besucht?*
*Erst die Volksschule, dann das Gymnasium in Wiesbaden.*
*Haben Sie studiert?*
*Erst Medizin, dann Jura in Gießen, Marburg, Berlin.*
*Wann haben Sie Ihren Rechtsanwalt gemacht?*
*Ich habe 1924 die Staatsprüfung in Rechtswissenschaften abgelegt.*

*Waren sie Mitglied einer nationalsozialistischen Organisation?*
*Ja, SS.*
*Wie lautet Ihre SS-Nummer?*
*Die weiß ich nicht mehr.*

Ein Haar von Eva Braun
Schmiegt sich in den Saum
Der Locken von der wife vom general.

Teure Bürsten gehören eben nicht auf den Müllhaufen der Geschichte.

## 11

Dann.
Wechselte Diels den Stuhl, nahm vor seinem Leitz-Mikroskop Platz. Wie beim Chesterfield-Sofa waren die goldenen Manschetten in seine Ärmelabschlüsse genagelt. Sein Pullover mit V-Ausschnitt war so gestrickt, dass die Musterformen gekonnt voneinander abwichen. Er beugte sich nach vorn, blickte – von seinen federgezeichneten Wimpern angestiftet – mit einer vollkommen eingestimmten Linse durch das Messingokular, das hinabfiel zum Objektiv, mitten auf den rund ebenhölzernen, sondenartig angehobenen Objekttisch, der von einem darunter sich befindenden Spiegel – soeben durchstrahlt wurde von der stechenden, fast weißen Nachmittagssonne – eine Moosfaser durchglühte.

Eine milchig helle Strähne hob sich rechts von seinem seidenschwarzen Haaransatz ab. Sein Auge blickte auf den Ausschnitt der Bahn einer Ellipse herab, die sich wie eine fluoreszierende Wirbelsäule krümmte, außen von granatapfelroter Membran überzogen, sich in hungrigen Schlieren nach innen zog, die dabei violett, violett-saphirblau wurden, hinein in eine Hermes-Kette vom Modell Chaîne d'Ancre, ein eckiger Ring an den anderen gehängt, gold-eisblau, feuergolden, von denen hier und da lichtbläschenzarte und neumondartig umleuchtete Eier in länglich gemaserte weißgolden-haitiblaue Spermien einsanken: blaulodernd, von überreif massivem Dunkelbordeaux konturiert.

In der Welt der Pflanzen, der Gräser, Sträucher, Flechten und Mimosen gründet sich alles in den Universen ihrer Zellen. Muss es nicht bei den Menschen ebenso sein? Liegt nicht in einem Mann und in einer Frau und in einem jeden Kind ebenso viel tiefe Entstehung? Wie vermag dann die Geschichte einfach zu sein oder auch nur zu einer Akte zu verkommen? Ist sie nicht eine Drehscheibe, die ausschlägt, wenn man sie auch nur mit einer Fingerkuppe sucht?

Schuld – dieses ganze, pralle Vermögen des Bewusstseins und der Tat – das konnte nicht nur in eine Richtung zeigen. Schuld breitete sich aus, sie waberte, schillerte, lebte, sie war alles. Gehörte jedem, gehörte keinem. Diese Gedanken waren nicht der Versuch eines inneren Freispruchs in Diels. Sie blühten viel mehr ineinander über. Ein Zeitblatt ins andere. In einen Fächer aus Motiven. In einen grenzenlos überpersönlichen Abgrund. In übergroße Hoffnung.

Das Wort *Rechtfertigung* atmete 1949 anders, und beim eintauchenden Blick in dieses Wort, erkennt man, liegt darin auch nichts Unaufrichtiges. Eine Rechtfertigung ist das sich in einem nicht schlafen legende Wälzen aller zusammenrauschenden Tatsachen, die man sortieren, darlegen und der Erkenntnis der Menschen widmen will. Sich rechtfertigen zu wollen, das entsteht im Gewissen, und zwar nicht, weil es sich reinwaschen will, sondern weil man überhaupt erst ein Gewissen besitzt und bezeugt, dass scheinbar keiner den Punkt trifft. Die Rechtfertigung auf dem Niveau zeitgeschichtlicher Geistigkeit ist eine Klarstellung, ein Wiederaufbau, eine Handreiche – sie ist das Gegenteil der Leugnung, der Lüge und der Feind der Narrativ-Konzile zur massenhaften Bündelung der Menschen.

Wirklichkeit war fremd geworden, Geschichte, eine einzige verhasste Nötigung.

Und beide – Wirklichkeit und Geschichte – hatten überhaupt nichts mehr miteinander zu tun. Ein unerträglicher, eigenartiger, unterentwickelter Zustand albdrückender Schwebe. Man war wie gehäutet, im schwächsten Kern gepackt, zur Rede gestellt, davon zugleich wie gelähmt, gerade dann, als freie und eigene Worte sinnvoll gewesen wären.

Wenn Dürer sich einen Spiegel besorgte, so war das etwas Seltenes. Nur wenige Frauen besaßen einen im sechzehnten Jahrhundert, einige Menschen hatten ihr ganzes Leben noch nicht in ihr

Spiegelbild geblickt. Dürer schon. Drei Jahre nach seinem *Selbstbildnis im Pelzrock* – das in Neuschwanstein auf Diels wartete – hatte Dürer das *Große Rasenstück* gemalt. Er hatte erst sich selbst betrachtet, dann, nachdem er seine Augen, seine innere Kraft durchschaut hatte – ihnen vertraute – malte er die äußere Natur, und zwar genauer denn je. Ohne zu wissen, wer er geworden war, wollte er das Werk außerhalb seines Leibes nicht mehr wiedergeben.

Diels lag auf seinem Bett, schlief ein, das Buch wie ein Schmetterlingsdach über dem Gesicht liegend, nur die schwarzen Brauen schlugen ihre Rätsel über den oberen Rand des Einbands, und Dürers Worte flossen in seine Narben hinein, *... es soll auch kein anderer Mensch keinen Strich daran malen als ich*.

Mit bloßem Auge war das *Große Rasenstück* ein verschlossenes Bild, untere und obere Bildflächen herzhaft aquarelliert, flüchtig bedacht, zurückhaltend, herb.

In der Mitte aber und bei Fokus, aus einem fast dunklen Grund, wuchs etwas heraus. Es wuchs aus dem Blatt hervor. Mit den Grashalmen, die wie einer Stirn entsprangen, kamen Gedanken hervor, Fragen, Zweifel. Dürer hatte, wohlwissend und vollkommen unbemerkt, die Natur porträtiert – aber in ihrer ungebrochenen, unausgetauschten Wahrheit, und seine Sittlichkeit bestand darin, sie nicht anzurühren, den Lebensformen seinen Respekt zu erweisen. Ebenso hatte er selbst die Bedingung gestellt, dass seine Werke keine andere Hand als die seine erfuhren. Erst Spiegel auf Spiegel erzählen die Geschichte der Wirklichkeit in Lebenszeichen.

Im Jahr 1500 begann für Albrecht Dürer ein neues Leben. Er hatte verstanden, dass nur das innere Kontinuum die äußere Welt machte und dass der Eigenwert – der persönliche Geschichtsverlauf – eines Menschen gemalt werden konnte, weil hinter diesem Einzelnen viele, so viele Menschen standen. Nicht die moralische Suche auszulösen, sondern das Individuum zu begreifen in der

Zusammensetzung seiner Zeit. Etwas von jener Luft, von jenem Sauerstoff der Geschichte auf den Pinsel übertragen, auf dem Untergrund untersuchen, den Menschen wieder reichen. Die eigene, nur dem Dargestellten gehörende Schönheit oder Qual des Erlebten, sollte sich dann mit dem magischen Format, mit dem realen Raum seiner Welt, verbinden, einander nicht mehr gegenüberstehen: Der Mensch sollte den Raum machen, sein Maßstab aus Stolz und Güte sein, der Raum sollte sich dem Menschen anpassen – seinen besten Eignungen, seinen erhabensten Plänen, seinen menschlichsten Taten, seinen widersprüchlichsten Abweichungen.

Dürer schuf eine Einheit aus Strenge und Freiheit, die es erlaubte, aus den eigenen Bahnen des Schicksals einfach auszubrechen. Und wenn ein Mensch etwas Unerhörtes, etwas vollkommen Ungeheuerliches tun wollte, dann sollte er das auch tun, und es sollte ihn befreien, ermächtigen und erfrischen, es sollte ihn segnen. Damit reinigte der Mensch dann wieder die Gesellschaft, was für ein bestürzender Kreislauf.

Wer vermochte das? Wer konnte so existieren? Nicht im Kontrast, nicht im Anschlag, nicht im Affekt – sondern im Zusammenfühlen aller Perspektiven? Wie oft hatte Diels darüber nachgedacht, was das Richtige ist. Das Richtige.

Das Richtige war 1933 etwas ganz anderes als zu jeder anderen Zeit. Richtig hieß, liebe dein Land, zerstöre nicht das Jetzt.

You are now entering Deutschland

Rudolf.
Augstein schlenderte neben Diels in den Wald hinein, der ganz nah an das Gutshaus reichte, in dem Diels zu Gast war. „Hier in Dürrenhembach kann man sich herrlich verstecken, obwohl eben hier unserer Geschichte der Hals zugeschnürt wurde, hier in Nürnberg.“ Diels zündete sich beim Gehen eine Zigarette an.

Er trug ein mächtiges dunkelrotes Samtjackett, sein Haar war forsch und doch ungezügelt nach hinten gekämmt. „Bin meinen Freunden hier sehr dankbar, wissen Sie, es wäre jetzt durchaus schwierig für mich, mich ernsthaft umzusiedeln. Das geht nicht mal mit meinen zierlichsten Pflanzentöpfen so leicht. Schön wäre es gewesen, Sie in Kaltenweide zu empfangen, Herr Augstein. Geldsorgen plagen mich zudem, aber immer schon, ist nichts Neues. Wenn Sie glauben, ich sei gut bezahlt worden für alle meine bisherigen Staatstätigkeiten, irren Sie. Hätte ich vielleicht meinen Vater bemühen sollen, ich, als ausgewachsener Mann und im Dienst des Dritten Reichs? Schwer gewundert hätte er sich, nicht? Gerade als Regierungspräsident musste man, wenn sich unangemeldet Gäste aus der Politik ankündigten und wenn der Gauleiter verreist war, alles repräsentativ auslegen.

Dann hatte ich irgendwann mehrere Haushalte zu finanzieren, und und und. ’42 verließ ich die Reichswerke, und ein Jahr später entzog man mir mein Gehalt.

Noch weiß ich nicht, wohin es mit mir geht. Mein Herz liegt in Hannover. Ich sollte eine reiche Frau heiraten!“

„Dieser Pächter wird doch aber vom Hofe gejagt werden, glauben Sie nicht?“, fragte Augstein. „Das Gericht wird Ihnen ja wohl recht geben.“

„Schlimmer sind noch die beiden Frauen, die mit ihm aufgekreuzt sind“, sagte Diels. „Mir stünde mein Haus nicht mehr zu, sagten sie, seit ich es mit Görings Hilfe gekauft hätte. Mit dem

Namen Göring konnte ich mir im Dritten Reich überall Zutritt verschaffen, ja, habe ich auch ordentlich ausgenutzt, aber meinen Hof fand ich Anfang der Vierziger nur für mich allein, es sollte ein Ort des Rückzugs werden, ein Ort des Lebens. Nein, dieser Bursche hat sich an den Luxus darin gewöhnt, an meine Zentralheizung, meinen riesigen Kamin, die alten Ofenplatten, die nicht mehr hergestellt werden, an die wildseidenen Vorhänge, die ich in Karlsbad aussuchte. Ich mag das, wenn Gardinen ungebügelt wirken, als hätte sich eine Frau darin versteckt."

„Oder sich darin abgetrocknet, möchte man sagen", lächelte Augstein, der einen tadellos sitzenden, trüffelfarbenen Anzug trug. Er war wach, aufmerksam und konzentriert.

„Uns wurde der Hals ja nun auch zugeschnürt", sagte Augstein.

„Achtmal *Lucifer* im *Spiegel* ist großartig genug!", tröstete ihn Diels und strich im Vorbeigehen über das Gesicht einer pinken Lichtnelke. Er blieb stehen, während Augstein weiterlief.

„Herr Diels, ich habe … – Herr Diels?"

„Schauen Sie mal hier." Diels wechselte die Zigarette in die andere Hand und kniete sich mit einem Bein zur Blume nieder. „Je zwei Blüten gen vier Himmelsrichtungen." – Seine Lippen sahen sich nicht satt daran. „Ich hab ein Faible für so was, verstehen Sie?"

Sie setzten ihren Gang fort. „Herr Augstein, jetzt hören sie mir mal zu. Was sie mir da bereitet haben, diesen Raum der Wahrheit – anderen Menschen diese Wahrheitsfindung – ist die unschätzbarste Ermutigung seit Langem. Ich sehe, wie Sie sich zermürben für dieses Land. Das Ungeziefer aber, das sich mir da aufdrängt, das war zu erwarten."

„Rasend wurden die Engländer, nicht nur unsere deutschen Leser", sagte Augstein.

„Dass Ormond derart außer sich gerät, das ist nun unglaublich!"

„Der ‚Leserbrief‘ hatte etwas, ich will sagen, Befremdliches. Manch einer bellt eben, wenn er nervös wird. Hinreißend aber dann von Ihnen, Herr Augstein, die Leserbriefe so ungebrochen zu präsentieren!“, applaudierte Diels kurz mit den Fingerspitzen, während seine Zigarette im Mundwinkel klemmte.

„Na, mit Ihnen könnte man die Auflage in die Höhe treiben!“, stimmte Augstein ein. „Ormond schickte uns seinen Leserbrief ohne Anrede, ich finde so etwas frech. Ich habe es gehörig satt, redigiert zu werden, ganz gleich von wem, und ein jeder Redigierer hat noch einen Redigierer hat noch einen Redigierer, bis hoch zu den Hohen Kommissaren. Ich will wenigstens den *Spiegel* freihalten davon, nur die Sache entzünden, nur das, was im Augenblicke passiert, dieses Etwas.“

„Die Ormonds dieser Welt, die den *Spiegel* wie desinfizierte Ritter mit erhobenem und lupenreinem Zeigefinger in Ihre fragwürdig deutschen Hände legten, sind zugleich die Kempners dieser Welt, die Leserbriefe sogar aus dem Courthouse hier in Nürnberg schreiben, um Carl von Ossietzky auf einem Foto in meiner *Lucifer*-Reihe zu „identifizieren“, als habe noch nie ein Deutscher den Ossietzky zuordnen können. Ossietzky war schon in den Zwanzigern weltberühmt.“ Diels hauchte den Rauch in die kühlgraue Spätsommerluft aus.

„Sogar in Germany“, beteuerte Augstein.

„Und dann seine Beschreibung der Fotografie: der *Häftling, mit dem der SA-Mann gerade spricht*. Kempners Ernst? Oder soll das ein Wink mit dem Zaunpfahl sein, dass er meinen *Lucifer*-Auszug ausdrücklich nicht gelesen hat? Der um drei Köpfe größere SA-Mann da, der ‚spricht‘ nicht mit Ossietzky, sondern entlockt der Situation die erstbeste Gelegenheit, Ossietzky unvermutet den Kiefer einzuschlagen. Überall war Ossietzky bekannt, darum war sein Aufenthalt in den diversen KZs ja auch so ein Politikum. Ich hatte seine Fährte, wie ich in meinem Buch schrieb, aus den Augen verloren, dann, als ich ihn rausholen konnte, war er schon halb tot. Aber Kempner war auch bei den Nürnberger Prozessen nicht aufzuhalten. Verbittert seit 1933, entrüstet, seit er gehen musste, bezwungen, schachmatt gesetzt und beleidigt für immer. Um seine Beschuldigungen in Nürnberg zu untermauern, brauchte er zusätzlich die Anregung späterer Emigranten, und damit ist er weit gekommen."

Diels dachte an einen Moment, als er und Kempner beide noch junge Regierungsreferendare in Berlin gewesen waren. Auf dem Weg zu den Waschräumen hatten sie jeweils irgendwas Lauwarmes gemurmelt, ein wohlerzogenes, herzlich abgeneigtes Gespräch. Dann standen sie nebeneinander, jeder an seinem Pissoir, und öffneten ihre Hosen, die Schnallen der Gürtel, den Bundknopf, die Knöpfe runter, dann fuhr jeder mit der einen Hand unter seine Wäsche, holte sein Geschlecht hervor, und fast zeitgleich auf die Sekunde urinierten sie in die blank geputzten Ministeriumsschüsseln in der ockerbraun gefliesten Herrentoilette. Dabei fixierte jeder die Fliesen mit den Blütenverzierungen in Hakenkreuzwindungen vor sich, währen das gesunde Zischen in den Abguss spiralte. In Diels' Augen lag das ganze Gewicht einer Art dankbarer Abneigung. In Kempners Blick verhasste Überforderung. Hosen zu, auf dem Weg zurück wieder ein knapper, farbloser Wortwechsel, und das war's. Kurz darauf verließ Kempner Deutschland. Sie haben sich stets gesiezt. Sie haben sich gern verachtet.

„Ich habe Sie in den *Spiegel* geholt, weil Sie nun einmal der Mann sind, der DEN Mordbefehl ablehnte", sagte Augstein.

„Leute an die Wand stellen war noch nie mein Stil", sagte Diels, während sie zu einer Bank kamen und sich setzten.

„Die Geschichte ist die Geschichte ist die Geschichte", da war sie wieder, Augsteins unerschrockene Stimme. „Ich selbst, ohne mich mit der Wucht Ihrer Erlebnisse messen zu wollen, war auch einmal in ihr, in der Geschichte, das war an der Ostfront, wo wir uns zur Unterstützung von SS-Divisionen befanden.

Chronisch ungeschickt, wie ich bin, hatte ich große Freude an den eher niederen Diensten wie Essenholen oder Holzhacken. Eigentlich wollte ich zur Luftwaffe, das klappte nicht. Wir glaubten uns dort am Ende der Welt, hatten Läuse und hatten Angst, wenn schreiend der Russe uns überfiel, wie Indianer unerwartet vom Berge kullern. Den Kesselflüchtlingen erging es noch übler als uns. Ich wollte den Leuten in unserem Lande die Möglichkeit geben, noch weiter zurückzugehen, reinzugehen, durch jemanden wie Sie, der noch zugleich so voll im Hier und Jetzt steht. Lassen Sie mich im Bilde Ihrer wildseidenen Vorhänge bleiben: Sie erscheinen wie ein Raum mit zwei Fenstern. Das eine zeigt ins Dritte Reich, das andere in die totale Gegenwart." Augstein senkte den Blick, der Wind, der erst über die hügeligen Baumkronen blies, fegte jetzt kräftiger über seine Stirn, über das hauchleichte und strohgoldene Haar, sodass er sich eine Hand an die Schläfe hielt, als wolle er seine Erinnerungen, die in den Strähnen flüsterten, für immer festhalten. Das war der Augstein, der Gedichte schrieb, der Augstein, der im Schreiben die Worte zersuchte nach Spuren und der bestürzt, bedrückt und sprachlos war, wenn einer ihn fragte, was er mit dem *Spiegel* eigentlich wirklich wolle und wo er seine Nachrichten hernehme?

„Und das *haben* Sie", sagte Diels. „Die Geschichte *haben* Sie klingen lassen. Was meine Serie ausgelöst hat, ist gehörig, wenn ein britischer Presseoffizier Einhalt gebietet und jegliche Fortsetzung schäumend unterbindet."

„Top", fand auch Augstein.

„*Top class*!" Diels schnippte den Zigarettenstummel von seinen Fingern.

"Ich selbst habe ja einmal mit einem recht löblichen Leserbrief begonnen, da war ich Gymnasiast", erzählte Augstein leger. „Im *Reich*, da erschien eine Nietzsche-Band-Besprechung, die behauptete, Kant sei der Ausgangspunkt von Nietzsches Gedankenwelt gewesen. Ich ließ ordentlich Dampf ab, wenn Sie verstehen."

„Kant hat mit dem Herrn Nietzsche ungefähr so viel zu tun, wie Schubert mit Liszt", sagte Diels.

„Dass Sie das jetzt sagen!", rief Augstein. „Ich war Rekrut, da wussten zwei Kanoniere einmal ein doppelstimmiges Liszt-Prélude zu schmettern, dass unser Waschraum zum Seitenschiff eines gewaltigen gotischen Domes wurde! Der eine wusch, der andere rasierte sich, und dieser Raum, der Korridor, der ganze Block waren wie durchschlagen, wie von einer Orgel überfallen und unterworfen!" Über ihnen wippten sich die Baumwangen an.

„Ich will mit der Türe ins Haus", bemerkte Augstein. „Es bereitet mir, ich will sagen, Bauchschmerzen, dass die Amerikaner Hitler psychologisch weiter erschlossen zu haben glauben als unsereins. Ich will sagen, wenn er der größte Terrorist aller Zeiten war, was er war, dann braucht es auch weitaus aufwendigere Vermessungen seiner Seele. Immerhin, will ich einmal bemerken, ist sein genialster Streich doch wohl der gewesen, das ganze Reich in die Seinsfrage geworfen zu haben, indem er das Wesen vom Nationalen mit dem des Nationalsozialistischen verschmolzen hat."

„Ja, dass er noch lange nicht erschlossen ist, dass er nicht auf die Nürnberger Art ad acta gelegt werden kann, dass er anders sein konnte, wenn man mit ihm alleine war, das ist alles richtig", sagte Diels.

„Und unseren Bericht über das *Institut zur Erforschung der nationalsozialistischen Politik*, den haben sie ja zur Kenntnis genommen. Kurz nach dem Kriege haben die Amerikaner noch gesagt, ja, den Hitler wissenschaftlich zu sezieren, könnte gerade für die Demokratiezöglinge nützlich sein", sagte Augstein. „Auch die Historiker waren dafür, es könne nur eine Zukunft geben, wenn die braunen Jahre eingehend studiert würden. NS-Akten sammeln ist aber nicht so einfach, der größte Teil liegt in Washington. Es geht um die Untersuchung des geistigen Phänomens des Nationalsozialismus, um die Anfälligkeit der Menschen für Gewaltsysteme. Doch es fehlt an Geldern, es fehlt an *spirit*."

Diels meinte: „Ich nehme die unaufhaltsame Flut unseriöser Hitler-Literatur auch wahr. Das reicht von märchenartigen Sensationen, die in amerikanisch-britischen Fraueninternierungslagern ihren Anfang nehmen, bis hin zu Thomas Mann, der sich mit seinem psychophysischen Unvermögen im wortreichen Repräsentieren der europäischen Kultur erschöpft und der Welt gern das Deutsche erörtern möchte." „Ein Selbstbildnis müsste es sein", murmelte Augstein in den rauer werdenden Wind. „Ein geschriebenes Selbstbildnis der Deutschen."

„Apropos, ich las im *Spiegel*, dass Dürer versteigert wurde", warf Diels ein.

„Eine Grafik, die *Apokalypse*", antwortete Augstein. „Dreitausend DM."

„Da wird gegen einen Drachen gekämpft", sagte Diels. „Ich glaubte vor wenigen Jahren noch, dass der Expressionismus gegen einen Drachen aus klobiger Kunstgeschichte kämpfe. Diese Leichtigkeit, dachte ich, dieses Über-allem-Flattern. Verkaufte meine Holländer, fand einen Kandinsky auf meinen Reisen.

Aber es ist nur eine Kanzel, von der diese neuen Maler heraburteilen. Es sind blinde Flecken auf der Haut der Menschen. Heute weiß ich, ein gutes Bild ist ein Bild, das mich *ansieht*. Mögen Sie Dürer?"

„Die Tatsache, dass nun Sie es sind, der mich das fragt, Herr Diels, verbietet mir sozusagen eine lapidare Antwort", sagte Augstein.

Diels strich mit seinem Finger über den beerenfarbenen Samt seiner Jacke: Strich er von sich weg, wurde der Samt ganz licht, strich er zu sich hin, wurde er fast schwarz.

„Er malte sich selbst, wie er die Wirklichkeit konfrontiert", sagte Diels.

„Realismus ist eben alles", sagte Augstein, der dasaß, mit so einem Glimmen oberhalb der Wangen: „Das echte Abbild, die Meisterschaft des Naturalismus. Dann ist man in der Geschichte und letztlich auch in der Poesie."

Diels sah ihn von der Seite an. „Sie sagen das Wort Geschichte immer so, als wäre sie vergangen und daneben stünden Sie. Doch Geschichte hört nie auf oder aber sie war gar nicht da. Wir sind in ihr. Immer. Sie, ich und *Ihr Spiegel*."

„Sagen Sie bitte nicht *Ihr Spiegel*", lachte Augstein hell und gebieterisch in den Herbst hinein.

Der Speer – das ist ein feiner Herr!
Der hat den Kindern Arbeit gegeben
Von wegen
Böse.
Und das ganze Zeug zum Bau der Lager
Das hat der Speer ganz allein verteilt.
Die Amerikaner sind ihm zu Hilfe geeilt
Denn so schöne Lügen
Wusste nur er zu hüten.
Und auch die Posener Rede vom Himmler
Hat er einst „n i c h t" bis zum Schluss gehört
Nein, das hätte Nürenbörg nur gestört.

13

Ganz.

Im Gegensatz zu dem ausgezeichneten Bericht von Philipp Humbert genügt mir bereits die zweite Folge der neuen Serie „Die Nacht der langen Messer fand nicht statt“ von Rudolf Diels, um diesem meine Meinung über seine Reminiszenzen zu sagen. Herr Diels, der sich nach eigener Aussage durch das Dritte Reich hindurchstapelte, sollte sich darüber klar sein, daß seine mehr oder minder interessanten Charakterskizzen über Prominente des vergangenen Systems weit mehr eine Probe seiner eigenen charakterlichen Qualitäten darstellen als eine wirklich wahrheitsgetreue Wiedergabe der damaligen Verhältnisse und Personen. Als Schützling Görings und Nutznießer des NS-Staates hätte Herr Diels eher Veranlassung, die Falten seines eigenen Seelengewandes gründlich abzusuchen, als die Sonde seiner Kritik an Personen anzulegen, die sich nicht mehr wehren können. Besonders unangenehm wirkt Diels diskrete Selbstbeweihräucherung seines „mannhaften Auftretens“ als eines heimlichen „Widerstandskämpfers“ gegen die damals herrschenden Schichten. Die paar Wochen Gestapohaft sind für Herrn Diels noch lange kein Freibrief, sich als Gegner des Nationalsozialismus auszugeben. Dazu hat er weiß Gott lange genug die Annehmlichkeiten einer einträglichen Position im Dritten Reich genossen. H.S.

In den Erinnerungen, die Rudolf Diels im „Spiegel“ veröffentlicht, fand ich soeben in der Nr. 21 auch den „Fall Bell“ erwähnt. Mir, als dem einzigen Tatzeugen dieses Mordes und dem Ziel eines gleichzeitig gegen mich gerichteten Mordanschlages, sei eine ergänzende Korrektur gestattet. Am 3. April 33 überkreuzten sich vor und bei dem Mord an Bell zwei ursprünglich völlig getrennt eingesetzte „Rollkommandos“. Rollkommando I war von der „politischen Polizei“ zum Zweck der Festnahme Georg Bells als des

bestinformierten Zeugen gegen Röhm sicher unblutig gedacht, da Tote als Zeugen nicht mehr zum Reden gebracht werden können. Die SA-Männer des Rollkommandos II hatten von Röhm den Auftrag: „Bringt mir den Bell lebendig oder tot! Lebendig ist mir lieber." Röhms Schergen setzten zunächst Bells Braut bei Rosenheim fest, dann seinen besten Freund in Rosenheim unter Druck und in Marsch zu ihm. Röhms Weisung, „lebendig ist mir lieber", legten sie sicher in dem von Röhm gewünschten – umgekehrten Sinn aus. Bell wurde umgelegt, da gefährliche Zeugen als Tote nicht mehr aussagen können. Nur Röhm, der nach des Schicksals Laune in München ausgerechnet in einem Haus in der Hohenzollernstraße wohnte, das der Schwiegermutter Bells gehörte, wußte um die Verlobung der „Haus"-Tochter und um Bells Aufenthalt in Oesterreich. Nämlich durch Bells Braut selbst, die Ende März bei Röhms Mutter Fürsprache für ihren Bräutigam eingelegt hatte. Die Männer des Rollkommandos I einigten sich gütlich mit Bell gegen Freilassung der Braut sie nach München zu begleiten und wiegten so den sonst so Vorsichtigen in Sicherheit. Unmittelbar anschließend erledigte Rollkommando II ihn wortlos mit fünf Schüssen, während er – mit mir im Zimmer allein – ahnungslos seine Sachen packte, nachdem er um der Braut willen in alles eingewilligt hatte. Zweifelsfrei geht der Mord auf Willen und Weisung Röhms zurück. Gegen Bell und mich fand die „Nacht der langen Messer" leider sehr erfolgreich am Tage statt.
J.H.

Viele „Spiegel"-Leser warteten gespannt auf das erste Brief-Echo zur Diels-Serie*). Herr Schwarze, Hannover, eröffnete die Reihe in Nr. 23. Das erste Echo ist eine heftige Spritze Unduldsamkeit. Es ist nicht schwer, von vornherein zu verunglimpfen. Seien wir doch froh, daß prominente Beteiligte (entscheidend ist ja schließlich das „Wie" der Beteiligung) in so offener Weise und gestützt auf klare Tatsachen berichten. Von denen, die abseits standen, sind authentische Aufschlüsse dieser Art beim besten Willen nicht zu erwarten, da sie keinen Einblick hatten. H.G.

* Der „Spiegel“ wird in seiner nächsten Ausgabe eine Sonderseite mit Leserbriefen zur Diels-Serie veröffentlichen. - Red.

*Spiegel* – Sonderseite:
Darf ich Sie im Hinblick der Diels'schen „Leitsätze“ in Ihrer Nr. 20 auf Dr. Meyer-Abichs kürzlich erschienenes Buch „Die Masken fallen – Aus den Geheimpapieren des Dritten Reiches“ aufmerksam machen. Sie finden dort, was Dr. Hans Bernd Gisevius zu sagen hat, der als Beamter im Preußischen Innenministerium in der Lage war, sich eigener Sachkenntnis ein Bild von Diels und seinem Wirken zu machen:

„Die politische Polizei unterstand einem gewissen Rudolf Diels. Auch er kam von der alten preußischen Polizei her. Er war ein gelernter Berufsbeamter. Man hätte denken sollen, er kannte noch die Begriffe von Recht und Anstand, aber brutal, zynisch, zum Letzten entschlossen, war er gewillt, seine frühere politische Vergangenheit als Demokrat vor den neuen Machthabern vergessen zu machen und sich bei seinem weiteren Chef, dem Preußischen Ministerpräsidenten und Innenminister, einzukaufen. Diels war es, der diese Geheime Staatspolizei erfand. Er inspirierte Göring zu dem ersten Erlaß, diese Behörde zu verselbstständigen. Diels war es, der die SA und die SS in diese Behörde hineinließ. Er legitimierte die Aktionen dieser Zivilkommandos ...“
H.L.ORMOND

Wenn man das Buch von Dr. Gisevius gelesen hat ... so gewinnt man den Eindruck, daß dessen Erinnerungen im allgemeinen wahrheitsgetreu wiedergegeben sind. Dann aber kann man nur mit großem Mißtrauen die Darstellung von Herrn Diels lesen ...
Dr. med. W.M.

So sehr mich als Rußlandheimkehrer die begrüßenswerte Artikelserie des Herrn Humbert packte, so sehr widert mich schon der Anfang der Diels-Serie an. Ist es nicht eine wahre Lumperei, wenn ein Mann, der schon 1933 erkannt haben will, wohin das Schiff steuerte, brav bis 1944 mitmachte und nun heute über seine Gönner herfällt? Es ist nur gut, daß der „Spiegel" diesen Herrn deutlich vorstellte. K.B.

Die Memoiren von Rudolf Diels werden für viele eine Überraschung sein. Nicht für jene, die ihn kennen. Er schreibt genau das, was er im Dritten Reich tat und sagte. Außenstehende werden ihn heute sowenig wie damals begreifen. Seine Gegner – das sind immer die, die ihn nicht kennen – werden enttäuscht sein, daß Diels kein Nationalsozialist war. Sie werden ihn der Lüge zeihen und ihn begeifern. Oder ihn gar Verräter nennen. Seine Freunde wissen, daß es anders ist. Er hat ihnen damals, als seine Gegner von heute schwiegen, gezeigt, daß die sittliche Einzelpersönlichkeit nicht vor der Canaille zurückschrecken darf. Er zeigt ihnen heute, daß er seinem Wahlspruch treu geblieben ist. Dr. B.

Rudolf Diels erwähnt in seinen Memoiren (Spiegel Nr. 21) seinen alten Mitarbeiter Ministerialdirektor Fischer. Schon 1932 amüsierte sich Berlin über den astrologischen Herrn Fischer. Dieser alte Beamte aus dem früheren Preußischen Innenministerium wurde der „Löwe" genannt. Er war verheiratet mit Klara Schmalz, der Tochter eines friesischen Handelsschiffkapitäns. 1932 ließ sich Klara Schmalz – genannt das „Eulchen" – von Herrn Fischer scheiden, da das Sternbild beiden Eheleuten nicht mehr günstig war. Klara Schmalz heiratete kurz darauf den früheren Feuilletonredakteur des „Angriffs", Dr. Johann von Leers. Dieser junge, mit einem außerordentlichen Lexikonwissen NS-Schriftleiter, hatte beim „Angriff" einen Reinfall erlebt: Er veröffentlichte in den Tagen der scharfen „Angriff"-Angriffe gegen Erich Maria Remarques

Kriegsbuch „Im Westen nichts Neues“ ein langes Kapitel aus Remarques Buch, das ihm unter einem anderen Verfassernamen eingesandt war. Aber das nebenbei. Klara Schmalz kündigte ihre Vermählung mit Dr. von Leers durch eine Heiratsanzeige an, die den Vermerk trug: „Durch meine Ehe mit Herrn Dr. Johann v. Leers werden meine Beziehungen zu meinem früheren Mann, Oberregierungsrat Fischer nicht getrübt.“ Die „BZ am Mittag“ veröffentlichte diese Anzeige unter der Ueberschrift „Schöne Aussichten im Dritten Reich: Ehe zu dritt.“

Im Hause von Leers spielten sich zwischen Fischer, den Derop-Sowjets und den Derop-Deutschen die „vorparlamentarischen Verhandlungen“ ab, die der von Rudolf Diels geschilderten Affäre vorausgingen. Eines Tages gestand der „Löwe“ Fischer traurig seiner früheren Ehegattin, das Sternbild über sein Verhältnis zu Rudolf Diels habe sich sehr verschlechtert. Wenige Tage später legte Diels seinen Mitarbeiter Fischer auf Eis.“ I.N.

Der Blick hinter die Kulissen zu Beginn des Dritten Reiches sowie der Versuch der Charakterisierung von Größen dieses Systems durch den ehemaligen eifrigen Mitarbeiter Diels ist weder interessant noch mit moralischer Berechtigung geschrieben …

Mir ist ein überzeugter Nationalsozialist lieber als diese Art von Menschen, die zwar persönlichen Nutzen zu ziehen bereit sind, im gegebenen Falle sich aber -zigmal rückversichert haben, so daß sie nach außen auf Kosten ihres nichtvorhandenen Gewissens immer eine reine Weste haben. Herr Diels sollte lieber weiter angeln oder Moose untersuchen – arbeiten scheint er auch heute nicht nötig zu haben – denn erstens bringt sein Bericht nicht viel Neues, und zweitens soll, wer im Glashaus sitzt, nicht mit Steinen werfen. E.F.

Ein trauriges und erschütterndes Bild: auf der einen Seite Männer, die so oder so unter bewußtem Einsatz ihrer Person Geschichte machten, auf der anderen Seite ein überheblicher Kritiker, dessen einzige Leistung im Leben darin bestand, immer hübsch oben zu schwimmen. Nun kann er sich auf Grund des zu erwartenden Welterfolgs seiner Memoiren endgültig zur Ruhe setzen. Ich möchte bei der Begrüßungsansprache dabei sein, mit der ihn der selige Fliegerhauptmann Hermann in einem besseren Jenseits empfangen wird. K.O.

Was im „Spiegel" erscheint, mit Satire gewürzt und mit treffenden Randbemerkungen versehen, nötigt mir immer wieder Hochachtung vor der Redaktion ab. Die geführte Klinge, an der heutigen Zeit gemessen, ist beachtlich. Zu der Plaudertaschen-Veröffentlichung von Rudolf Diels möchte ich jedoch ihn und ähnliche Artikelverfasser fragen: Warum habt ihr, die ihr schon frühzeitig mit diesen bösen Geistern zusammengekommen seid und die ihr bald als solche erkannt habt, wie ihr vorgebt, warum habt ihr diese bösen Geister nicht vom Schicksal unseres braven und anständigen deutschen Volkes isoliert? Zweifellos fehlte euch der Mut! Den habt ihr immer von einem eurer Nebenmänner erwartet! Deutschland wird euch wegen dieses Mangels an Zivilcourage noch Rechenschaft abfordern. Ihr lauft frei herum und seid am Schicksal Deutschlands schuldiger als die kleinen Geister und Mitläufer der Partei, die für ihren gutgläubigen Idealismus noch heute und in Zukunft schwer büßen müssen. Das Volk musste irren, da ihm Sand in die Augen gestreut wurde und das Ausland mit Hitler paktierte. Die Artikelschreiber aber wussten genau um den an uns im Gang befindlichen Betrug. Sie versäumten ihre Pflicht, die sie Deutschland gegenüber hatten. Dipl.-Ing. G.P.

Diels führte seinen Kampf für das Recht in steter Lebensgefahr durch. Wer seine Arbeit kennt, weiß, daß er es gar nicht nötig hat, sich heute einen „Freibrief" zu erschreiben. Daß er im ungleichen Kampf der Schwächere war und schließlich unterliegen mußte, spricht ja nicht gegen ihn. Weshalb er nicht emigrierte? Es war in vielen Fällen mutiger, im Lande zu bleiben. Und der gutbezahlte Posten nach seinem Ausscheiden aus dem Staatsdienst? Wer etwas leistet, soll sich gut bezahlen lassen. Das ist keine Schande, weder damals noch heute. H.G.

Endlich einmal kommt eine ernsthafte Stimme zu Wort. Die Stimme eines Mannes, der nicht außerhalb der Geschehnisse stand. Was wir bisher über das Dritte Reich hörten, befriedigt entweder ein Entlastungsbedürfnis oder reagiert Komplexe ab. Mit Schimpfen ist dem Suchenden nicht gedient. Darum war ja die „Umerziehung" so erfolglos. Wir wollen verstehen, wie alles kam, und warum es so kommen mußte. Die Diels-Erinnerungen geben wirklich ein Bild, das durch Ressentiments nicht verzeichnet ist. Dipl.-Ing. G.G.

Wenn Herr Diels schon frei herumlaufen darf, sollte er wenigstens seinen Mund halten, und der „Spiegel" sollte solche Anekdötchen dem Inter-Verlag in Zürich belassen. Mein Abonnement habe ich gekündigt, um nicht womöglich genötigt zu sein, demnächst Kaltenbrunners Selbst-Entnazifizierung lesen zu müssen. HCH.S.

Als „Spiegel"-Abonnent lese ich stets mit besonderem Interesse die in der Rubrik „Briefe" veröffentlichten kritischen Stellungnahmen. Leider läßt der in Nr. 23 veröffentlichte Leserbrief des Herrn Schwarze jede konkrete Begründung seiner Kritik an Herrn Diels vermissen. Meine persönlichen Erlebnisse als Bürgermeister der Stadt Hoya während der Amtszeit des Herr Diels als Regierungspräsident der Provinz Hannover ließen mich seit 1936 zu einem Urteil über ihn gelangen, daß ihm jede innerliche Bindung zum Nationalsozialismus abspricht. Ich bin der Ueberzeugung, dass Herr Diels sich die staatsbürgerliche Verpflichtung auferlegte, nach Kräften ausgleichend zu wirken und innerhalb seines Dienstbereichs für Recht und Ordnung zu sorgen. Er ging mutig und unerschrocken diesen Weg, ohne sich der Willkür der Partei zu beugen. P.S.

Lieber „Spiegel“, warum hast du nur den fetten Hermann ausgegraben? Wen zum Teufel interessiert denn dieser Obereunuch noch nach seinem seligen Tode? Göring ist für uns kein toter Star, sondern schlicht gesagt ein gemeiner Verbrecher, der seine Strafe bekommen hat – weiter nichts! Uns ist es schnurzegal, wieviel Wildschweine er geschossen und wieviel Liter Wein er gesoffen hat. Nun schreibe bloß noch, er habe in festlichen Nächten Brillantringe an den Zehen getragen, dann reicht's! U.H.

Ich begrüße die Veröffentlichungen der Berichte von Rudolf Diels über seine Erlebnisse im Dritten Reich. Die internen Vorgänge der Staats- und Parteimaschinerie der damaligen Zeit verdienen, der Oeffentlichkeit zugänglich gemacht zu werden. Die persönliche Meinung über Herrn Diels sich zu bilden, kann ja dabei jedem unbenommen bleiben. W.G.

*Der Spiegel wird das nächstemal weitere Lesermeinungen zum Fall Diels spiegeln.

DIELS-ECHO:
Die von vielen erwarteten Reaktionen im „Spiegel“ sind eingetreten. Daß die Dielssche Artikelserie geteilte Aufnahme finden würde, war zu erwarten. Aber warum das „Spiegel“-Abonnement deshalb kündigen? Zumal der „Spiegel“ selbst keine Stellung nahm? Der „Spiegel“ kann – und will doch auch nur – die jetzige Aufbau -oder Verfallszeit wiedergeben. A.T.

In Nr. 26 beweist Diels, daß er nur ein Märchenerzähler ist, denn er schreibt: „Einige Gefangene waren, wie ich später hörte, in diesem Lager mit Hilfe eines umgekehrt aufgestellten Motorrades, auf dessen sausende Räder sie gesetzt wurden, entmannt worden."

Entsetzlich, grauenhaft, nicht wahr? Herr Diels soll es bitte einmal vormachen, ein Motorrad einfach umzukehren und die Räder zum Sausen zu bringen! Außerdem: nur ein Rad kann sausen, das angetriebene. DR. A.M.

Der Vergaser eines kopfgestellten Motorrades funktioniert nicht mehr. Der Brennstoff fließt aus. Es sei denn, es handelt sich um ein von der SA konstruiertes Entmannungs-Spezial-Kraftrad. C.H.P.

Auch die Batterie würde diesen „Motorrad-Looping" nicht lange mitmachen. E.P.

Solche Fehler in einem Tatsachenbericht sind geeignet, die Glaubwürdigkeit des Ganzen erheblich zu erschüttern. H.D.

Vielleicht war sich Herr Diels der Lüge bewußt, weil er auch schreibt, er hörte hiervon später. In diesem Fall hätte er besser geschwiegen. W.R.

(Die Zeitschrift „Der Spiegel", die diese Stelle meines Buches veröffentlicht hat, erhielt einige Leserbriefe, die teilweise mit groben Angriffen gegen meine Glaubwürdigkeit die technische Unmöglichkeit dieses Greuels zu beweisen trachteten. Um so besser, wenn deutsche Emigranten, die 1933 die Bornimer Vorgänge in London zu Protokoll gegeben hatten, phantasiert haben sollten! Rudolf Diels, Lucifer Ante Portas, Deutsche Ausgabe)

Die Nachrichten über Untaten in den KZs gehen jeden einzelnen von uns an. Wir müssen heute endlich die Wahrheit über Dinge erfahren, die uns jahrelang unbekannt blieben. Aber es muß die Wahrheit sein. Leichtfertige Greuelberichte, die nicht auf dem

Boden der Tatsachen stehen, sind sehr gefährlich. Nicht nur für einzelne Personen, sondern ebenso sehr für uns als Volk. Darüber sollten sich derartige Berichterstatter im klaren sein, namentlich wenn sie Deutsche sind. DR. H.R.

In Nr. 26 ruft Herr Fischer aus Bremen Herrn Rudolf Diels nach alter Seemannsart zu: Weiterangeln! Herr Diels angelt nicht allein. Zu seinen Angelpartien erschien auch – auf persönliche Einladung des Gestapochefs a. D. – Herr Robert Kempner, stellvertretender Hauptankläger im Nürnberger Militärtribunal. Amerikanische Journalisten in Frankfurt am Main unterhielten sich neulich über die Diels-Serie des „Spiegel". Einer sagte, dass die gemeinsamen Angelpartien in Washington sauer aufgestoßen hätten. Warum eigentlich? Herr Kempner war vor 1933 enger Kollege des Herrn Diels im gleichen Ministerium. Warum sollen die beiden alten preußischen Polizeikämpen nicht ihre Erinnerungen austauschen, auch wenn Herr Kempner inzwischen amerikanischer Professor geworden ist? Herr Diels hat nicht nur manches mitzuteilen, sondern auch manches zu verschweigen. Vielleicht das Interessanteste ... W.M.

Ich war der Sturmführer Martin, den Herr Diels in Nr. 24 als zu den guten Geistern der SA-Gruppe Berlin-Brandenburg gehörend bezeichnete. Ich kann bekunden, daß die Zusammenhänge wirklich sine ira et studio dargestellt sind. Auch ich befand mich während des ersten Nürnberger Kriegsverbrecherprozesses als Zeuge im Gerichtsgefängnis. Ich weiß, welche Rolle Diels damals spielte. Er äußerte sich, obwohl das damals nicht populär war, wirklich unvoreingenommen – im Gegensatz zu anderen Zeugen. Es ist nicht zuletzt seinen Bekundungen zu verdanken, wenn nicht viele hunderttausend ehemalige SA-Männer heute vor den Entnazifizierungskammern beweisen müssen, daß sie keiner Verbrecherorganisation angehörten. Diese Fairneß, nicht das eigene Nest zu beschmutzen, ist gerade von diesem Mann bemerkenswert, der weiß Gott von der SA nicht geliebt wurde. Es ist mir klar, daß die Leute, die sich die Dinge aus dem Ausland oder aus dem Schmollwinkel her ansahen, heute ein derart lavierendes Leben verständnislos oder gar feindselig betrachten. Fest steht, daß Diels in seiner Serie ebenso wirkliche Geschichte schrieb, wie er sie im Jahre 1933 machte. DR. A.P.M.

In Bezug auf sein recht erhebliches Selbstbewußtsein unterscheidet sich der Verfasser wesentlich von den meisten Memoirenschreibern, die in der letzten Zeit unter uns zerknirschten und reuevollen deutschen Sündern auftraten. H.J.

Wer Diels wirklich gekannt hat, wird mit mir der Ansicht sein, daß dieser Mann für viele in den dunklen Jahren der nazistischen Aera letzter Haltepunkt vertrauender Hoffnung war. Diels rettete oft in riskanntem Einsatz Männer, die den sicheren Tod durch die brutale SS-Justiz vor Augen hatten. Allein mein unmittelbarer Freundes -und Bekanntenkreis enthält eine Handvoll Menschen, die ausschließlich der Hilfsbereitschaft Diels' ihr Leben verdankt. Niemand wird glauben, daß es diesem intelligenten und verbindungsreichen Manne nicht möglich gewesen wäre, gleich zehntausend anderen in das sichere Ausland zu retirieren. Doch Diels blieb – und half, schwächte Ungerechtigkeiten, nahm drohendem Unheil die Spitze und erhielt nachweisbar vielen Gegnern des braunen Regimes das Leben. Dr. Gisevius überschüttet Diels in seinem Buch mit schweren Anschuldigungen. Diese Auswürfe sind haltlos, wie vieles, was Gisevius schrieb. „Brauner Jongleur" nannten wir Gisevius während seines Aufenthaltes in der Schweiz, weil seine politische Linie völlig undurchsichtig war und weil nie jemand auch nur ein kritisches Wort über den Nationalsozialismus aus seinem Munde vernahm. N.J. von G.

Diels war verhaftet und vegetierte im Internierungslager Staumühle (Senne). Dort lernte ich ihn kennen und bewundern. Er hatte eine Haltung, die selbst seinen Bewachern Achtung abnötigte, hätte sich doch nur ein Bruchteil all' der Prominenz, die da im illustren Kreise versammelt war, so verhalten. Diels bewies dort, daß er eine absolute Persönlichkeit mit Zivilcourage ist. Wo hätte er es besser beweisen können, als in diesem zermürbenden Stacheldrahtkäfig? Alle die heute so leichtfertig Kritik üben, mögen vorerst sich in eine solche Situation zu versetzen suchen, in der Diels sich so lange befand. Dr. Med W.R.

Auf alle Fälle geben die Schilderungen von Diels wieder einmal ein plastisches und warnendes Bild jener wilden Zeiten, die nur allzu schnell vergessen werden, um Legenden Platz zu machen. Was wissen denn die heute 25-, ja 30jährigen? Sie waren 1933 noch kleine Buben und können gar keine Ahnung haben, wie das alles gekommen ist. G. von D.

Ueber Herrn Diels mag man, obwohl er sich etwas sehr stark hervorhebt, zweierlei Meinung sein, wenn man die Aeußerungen von Männern hört, die ihn seinerzeit persönlich kannten. H.P.S.

Wenn Herr Diels das Verbrecherische des Nazi-Regimes schon so frühzeitig erkannte und täglichen Umgang mit den höchsten Naziführern hatte, warum griff er dann nicht rechtzeitig zur Pistole und bereitete dem Spuk durch eine wirklich mannhafte Tat ein schnelles Ende? Gelegenheit dazu dürfte er bestimmt mehr gehabt haben, als irgendein kleiner Pg., NSV-Zellenleiter oder Städtischer Angestellter, der nach sieben Jahren Militärdienst und Gefangenschaft seinen Arbeitsplatz nicht mehr betreten darf, weil er die Partei-Exerzitien in seinem Nest gehorsam mitmachte, und dessen Familie seit Jahren in moderner Sippenhaftung dafür büßen muß, daß ihr Ernährer kein „Widerstandskämpfer“ vom Format eines Herrn Diels war. F.S.

Die Lektüre der „Spiegel"-Berichte bereitet mir immer neue Freude, aber der „LangeMesser-Bericht" ist eine Zumutung. Wer soll denn das noch lesen ... H.O.K.

Die Memoiren des Herrn Diels
Verraten trotz des wend'gen Stils
Und seiner Exklusivität,
Wohin die Diels'sche Reise geht.
Wer Diels in seinem Wesen kennt,
weiß, daß er immer darauf brennt,
Bei jedem warmen Sonnenschein
Als Nutznießer dabei zu sein.
So, wie er einst mit Severing prahlte
Und später neben Göring strahlte,
So glänzt er, wie wir deutlich sehn,
Auch in dem neuen Zeitgeschehen.
Doch dafür kann Herr Diels nun nicht
Weil aus ihm jene Stimme spricht,
Die sagt, daß durch Gesetz bestimmt:
Der Auswurf immer oben schwimmt. A.B.

Das Jahr 1933 wäre anders verlaufen, wenn die politische Polizei Preußens schon damals in der Hand Heydrichs gewesen wäre ... Mir, die ich bisher mit dem Phänomen des Jahres 1933 nicht fertig werden konnte, haben Ihre Veröffentlichungen jedenfalls viel Klarheit gegeben. L. von M.

Ich habe mit allergrößtem Interesse die Veröffentlichungen des ersten Gestapo-Chefs Rudolf Diels in Ihrer Zeitschrift gelesen und auch die verschiedenen „Einsendungen" für und gegen ihn verfolgt. Ich wurde 1933 als Nicht-Pg. in der Gestapo als Kanzleiangestellte eingestellt und war dort bis 1937 tätig. Diels arbeitete hauptsächlich mit Nicht-Pg's, er hatte von den Pg's die „Nase voll“. Er setzte auch Weihnachten 1933 persönlich Tausende von Kz-Insassen in Freiheit. Wir Stenos bekamen während der Feiertage Sonderdienst aufgebrummt und mußten Namenslisten und Berichte schreiben. „Niemand mehr Weihnachten im Kz!“, war seine Parole. Eine knappe Stunde nach dem Rauswurf von Diels im Frühjahr 1934 setzte bereits seine Verfolgung durch Himmler-Heydrich ein. Da diktierte mir der zuständige Kriminalbeamte schon die ersten Protokolle. H.S.

Arthur Morse schrieb ein Buch
WHILE SIX MILLION DIED.
Fünf Monate hat Roosevelt also verstreichen lassen
Als die krassen
Nazis ihm tausende Juden angeboten
Die sonst zu Toten
Zu werden drohten.
Delano tat nichts
Auch angesichts
Einer Warnung von '42 nicht
Von wegen Hitler sei erpicht
Darauf alle Juden in Europa zu vernichten.
Erst '44 nach der ganzen Scheisse
Wurde er Roosevelt der Weisse.
Sogar im Weltkampf lachte man '39 über die amerikanische Kälte
In der die jüdischen Gäste draußen warten mussten
Und nicht wussten
Ob sie noch eingelassen werden in die states.
Und auch '38, als die Synagogen brannten, fragte man Roosevelt
Ob das Gesetz zur Einwanderung nicht gelockert werden sollte?
Er: Das stünde nicht zur Debatte! Er wollte
Sie einfach nicht.
Und schon '34 glänzte Amerika in seinem Rassenhass auf die dunkle Haut
Außerdem waren an gewissen Universitäten Juden nicht erlaubt.

We proceeded systematically, village by village, and we destroyed the houses, filled up the wells, blew down the towers, cut down the great shady trees, burned the crops and broke the reservoirs in punitive devastation. So long as the villages were in the plain, this was quite easy. The tribesmen sat on the mountains and sullenly watched the destruction of their homes and means of livelihood ... At the end of a fortnight the valley was a desert, and honour was satisfied.

Der junge Kriegsreporter Winston Churchill, September 1897, nach dem britischen Überfall auf das stolze, paschtunische Mamund und der vollständigen Zerstörung, ja Vernichtung ihrer Heimat im Nordwesten Indiens durch die Armee des Empire.

♦ ♦ ♦

## 14

Opel.
Kapitän, Baujahr '49. Der Lack war schieferfarben, der Wagen war riesig. Innen, die Sitze vorne und die Bank hinten, sowie Türen und Dach, alles in hellem Milchkaffee gehalten. Im Motor kochte kostbarer deutscher Kraftstoff, jedenfalls, was Alliierte übrig ließen, doch allmählich fand Mineralöl seinen Weg wieder wie Wasser zu einem vorzüglichen Auto. Diels schlug das dunkelblaue Lenkrad, das wie ein Steuerrad von schmalen Speichen durchmessen war, nach langem Schweigen abrupt ein und hielt seitlich der Fahrbahn. Enttäuscht stieg er aus und knallte die Tür zu. Lisa folgte ihm.

Die Autobahn tranchierte die süddeutsche Landschaft in einen unendlichen und unbekannten Planeten, mit dem man schon irgendwann einmal ein Déjà-vu hatte.

„Das darf nicht wahr sein, wie konnte ich darauf vertrauen, dass der Dürer nach Neuschwanstein ausgelagert wurde?“ Er lehnte sich mit dem Po gegen den Opel, der vom Heck bis zur Stoßstange seinem eigenen Hinterkopf glich, wo das Haar so eine kurze Volute nahm, leicht gebogen, und das Diels'sche Schwarzfeuer akkurat und doch völlig frei mit dem Nacken verschmolz. Seine gebräunten Hände vor der Brust, vor dem weißen Hemd verschränkt. „Mein Geschenk für dich, meine eigene Erwartung, ich hätte erst ganz, ganz sicher sein sollen. Ich hab nicht nachgedacht. Oder zu viel nachgedacht. Zwei, drei Anrufe hätten genügt, und ich wüsste, was ich jetzt weiß. Aber mein Kopf ist ... da drin ist noch so viel Lisa, so viel ... ich will das alles verstehen und auslegen wie einen Teppich, über den andere mit mir schreiten können, wenn sie wollen. Ich ... ich fühle so eine glückliche Wut, Lisa! Ich fühle mein Herz, ich fühle dich, ich fühle diese Straße, diesen Weg, den Sprung – weißt du noch – der Sprung? Irgendwas hier geht doch bergauf, oder etwa nicht?"

Lisa, in der Hose ihres Vaters und den schneeweißen Socken, deren Bund sich wie ein elisabethanischer Kragen um die schwarzen Schnallenschuhe wand, lehnte sich neben ihn. Das Mittagslicht suchte sich durch ihr braungewelltes Hasenhaar.

„Dass Dürer sich im Haus der Kunst in München befindet", fuhr er fort, „das hätte ich mir eigentlich denken können, und ich war noch vor einigen Wochen in München. Aus der Zerstörung wüteten noch immer diese Achsen. Ich lief und ich lief und ich lief! Die Haltung, die diese Stadt hat. München denkt nicht, München fühlt alles und gewinnt. Ich ging bis zur Feldherrnhalle. Konnte mich eine Stunde nicht bewegen, stand nur davor, Schaudern und ... und ich sah mich selbst darin. Rechts zog sich längs der Wand eine Bomben-Narbe, mehr nicht, mehr hat es nicht gelitten. Es stand da, traurig und maßregelnd, dahinter flüsterten die Drückebergergassen, ich war wie weggefegt." – Er sah sie an. „Ich erinnerte mich, wie ich deinen Vater einst dort traf. Ich denke oft an ihn. Ich weiß, wie sehr er dir fehlt."

Sie sagte nichts.

„Verschüttet durch einen Bomben-Volltreffer unter seinem eigenen Haus in Hannover. Dass du ihn auf diese Weise verlieren musstest. Und dein jüngerer Bruder, als ich ihn jetzt wiedersah, der wird das nicht mehr schaffen, Lisa.

Gott sei Dank ist der Älteste noch wohlauf bei euch, er hat mich zu seiner Hochzeit eingeladen, ich werde gerne kommen!“

Sie nickte.

Seine Linsen waren dunkelblau, hellblau, dunkelblau – wie Wasserlicht an den Wänden venezianischer Palasteingänge.

„Ist dir aber klar, dass du es schaffen wirst?“

Sie nickte wieder.

„Ist dir klar, dass du jetzt nicht aufgeben wirst?“

Sie nickte.

„Ist dir klar, dass du mich hast?“

Sie sah ihn an.

„Ich hab dich nie angerührt, werde dich nicht anrühren, ich wage es nicht.“ Er steckte die Hände in die Hosentaschen und stieß sich vom Auto weg, ging einige Schritte auf dem eisigen Gras. „Du sollst keine Sekunde denken, dass ich nur darauf warte, dich auszuziehen.“

Sie sah in seine Augen, die einen aufbrachen.

„Ich will bei dir sein, das ist alles. Ich will mich wiederfinden“ – er trat auf sie zu, hochgewachsen und massig, mit dem sehr filigranen Hals und den schlanken Armen, die er vorsichtig um sie legte und in denen einmal die kalte Welt für sie verschwand, in einem Tunnel.

„Heidelberg“, antwortete Lisa auf die Frage, wo sie untergekommen war, und beobachtete gespannt, wie Diels eine leicht zerklüftete Brücke befuhr, als besäße sein Auto Flügel. „Bei Freunden. In dem Haus verkehrten auch einige junge Menschen, einmal kam Nico Sombart.“

„Sombart?“, fragte Diels, die Finger ins Steuer gehakt.

„Ja."

„Der Sohn?", fügte er an.

„Des berühmten Vaters, ja", sagte Lisa. „Wir unterhielten uns. Einmal besonders lang. Er erzählte mir, wie froh er sei, in dieser einzigen unzerstörten Stadt Deutschlands sein zu können. Er sagte, er schäme sich für das, was die Nazis getan hätten, und dass er nach vorne blicken will. Er sei den Amerikanern unendlich dankbar für ihre Reeducation und wie wohltuend diese internationale Strafjustiz allen täte. Es klang alles ein bisschen auswendig gelernt. Er hatte gerade angefangen, für einen amerikanischen Theateroffizier zu arbeiten. Ihm selbst fiel gar nicht auf, dass er im Laufe des Gesprächs nur noch lauter gefühlloses Zeug von sich gab. Schwärmte von den PX-Läden, vom Essen in der Offiziersmesse, vom Wohlstand durch die Amerikaner und all das. Ich fand, dass er ziemlich verstellt wirkte, wenn er so über Carl Schmitt herzog, und dass man ihm nicht verzeihen dürfe und solches. Ich hielt mit meinem eigenen Herkommen zurück, dass ich die Tochter eines wohlhabenden Unternehmers bin und erst recht, dass mein Vater durch Bomben ... ich hielt es für sinnlos es zu erzählen, nachdem Nicolaus gestand, noch nie einen Menschen für seine Intelligenz so bewundert zu haben wie Churchill."

Diels strich dezent übers Steuer, fuhr etwas schneller, blickte unverwandt nach vorn auf die Straße, in seinen Mundwinkeln knisterte es. „Er arbeitet sich jetzt ab, ist doch logisch. Kennt er Churchills Erinnerungen? Hat er die gelesen? Wie Churchill genüsslich von den ‚Säuberungen von fünftausend deutschfreundlichen Offizieren und höheren Beamten der russischen Armee' spricht? Abstoßender hat noch kaum jemand die Staatsraison beflügelt. Weißt du, Lisa, ich habe Werner Sombart sehr geschätzt, die Sombarts waren eine erstrangig großartige Familie und von solchen hätte es ruhig mehr geben dürfen, aber den Einschnitt in deinem Nicolaus –", Lisa unterbrach ihn laut. – „Warum sagst du *meinem?*" – „Den Einschnitt in dem jungen Nicolaus, den musst du dir gravierend vorstellen", sagte Diels. „Er kommt in Berlin als Sohn dieses übermächtigen, altweltlichen, nach einer wirklich vergangenen Zeit riechenden, vergeistigten, grandiosen Soziologen zur Welt, sein Vater war eine Berühmtheit ohnegleichen, eine wandelnde Bibliothek. Seine Mutter, diese schöne und herablassende Rumänin, die ihm sicher im Kopf rumgeistert. Die Partys bei denen waren legendär. Das Dritte Reich baut sich vor ihm auf und birst. In genau diese Wunde fällt er '45 und er muss sich entscheiden, weil die Amerikaner nicht lange warten, sondern erwarten, dass jeder Deutsche seine „Eltern" verlässt: Deutschland oder die Welt, fragen sie – der Blick nach innen oder die Flucht nach draußen? Und er wählt die Welt, weil er – klug und gebildet, wie er ist – weiß, dass er nicht zurückkann. Was geschieht? Er wird ein geschmackvolles Weltkind. Das amerikanische Versprechen von einer Auflösung der Persönlichkeit hin zu einer einzigen Weltgemeinschaft reizt ihn, und ich kann ihn verstehen, es ist aufregend. Was er nicht ahnt, ist, dass dieser neue Welt-Traum auf Schritt und Tritt einer sehr gefährlichen amerikanischen Choreografie unterliegt."

„Klug ist er, das stimmt." Lisa legte ihre Wange an den Sitz, sie glaubte, sie befände sich in einer Kapsel, die immer weiter schweben würde, solange sie redete. „Er erzählte von einer *Gruppe 47*, dort gäbe es einen *elektrischen Stuhl* – nicht wirklich, der heißt nur so – auf dem jedes Gruppenmitglied seine Texte vorträgt. Dann würden diese Texte gegenseitig übelst verrissen. Es gehe ihm da eigentlich zu plebejisch zu, aber er wolle nun mal schreiben."

„Von dieser Gruppe habe ich gehört", sagte Diels trocken. „Können wenig, wollen viel."

„Wer da nicht in den entstuckten Ton miteinstimme, würde, wie Nicolaus sagte, demokratisch-selektiert!", lachte sie.

„Siehst du", entgegnete Diels, „er sollte lieber nicht so über den Hausfreund seiner Eltern herfallen, weil eben Carl Schmitt es ist, der vor einem Nackengriff der Demokratie warnt."

Es begann tatsächlich zu schneien, trotz sehr klarem Himmel.

„Fahren wir weiter nach München, zu deinem Dürer?", wollte sie wissen.

„Warum sagst du *meinem*?" Diels grinste. „Weißt du, worüber ich mit Augstein sprach?"

„Über mich?", fragte sie.

Sein Profil lächelte beim Fahren. „Wie es wäre, wenn ich ein Buch über Hitler schreiben würde." Diels kostete eine weit geschwungene Zeitlupenkurve aus, das sonderbar rosenquarzige Licht dieses Tages brach sich in seinen Sonnengläsern und seine Sonnengläser sich im Rückspiegel. Das sehr dünne Metallgestell der Brille war vergoldet, durch die gewittrige Tönung der Gläser hindurch vibrierten seine Bedenken. „Wirst du es tun?", fragte sie.

Er gab richtig Gas, sein Puls ging ins elektronisch Bass-Trommelnde: „Ich muss nach Bayreuth, und zwar bald. Die Winifred, die kannte ihn auch *anders*."

Nürnberg, so wollte es Amerika
Sollte zerstört bleiben,
Einem modernen Karthago gleich
Für immer als Anblick leiden.
Nie mehr wieder aufgebaut
Sollte alle Welt wissen:
United angels haben hier den Satan zerrissen.

Da haben die Nürnberger gesagt Nein.

Und sie haben gesagt Nein.

## 15

Nein.

„Nein, nein, nein!“, fauchte Diels und joggte über die Feldwege nahe bei seinem Hof, weiter und weiter hinaus, bis in die cézannigen Moore hinein.

Seine Adidas-Turnschuhe rammten sich tief in die wispernde Erde. Er lief in den Winter, doch er schwitzte, taugetränkt.

„Nein!“, rief er und legte an Geschwindigkeit zu. „Nein! Nicht die Präzision verlieren, keinen einzigen Fehler wiederholen, sich nie mehr verfangen!“

Wie in einem fremden Urwald schlug er die wässrigen Sträucher von sich, rannte weiter und weiter. Nicht sich selbst verlieren, nein, nein. Nie wieder. Nie mehr!

Sein Kopf war unnormal klar. Weiter! Weiter! In seinem Blut trommelte ein wildes Orchester, schlugen hundert Schlagzeuger gleichzeitig! Alles zog sich zusammen, roch nach Smaragd und Regen, und er war der Gärtner und er würde nicht noch einmal verlieren!

Er fiel in die Farben seines Mikroskops, fiel in Feuergrün, in Saphir-Rot, rannte durch Gold-Gold! Schneller! Schneller! Noch schneller! Immer schneller!

Nach vorn stürmend, blickte er zurück – 1935 – als er Regierungspräsident in Köln war, geriet Adenauer in Schwierigkeiten. Adenauer hatte sich den Nazis nicht angeschlossen, draußen war Kirmes. Der Rhöndorfer Junggesellenverein hatte sich ihm zu Ehren vor seinem Haus versammelt und hielt ihm mitsamt Kapelle ein Ständchen. Der sparsame Adenauer spendete ein paar RM und ein paar Gläser Wein.

Die Gestapo, die ja nun Himmler und Heydrich unterstand, informierte den Kreisleiter, dieser den Gauleiter und den Regierungspräsidenten – doch Diels war verreist. Die Feuerwehrkapelle wurde vom Kreisleiter als antinationalsozialistisch denunziert, der Gauleiter erwartete von Regierungspräsident Diels die Ausweisung Adenauers vom Regierungsbezirk.

Adenauers Bruder August nahm Kontakt zu Diels auf, der ihn wenige Tage später, nach seiner Rückkehr, empfing.

„Herr Regierungspräsident Diels“, begann August Adenauer, „man muss meinem Bruder recht geben!“

„Ne!“, rief Diels funkelnd und wippte in böser Uniform in seinem Bürosessel hin und her, mit demselben Hi-Hat im Herzen wie jetzt beim Joggen. „Ne, Herr Justizrat, und ich weiß auch nicht, wie Sie sich das vorstellen! Durch die wuchernden Behördenmetastasen der Gestapo bin ich überall von teuflischem Misstrauen umgeben, ich kann nichts tun und der Gauleiter will jetzt sein Opfer, Punkt. Da die Ausweisung aber mehr ein Nazi-Machtakt und nur vorübergehend ist, ist das einzig Gescheite jetzt, dass Ihr Bruder abwartet. Er soll Gras über die Sache wachsen lassen, sich ruhig verhalten und nach einigen Wochen einen wohlwollenden Antrag an den Gauleiter stellen, in dem er darum bittet, das Weihnachtsfest hier bei seiner Familie verbringen zu dürfen, und das wird er auch, Sie haben mein Wort – Sie wissen schon, ich bin letztlich zuständig, das wissen Sie, oder? Ja? Ist klar so weit? Aber auch ich brauche Raum zu handeln, verstehen Sie? Ja? Gut? Für einige Zeit muss er sich jetzt also mal v e r d ü n n i s i e r e n, verstanden? Überhaupt, tickt er noch ganz recht: zieht um, unterrichtet niemanden darüber und zieht ausgerechnet in eine Straße zwischen zwei nationalsozialistische Führerschulen?! Das sind die wildesten Burschen aus der ganzen Partei, zur Hölle! Politisch instinktloser geht's ja wohl nicht mehr! Dilettant! Von solchen rücksichtslosen Träumern ist unserem Land nicht geholfen, von den Glastürmchen aus, in die sie sich zurückziehen, um Goethe zu lesen und Cranach zu gucken, um daraus jetzt eine Antwort für Deutschland herauszuziehen – diese Krampfadern haben mit der Gegenwart nichts zu tun und es sind eben solche Verdränger, sich die Hände nicht schmutzig machende Abwarter, die die Wut von Bonzen entzünden und das gerade jetzt, wo wir Männer bräuchten! Sagen Sie Ihrem Bruder, diesem Dornröschen, diesem ehemaligen Oberbürgermeister Kölns – Herrn Konrad Adenauer – er soll aufwachen! Das Zentrum kommt nicht mehr wieder!“ Diels sprang auf wie ein Tiger, sah dem August in die Augen und knallte die großen Handflächen auf den Schreibtisch: „Kuckuck! Wir haben Diktatur!“ – August Adenauer war fassungslos in seinen Stuhl gedrückt. –

Diels legte nach: „Noch nie was davon gehört, was?! Diktatur ist wie eine Liebschaft, die man loswerden will, aber die das wissen zu lassen wäre tödlich. Da muss man sich hindurchschmiegen, weiterstreicheln, ein bisschen lecken und Lucifer bitten, dass es nicht mehr so lange dauert. Also, abwarten, hübsch Tee trinken, weiter Blümchen gießen, und ich kümmere mich darum, dass die SS sich nicht doch noch unbemerkt ein Schlupfloch sucht. Bleibt ja doch wieder alles an mir hängen.“

– Diels joggte jetzt in ein undurchschaubares Areal, warf sich in einen Arm aus Farnen, die ihn verschlangen, sprang über Passionsblumen, wühlte sich wettlaufend mit sich selbst durch kitzelnden Papyrus und anschmiegende Bananenblätter, Papageien explodierten aus dem flüsternden Gesträuch, und durch das Glutrot der Zellen der Moose sank er in Pailletten aus Laub und warf sich keuchend mit brennender Lunge auf die Wiese bei Hannover, lag ausgestreckt auf dem nassen Gras zwischen sich um ihn räkelnden Schlangen, lag wie auf dem Objekttisch eines Forschers – blickte schnaubend hoch zum Steinmorgenhimmel – Brust auf und ab, auf und ab, auf und ab.

Konrad Adenauer hatte Weihnachten 1935 bei seiner Familie in Rhöndorf verbracht, spätestens Ostern ’36 war er wieder ganz zurück in seinem Haus in Köln – unversehrt. Diels hatte Wort gehalten! Diels war jetzt der einzig Richtige für den Verfassungsschutz der Bundesrepublik! Adenauer schuldete ihm was!

# 1954 : Horizont

16

West.
Coast. Mit ihr schmiegte sich ein neues Aquarell in die Luft der Zeit. Weit und atmend, wehte herüber, wehte nach Deutschland, und öffnete man die Augen, war alles anders. Das Leprastöhnen des Krieges im Stadtbild füllten jetzt steingläserne Kästen, die einen ansahen. Fremde, eigenartige, kühl elegante Geometrien, die ihre Städte mit dem Versprechen konfrontierten, sie in Ruhe zu lassen, wenn sie sich nicht weigerten, in die Gegenwart einzuwilligen. Die abgeschnittene Zunge der Geschichte bekam einen neuen Gaumen eingebaut und summte zu einem unbeschriebenen Klang. Es war die flaumige, alles vergessen machende, unberührte Lunge eines fünfundzwanzigjährigen Amerikaners, der sich in den Wind der Welt mischte und ins dunkle Rot der Erinnerungen eine nie dagewesene Brise der Leichtigkeit von Schwermut blies, wie sie einem nicht mehr gleichgültig bleiben konnte: Mister Chet Baker.

Ein geräuschloser, manchmal eine halbe Stunde statisch verharrender, feingliedriger Typ mit Seitenscheitel und Stupsnase. Höflich zu Frauen, verbissen zu sich selbst, verborgen, ehrgeizig und wenn er seine Lippen – kaum geöffnet – ans Mundstück drückte, die muskulösen Finger fest über die Ventile legte, dann wehte eben dieser Wind, der so empfindlich und so unentdeckt war.

Die East Coast wurde mitsamt Miles Davis und seiner eigentlich eben noch tonangebenden Trompete ganz einfach fertiggemacht, Chet vom *Down Beat Magazine* und vom *Metronome* zum Trompeter des Jahres 1954 gekürt: aus und vorbei für Miles. Miles, mit den großen, gelblichen Augäpfeln, der überheblichen Konzentration, der gewittrig arroganten Haut, dem hochklassigen Kleidungsstil, er war raus! Seine spitz zulaufende Musik, geschmeidig und penetrant, heiß und berechnend, die sich angewidert und mit einem – einem Kanu gleich – gebogenen Körper vom Publikum abwandte, in ihren tiefsten Partien glitzerte wie Scherben auf unvernünftigstem Stoff, war überboten worden von einem Chet Baker, der anders pustete – samtiger, runder, nicht nachtragend, den Jazz nicht wie eine persönlich übelnehmende, geistige Überlegenheit spielend, sondern eher wie ein Angebot, heiser an den Kurven, durchblutet. Mit Chet war das, was hinter der Brust sitzt und was auch immer es für einen Namen haben mag, nicht mehr ganz so wund, tat nicht mehr ganz so weh, Chet tat nicht weh.

Miles Davis war das, was man einen Puristen nannte, ein absoluter Apostel der Jazz-Überlieferung, aber auch verschlossen und misstrauisch, fies, majestätisch.

Er ketzerte natürlich gegen Chet, wo er nur konnte, dazu hatte er auch jedes Recht, und Chet wusste das. Der Vorwurf, Chet Baker hätte den Jazz vom Blues befreit, stimmte nicht. Was Miles als bloße Oberfläche empfand, das meinte Chet ernst. Stan Kenton hatte außerdem in seinen *Artistry* gezeigt, dass ein Genre unzählige Schichten in sich birgt, die herauszukitzeln erst einen klassischen Künstler ausmache, überhaupt, was sind Genres? Nichts als Grenzen, nichts als Angst. Es formierte sich ein neuer Jazz wie ein Kitzler zwischen Blues und klassischer Musik, wie gemacht für Chets anmutige Lichtmalerei.

Chet wollte die Musik, sonst gar nichts. Von den verbliebenen dreihundert Dollar der Band kaufte er sich einen Jaguar. Hauptsache, nicht mehr mit Mulligan zusammenarbeiten müssen, *frei sein*, immerhin saß Russ Freeman jetzt am Piano. Richard Bock produzierte das alles für *Pacific Jazz,* und auf der LP, die auf Lisas Bett lag, sah Chet nachdenklich und leise aus, verletzlich und doch sauber zuschlagend, wie ein Insekt aus Stein.

Er war dabei ein ebenso raffinierter Magier wie Miles, denn in Wirklichkeit waren das keine Gedanken auf einem Foto, sondern in beiden die Lustsucht nach Heroin, die auf ihren Gesichtern eine sehnsüchtige Kraft auslösen konnte. Heroin hatte das Talent, immer grausamer, immer besser zu werden. Heroin machte alles stabiler, und jeder Splitter, der vom Herzen wie ein nackter Taucher ins Universum kapselte, die Erkenntnis der Sterblichkeit und das Gejagtsein vom eigenen Dasein – das Leben selbst – waren dann in ihren Umrissen zumindest unklarer und damit erträglicher.

William Claxton fotografierte das Ganze auch noch, diese fantastischen Schmerzen, diese wunderschönen Feinde. Er richtete seine Kamera auf Chet, umgeben von Frauen, die ihn ansahen wie einen Außerirdischen, von dem man ein Kind will, und auf Miles, der, zurückgelassen in der Milchstraße, angesichts dieser neuen Wunderbegabung, ehrlich gesagt, nicht weiter wusste.

Die Stücke suchte Chet inzwischen selbst aus, manchmal sang er dazu. Lisa lauschte ihm, während sie im kurzen, gestreiften Bademantel über einen vollfelligen Teppich schritt, in dem ihre lackierten Zehen verschwanden. *Isn't it romantic?* Ja. Sehr sogar. Aber Lisa ist *through with love,* weil *you don't know what love is – also you better go now*.

Als sie das erste Mal, abseits seines hemmungslos überragenden Trompetenspiels, seinen Gesang gehört hatte, war sie verstört. Chets Stimme klang weder wie ein Mann noch wie eine Frau. Seit sie sich daran gewöhnt hatte, konnte sie nicht mehr von ihm lassen. Sie begann den Tag mit ihm, sie ging durch den Tag mit ihm, sie spielte ihn abends, in der Nacht, sie spielte ihn, wenn die Nacht die langen Wimpern hob und wenn der Morgen wiederkam.

Chet Bakers warmer Atem hauchte ihr auch jetzt eine Wimper von der Wange, und sie sah in den Nierenspiegel vor sich. Auf das parfümierte Mandelpuder stieß sie kräftiges Umbra an die Wangen. Ihr Mund schwieg wie vor einem Schrei. Das Licht der Lampe, die wie ein Grashüpfer vor einem Sprung auf dem Tisch hockte, schirmte ihre grauen Augen auf, die aus schwarzgetuschtem Gefieder donnerten, und der Abschluss ihres ovalen Kinns stockte wütend. Sie zog sich die kurzen, engen, knalltürkisen

Handschuhe bis an die Dreiviertelärmel ihres kanariengelben Kleides. Die hautfarbene Strumpfhose, die sie vorsichtig hochstrudelte, kaschierte ausgezeichnet die nichtrasierten Beine. Ihre Schuhe waren aus Wildleder. Ihr Haar, dicht raschelndes Windlaub.

„Denkst du, er kommt auch?“, fragte Tante Vera, neben ihr im Wagen sitzend und ihren Hut richtend.

Lisa fuhr los. „Woher soll ich das wissen? Soll er bleiben, wo der Pfeffer wächst.“

Die Straße lag stumpf und gerade vor ihnen. Ein unaufgeregter Nachmittag, kurz vor der Tür zu einem unabsehbaren Abend.

17

Landtagsabgeordneter.
Leonhard Schlüter öffnete. „Die Damen! Nur herein!" – Schlüter war ein feister Kerl Anfang Dreißig. Intelligent, schnell, schweißgebadet, Hemd und Krawatte. „Es sind auch schon alle da!", sagte er, und Lisa und Tante Vera betraten das Wohnzimmer. Den ganzen Raum fasste eine bauchhohe Holzverkleidung. Auf dem erdnusscremefarbenen Sofa saßen zwei FDP-Abgeordnete in Anzügen. Der Jüngere, seine Hand mit dem cyanblau-schwappenden Pik-Ass-Cocktail auf die Lehne des Wiener Geflechts gestützt, erhob sich kurz. Der um einiges Ältere spitzte seinen Blick aus der Sidewinder-Brille heraus, die wie erweiterte Brauenflügel von seinen Augen wegklappte, und nickte kurz. Links und rechts vom Sofa standen zwei schwere Lampen mit glasbemalten Bäuchen und Leinenschirmen auf Mahagoni-Klapptischen. Um die Ecke ein weißbrauner Grundig-Tischfernseher auf einer offenen Anrichte. Darauf einige Broschüren und diverse Flaschen, vor allem eine Menge Kreutzkamp-Spirituosen-Deutsches-Erzeugnis-Liköre, -Korn, -Doppelwacholder und so was. Dem Sofa gegenüber, zwei Sessel in papayaorangener Polsterung, deren rostdunkles Holz sich wie scharfe Krallen in den swimmingpoolblauen Teppich stach. Schlüters Frau wandte sich nach den beiden Besuchern um, ihre Beine lagerten eins zu eins diagonal unterhalb ihres erdbeersofteisgepunkteten Kleides. Auf dem Sessel daneben hatte Schlüter gesessen, bot ihn jetzt Lisas Tante an, die mit ihren minzsahne-lotusfeinen, hochhackigen Schuhen ganz hereintrat und im Gehen zum Fenster hinüberlächelte, wo Rudolf Diels in einem kurzärmligen Sporthemd lehnte, das in seiner weiten Hose steckte, in der er seine langen Beine überkreuzt hatte, und sein Rheingau-Spätburgunder-Höllenberg-Römerglas hob, über dem sich – leuchtend und geschwollen – seine entspannten Augen hoben.

Lisa ging zu ihm, langsam.

Zog den Handschuh aus, Finger für Finger, langsam.

Sah ihn an.

Dabei.

Legte ihre Hand an den schwarzlackierten Regler des Dacapo-Telefunken, wo in hauchdünnen Goldlettern Lautstärke stand, und drehte – langsam – auf.

„Bert Kaempfert“, sagte sie. „So was von großartig.“

„Nordwestdeutscher Rundfunk ist aber auch ordentlich!“, rief Schlüter und drückte ihr ein hohes Glas Apricotbrandy in die Hand. Die grellrote Kirsche darin sank wie ein verlorener Ohrring auf den Grund hinab, langsam. Er selbst stieß mit einem Alt-Friesland an, eilig.

„Er ist der Einzige“, sagte Lisa, „der Einzige neben Chet Baker für mich.“

„Der Baker soll doch nach Europa kommen“, meinte Schlüters Frau von ihrem Platz aus und drehte sich wieder herum wie eine Gazelle. „Hab ich jedenfalls gelesen.“

„Also wirklich Liebling, muss das jetzt sein?“ Schlüter schüttelte den Kopf.

„Ja, muss“, antwortete Lisa für Frau Schlüter. „Weil nämlich der Chet Baker ein Wunder ist, lieber Herr Schlüter. Aber Kaempfert! Kaempfert! Wie der arrangiert!

Die Trompeten sind natürlich die Hauptfiguren, aber mit dem Herbert Rehbein bringt er das Klavier und die Violinen noch dazu, alles verschmilzt so kräftig und doch bleibt es zart, dass ich also nicht aufhören kann, Platten zu kaufen!“

„Ich mag, wie dein Haar aufsteigt. Wie Rittersporn“, bemerkte Diels unbeeindruckt und ließ sich aus der Luft nachschenken.

Lisa sah ihn an. Langsam erstickend und überreizt.

Schlüter räusperte sich. „Es ist doch ein wahrer Verrat am Genussmittel Alkohol, Cocktails zu mixen! Wie schrieb doch Ernst von Salomon im *Fragebogen* über diese neumodische Sitte, es sei nichts als eine Barbarei! Nein wirklich, man muss es so wie der Herr Diels halten."

Diels lächelte in Lisas rasende Augen hinein. Sie wusste überhaupt gar nicht, wie lebendig ihre ständige Wut war und wie schön.

„Ich sehe, wir brauchen noch Eis, dieser Sommer wird doll, das ist mal klar – ich hole welches, nur zu, genießen Sie schon mal, gnädige Frau!"

„Warum schaust du mich so an, gnädige Frau?" Diels stellte sein Glas aufs Fensterbrett.

„Warum fragst du so frech?", zischte sie.

Er beugte sich zu ihr vor: „Willst du mich jetzt, Lisa?"

Aufgerührt blickte sie sich um. „Halt den Mund!", drohte sie.

„Willst du mich jetzt?", wiederholte er lauter. „Lass uns jetzt zu mir fahren.

Jetzt gleich. Und dann, dann kannst du alles mit mir machen. Alles, was du willst. Alles, was du schon immer einmal machen wolltest. Alles. Ich gehöre dir, schon lange."

„Du sollst still sein, hab ich gesagt! Sei still!", rief sie außer sich, stellte ihr Glas neben seines, doch in der Wucht rutschte es ab, und der Rotwein tropfte vom Fensterbrett auf den Teppich.

Diels dachte an seinen ersten polizeilichen Besuch bei Leni Riefenstahl, eines sehr späten Abends 1933 in Berlin. Riefenstahl hatte ihm Rotwein angeboten, doch zuvor ein Glas umgeworfen. Sie war nervös. Im Zimmer hatte ein Schneidetisch für ihre Fotografien gestanden, außerdem große Lampen, alles eher schlicht.

Diels machte ihr klar, er sei beauftragt, sie zu warnen, Neid und Missgunst seien erregt worden, die Frauen der Parteifunktionäre behaupteten, Riefenstahl sei Hitlers Mätresse. Die Gestapo habe Kenntnis darüber, dass versucht würde, Riefenstahl bei Hitler persönlich unbeliebt zu machen. Ein Dokument sei aufgetaucht, demnach Riefenstahls Mutter Jüdin sei. Hitler, so Diels, habe dieses Stück Papier vom Tisch gefegt. Sie solle sich nicht sorgen, sagte Diels, sie würde nun Tag und Nacht bewacht werden, bis man wüsste, von wem die Gefahr ausgeht. Sie selbst würde nichts davon merken, versprach er, sie solle es nur wissen. Sie solle *wissen*, dass sie bewacht wird.

Wer ihn beauftragt habe? Mein Chef natürlich, hatte Diels entgegnet, Göring.

Aber warum sei sie plötzlich in derartige Gefahr geraten? – fragte sie immer wieder. Weil der Führer ihr den Auftrag für einen Film über den Reichsparteitag anvertraut habe und das hätte bei denen, die solch eine Aufgabe schon länger anstrebten, böses Blut gegeben. Diels hatte dann noch versucht, sie auf andere Gedanken zu bringen, plauderte vom Reichstagsbrandprozess, der ja täglich die Zeitungen füllte. In Riefenstahls Augen aber hatte die eine Frage gehangen: *Sie haben doch bestimmt viele Frauen?* – Diels fühlte diese Frage im Augenwinkel in ihrem Ihn-Mustern und genoss den Wein in winzigen Schlucken, die seine dunkelzierlich geschwungenen Lippen nach dem langen Tag erfrischt hatten und draußen, draußen war Berliner-schwarze Sommernacht gewesen und wie auf einem Schiff, auf dessen überwältigend überdimensionalem Bau man sich befand, glaubte man, in eine Welt geschaukelt zu werden, die verkommen und die schön und die schrecklich war.

– Lisas Stirn loderte. Sie entschuldigte sich eine Millionen Mal bei den Schlüters für die Misere und kniete sich neben die Hausdame, um mitzuschrubben.

Lisas Po wurde dabei bespannt von dem engen Kleid, *was für ein verdammter Hintern*, dachte Diels, *nicht zu groß, einer seltenen Laute gleich,* und Bert Kaempfert schlängelte sich in einer wundervoll ausschraubenden Höhentrompete durchs ganze Zimmer – prickelnd floss die Melodie über den sorgfältigen Glanz der Herrenschuhe hinweg, hinüber in die langen Falten der futuristischen Vorhänge.

Tante Vera winkte Diels zu sich, er kniete sich neben sie. „Rudolf, es wird immer schlimmer mit ihr. Die ganze Zeit hört sie nur diesen, diesen Jatz!

Spricht kaum ein Wort und dabei lebt sie doch jetzt bei mir, und ich mache mir Sorgen. Mit meiner Schwägerin, ne du, das geht ja nun wirklich nicht, die beiden können nicht miteinander. Das geht nicht! Und der Bruder, den sie so liebte, der liegt ja nun unter der Erde. Der Große muss natürlich ran, die Geschäfte leiten, na das weißt du ja. Bleiben doch nur ich und du! Na, aber was hat sie denn bloß um Himmels willen? Du, Rudi, du sagst es mir aber, wenn du was aus ihr rausbekommen hast, nicht?"

„Du Gute", sagte Diels. „Sie kann sich ja vor Enthüllungsliteratur, die sich über meine Person auslässt, kaum retten. Dass es eigentlich immer die Damenwelt selbst war, die meine Nähe suchte, weil die Aura der Gefahr solches Geschmeiß nun mal anzieht, das bin ich immerfort zu erwähnen leid."

„Vergiss das alles. Du musst Lisa endlich pflücken, Rudolf!", forderte Tante Vera von ihm.

„Du meinst so, wie meine Obsternte, die bald ansteht?", fragte Diels.

„Begreifst du denn nicht? Sie ist reif, fällig, geil!" Tante Veras gefärbte Locken waren behutsam an den herrlich faltigen Schläfen zu Schnecken gewickelt, und ihre Stimme klang wie altes, kostbares Papier.

Leonhard Schlüter bot Diels eine Zigarette an. „Ich leih ihn nur kurz aus", versprach er Tante Vera und trat mit Diels auf den kleinen Balkon hinaus. Diels schloss die Tür, langsam.

Kaempfert schrieb eine Melodie
Die
Auch Rehbein kennt und sie flog weit
Und sie heißt *strangers in the night.*

## 18

Glückwunsch.

Sagte Diels und nahm einen tiefen Zug. „Stellvertretender Vorsitzender der Freien Demokraten. Jeden Tag gleiten Sie noch ein bisschen höher im Olymp dieser Bundesrepublik. Man munkelt, Sie werden es auch noch bis zum Kultusminister bringen."

Schlüter lachte. „Na was soll ich sagen, Herr Diels, was soll ich sagen? Dass ich es verdient habe? Ja, hab ich! Ich, der rechtsnationale Halbjude Schlüter, hab es nicht anders verdient! Ich sag Ihnen, Herr Diels, Göttingen/Hannover/Bonn: weiß schon gar nicht mehr, wo mir der Kopf steht."

„Hoffentlich noch in Deutschland", meinte Diels.

„Worauf Sie sich verlassen können", versicherte Schlüter.

„Dann bin ich ja beruhigt, Sie neofaschistischer Schlingel Sie." Diels blickte zum Neubau gegenüber. Die ganze Straße bog sich wie ein J, das hatte sie immer schon getan, auch schon 1935, aber jetzt war sie nicht mehr sie selbst. Sie besaß keine Laune, löste nicht den einstigen Schwindel aus, Proportionen waren verstummt. Die Kurve bewegte sich nicht mehr, sondern machte eben nur noch eine Biegung, wie ein schiefes Lächeln nach einem Schlaganfall. Monotone Balkone lugten aus dem Mietshaus hervor, Blumen, ohne in der Luft zu tanzen.

„Meine wahre Leidenschaft gilt dem Verlegerdasein", sagte Schlüter, „und das wissen Sie ganz genau, Herr Diels. Meine *Göttinger Verlagsanstalt*, die ist mein Ein und Alles, die lass ich mir nicht nehmen, das ist ein Heidenspaß. Wenn rechtsnational bedeutet, Erfahrung und Unabhängigkeit klingen zu lassen, wenn rechtsnational bedeutet, Stimmen zu publizieren, die nicht erst seit 1945 denken, wenn rechtsnational bedeutet, politische Hinweise zu geben, wenn rechtsnational bedeutet, überheblich werden zu müssen, weil man die Lage analysieren kann, wenn rechtsnational bedeutet, seinem eigenen Volk einen Rat anzuvertrauen, wenn rechtsnational bedeutet, von der offiziellen Meinung abzuweichen, wenn rechtsnational bedeutet, vom Ausland ernst genommen und nicht gelenkt zu werden, wenn rechtsnational bedeutet, das neue Europa mit Distanz zu genießen, wenn rechtsnational bedeutet, über Kenntnisse dieser Welt zu verfügen, in der man schließlich auch geboren ist – ja, dann bin ich wohl rechtsnational.

Noch eine Zigarette?"

„Fabeleien würden Sie publizieren, lästert man", sagte Diels. „Den Menschen da draußen wird ein neues Leben versprochen, wenn sie nur aufhören zu fragen, aufhören zu empfinden und wenn sie jeden öffentlich mit der Peitsche der Menschlichkeit richten. Man erneuert kein Land, indem man die Begriffe austauscht, die Eliten schwächt und das eben noch epileptische Volk unter demokratische Narkotika setzt. Diese Narkotika gehen irgendwann wieder nach hinten los."

„Würden Sie *endlich* für mich schreiben?", fixierte ihn Schlüter. „Wir sind doch Freunde, wir kämpfen für dieselbe Sache."

„Freundschaft in diesen Zeiten, ich weiß nicht, lieber Herr Schlüter", sagte Diels. „Man wird doch sehr vorsichtig, was das angeht. Selbst seine Feinde muss man sich inzwischen gut aussuchen."

„Sie und vorsichtig? Ich muss mich verhört haben", rief Schlüter. „In Ihrem *Lucifer* drohen Sie: *Vorsicht ist nicht mein Fall*."

„Ich sollte wenigstens einmal damit anfangen", fand Diels.

Schlüter sah ihn an. „Sie wissen, dass Sie das nicht tun werden. Vorsicht ist Wasser, Sie sind Feuer."

„Ich gebe zu, mir fehlt da ein bestimmtes Gen, es nennt sich, glaube ich, Vernunft?" Diels warf den schwarzen Kopf in den gebräunten Nacken. Die Wolken lösten sich auf, doch sie würden gleich wiederkommen, sie waren nicht echt, sie wurden ausgepumpt und errechnet. Hinter ihnen zuckte eine düstere Arithmetik, kein Schöpfer. Der Himmel, ein zirpender Großrechner. Vakuum.

„Vernunft ist völlig überbewertet“, sagte Schlüter. „Vernunft bringt gar nichts ohne Verstand, Verstand nichts ohne Leidenschaft. Sie sind nicht der Vorsichtige. Sie sind ein Zerstörer und darin ein Erneuerer. Ein Disqualifizierer der Zeit. Ein Solitär. Krieger. Preuße.“

„Ist das jetzt das Werben des jungen Verlegers, der nach literarischen Trophäen hascht?“, lachte Diels. „Sie haben beinah schon Hitlers Überredungsgabe!“

„Nennen Sie es, wie Sie wollen“, sagte Schlüter. „Ich spüre so was, ich kann gute Texte in meinen Waden kribbeln fühlen, ihr Kommen vorhersehen beziehungsweise ihre Bedeutung. Monatelang hatte ich nichts mehr von Ihnen gehört. Preußische Verwaltung in literarischer Form von Ihnen, das wäre ein Trumpf. Dass Sie viele Anfragen erhalten, das weiß ich, aber wir müssen doch endlich einmal an einer Stelle ansetzen, finden Sie nicht?“

Diels lachte. „Aber lieber Schlüter, was könnte ich ausrichten? Da hockt ein Globke auf der einen Schulter Adenauers, auf der anderen Schulter sitzt Gehlen und ihnen beiden zusammen gebietet der Kanzler und einzig er allein und uns allen. Eine äußerlich durchlässige Architektur innerlich täuschender, ekelhafter Absichten. Wollen Sie wirklich, dass ich weitermache? Ich würde uns beide – Sie und mich – ernsthaft gefährden.“

„Sie müssen doch platzen!“, stritt Schlüter. „Globke, der durch das schwul schizophrene Schwein Otto John die Verfassung bewachen will und durch einen Gehlen den Geheimdienst befingert. Und Gehlen glaubt dasselbe von sich. Zwei hungrige Drachen.“

„Dass ein Otto John in meinen Augen zu keiner Zeit das Zeug zum Chef des Verfassungsschutzes hatte, das könnte ich Ihnen jetzt in extenso ausführen. Der ist nicht aus dem harten Holz, ein armer Typ, nett, um es auf gut wiesbadenerisch zu sagen, wo ich, und einige Jahre später auch er, zur Schule gegangen sind, nett und gefährlich in seiner Bewusstlosigkeit. Er floh damals, heute heißt das *Widerstand*. Dafür erwartet er jetzt eine Belohnung. Ich übe mich also in Resignation, lieber Schlüter. Ist das Beste, glauben Sie mir." Diels rieb sich über eine Narbe, die tiefe, links vom Kinn.

„Glaub ich Ihnen nicht! Sie sind nicht Goethe in seinem Gartenhaus mit den Rosengittern ringsum und dem zufrieden und gediegen ausklingenden Leben. Sie sind Rudolf Diels!" Schlüter wandte sich fest an ihn. „Ihr skandalfreies Preußen wurde abgeschafft von den Nürnberger Prozessen, aufgefressen von Robert Kempner. Ein neuer Kampf hat begonnen. Geben Sie denen, die ihren Verstand noch schützen, Halt. Innerhalb der FDP kursieren Gerüchte, dass Adenauer unprotokollierte Treffen mit Innenminister Schröder, Globke und Gehlen suche."

„Wenn die US-Army und die CIA diesen Zusammenkünften zustimmen", sagte Diels. „Schröder will und muss von sich ablenken, keiner will ihn so recht, schon die Nazis wollten nicht, er dreht bald durch vor Unbrauchbarkeit."

„Augstein erzählte mir, der sei bereits im Mai '33 in die NSDAP eingetreten, aber nie richtig was geworden. Verfassungschef Otto John jedenfalls ist zu diesen geheimen Treffen jetzt in Bonn nicht mit einbezogen, das steht fest", sagte Schlüter. „Schröder habe amtlich erklärt, dass die Presse über Nachrichten aus dem Verfassungsschutz nur noch übers Innenministerium unterrichtet werde.

John darf nicht mehr, keiner darf, von der Gestaltung unseres Landes sind wir bald alle ausgeschlossen. Wollen Sie jetzt endlich in den Kampf mit einziehen?"

„Junger Mann, Ihre vermeintlich aufpasserische FDP ist selbst bestens mit der Spitze der *Organisation Gehlen* bekannt, der FDP geht es nur darum, nicht so ganz offenkundig vom großen Spiel im Parlament ausgeschlossen zu sein. Es ist ein künstlicher Kampf komplexbeladener kleiner Jungs in Anzügen", sagte Diels. „Ich kann nicht in eine Fiktion einsteigen. Ich bin aus Fleisch und Blut."

Truman war nice
Wollte Deutschland stärken
Weil Satte nichts mehr merken.

19

Konrad.

Adenauer saß mit übergeschlagenen Beinen in seinem Haus in Rhöndorf auf einem vereinzelten Stuhl im Wohnzimmer. Es war Nacht in Deutschland. Deutschland bei Nacht. Außerirdisch hell. Der Rhein giftete in Absinth. In dem niedersinkenden Tal zwischen Fluss und Kanzler, ein Dschungel aus Erinnerungen und Gespenstern. Er war über der Erde, nicht mehr in ihr.

Die Hände wie in einem persönlichen Gebet aneinandergeschmiegt. Das Apachengesicht einem Gemälde vor sich zugewandt. Schultern gerade, Anzug leicht.

Hochgewachsen, fast einsneunzig. Spielte schon Tennis, als Henker Heydrich noch nicht geboren und Ratte Himmler erst ein Jahr alt war. Adenauer ist antipreußisch, Witwer, spirituell, kalt wie Stahl.

Leidenschaften? Alte Meister mussten es sein. Mehr und mehr und immer mehr davon. Der Thermostat stand auf exakten zwanzig Grad, das Bild wurde durch Wasserdampf bestens konserviert, per Punktstrahler illuminiert – einhundert Augen überall auf einmal. Er saß da, blickte hin. Gold auf Rot, Öl auf Leinwand, wundersam kontinuierlich. Das Bild auch.

Er schaute wimpernlos. Im Morgenland aber heißt es, liege in den Wimpern erst der Gedanke. Seine zerknitterte Pergamenthaut, sein Antlitz waren einem unvertraut, man wollte es dennoch streicheln. Ein schlimmer Autounfall hatte ihm einmal Mund und Zähne beschädigt, doch das war geheilt.

Der Raum hatte etwas von einer mondänen Mönchszelle. Als er 1935 aus Köln ausgewiesen wurde, wäre er zusammengebrochen, hätte es nicht die Kirchen gegeben, die Kurhäuser und Klöster, die Erholungsheime für katholische Priester, die die Entfernungen lindernd bestückten, jene schmerzhaften Kilometer von seinem Rhöndorf entfernt. Las Joseph Conrads *Taifun*, blieb zäh.

Schlaflosigkeit, Geldsorgen. Manchmal radelte sein Sohn Paul zu ihm rüber, doch wenn es regnete, wenn die frostflüsternden Nebel begannen, begann auch eine Schwermut, von der er sich nicht mehr erholt hatte, die er nie mehr aus sich rausbekam. Schuld war Rudolf Diels, der damalige Regierungspräsident Kölns. Der Zyniker mit den abgründig schwarzen Haaren. Der Draufgänger und Schwängerer. Und sein Denkzettel, den er Adenauers Bruder für Konrad verpasst hatte, der hatte sich angefühlt wie eine Ohrfeige in der Ewigkeit. Klatschend, hallend, schallend für immer.

Dann durfte Adenauer zurückkehren zu seiner Familie, zurück in sein Lebenshaus.

Nach einem halben Jahr, wieder daheim. Unverletzt, wie neu, wie tot, die Seele war tot.

Das Bild, vor dem er jetzt als Kanzler saß, gehörte ihm, gehörte seiner Kunstsammlung an, und die war gewachsen durch Geerbtes, Gekauftes, Getauschtes.

Hitler nicht unähnlich in einer manisch geisterhaften Bildersucht. Ein Kreuz war es schließlich, das man zu tragen hatte, in der Aufgabe des Kanzlers. Das vor sich ansehen zu dürfen, ganz privat, diese singenden Beweinungen Christi, diese wärmenden Madonnen, diese El Grecos … ein Privileg für die, die Geschichte auszutreiben hatten, Auserwählte wie er einer war, ausgelaugt von den Sterblichen da draußen, von den Lebenden und den Toten und den Toten, die die Lebenden nicht in Ruhe ließen und den Lebenden, die von ihm nicht abließen.

Auch Hitler saß oft wie angewurzelt vor seiner Sammlung. Hasselbach, Hitlers Arzt, hatte Hitler einmal beobachtet. Wie gefesselt habe er davor gewirkt, erleichtert und berauscht und er hatte gesagt, Hitlers Psyche würde von der Kunst wie eine Batterie neu aufgeladen.

Adenauer dachte, *sollte et sein, dass sisch hier bei mir auch ein Spitzwesch von einem jüdischen Sammler namens Leo Bendel oder ein de Cock von einem Max Stern befinden, dat is keine jemeine Absischt jewesen, zu keiner Zeit. Dass sisch Bilder hier befinden könnten aus deutscher Besatzungszeit, ja dat is doch kein Verbreschen! Dat is Jeschischte und Jeschischte passiert! Die Leutschen da draußen müssen nischt minuziöser als meine Wenischkeit sein. Isch bin ja selbst ein Opfer jewesen, jut, aktiv beteilischt am Widderstand war isch nischt, aber isch kann und werde dat allet widder judmachen.*

Ziele mussten groß sein, groß und leer, er wusste das, er und wenige Vertraute.

CDU-Parteispenden aus der Industrie, die jetzt wieder so richtig in Fahrt kam, waren unabdingbar, wenn man wegweisend vorangehen musste, und Spenden an die kleinen Randparteien waren dann wieder gut, um diese zur einen Basis zu kehren.

Alternative, das hieß Adenauer oder Adenauer. Die Zukunft sollte mit einem Wohlgefühl verbunden sein, das war ihm klar, da war er amerikanisch genug, der Arno-Breker-Liebhaber, das wusste auch seine Büste, die Brecker ihm nach '45 getreu modelliert hatte.

Und Kisters, Adenauers Kunstsammler, *wat war an dem nu ein schlimmer Finger?*

*Überhaupt nischts, der war tiptop.* Gern erinnerte sich der Kanzler an ihre ersten Treffen bei Kaffee und Bienenstich in der Rhöndorfer Villa.

„Einheitlicher" müsse Adenauers Sammlung vielleicht noch werden, riet Kisters nach der Besichtigung des gesamten Hauses. Zu diesem *Janzen* bat er dann auch Kisters persönlich, ihm zu verhelfen. *Isch bin ja nu an den Schreibtisch in Bonn jefesselt, sie sehen ja, wat in der Welt los ist, dat läßt mir nischt jerade viel Zeit zum Entspannen. Und dennoch will isch sie, Herr Kisters, janz persönlisch bitten, dat mit mir auszubauen, wo et nur jeht.*

Und Kisters kaufte und verkaufte und tauschte weiter fleißig, um so an die ganz alten Werke zu gelangen, auf die sein Kanzler so abfuhr, und wunderte sich über Adenauers langes Fenster, ein harsches Stück Glas, es zeigte besitzend auf die ergebene Hanglage, von vereinzelten Häusern bedacht, von abweisenden Rosen geschmückt. Grausam und verletzlich, irgendwo hinter der Wipfelsilhouette dann, der Rhein.

Adenauer bemerkte, dass es 23 Uhr schlug. Zeit für Globke, schlafen zu gehen.

Der Kanzler erhob sich, schritt zu seinem Schrank, süddeutsch, Mitte 19. Jahrhundert, Kirschholz, öffnete ihn. Vor ihm befand sich ein Cockpit aus Knöpfen und Reglern, eine benutzerfreundliche Technologie, ein amerikanisches Modell. Er legte die Finger an, hantierte vorsichtig am Programm, drehte, drückte – Hans Globke, an seinem Tisch im Vorzimmer des Bundeskanzleramtes, hob schlagartig den Kopf. Das graue Haar stimmig nach hinten gekämmt, die Lider halb geschlossen, charismatisch, in seinen allerbesten Jahren.

Die Hände klappten sich flach nieder, verharrten auf den Akten. Die Pupillen glommen auf – wie weit entfernte, sterbende Sterne – glommen aus.

Adenauer betätigte den Ruhemodus, Globke steuerte den Kopf nach rechts. Ganz unbeteiligt und wie eine traurige Schranke, senkte sich sein stattlicher Oberkörper auf den Tisch herab, bis Wange und Schläfe auf dem Papier liegen blieben, über den einstweiligen Verfügungen und den Erpressungen, über den Drohungen und Gegendrohungen. Die Maschine schlief.

Hans Globke konnte nichts dafür, dass er Hans Globke war. Die Zeit hatte Schuld, die Zeit hatte ihn geboren, jede Zeit würde ihn wieder gebären. Er war nicht das Material, er war nicht einmal Faden oder Garn, er war nur ein Mitarbeiter der Geschichte. Da waren keine Gefühle, nur Anpassung. Es tat auch gar nicht weh.

Er hatte in Köln und Bonn studiert, angefangen hatte er dann als Jurist Ende der Zwanziger Jahre im Berliner Innenministerium, rechnete sich zum Zentrum. Seine Aufgaben und Geschäfte als

Regierungsrat im Referat der Abteilung I, 1 erledigte er korrekt. Dann kippte Deutschland. Neubesetzungen folgten. Röhm-Putsch. Globke blieb, und die *Judenfrage* im Reichsinnenministerium wurde zu einer wüsten Sache, da gehörte Ordnung rein, wenigstens eine juristische Grundlage, Deutsche töteten schließlich per Definition: Wenn ein Dreivierteljude mit einer Halbjüdin einen ganzen Juden zeugte, dann, ja dann wehe ihnen dieser Viertelgott. 1941 war Globke dann offiziell und im Einvernehmen mit dem Führer sowie mit dem Reichsführer SS und Reichskommissar für die Festigung deutschen Volkstums – Heini Himmler – zuständig für die Volkszugehörigkeitsbestimmung in den eingegliederten Ostgebieten. Treue Dienste waren das, nicht mehr und nicht weniger. Warum belästigte man ihn jetzt, warum ließ man nicht ab von ihm, warum verstand man nicht? Zweifel an ihm, immerfort, aus irgendwelchen Löchern heraus.

Sollten sie ihn in Ruhe lassen. Sollten diese SPD-Lümmel endlich verstummen.

Sollte der *Spiegel* sein Maul halten – von allen Nachkriegs-Unfällen musste ausgerechnet dieses Blatt noch immer bestehen. Dreck hatte doch jeder am Stecken, Deutsche waren schmutzig schlechthin. Er hingegen hatte die Geschichte doch sogar manchmal noch umgeschrieben oder hinausgezögert. Er war so hoch entwickelt, man konnte ihn benutzen, er war da für jedes Deutschland und er hatte seinem Bundekanzler schon einmal den Rücktritt angeboten, der Häuptling aber lehnte das ab, und von sich aus verließ man so einen nicht. Globke wusste, was in Rudolf Augsteins Kopf vor sich ging, noch ehe dieser selbst es wusste, und Globke sah, dass Augstein ihn für künstlich hielt, künstlich im Selbstbewusstsein, listig, gekonnt im Tuscheln. Nur eines könne ein Globke nie: *offen und frontal angreifen*.

Globkes Traum, das war ein einziges Ministerium für Sicherheit, er hatte das Konzept mit der *Organisation Gehlen* entwickelt. Ein eigenes Ministerium für das gesamtdeutsche Sicherheitswesen, für In- und Ausland, für die Menschen. Immer mit dem großzügigen Ziel der *Herbeiführung der größtmöglichen Sicherheit*. Auch Reinhard Gehlen, ehemals Wehrmacht, war sehr dafür. Notfalls hätte Globke das Grundgesetz in seinen Reglementierungen reduziert, juristisch umgewoben, das war sein ganz großes Talent. Adenauer aber hatte da noch abwarten und die Amis noch nicht so bald wieder enttäuschen wollen und Gehlen zur Beruhigung schon mal zugesichert, auf die Realisierung eines künftigen „Nachrichtendienstes" noch zum richtigen Moment zurückzukommen. *Dat wir dat machen, dat is klar. Et muss nur zur reschten Zeit jeschehen.*

Die war jetzt gekommen, Globke und Gehlen bereit und Adenauers Tür weit geöffnet.

Kisters Bilder stammen doch nicht von Besitzern
Sondern von großen Meistern
Und für die muss man sich begeistern!
Zahlen muss man nicht unbedingt
Ein Kanzler ringt
Schließlich mit wichtigeren Dingen.
Max Stern musste einst zwangsversteigern, na und?
Hauptsache Deutschland ist wieder gesund!
Und dass dem Leo Bendel sein Spitzweg genommen
Daran hat doch keiner was gewonnen,
Einzig das Auge, das sich nicht satt sieht daran
Und der Leo, ja mein Gott, der starb halt in Buchenwald dann.
Sein Spitzweg schmückte lange das bundespräsidiale Amt
Der Name Bendel – unbekannt.

## 20

Lisa.

Fuhr den Wagen ihrer Tante an, Vera saß neben ihr, es regnete blitzend und toxisch über Mitternachts-Hannover. Das Auto rollte von Schlüters Adresse auf die Straße, eine Hand klatschte gegen die Scheibe.

„Geh nicht! Geh jetzt nicht!“ Diels beugte sich über sie – sie hielt, sah ihn an. Seine Augen drückten sich in ihre, er hielt den Wagen fest. „Fahr nicht!“

Er war klitschnass, und Tropfen zogen glitzernde Fährten über seine Wangenknochen. Durch die Scheibe klang er wie verschluckt. Lisa bekam den Mund nicht auf, Tränen stiegen in ihre Augen, so, wie der Regen durch seine Narben lief, wie über die Muster von Tulpen. Sie rammte ihren Schuh aufs Pedal, Diels rannte noch zehn, hundert, rannte einhunderttausend Meter mit, dann ließ er los, blieb zurück wie bei einer Staffelübergabe, irgendwo in diesem Universum. Tante Vera lächelte. „Kindchen, du hast deine Eltern verloren und deinen Bruder, wir wissen das alle. Auch ich werde dich einmal verlassen und ich sage, na und? Wenn eine Hand die deine will, dann lass es zu, greif nach ihr, nimm sie. Denn das ist das Leben. Das Leben ist das, was gerade da ist. Nicht die Erinnerungen. Erinnerungen werden mit der Zeit nur immer dümmer in uns und indem wir eigentlich vergessen wollen und indem wir uns nicht mehr erinnern können, glauben wir, verraten wir die Erinnerung. Leben will gelebt sein, nicht erinnert. Nimm seine Hand an.“

Doch Lisa nahm die Schere. Alles tat ihr weh. Alles war unerträglich. Sie setzte an und zerschnitt das gelbe Kleid vom Saum hoch, weiter zu den Schenkeln und ihre Hand bebte und sie schnitt weiter hinweg über den Nabel und hoch zum Bauch und zu den Brüsten und dann war es zweigeteilt und fiel von ihr und sie atmete endlich auf.

Den Büstenhalter, die Strumpfhose, den Slip – alles warf sie von sich in ihrem Zimmer hinter der Tür. Sie hörte ihr Herz. Hörte, wie sie es fühlte. Nackt wie eine Wölfin stand sie an der Tür, horchte, als läge dahinter eine bessere, bitte, bitte, bitte andere Welt.

Sie legte sich rücklings auf den Teppich, wie auf ein Floß, die Arme ausgebreitet, ausgebreitet über Chet. Leben zu müssen, dann, wenn es einem gegeben und geboten ist, das war schon eine Unverschämtheit. Was, wenn man nicht wollte? Was, wenn es nicht ging? Wenn jede Sekunde Ekel und Angst war vor der nächsten Sekunde? Sie tastete über ihre Brustwarzen, über den Schoß mit dem Büschel. So fragil. Wie sollte das hier überleben? Wie gekreuzigt lag sie da.

Die lange Lampe warf vom anderen Ende des Zimmers ihre drei verschiedenfarbigen Trichter auf sie. Mit offenen Augen sank Lisa in einen Holzschnitt von Eishōsai Chōki, in lineare, aber gefährliche Brandungen aus Wellen, die von allen Seiten auf sie zustürmten. Sie starrte die Decke an. Das Wasser, zu Kämmen gebauscht, flutete und flutete auf sie zu, klang wie Feuer, spritzte wie Schaum, Hellblau, nein Grau wie ihre Linsen, diese Linsen – bestürzt und unheimlich, unruhig, zu nichts entschlossen, alle ausladend. Immer höher stiegen die Wellen, immer überheblicher, und dann erkannte sie, dass in jedem Meereshalm ein eingeschlossener Tropfen Blut lag, im Wasser eingefangen. Sah sie ihr Leben oder sah sie ihren Tod? Und was machte es schon für einen Unterschied? Beides war furchtbar, beides unumgänglich.

Schwarz war sein Haar wie in den Holzschnitten Chōkis. Sie presste ihren Atem in ein Kissen, konnte seine Augen nicht vergessen, seine Augen eine Millionen Mal am Abend, seine Augen im Regen, seine Augen hinter der Autoscheibe, seine Augen in ihren Träumen.

Irgendwann, als kein Schlaf sich erbarmte, setzte sie sich nackt an den Schreibtisch, rollte das alte Briefpapier ihres Vaters ein und begann zu tippen, nein, zu schlagen.

Lieber Nico!
Ich freue mich, dass du es nach Paris geschafft hast. Dass die *Gruppe 47* dich – einen Sombart – irgendwann abstoßen musste, das war abzusehen. Sei nur froh darüber. Du hast diese *Herrschaft der Zwerge*, wie du sagst, immer nur schwer ertragen, hast dort nie hineingehört. Da ist die Hochkultur deiner Familie und dann die Sphäre künstlerischer Mehrheitswahrheit? Es ist dies die Stunde der *underdogs*, sage ich dir, die Herabsetzung der literarischen Mindestbedingung auf Null, es werden jetzt nach und nach ganz große Kleine geboren werden, wirst sehen. Kritiker werden auf den Plan treten, die gellen und das auf allen Schweinevieren, Hieronymus Bosch malt sich nämlich fort und in der Maschinerie seiner Verblüffung werden sie einander aus dem Hinterteil plumpsen, ein Kritiker dem anderen, jeweils nach dem Ruder verlangen, nach dem Blut der letzten Sprache. Schreiberlinge werden kommen, die würgen, die auf Bezahlung leiden, nicht am frischen Geld, sondern endlich am Glücksbehagen, nichts mehr können, wissen, ahnen, fühlen zu müssen. Alles freilich im Namen des Nichtverhinderthabens von Hitler, den sie so gern mit ausgestrecktem Arm begrüßen würden, wäre ihr Leben in Gefahr. Die geheimnisvollste Mechanik einer Klospülung wird künftig den Ton angeben.

Du wolltest eben wirklich unbedingt schreiben, das entschuldigt dich, doch das war zu viel Mief von unten für einen Burschen wie dich. Dann lieber Paris, mit seinen goldalten Gassen und den Erinnerungen, die überall warten und die nicht einmal die eigenen sein müssen, es sogar im seltensten Falle sind. Von Paris' Brüsten darf jeder trinken.

Du! Im *Spiegel* las ich kürzlich Gedichte der *Bachmann*, mir stockte der Atem: welch Talentlosigkeit. Da ist ja gar nichts! Sie ist vollkommen hilflos, infantil, unsicher, aber immerhin anmaßend genug, schreiben zu wollen. Auf jeden ihrer Stenoreime schrei ich schöner.

Den Mentor der *Gruppe 47*, den du ein *Schlitzohr* nennst und das *boshafte Ende von George*, nein, den seh' ich anders, da bist du zu voreilig. Richter ist eine Stimme voller Dunkelheit, unheilvoll und gleißend, aber wertvoll und teuer. Ich las seine Zeilen hin und wieder im *Ruf* und ich fühlte seine ganze apokalyptische, aber auch vergebende und fast schon wieder elitär verbotene Wucht. Nach dem Schock des Krieges tat er so gut. Manche leuchten auf, wenn die Zeit auseinanderbricht. Dann aber, wenn sie weiterläuft, dann verlieren sie ihren Zauberstaub, und aus diesem Zauberstaub fabrizieren die Nachgeburten dann einen Totraum künstlerischer Behauptungen.

Mach dir keine Sorgen, ich nehme dir nicht mehr übel, was du kurz nach dem Krieg sagtest oder dachtest oder tatest. In deinen Briefen hast du mir deine Verwandlungen so wunderbar erklärt, ich bin heilfroh, dass unsere Freundschaft nicht zerbrach, als das erste Erwachen nach dem Krieg uns so verzerrte.

Hab auch Dank für das Büchlein, das du mir schicktest. *Emil Cioran*, dieser Name klingt schön. Ich freue mich, dass du in Paris Freunde wie ihn gefunden hast.

Ich werde ihn lesen, versprochen, auch, wenn mein Französisch niemals ausreichen wird und ich jedes zweite Wort nachschlagen muss. Du schreibst, dieser Cioran hält sich für besonders schlau, ja? Das aber bringt mich zum Lachen! Und du sagst, er verspottet deine Idee der Menschenrechte? Ich lache schon wieder. Er ist Rumäne, sagst du? Wie deine Mutter! Schreib mir bald wieder.

Warte, ich muss nun schon wieder lachen, wenn du die Amerikaner skizzierst: *sehen zwar aus wie Menschen, sind aber keine*.

Du schreibst, du bist heimatlos. Du sagst, Deutschland – so, wie die Bundesrepublik jetzt ist: ein *wachstumsgestörtes Kind*, ist deine Heimat nicht, und ich sage dir, ich fühle genau dasselbe und vielleicht können nur *Menschen* einem Heimat sein.

Keine verfluchten, in stündlich aufstockendem Aufgebot umwachte Grenzen.

Sei umarmt aus Langenhagen, Lisa

Sie kroch ins Bett. Gierig von Kopf bis Fuß in ihrer Nacktseide nach Lust, nach der ganzen vollen Spitze eines echten, unaufhörlichen Gefühls, einer unendlichen Reinheit. Zwischen ihren Brüsten trieben Hunderte Teelichter wie auf Wasser, auf ihrem Nachttisch, Wolfgang Koeppens *Treibhaus*. Das Buch war der quecksilbrigste Fiebersturm von Unzugehörigkeit. In all seiner Traurigkeit überreich und nicht zu unterdrücken und unbestechlich. Geschrieben, wie wenn man bei fahrendem Auto eine Hand mit einer auf Beilschärfe geschnitzten Leuchtfeder hinaushält und das neue deutsche Wunderland skalpelliert, sodass auf dem entwickelten Foto nur noch die Wahrheit stehen bleibt: die verwischten Streifen eines eingefrorenen Nervenzusammenbruchs.

An Lisas Bettende lag der Strauß Rosen, den Frau Schlüter ihr mitgab, weil sie doch so viele davon hätte. Lisa rollte ihn mit ihren Füßen zu sich, wickelte die Blumen aus dem Papier, ließ sie auf dem Laken liegen, weil sie etliche Dornen besaßen, Stacheln, wie es eigentlich heißt – beugte sich über sie, um sie zu riechen.

Tief atmete sie ein.

Nochmals noch tiefer und länger.

Nichts.

Doch nicht nur das, es gab schließlich Rosen, die ohne Duft gezüchtet wurden, nein, diese hier rochen nach keinem inneren Kreislauf, nach keinem träumerischen Stamm, nach keiner süßen Beteuerung. Dieses Nussige des Lebens nicht daraus hauchen zu können, das, was nur jemand wiedererkennt, der selbst lebt, schnürte ihr Herz zu. Mit lauernden Augen schlief sie ein. An der Decke, *seine* Fenster-Augen. Unter ihrem Kissen, der Schlüssel zu *seinem* Haus.

## 21

Diels.

Streifte die nassen Kleider von sich, ließ sie auf den Boden fallen, fiel ins Bett. Sein Haus knackte vor Hitze, sein schlanker Körper fühlte sich schwer an. Er rauchte, hauchte.

Knipste das Licht aus, sah noch ihre gequälten Augen im Auto, wie sie das Steuer festgehalten hatte.

Rauchte, hauchte.

Und man hörte sein Hauchen im Blau seines Zimmers, die helle Nacht schien herein, der Regen war vergangen.

Er schloss die Augen.

Schaudern überkam ihn jede Nacht einmal, wenn er an die Zerschlagenen zurückdachte, wenn er ihnen in den Bunkern in der Hedemann -und Vossstraße gegenüberstand, wenn er sie wieder der SA und SS entriss, wenn er die Misshandelten von Sonnenburg rausholte und dann, dreizehn Jahre später – wer hätte das gedacht – der bestialische Anblick Hunderter geschändeter Menschen, die in einer Brauerei bei Hannover von Amerikanern beliebig zusammengetrieben und polnischen Rächern zum treatment überlassen worden waren.

Er rauchte, hauchte.

Erst sehr leise, dann deutlicher, vernahm er etwas.

Er hielt den Atem an.

Es kam von draußen.

Wieder tauchte es auf.

Er schlug die Augen auf, lauschte zum offenen Fenster in den Garten und die Felder hinaus.

Ein möwenartiger Ruf … samtig, weit … weit über die Wiesen hinweg und aus ihnen kommend.

Kein Ruf, mehr ein Rufen.

Er setzte sich auf.

Das Rufen erhob sich wie eine Stimme … kehlig, konkav …

Echos von sich vibrierend … stieg auf, senkte sich … flog hoch, legte sich.

Es schwang sich über seine Bäume und über sein hohes, spitzes Hexendach hinweg, es überfiel sein Herz.

Klagend … hell … aus der Brust einer mahnenden Gottheit.

Er konnte sich nicht mehr bewegen. Was war das?

War er betrunken? Ja, er war betrunken. Betrunken und verliebt.

Irreparabel ungeliebt fuhr der Chef des Verfassungsschutzes der Bundesrepublik Deutschland, Otto John, in die Stalinallee des sowjetischen Sektors der Deutschen Demokratischen Republik ein.

Der bedeckte, starke Himmel über ihm tauchte alles in einen unbekannten Morgen, Wolken-Schachzüge ebneten die Sicht auf die brutale Architektur, auf die elfensteinernen Gebäude um ihn herum. Stumme, gigantische, geniale Paläste.

John blickte aus dem Autofenster in eine breitmächtige Allee aus riesigen, turmartigen, weltverwunderten, unverhältnismäßig übermächtigen Wohnkisten und sommerrauschenden Pappeln im Sektwind einer, seiner, niemandes Stunde.

Die Stalinallee zog sich entlang einer weißbeperlten Laternenschnur wie eine Schlange immer und immerfort. Bog und öffnete sich, klaffte bis ans Ende des Horizonts. Extrem. Gemeißelt.

Er war auf dem feindlichen Planeten gelandet, es gab kein Zurück mehr. Wann sonst, wenn nicht heute am 20. Juli?

Nach außen fasste er sich, doch unterhalb seines hüftlangen Burberry ging sein Puls psychedelisch, trommelte vollkommen irre wie in einem Hard-Trance durch seinen Körper. Ein paar Drogen wären jetzt gut und vielleicht auch ein Plan.

## Foto

Am Sammelplatz in Amsterdam
Sitzt ein Mann.
Was für ein Hut, was für ein Mund
Mittelalt, gesund.
Sonnenbrille unter der Krempe
Belesene Hände
Ein weißer Handschuh und Königs-Wangen
In ihm, kein Bangen.
Ein gelber Stern auf sein teures Jackett getackert!
Ich will seinen Namen kennen
Denn sie werden ihn verbrennen.

„Es stellte sich heraus, dass Diels nicht der hundertprozentige Nazityp war und inzwischen drängten die Münchener SS-Leute immer mehr darauf, an die Schalthebel der Macht zu kommen."

Robert Kempner, Ankläger einer Epoche

♦ ♦ ♦

## 22

Robert.
Kempner, stellvertretender Chefankläger bei den Nürnberger Prozessen, reiste, nun, da das Gute seinerseits erledigt war, zwischen den Kontinenten hin und her.

Seit einigen Jahren besaß er bereits eine Anwaltskanzlei in Frankfurt, hielt sich aber immer auch in den USA, in Landsdowne auf, wo er ein Haus, eine Frau und eine Vertraute hatte. Robert war benannt nach Robert Koch, seinem Patenonkel, in dessen Berliner Institut seine Eltern Mikrobiologen waren. Seine Mutter war die erste Frau, die vom deutschen Kaiser, dem König von Preußen, den Professorinnentitel verliehen bekam. Sie war russisch-jüdischer Herkunft. Eine Anführerin. Sie ließ ihn das erste Mal durch ihr Zeiss-Mikroskop schauen und wo andere die innerste Psyche der Dinge betrachten, da sah er nur Viren. Der junge Kempner wuchs in Berlin auf, besuchte höhere Schulen, war, nach eigener Aussage, da bereits oppositionell eingestellt. In einem Augenblick, in dem Deutschland immer mehr auf die Republik pisste und stark rechts anschwoll. Dann studierte er, war zwar nie corpsmäßig, das Draufmachende fand er obszön, war aber von seinem Vater zum In-die-Fresse-Schlagen erzogen worden, falls einer mit „Jude" käme und „Jude" kam oft, zu oft.

*Von wem i'sn dit Pflasta?*
*Vom Kempner.*
*Lieba vablutig, als dassik'n Pflasta von eem Judn nehme.*

Was Jahrhunderte in Deutschland mehr oder weniger gut ging, dass Juden einfach Deutsche waren, nahm eine neue Farbe an, als Hitler kam. Plötzlich war das R, das Kempners Mutter kaum merklich unter ihrer Zunge trug, doch hörbar. Mit einem Mal war der Name Rabinowitsch arg undeutsch.

Man muss es sich wie ein beladenes Fotogramm der Schizophrenie vorstellen, in dem alles schillern will und doch immer nur von einem anderen Gegenstand verdeckt wird: Man ist Deutsch, zuweilen deutscher als die Deutschen, und man ist doch nie deutsch. Das Preußische war wie die Luft zum Atmen, besonders wenn man in Berlin aufwuchs oder nach Berlin strebte, und Kempners Eltern hatten sich in den Dienst Preußens gestellt. Hitlerdeutschland versprach alles, auch, wenn man zunächst nicht an Hitlers Durchhalten glaubte, selbst wenn manch einer noch über sein Auftreten scherzte. Seine Durchsetzungsgabe aber, sein Neuordnen bis hin zum Sterne-Verstellen, verstand man dann doch sehr bald. Die Körper der Menschen, ob deutsch-deutsch oder deutsch-jüdisch, waren an das Leben hier angezapft, angeädert, angesehnt – keiner konnte über Nacht für oder gegen Hitler sein. Die Linien zwischen Welt, Horizont und Himmel sind selten klar geschnitten, eher fließen sie ineinander, bis die Pupille brennt – dann blinzelt man und noch eh man einen klaren Gedanken fassen kann, fliegt oder stürzt man bereits, gleitet in einem sonderbaren Gefährt durch eine Stadt, die zur ganzen Welt geworden ist, schmutzig, von der fehlenden, vergraulten Sonne: ein Dystopia.

Als Referendar in diesem Berlin der Stürme aß Kempner oft mittags in der Kantine mit den anderen Jungs. Hans Globke, Bernd Gisevius, Rudolf Diels.

Jeder hasste jeden, aber der Diels, der konnte sich mit jedem an den Tisch setzen, auch mit Kommunisten, die er bekämpfte. Dann wurde eben Diels und kein anderer der erste Chef von Hitlers Gestapo, gerade der, der es – entgegen aller Behauptungen – am wenigsten wollte! Was für ein Schlag für die anderen, Kempners Vater würde sagen, mitten in die Fresse.

Vielleicht wäre der junge Robert Kempner ein unübertrefflicher Nazi geworden, wenn seine Mutter keine Jüdin gewesen wäre, wenn man ihn '34 nicht aussortiert hätte, weggeschickt und ausgestoßen. Vielleicht hätte er endlich zeigen können, was in ihm steckte. Vielleicht hätte er an vorderster Stelle und lauter noch gebrüllt als die SA und die SS zusammen. Vielleicht.

Er stieg jetzt in den Keller seines Hauses in Landsdowne ab. Die hölzerne Treppe war steil und wackelig, war unheimlich. In der Ecke unten lauerte ein kostümierter Kleinstadtclown und kicherte schrill. Halt's Maul, sagte Kempner, shut the fuck up. Kempner schloss einen Raum auf, es war stockduster, er knipste eine Wehrmachtstaschenlampe an, die hatte er aus Nürnberg mitgehen lassen.

Diese Kammer, je mehr man sie betrat, begann länger und länger zu werden. Kisten über Kisten, bestimmt über zwanzig Stück, über drei Tonnen schwer alles zusammen: Es sind Originaldokumente aus dem Nürnberger Tribunal. Bereits während des Prozesses war es zu fragwürdigen Aktenverlusten gekommen, irgendwann fehlten auch die Tagebuchaufzeichnungen Alfred Rosenbergs.

Kempner war im Anklagestab für die Kriegsverbrechen der Achsenmächte zuständig.

Die als diary notes getauften handschriftlichen Originalseiten, die für den Staatsanwalt gedacht waren, die fanden ihren Weg zu Robert Kempner, und selbst als das Gericht der Verteidigung Rosenbergs, die auf diese Notizen verwies, die Erlaubnis erteilte, die Aufzeichnungen zu benutzen, rückte Kempner sie nicht heraus – *nicht auffindbar*, so der Gerichtsvermerk. Dass es sich um eine widerrechtliche Aneignung von Staatseigentum handelte, bei dem, was er da tat, als er Koffer voll Papier nach Pennsylvania in sein Haus verschiffte, das wusste Kempner, und so blieb auch ein Großteil der Tagebuchaufzeichnungen von Rosenberg bei ihm allein, schließlich hatte er eigene Publikationsabsichten. Als übergeordneter Wahrheitsträger hatte er sie sich beschafft. Als ein Ankläger des ganzen Jahrhunderts. Als ein Verratener. Als der Witwer Deutschlands.

Ein negativer Schatz, den er für seine künftige Rolle benutzen wird, Dokumente, die er dann verfaulen lassen will – nach ihm die Sintflut.

Er hatte sie alle verhört, die ganz großen, ganz dicken Nazis. Ob seine erst sehr viel später veröffentlichten Inquisitionen eins zu eins wiedergegeben waren, nun, sein Quellenverweis auf *mein Archiv* ließ keine Gegenprüfung zu, doch jemand hätte ihm sagen sollen, dass Diels Görings Cousine, nicht Görings Schwester geheiratet hatte. Göring selbst macht in Kempners angeblichem Protokoll diesen Fehler.

Dr. Kempner: Kennen Sie Rolf?

Reichsmarschall Göring: Ja, natürlich; er war der Chef der Gestapo.

Hatte Göring sich zeitlebens nichts stets selbst als Chef der politischen Polizei bezeichnet?

Dass Kempner den Diels nicht einbuchten konnte, das nahm ihm Gisevius übel.

Wutpanisch war der eines Tages in Nürnberg aufgekreuzt und hatte die Vernichtung von Rudolf Diels gefordert, da dieser aber zu keiner Zeit kriegsverbrecherische Pläne geschmiedet hatte, waren Nürnberg die Hände gebunden, wie Kempner selbst zugab: Gegen einen Deutschen, wie Kempner schrieb, der schon vor '39 gegen die Deutschen etwas unternommen hatte, gegen den gab es keinen Haftgrund vom Tribunal.

In Kempners Büchern, die er erst veröffentlichen wird, wenn Rudolf Diels als nicht mehr zu erhaschender Wolkenstreifen über einem Sonnenaufgang verweht ist, wird er in einer Art literarischem Rappel Diels verzerren bis zur Fratze und das, obwohl ihre Beziehungen, wie Kempner schrieb, nie persönlich waren, ja nicht einmal gesellschaftlich, wie sich Kempner ausdrückte. Kollege genüge, so der Chefankläger, dieses Wort decke alles ab, die guten und die verbrecherischen Seiten, denn das Dichten und Trachten des Menschen sei böse von Jugend auf. Er, Kempner, kenne Bakterien ja wohl am besten, mit Mördern und anderen Verbrechern umzugehen, sei er gewohnt und nichts Menschliches ihm fremd. Er, Kempner, sei nämlich der Ankläger und Anklage müsse sein, und Ärzte und Ankläger reinigen Infektionen, manchmal durch Amputation und manchmal durch ein Todesurteil.

Der Diels galt absolut als Überläufer, der hätte sich auch mit einem Kommunisten an den Tisch gesetzt. Diels, ein Abenteurer, im politischen Sinne charakterlos.

Bei Göring höchst angesehen, Göring habe Leute gebraucht, die mit Diplomaten umgehen konnten. Diels aber habe nicht diese ganz und gar hundertprozentige Rückhaltlosigkeit besessen, so Kempner. Abenteurer eben, aber verhältnismäßig weich, man konnte reden mit dem Mann. Er dürfe nicht vergessen zu erwähnen, dass Diels auch Leute losgelassen habe '33. Zudem sei er Kempner verpflichtet gewesen, *Herr Kempner, Sie können mir einen Gefallen tun, eine Nutte, bei der ich gestern Abend war, hat nun meinen Ausweis, die wird hier ankommen*. Der Diels war für den Bürger lange ein Symbol für Verhaftungen. Opportunist, erst Demokrat, dann Nazi, hat Sachsenhausen mit aufgebaut. Besaß Land, war vermögend.

Der Herr Diels hat die Parteien untereinander verraten. Der Herr Diels hat viel Unsinn geredet. Konnte sich schwer konzentrieren. Hatte sich schon, bevor man offiziell Leuten Gemälde abnahm, selbst eine ganz nette kleine Sammlung zugelegt. Zuletzt im

Kempinski habe er zu Kempner gesagt, es laufe faul für Diels, man traue ihm nicht, Geschimpfe in gewissen Kreisen über ihn, von Emigranten aus dem Ausland angegriffen, die Leute kämen vom Regen in die Traufe, ginge Diels weg – Himmler und Heydrich waren auf dem Vormarsch nach Berlin.

Diels habe dann noch Gritzbach geholfen, die Geschenke für Görings Geburtstag auszusuchen, Gritzbach wollte prüfen, welche Bilder man fordern wollte, ob man von der Städtischen Galerie Geburtsbilder für Göring privat haben konnte, aber es stellte sich heraus, dass Diels nicht der hundertprozentige Nazityp gewesen sei …

Zu keiner Zeit sind Wiedergutmachungsansprüche für Gemälde erhoben worden, die sich in Diels' privatem Besitz befanden. Der keifende Kempner war kein Freiheitskämpfer, kein Wutengel der Gerechtigkeit, kein entwaffnender Held der Geschichte – sondern belferte sich mit seinen 1,65 m zum Verleumder der Epoche.

Er wusste, dass Diels als junger Jurist in Berlin begonnen hatte, Kupferstiche und Gemälde zu kaufen, aus Leidenschaft. Expertisen von Wilhelm Bode, sowie vom weltberühmten Max Friedländer – durch den Diels die Malerei von Hieronymus Bosch kennenlernte – waren schon '33 Teil der Beute der SA aus Diels' Wohnung gewesen.

Auch Diels hatte Aktenstöße bei sich angehäuft oder verschwinden lassen, und viele Menschen entgingen auf diese Weise einem schlimmen Schicksal. Da ist der Fall des Berliner Kunstsammlers Eduard Fuchs.

In den Akten würden interne Differenzen der Gestapo zwischen Diels und Himmler deutlich, so Ulrich Weitz, der eine verlockende Biografie über Eduard Fuchs geschrieben hat. Himmler setzte Heydrich als Gestapochef durch, und Diels wurde entlassen, doch siehe da: Mit Diels verschwanden die Fuchs-Akten bei der Gestapo, und letztlich führte dies zu einem ungewöhnlichen Vergleich mit Fuchs, der seine Klagen über ein Londoner Anwaltsbüro zurückzog, dafür im Gegenzug freigegeben wurde. Danach gelang es Fuchs über Verwandte und Freunde, Kunstwerke seiner Sammlung nach Paris ins Exil zu schmuggeln oder in Berlin zu verstecken. Anfang '37 wurde dann aber vom Reichsfinanzhof letztinstanzlich festgestellt, dass Fuchs ausgewandert sei, und das Finanzamt erließ einen neuen Reichsfluchtsteuerbescheid in Höhe von 29.552,00 RM, zwang also damit Fuchs zur Liquidation seiner Sammlung.

Aufgefangen in der Freiheit, waren diese aus Hitlerdeutschland Geflüchteten keineswegs so einfach einzustufen. Ein Eduard Fuchs etwa war viel zu aufgeladen.

Er wurde wahrgenommen als ein Anti-Stalinist, der sich dem Kommunismus zurechnete und mit der SPD nichts zu tun haben wollte. Und so ging das nur!

Die SA drohte Hitler mit – *lieber Führer, gib uns Brot, sonst werden wir wieder rot!* SPD-Minister Severing, den Diels anscheinend mit den Nazis betrogen haben soll, verbot seinen Leuten, gegen die Nazis vorzugehen. Aus solcher historischen Wahrheitsfindung kommt auch der Begriff der *Machtübergabe* an Hitler, statt der *Machtübernahme*.

Das alles muss der „Moral" doch endlich einmal das Maul stopfen, denn die Moral hat keine Augen, sie frisst nur, sie frisst alles auf. Um jemanden zu retten, muss man manchmal seine Glaubwürdigkeit opfern. Diels tat das nicht als *guter Mensch*, er tat es nicht, um alle möglichen Rollen anzuvisieren, die man als Karrierist der Geschichte noch spielen hätte können, er tat es allein schon, um *gegen* zu schieben, *rebel at work*, wie es in einem Album von Chet Baker heißt.

Dieser Rebell war er schon im Sommer '33, als Diels gemeinsam mit einem Landrat, einem Ministerialrat und dem Polizeivize nach der *Köpenicker Blutwoche* einzelne Foltertäter aus der SA zu entfernen, in einem Arbeitslager unterzubringen und dort auf sie einzuwirken empfahl. Um hier endgültig eine echte Definition von *Schutzhaft*, wie sie die Gestapo unter DIELS verstand, zu geben, ein abendlicher Funkspruch des Geheimen Staatspolizeiamtes Berlin im Sommer '33:

An alle: Alle führenden SPD-Funktionäre sofort in Schutzhaft nehmen, falls Gefahr besteht, dass S.A. selbstständig vorgeht. Für nicht Inhaftierte tägliche Meldepflicht anordnen. Nichtpreussischen Stellen wird anheim gestellt, sich diesem Vorgehen anzuschließen. Geheimes Staatspolizeiamt, Dezernat roemisch 5.

Dieses grundlegend atypische Verhalten zog sich wie eine Spur durch sein ganzes Leben. Er war nicht der Typus des Deutschen, der nur innerhalb seiner Zuständigkeit auf „Ordnung" aus war und außerhalb des Blickwinkels den Satan walten ließ. Er half nicht Deutschen – oder – Juden, Diels half, wo es möglich war. Er half wendig, unbemerkt und schnell. Er half mit seinem Widerspruch, mit dem vollen Einsatz von Diskrepanz und Gegendruck, Trotz und Selbstständigkeit.

Wer kann die Luft dirigieren? Jedes Blatt an einem Baum gleichzeitig beschützen?

Wer kennt die Zeit bereits nachträglich, während er noch in ihr ist?

Staatssekretär von Weizsäcker: Darf ich meine Meinung sagen? Sie sind noch nicht bis zum Kern vorgedrungen.

Dr. Kempner: Wir wissen ziemlich viel.

Staatssekretär von Weizsäcker: Ich wusste nichts von diesem Papier.

Dr. Kempner: Nun sind Millionen von Menschen umgekommen … ich bin lieber unschuldig an einem Mord.

Staatssekretär von Weizsäcker: Ich bin lieber vor diesem Gericht, als dass ich mich zurückgezogen hätte.

Dr. Kempner: Wenn ich einen Mörder sehe, dann schlage ich ihm die Pistole aus der Hand. Sie stellen sich neben den Mörder, bis ein Ziegelstein vom Dache fällt, der auf die Pistole fällt und sie ihm aus der Hand schlägt.

Staatssekretär von Weizsäcker: Der Vergleich ist schlecht.

Kempner betrachtete nun eines der Rosenberg-Tagebücher-Papierbündel vor sich auf dem Schoß. Die Taschenlampe stach wie in einem Nazi-Folterbunker gegen die feuchte Decke. Er zog eine beliebige Seite heraus, September '41, *Problem der Zukunft der Ukraine … der Führer ist der Ansicht, dass wenn ein so großes Volk sich dauernd unterdrücken lasse, so sei es auch nicht wert, von anderen als selbstständig anerkannt zu werden …* – Kempner zerknüllte es, stopfte es sich in den Mund, kaute langsam, kaute unter Tränen, bis er nichts mehr sah, und schluckte es hinunter.

Eine andere Seite, *Oktober '36, mit Afghanistan ist also der Vertrag fertig … wir erhalten das alleinige Original eines Ölkonzessionsvertrages … die Russen haben Nachricht über unser Abkommen bekommen: als Rache haben sie 180.000 Karakulschafe, die auf ihrem Boden weiden, nicht mehr nach Afghanistan zurückgelassen …* – stopfte sich damit den Mund – kaute, kaute, kaute – schluckte es hinunter.

Riss noch eine Seite an sich, *Dezember '44, wie viel Zeit seit der Jugend vergangen ist, erlebte ich 1940 in Paris. Im Mai 1914 wohnte ich einige Wochen in der Nähe des Boulevard Raspail. Ich hatte diese Straße in Erinnerung als breit, hell und sonnig. 1940 fahre ich im Auto von der Stadtseite hinauf. Ein dunkler Boulevard. Da fiel mir ein, dass in diesen sechsundzwanzig Jahren die Platanen hoch gewachsen waren u. ich in ihrem Schatten dahinfuhr.* – Kempner drückte sich die verspeichelten Reste Rosenberg-Handschrift in den Rachen und kaute langsam zu Ende.

Er war längst zu Johannes geworden, der Johannes aus Dürers Holzschnitt, der Johannes, der das Buch verschlingt, das ihm der kräftige Engel bringt, das Buch, das ihn so sehr erregt, dass er es ganz auffrisst.

Diels-Schuft, dachte Kempner und dachte noch berlinisch und

trug auch einen Hauch Berlinisch in seinem Sprechen, halt so mit Schwung, geifernd und schlicht, tat immer ein wenig weh im Ohr, wenn er was sagte.

Die erste Frau von Diels sei irgendwann ausgewandert, habe Kempner nach einem seiner Vorträge angesprochen, sie habe berichtet, Diels sei ihr – neben allem anderen – auch noch untreu gewesen. Kempner veröffentlichte das, doch wozu?

Warum hielt sich Kempner damit auf? Was hatte Diels' Fremdgehen mit dem Mord an Millionen Juden zu tun? Findet sich in Diels' Nachlass nicht ein Schreiben von Hilde Diels-Mannesmann aus Darien, Connecticut an Josef Augstein von '51, in dem sie erklärt, sie habe über gemeinsame Bekannte vom bevorstehenden Entnazifizierungsverfahren gegen Diels erfahren und dass ihr dabei bewusst wurde, dass ihre früheren Aussagen bei der Trennung und ihre Aussageverweigerung beim politischen Prozess ein ungünstiges Licht auf Diels geworfen haben?

Schreibt sie darin nicht, dass sie zu jener Zeit aus persönlichen Gründen sehr böse gewesen sei auf Diels und dass sie sich zu Äußerungen hinreißen ließ, die sie bei klarer Überlegung nicht gemacht hätte? Schreibt sie darin nicht auch, dass sie aus Rache gehandelt hatte, aus der Spannung zwischen beiden heraus und dass sie sich nun eine derartige Verzerrung der Wahrheit um seine Person nie verzeihen hätte können? Dass sie nun alles tun wolle, um den Schaden, den sie angerichtet habe, gutzumachen? Schreibt sie nicht, dass er vielen Juden geholfen habe, auch unter Gefahr seines eigenen Lebens? Schreibt sie nicht, dass sie leider nicht alle Namen erinnere? Schreibt sie nicht von der Jüdin Frau Voss, für die sich Diels mehrmals erfolgreich eingesetzt habe und die nun in den USA lebe? Schreibt sie nicht von einer eigenen jüdischen Freundin, Gisela Lerner, die sie mit Rudolfs Hilfe und Unterstützung bei sich in Berlin versteckt hatte, bis diese, bei einem unvorsichtigen Besuch bei jüdischen Freunden, von der Himmler-Gestapo entdeckt wurde und dass Diels zu dem Zeitpunkt bereits selbst in Gestapohaft gewesen war, dass er von da nichts mehr für sie tun hatte können?

Schreibt sie das nicht alles? Gibt es nicht Briefe von Diels' Freunden, denen nach auch Hilde schon in den 30er-Jahren ein durchaus nicht gerade klösterliches Leben führte?

Wenn Ehebruch und Abenteuerlust, die Mitwelt überfordernder Eigensinn und eine abweichende Temperatur der Persönlichkeit alles waren, was Robert M. W. Kempner dem ersten Chef von Hitlers Gestapo an *Verbrechen* nachsagen konnte, dann könnte vielleicht auch die Welt einmal aufhören, wandernde Schatten zu sehen, wo ein Licht versucht, anzubleiben.

Kempner wischte sich die Tränen ab, knipste die Taschenlampe aus, stieg wieder hinauf zu seiner Frau Ruth, seiner Sekretärin Margot Lipton und seinem Sohn André, dessen Mutter nicht Ruth – sondern Margot war – und mit der Kempner einst eine Affäre hatte: ein streng gehütetes Familiengeheimnis im Hause Kempner.

André war in dem Glauben aufgewachsen, er sei der Adoptivsohn der Kempners.

*Dr. Kempner: Wie viele Auflagen?*

*Prof. Carl Schmitt: Ich glaube, fünf oder sechs.*

*Dr. Kempner: Sie hatte ein Hakenkreuz in ihrem Verlagssymbol?*

*Prof. Carl Schmitt: Ja, sicher.*

*Dr. Kempner: Wenn man diesen Aufsatz liest, ist es doch der reinste Hitlerstil.*

*Prof. Carl Schmitt: Nein. Ich bin stolz darauf, dass ich seit 1936 damit nichts zu tun habe.*

*Dr. Kempner: Vorher ist also der Hitlerstil bei Ihnen zu finden?*

*Prof. Carl Schmitt: Nein, das habe ich nicht gesagt. Bis 1936 habe ich es für möglich gehalten, diesen Phrasen einen Sinn zu geben.*

Walther Rathenau wiegt schwer
Denn er war ein sehr
Schöner Mensch.
Ein hoher Sohn, in einem großen Leben,
Geschmack hatte der! Geld und Talent!
Sogar Tränen ...
Doch er wusste Bescheid
Wusste alles vom Vertrag
Von Versailles
Er wusste, es ist vorbei
Mit der Würde Deutschlands.
Er wusste, die Bedingung war:
Europa rüstet gemeinsam ab!
Doch nur Deutschland hatte sich daran gehalten.
Er hat es für sich behalten
In seiner Daimler-Motor-Droschke
Die Welt nur vor sich selbst gedacht:
Dann ist eben Hitler aufgewacht.

## 23

Leonhard.
Schlüter hielt seinen Wagen acht Tage nach Johns Weggang vor Hof Twenge. Diels kam mit einer Feldhacke auf ihn zu, er war bei der Arbeit gewesen. „Ich habe, ehrlich gesagt, nur darauf gewartet, dass Sie hier erscheinen!“ Diels zog sich einen Hemdzipfel aus der Hose und trocknete sich die Stirn, dann sahen sie sich verblüfft an, einigermaßen fassungslos über Johns Flucht nach Ostdeutschland.

„Herr Diels, meinen Wunsch nach einem Buch über die Renaissance preußischer Verwaltungskunst haben Sie mir ja bislang nicht erfüllt. Jetzt aber, jetzt erwarte ich von Ihnen, dass Sie etwas schreiben.“ Auch Schlüter tupfte sich die Stirn mit einem Taschentuch. Die Sonne prallte auf seinen Kopf und er lehnte sich gegen den Holzzaun. „Und schnell muss es gehen, jetzt muss es sein, muss eigentlich schon fertig sein. Ich erwarte keinen Tausendseiter, sondern eine Ansage – und zwar von Ihnen. Herr Diels, geht mehr Verehrung meiner seinerseits?“ Vögel zwitscherten, sangen, hatten viele Einwände.

Wohltuendes Eis schmiegte sich an Diels, bei der Vorstellung einer Klarheit, die wie ein perfekt niederfallender Tropfen vom kühlen Himmel das lauwarme, alles beherrschende Meer bespritzte und öffnete. Seine Venen wurden fest, züngelten an seinem Handgelenk wie das Haupt der Medusa und stimulierten etwas tief in ihm, erweckten Prometheus, befahlen ihm. Er dachte an die Monate seines Studiums zurück, dachte an seine erste große Begeisterung, als er sich mit den Anfängen der politischen Polizei in Deutschland befasste. In den *Karlsbader Beschlüssen* von 1819 wurde diese polizeiliche Zusammenarbeit beschlossen und ausformuliert, die Mitglieder des Deutschen Bundes verpflichteten sich zur Kooperation bei der Beobachtung und Verfolgung mutmaßlicher staatsgefährdender Personen. Fragen der eigenen Souveränität der Einzelstaaten im Heiligen Römischen Reich aber erschwerten diese Zusammenarbeit zunehmend. Viele Modelle der Staatsverwaltung wurden im Laufe der Zeit von den Menschen durchgespielt, erprobt, immer wieder verraten. Das preußische Modell, das sich festsetzte, das gedieh, das sich mit dem Atem der Geschichte verbunden hatte und andere Länder inspirierte, war für Diels und viele seiner Kommilitonen ein echter Kristall: Beamte schützten den Staat, keine „Informanten" und *die Auswahl und sittliche Reife dieser Beamten allein konnten die Gewähr dafür bieten, dass vage Verdächtigungen gar nicht erst aufkamen*, wie Diels sagte.

Gibt es einen Bereich, der sich einmal nur öffnet und von dem aus man einen offenbarenden, einmalig unangerührten Einblick in die Schöpfung der Geschichte hat, frei von Spielen der Macht und frei vom Abwinken vermeintlicher Väter der Nation? In die gewandten Regeln eines überdurchschnittlichen Ehrenkodex?

Diese Stelle zwischen Zeit und Kosmos, Existenz und Hingabe, wo man vielleicht jenseits des Geschehens *in den Menschen* ist, nur bei den Menschen und nur für die Menschen? Selbst, wenn sie es gar nicht merken, einem sogar misstrauen, einem gar nicht glauben? Und ist man nicht erst weltmännisch, wenn man in der einem zugehörigen Zeichnung sein eigener Vitruv ist und mit beiden Armen fühlt, wo man steht?

Sie taten ein paar Schritte von der Einfahrt über den imposant elliptischen und leicht angehobenen Platz, der markant und packend umwacht war von Diels' Wohnhaus, der unnachgiebigen Scheune, den Nebengebäuden und einem weiteren Stall.

„Wohnt dort noch jemand?", fragte Schlüter. Schlüter staunte über die Klasse der Häuser, über die Größe!

„Ich hatte hier Leute untergebracht, Menschen, die nach dem Krieg nicht weiter konnten", sagte Diels. „Kommen Sie mal mit!" Diels führte ihn zwischen der magischen Scheune und seinem Hallenhaus zur Feldwiese. „Diese Tulpen", erzählte Diels, „sprießen erst seit einiger Zeit. Schauen Sie nur, die da in Burgund und die in Purpur, Violett, Weiß! Die ganze, geschlängelte Linie bis da drüben hin. Ist das nicht merkwürdig?"

„Kenne mich mit Flora und Fauna nicht aus, aber ja, jetzt wo Sie es sagen, wir haben Ende Juli", antwortete Schlüter. Er bemerkte das schmale Dürer-Buch in der Hemdbrusttasche von Diels.

„Darf ich?", er zog es heraus. „Dürer", sagte Schlüter, schlug es auf und las vor: „Dieweil aber dies die eigentliche Grundlage aller Malerei ist, habe ich mir vorgenommen, allen kunstbeflissenen Jünglingen eine Grundlage zu schaffen und Anleitung zu geben, wie sie sich der Messung mittels Zirkel und Richtscheit bedienen und daraus die rechte Wahrheit erkennen und vor Augen sehen mögen, damit sie nicht allein Lust und Liebe zur Kunst fassen, sondern auch zu einem richtigen und besseren Verständnisse derselben gelangen möchten; unbeirrt dadurch, dass jetzt bei uns und in unseren Zeiten die Kunst der Malerei von Etlichen sehr geschmäht wird und man sagen will, sie diene zur Abgötterei. Denn ein jeglicher Christenmensch wird durch ein Gemälde oder Bildnis ebenso wenig zu einem Aberglauben verleitet, als ein rechtschaffener Mann zu einem Morde dadurch, dass er eine Waffe an seiner Seite trägt."

„Abgemacht", sagte Diels.

Tante.
Vera setzte einen Spiegel-roten Lippenstift auf. Ein Schluck Underberg noch gegen die Schmerzen da darin und sie war bereit. Bereit für den Kaffeeklatsch mit ihren Freundinnen in Hannovers Innenstadt. Lisa fuhr am Sommerschlussverkauf bei Karstadt vorbei, die Kriegskrümel der Bauten waren einem neuen Stil gewichen, der sich an reserviert gekonnten Rechtecken hochzog. Weiße Remisen stachen hervor, unnatürlich weiß. Sonnenuntergang.

„Caprihose“, schüttelte Tante Vera den Kopf über ihre Nichte. „Ausgerechnet heute!“

„Lass die doch reden“, meinte Lisa. „Die reden über alles, auch über dich, Tante Vera.“

„Ich ja wohl zu allererst über sie!“, rief Vera gleichrangig empört. „Diese kleinen, gemeinen, verdorbenen Biester, mit ihren reingewaschenen Männern und ihren geschmacklosen Töchtern und ihren Abgeordnetensöhnen!“

Lisa lachte, während sie einparkte. „Warum triffst du dich dann mit ihnen?“

„Na hör mal“, sagte Vera, „auf welches Leben soll ich noch warten, auf welche andere Erde ausweichen? Ich will jetzt meinen Eierlikör!“ Vera zog die schwarzen Handschuhe über und stieg aus, in ihrem sandfarbenen Kleid. An den Schultern gerafft, geschnürt und überall bemalt mit antiken Szenen, als hätte ein Archäologe seine Ausgrabungen auf dem Stoff festgehalten.

Taille winzig, fliegende Untertasse als Hut, das Gesicht knittrig feenhaft, zierlich und hübsch, mit großen neugierigen jungen Augen darin.

Auch Lisa stieg aus, sie trug zu ihrer Caprihose flache, dunkelblaue Sandalen, vorne geöffnet und mit Schnalle, das Leder war perforiert. Oben herum nur eine kaum richtig geschlossene Bluse, ihre Haare drehten sich launisch nach oben, ungekämmt natürlich, Finger waren die beste Bürste. Aus ihren blutlosen Lippen kochte reichlich Verachtung, und sie trug viel Überdruss als Schmuck um den Hals.

Konditorei Schmidt lag an der Tramstation. Lisa begleitete ihre Tante aus einem einzigen Grund: Zerstörung. Allein für den allerersten Anblick – wenn sich alle Damen wie bunte Pfauen zusammenküssten – hätte sie alles gegeben, so was gab's nicht im Kino, und sie wollte jetzt gemächlich diese Schoßelite der Bundesrepublik in Brand setzen.

Eine lange Tafel war zu einem Bankett der Hausfrauen zusammengeschoben. Auf jedem Tellerchen lag ein Serviettchen und auf jedem Serviettchen lag ein Marzipanröschen und auf jedem Marzipanröschen lag ein Oetker-Zuckerkügelchen.

Dazu schwachsinnige Schlager zum Einschlafen, als würde Hans Globke eine Beichte ablegen. Über den Tisch waren drei rosa Torten verteilt. Auf jeder Torte lagen zwölf Erdbeerscheiben. Lisa zählte die Eierlikörflaschen. Das würde nie und nimmer genügen, sich hier die Kante zu geben.

Irgendwann sahen sie alle gleich aus, dachte Lisa und kniff die Augen zusammen.

Nur Tante Vera stach aufgrund ihrer, ihr, Lisa, vertrauten Gestalt daraus hervor.

Die Bewegungen waren dieselben, die Frisuren, die Zähne, die Zahnärzte.

„Spinnst du?", pöbelte Lisa in eine Richtung. „Die Amis haben also alles in uns wieder aufgebaut? Schämst du dich nicht, so was zu sagen? Die Kommunen und Gemeinden waren es, die den Menschen etwas, wenn auch nicht viel, schenkten: ein zitterndes Mozart-Konzert in einer zerschossenen Aula, eine Lesung von Gedichten, das Sprechen, wenn keiner sonst da war. Doch die Tränen, die da flossen, die sind natürlich alle schon vergessen, jetzt, wo du genug zu schlingen hast!"

Vera erwedelte eine entschärfende Geste mit ihren ausgezogenen Handschuhen in Richtung Lisa, dabei warfen die Handschuhe das Glas um, der Likör tropfte über das bonbonfarbene Kleid der Nachbarin, die erschrak derart darüber, dass sie ausschlug wie ein Pferd und ihrer Freundin nebenan mit dem Ellbogen – bleiben wir bei Kempners – eins in die Fresse gab.

„Manche unserer inneren Ruinen werden uns bleiben", sagte Lisa und wandte sich an eine andere. „Nicht alles kann man wieder aufbauen, weißt du? Und ich möchte das Kaputte in mir lieben wie das Unbeschädigte!"

Lisa schüttete der hysterisch Besudelten auch noch den Rest Eierlikör ins Gesicht, wäre schade gewesen drum. „Hör auf, meine Tante anzufahren!" – Sie glaubte, zu ersticken, stand auf, ließ das Geschrei hinter sich, trat auf die Straße hinaus, doch die Luft war auch dort genau dieselbe. Es war nicht der klebrige Sommer, der so lästig war, es war das ausgetauschte Leben.

Sie ging los, sie lief und lief, und eine endlose Stunde entlockte den Fassaden Leuchtwerbung. Namen und Marken und Versprechen in kaltem Neon. Sommerregen, Stromschlag, alles noch heller, alles noch schlimmer. Sie lief weiter. Ein Sog ergriff sie, der Sog nach einer äußeren Heimat, die auch die innere sein könnte, der Sog nach Lust, sie wollte alles, sie wollte nicht das, was jetzt gekommen war. Diagonal flackernde Schreibschriften, zerwischt von schnellen Autoschweifen. Sie wusste, wo sie war, doch alles sah anders aus. War sie es denn dann noch? War sie noch sie selbst? Im Gehen betrachtete sie ihre Hände.

Waren es noch die ihren? Alle wurden fetter, hatten neue Namen, hatten dieselben Gesichter. Textil und Stahl, Deutschland wieder ganz oben unter Amerika. Die Tenöre der SA jetzt auf den Fußballrängen. Keine Kinder mehr, die auf Stühlen schlafen mussten, weil die Matratzen feucht waren, wenn die Bombennächte nie erahnte Höllenkeller hervorbrachen, vergessen all das! Keine Rückkehrer mehr, nur die Zukunft. Zukunft. Alles für die Zukunft und der Beat ging nach vorne und zog sie mit, mit,

mit. Modemagazine geknipst in Trümmern. Volkshochschulen für die Umerziehung von unten. General McClure aus den Sprechröhren der nuklearen Himmelsdecke von oben: Ge-Ge-Germany, Ge-Ge-Germany, Ge-ge-germans have to be told, told, told. Und es werde Deutschland. Und es wurde Deutschland. Und es ist Deutschland. Keine own Meinung mehr für Ge-ge-germany, niemals wieder. Und die Befreier waren die Erlöser, denn sie setzten das Bürgerliche Gesetzbuch von '46 wieder in Kraft: Männliches Kontroll -und Verfügungsrecht über die Frauen. Die Damenwelt, juristisch unterprivilegiert, ein Hoch auf die Patriarcheninternationale-nale-nale. Wenigstens zuhause sollte der Herr noch Herr sein dürfen, wo er doch nach außen ganz neu-neu-neu und klein sein musste. Ge-Ge-Germany, die Wolken formten sich zu Lautsprechern, Ge-Ge-Germany. Auf der anderen Seite der Erde, die immer irgendwem gehörte, beschlichen die Sowjets den östlichen Mittelmeerraum, krönten jeden Fleck mit einer kommunistischen Regierung und da, Mao kam ihr entgegen, kam auf sie zu! Groß, gutaussehend, ein boshafter Prophet aus dem Reich der Mitte. Er grüßte edel und ging dann weiter.

Lisa winkte ihm noch lange nach. Sie fühlte, wie sich unter ihren Sohlen der Asphalt zu einer brodelnden Kugel formte, sie erhob, sie weitertrug. Als würden ihr Flügel aus den Schultern wachsen, ein juckender Schmerz, riesige leichte Federschwingen, sie hob ab, sie stieg Zentimeter auf, sie trieb durch die Glas-Stein-Stadt einer unbekannten Spezies. Schmerzhaft wunderbare Gefühle lagen aufgeschüttet vor dem Eingang zu ihrem Höhlenherzen. Sie schaffte nicht, ihn freizuräumen, sie hatte keine Kraft, tauchte in einen der Jazzkeller ab, die hatten sich jetzt überall gebildet, und es waren die prachtvollsten Orte. Musik, einfach nur Musik und was für welche. Eine einzelne Klarinette, die glaubte, sie hätte das Zeug, ein Stück für Trompete zu sprengen, was für ein märchenhafter Übermut in schmutzig glitzerndem Zigarettenstaub bleicher Lampen! Vollrausch-Lisa. Ob es stimme, dass der Chet Baker nach Ge-Ge-Germany käme, wollte sie träge wissen. Ihr Herz blies sich auf wie ein barocker Tropfen. Es gab jetzt nur noch einen Menschen, zu dem sie wollte.

Spaziergang

X: (Geht über Herbstblätter)- „Die Welt lacht uns aus ganz leise."

Y: „Warum das?"
X: „Weil wir ihr den Arsch lecken ohne Grund."
Y: „Wir sind nun mal schuld."
X: „Ja, aber wir sind auch Teil der Menschheit."
Y: „Worauf willst du hinaus?"
X: „Wir brauchen bessere Narrative aus Anstand, Geist und Respekt."
Y: Bleibt stehen: „Mörder, du Rassist, du Faschist, du Leugnist, Nazi, du Nazi, Nazi! Ich schlag dich tot, wenn du das noch mal sagst, wenn du das noch mal wagst, zu denken." – (Geht ab.)

## 25

Stenotypistin.
Fräulein Brinkmann legte die dehnbaren Finger auf die Tastatur ihrer elektrischen Schreibmaschine. Ein Hauch von Andrücken genügte bei diesen ganz neuen, unbeseelten Apparaten, und schon zauberte sich ein Buchstabe hervor.

Die hagelnden, einstmals allen den Schlaf raubenden, gewaltvollen Stöße gehörten der Vergangenheit an.

„Legen Sie los“, sagte Diels und begann sortiert vorzulesen, was er – seit Schlüter nach einem Schnaps und mitsamt des von ihnen beiden unterzeichneten Vertrags – wieder weggefahren war, verfasst hatte. Diels’ Ansage war fertig, in nur zwei Tagen verfasst oder wie der *Spiegel* das Heft ankündigen wird: *er sich die seit Langem aufgestaute Wut in nur zwei Tagen von der Seele schrieb!*

Schlüter hatte daraufhin umgehend seine persönliche Sekretärin geschickt, um das Werk zu übernehmen, um sofort loszulegen. Ihre acrylgehärteten Nägel setzten an.

Auf dem Papier nuancierten sich wie von einem Nadelstrahler gestochen die ersten Sätze hervor. *Der Fall Otto John. Hintergründe und Lehren von Rudolf Diels.*

Er diktierte gekonnt: „Seitdem Otto John ging, seitdem der Blitz in das Treibhaus eingeschlagen hat, bildet mein Bauernhof keinen Schutz mehr gegen neugierige Frager ... Man traut unserer Obrigkeit leider vieles zu, doch auf die Flucht Johns war man nicht vorbereitet ... Man fragt nun berechtigterweise nach der Schuld, die Bonn am ‚Fall John’ trägt ... Auch Bonn sucht nach Schuldigen ... Es wird Zeit, dass die Verhältnisse um John im Lichte der Wirklichkeit gesehen werden ... Über den Menschen John etwas Negatives auszusagen, liegt mir fern ... Ich habe nicht die Absicht, den weltweiten Klatsch um ihn zu vertiefen ... Hier interessiert nur der John der Politik und sein Amt ... Allein der alte Bundeskanzler, der auf der deutschen Marionettenbühne des

Unwirklichen seine Rolle mit Leben erfüllt und die Kastration der deutschen Staatlichkeit zu verbergen versteht, erinnert die Deutschen an die staatsbildenden Männer der Vergangenheit ... Dem Schöpfer und Hüter des unerwarteten Wohlstandes danken sie mit rührender Loyalität gegen eine sie im Übrigen nicht interessierende Staatsveranstaltung, die weder Achtung noch Liebe auslöste ... Und sie sind doch gleichzeitig bereit, jeder heraufsteigenden Elite das nationalsozialistische Stigma anzuhängen ... Und also – warum schreiben und lehren wollen ... Was keiner hören will ... Weder die deutschen Führungskreise ... Noch die Amerikaner, die hinter der Staffage einer fingierten Staatlichkeit den sumpfigen Grund für das Ungeheuerliche gelegt haben, noch die Engländer, die aus ihrem deutschen Emigrantenköcher täglich neue Johns zur Verhinderung einer Ausweitung unserer Wirtschaftsmacht zu schicken bereit sind, noch gar die Franzosen, die uns mit Hekatomben von Johns verseuchen möchten, um den Amerikanern unsere Unverlässlichkeit darzutun ... Vielleicht sollte man für das deutsche Volk schreiben ... Aber das Volk ... Es liest keine Bücher, so wenig wie der Einzige, der es ändern könnte, der Bundeskanzler ... So schreibe ich denn für diejenigen, die gerade von – mir – ein Wort zu dieser Sache erwarten, kein betuliches, wie es zum ‚fairen' Ton unserer Skandale beschwatzenden, Skandale beschönigenden und Skandale vergessenmachenden wohlumerzogenen öffentlichen Meinung gehört."

Lisa hielt betrunken vor Hof Twenge, wie sie es geschafft hatte, sicher hier anzukommen, wusste sie selbst nicht. Sie hatte sich ans Steuer geklammert wie bei einem Seesturm und sie hatte an ihn gedacht. Sein beeindruckendes Land umstanden majestätisch ineinander verästelte Bäume. Bäume, die jetzt, als sie weinend ausstieg, stürmten und sie aufsogen in ihren selbstlosen Schatten, und über weite Flächen erstreckten sich die leeren und kühnen Grasflächen des Nachtpastells!

„Weiter“, sagte Diels. „Schreiben Sie: Der große Nürnberger Kriegsverbrecherprozess war beendet … die Asche der Gehängten war in alle Winde zerstreut worden … Da packte die englische Kommission, Richter, Ankläger und ihre Gehilfen, die Akten zusammen und verließ den Justizpalast …

Zurück ließen sie einige deutsche Emigranten … Mit dem Einfluss der britischen Linken stieg auch ein Einflüsterer in den Vordergrund, der ‚Mister John' genannt wurde … Sein Wort galt viel bei den Amerikanern, denen er mit seinen besonderen Kenntnissen und durch Zusammentragen des belastenden Materials aus den güterzugweise herangeschleppten Akten imponierte … Der Gedanke, dass er der Bruder des mir bekannten, nach dem 20. Juli 1944 hingerichteten Hans John sein konnte, kam mir nicht in den Sinn; denn ich hielt ihn nach seinem Äußeren, zumal in seiner britischen Uniform, für einen Angelsachsen … Die Tatsache, dass sich in der großen Politik die Spaltung zwischen Ost und West immer schärfer herausbildete, wurde im Justizpalast völlig ignoriert … Ein Jahr später lernte ich John in einem Wiesbadener Kreis gemeinsamer Schulkameraden persönlich kennen … Bei dem heiteren Wiedersehen alter Gymnasiasten, die es nach Internierung und Denazifikation wieder zu etwas gebracht hatten, berichtete man sich scherzhaft aus der Zeit ‚in der wir alle Nazis waren' … Man ließ John den Deserteur merken … Er war betreten … Aus einem Objekt seiner Verfolgung ließ er mich zu seinem Gönner avancieren … Er wolle seine Anwaltspraxis in London aufgeben und versuchen, in Deutschland als Rechtsanwalt zugelassen zu werden … Ich könnte ihm vielleicht dabei behilflich sein, meinte er.“

Lisa betrat den Platz der Hofanlage, wo gleich links schon ein Baum mit seinem langen Haar herausragte. Die Arme hatte sie um sich geschlungen wie eine Liebeszwangsjacke und sie heulte, sie schnaubte vor Liebeshunger. Hier war Deutschland noch ihr

Zuhause geblieben, gerade hier, im dunklen, feinherb riechenden, ausgedehnten Kaltenweide bei Hannover, hier, wo nichts lag und alles, nur einfach das Hier und Jetzt, eine Ruhe und eine Tiefe, eine unendliche Geschmeidigkeit und Lässigkeit der Landschaft, eine Treue.

Diels lehnte sich in der hell beleuchteten Küche seines Hauses gegen das Waschbecken. Die Tasten der Schreibmaschine ketteten sich aneinander im Ohr wie eine wilde Rassel: „Es interessierte mich, dass John damals nicht an seine Nürnberger Tätigkeit erinnert werden wollte ... Aber John wurde der Zutritt in das Auswärtige Amt verwehrt, wie er mir alsbald mitteilte ... Man könne keine Verräter gebrauchen ... Die Sache amüsierte mich ... Nun ja, er hatte ja auch Weizsäcker verraten ... Ich dachte damals an Sigmund Freud und die Komplexe aufladende Wirkung aller Heimlichkeiten an Fehlleistungen, die aus den ramponierten seelischen Unterwelten unserer deutschen Giseviusse aufsteigen müssen."

Lisa spähte an der sehr breiten Längsseite, die in weißebenhölzernem, wunderbar großzügigem Fachwerk gemustert war und an der man hätte König, Dame, Bauer spielen können, hinein. Was gab es jetzt so Dringendes für ihn zu diktieren, und wer war diese Frau? Sie sah Weinflaschen herumstehen, aber die hatte er schließlich immer da. Sie beobachtete ihn, wie er aus seinen Notizen vorlas, dabei den alten Küchentisch abschritt, eine Hand in der Hosentasche, aufrecht und groß, und es schien, als hätte es in diesem Moment nichts auf der Welt gegeben, was ihm ergreifender gewesen wäre als das, was er da vortrug und was sie nicht hören konnte und was ihn so zum Glühen brachte und alles andere vergessen machte.

„Haben Sie das? Dann weiter", sagte er. „Einige Wochen später erschien John mit Dienstwagen und Chauffeur als ‚Kommissarischer Präsident des Bundesamtes für Verfassungsschutz' ... Er war einer meiner Nachfolger geworden ... Er entwickelte dann dilettantische Vorstellungen über den Aufbau seines Amtes, ein Durcheinander von Karl May, Hoover-Polizei, Deuxième Bureau und Secret Service ... Ich riet ihm warnend, mit einem Studium der deutschen Verwaltungsorganisation zu beginnen und die Einrichtung eines ‚selbstständigen Apparates' zu lassen ... John konnte mich nicht begreifen."

Lisa war nicht wie die anderen Menschen, sie war ein Punkt, den sie zu erhaschen versuchte, seit ihrer Kindheit und der sich ihr entzog, ihr entwischte, immer, wenn sie nach sich selbst griff. Nicht artgemäß, nicht maschinell gefertigt, nicht zum Verständnis bereit. Die Säfte in ihr konnten ihren kleinen Körper durchschwenken und durchschütteln, und dann war sie verloren, gleichzeitig besessen von ihrer inneren Gedankenwelt, die sie schluckte wie ein Moor. Der Verlust der Familie mag diese Haltlosigkeit herbeigeführt haben, aber sie wäre auch die Schmerzende gewesen mit ihnen. Es war ihr Privileg eines Fluches, tiefer als andere das Leben zu betrachten, ein für andere unsichtbares drittes Auge mitten in der Stirn zu besitzen, was das Lid auftat, sobald es nur wollte. Wie ein magischer Fisch thronte dieser Blick in ihr und trank sie aus und quälte sie mit einem Leben, das die Auflösung aller Universen hin zu einer Milliarde weiterer, kommender Multiversen ungesteuert beflog und eben nicht die genugtuende Ruhe eines Daseins zwischen Geburt und Tod und Dr. Oetker dankend annahm. Sie glaubte, überhaupt gar nicht leben zu können, sie wusste nicht, wie das geht, und sie schämte sich dafür und in ihrer Kehle sammelten sich die Ablagerungen einer unaufhaltbaren Verzweiflung, bis sie nicht mehr konnte.

Sie wusste, sie wusste ganz genau, Menschenhauch vergeht nicht, sondern haucht weiter in einer Erweiterung unerkennbarer, sich ins nie Vergehende ziehender Stufen von heiligem Nichts, und alles, was je geliebt wurde, würde weiterwispern, und alles, was je verletzt wurde, würde weiterleiden! Und manche, solche wie sie, bekamen das ab, trugen und spürten das in sich, die Welt war wie ein Atom in ihr drin, ein heißrotes Kügelchen, Seerose, in den Bahnen ihrer Aorta.

Sie war wie abwesend in Gesellschaft, eine verwunderte Schaufensterpuppe, die für Minuten einfrieren konnte, mitten unter anderen Leuten, und eine unstillbare Trauer gluckste in ihr auf, überwältigt von ihrer innersten Abscheu, nirgendwo dazugehören zu wollen, niemals!

Nur bei einem Menschen lösten sich die Klumpen in der Kehle auf, nur in *seiner* Gegenwart fühlte sie auch ihre Gegenwart und keine Gegenwelten mehr, die sich in sie schoben, sich durch ihren Nabel Zutritt verschafften.

Diels ging zum Fenster. „Fahren Sie fort: Wenn zum Begriff des Widerstandes wesentlich ein Handeln gehört, so verringert sich seine Armee ... Johns Überlaufen zu den Bolschewisten von der Zehnjahresfeier des Widerstandes hinweg hat den Worthaltern der mit Unwahrhaftigkeiten, Dünkel und Profitsucht überladenen Legende des deutschen Widerstandes und der bedenkenlosen Selbstverherrlichung jedenfalls eine Weile den Mund gestopft."

Lisa ging zum Zaun, ging zurück zum Auto, Blätterflüstern überall, sie stieg ein.

„John", gravierte Diels, „der als der amtlich bestellte Hohepriester dieser gemischten Gesellschaft die ganze Macht seines Amtes für ihre Verherrlichung und die Garantie ihrer Pfründe einsetzte, gehörte zu keiner der aufgezählten Gruppen ... Er war schlicht ein Verräter."

Und sie fuhr los. Eine Spektralallee lud sie ein, das Fahren war jetzt ganz sacht. Sie fuhr schneller, wie aus dem Leben heraus, in ein anderes Leben hinein, und es gab so viele Leben! Sie lachte und sie weinte! Unruhig rieb sich Diels die Brust. „Hören Sie das? Hören Sie das auch gerade? Jetzt gerade?“, fragte er. Das Rufen aus seinem Garten erhob sich. Verhalten, doch es war da, ganz schwach und gebrochen war es wieder da. „Aber ja“, sagte er, „da! Da ist es doch, hören Sie es denn nicht? Ich höre es die ganze Zeit.“ Sein vornehmes Herz schlug und bat ihn um Ruhe. „Schreiben Sie: Wen aber meine eigene Meinung zum deutschen Widerstand interessiert, der möge wissen, dass der verantwortliche Mann an jeder Stelle und zu jeder Zeit Widerstand zu leisten hat – gegen Dummheit, Rohheit und Rechtlosigkeit … Eins steht fest, die Nutznießer des Widerstandes scheinen völlig saturiert zu sein, sonst würden sie sich an neuen Gelegenheiten zum Widerstand noch einmal erproben können.“

Reinhard Gehlen blätterte aufmerksam im frisch gedruckten *Fall Otto John*, blätterte und blätterte langsam mit angelecktem Zeigefinger und Daumen wie aus zwei ausgelöschten Augen heraus. Gehlen war eher mickrig, in sich aber befehligte er ein System, das wie ein Ineinanderverzweigen riesiger Konstrukte funktionierte, nimmersatt von Nachrichtendimensionen und ihrer Dehnbarkeit, Nützlichkeit und delphischen Anziehungskraft. Das sind Welten innerhalb der Welt, die lauter Bildschirme an Wirklichkeiten erzeugen, Kenntnisse stehlen, Macht steigern und die Menschen aushöhlen. Er las den Herrn Diels höhnisch sorgfältig: „Die Frage nach der politischen Polizei ist die Gretchenfrage an den modernen Staat … Ihre Selbstständigkeit und Loslösung von der allgemeinen staatlichen Verwaltungstätigkeit ist das Kennzeichen der Diktatur … Der nazistische Einwand, dass nur ein selbstständiges Staatsorgan die ‚Schlagkraft‘ aufbringe, die dem Verfassungsfeind gewachsen sei, entbehrt der Logik … Wenn überhaupt neben der panzerbewehrten Wachsamkeit der Besatzungsmächte politische Polizei notwendig ist … Eine gewaltige Organisation gegen die Halluzinationen gewisser Politiker aufzubauen, wäre eine Donquichotterie …

Bei den häufigen Erörterungen medizinischer Kapazitäten über die Abgeordnetensterblichkeit hört man immer wieder, dass die todbringenden Erkrankungen auf psychische Ursachen zurückzuführen sind, die ein bedeutender Kliniker auf das Phänomen der – Angst – als eines die Europäer im Allgemeinen, die Abgeordneten im Besonderen beherrschenden Affekt bezeichnete … Regierung und Abgeordnete wollen eine politische Polizei, die sie vor dem, wenn auch nur geglaubten, Staatsfeind schützt … Wer und wo ist dieser Staatsfeind? Nun will ich nicht davon reden, dass ein gewisser Schuss Staatsfeindlichkeit zum Begriff des anständigen Menschen gehört … *So bin ich denn gewillt, ein Bösewicht zu werden, wenn ich schon als ein Outcast von meinem Staat betrachtet werde*, wird die Reaktion der unschuldig Verdächtigten sein."

Eine Rose blüht im Zeitraffer auf
In drei Sekunden ist sie erfächert!
Eine Träne fällt heraus
Auf das Dürer-Haus.

Tante.
Vera weinte in die drei Spiegel hinein, in die drei Spiegel vor sich. Sie saß an ihrem Schminktisch, der war ein Hochzeitsgeschenk ihres Mannes gewesen vor vielen Jahren und hatte den Krieg heil überstanden, ein Art-déco-Stück mit kleinen Kommoden und drei ovalen Spiegeln – einem großen in der Mitte und zwei schmaleren Flügeln zu beiden Seiten. In alle drei weinte sie hinein, schaute sich dabei zu, sah sich dabei an, wie sich die Lider zu feinen Ästen banden, weitere Falten berührten, wie Äste in Äste gleitend. Frisierte sich dabei das immer noch volle Haar, das sie sich färben ließ, um die schönsten Erinnerungen zu verfärben, zu verdecken, um sie endlich ganz zu verlieren.

Dieser Augenblick am Tag gehörte ihr ganz allein. Gleich neben ihrem aufgeklappten Lidschattenset mit vier Farbabstufungen in Sand, Taupe, Hellbraun und Dunkelbraun stand das gerahmte Bild ihres Mannes. Verschollen. Sie griff nach dem *Fall Otto John*, schlug ihn auf: „Es gibt nur – einen – Schutz gegen die Ausuferungen politischer Bespitzelung. Das ist die Übertragung der Aufgaben des Verfassungsschutzes an die normalen Staatsorgane und ihre Polizei … In der Bundestagsdebatte wurde gegen diese Form der Organisation der Einwand erhoben, dass eine so aufgebaute Polizei schon einmal im Weimarer Staat versagt habe … Es ist natürlich unsinnig, den Zusammenbruch des Weimarer Staates auf den Mangel einer selbstständigen politischen Polizei zurückzuführen … Wo das Parlament, der Staat und das Volk selbst ‚versagen', kann nur ein naiver Mensch von einer politischen Polizei eine Rettung erhoffen … "

Vera puderte sich die Augenringe. „Junge Junge Junge", seufzte sie, „wenn das mal gut geht."

Dann tun Sie doch um Himmels willen so
Als würd' ich Ihnen eine Szene machen!
Hatte sie verzweifelt gesagt
Und gewagt
Das Bluthemd ihres Mannes mitzubringen
Und Diels war 33 und stand im Kaiserhof
Beruhigte sie und sah sie an
Die SA, rief sie, die haben ihn mitgenommen!
Und in einem der tiefen Sessel, verschwommen
Saß Hitler im Anzug
Und schaute her
Sein Blick war sehr
Genau.

„Da waren auch die Geplagten und Geprügelten in den Lagern und Gefängnissen, denen zu helfen ich jetzt noch einmal die Gelegenheit hatte. Aber wenn ich mich zum Herrn ihres Schicksals machte, mussten sie mich dann nicht für den obersten Schergen halten? Was des Guten geschieht, werden sie als selbstverständlich hinnehmen und für das Schlimme werde ich meinen Namen hergeben müssen. In diesem Lande konnte sich ja niemand eines Verdienstes rühmen, das er sich gegen den Gang der Dinge erwarb. Ich las täglich meine Schande in den Büchern der Emigranten. Sollte ich mich etwa zu diesen halten? Ich hatte die politische Instinktlosigkeit ihrer großen Mehrzahl erlebt. Aber war es nicht die Pflicht eines aufrechten Mannes, auszuwandern, wenn er den Ausbruch der Tyrannis nicht verhindern konnte? War das nicht die alte Weisheit von Thucydides bis Guiccardini? Und ich frug mich dagegen wieder: Ist je ein Engländer freiwillig emigriert, um von außen gegen sein Land zu arbeiten, weil es eine schlechte Regierung hatte?"

Rudolf Diels, Lucifer Ante Portas

♦ ♦ ♦

## 27

Diels.
Legte den Hörer wieder auf. Er hatte eben mit dem Haus der Deutschen Kunst telefoniert. Das Selbstbildnis im Pelzrock sei derzeit nicht zu bestaunen, da auf Rat eines Konservators das Gemälde an die Universität zur näheren Durchleuchtung durch Infrarottechniken gegeben worden sei.

Er schloss die Augen, dachte an seine Vorträge auf den Rheinfahrten, wenn er als Kölner Regierungspräsident über die Wunderabwicklung der umliegenden Höhen, ihre alten Ruinen und die Kultur der Landschaft sprach. Er dachte an die Ausgrabungsvorhaben in Obermesopotamien, die er als Regierungspräsident in Hannover und auch später noch unterstützt hatte. An die jungen Maler, denen er an die Hochschule verhalf. An die entsetzlichen Gestalten, die aufgedunsenen Gesichter mit den zerschlagenen Beinen und Armen, die er aus den SA-Bunkern holte. An die Mitarbeiter Franz von Papens, die sich mit ihm und seinen eigenen, engsten Mitarbeitern zusammengeschlossen hatten, um sich gegen das grassierende Verbrechen zu verabreden. An die Tage vom 15. bis zum 23. Dezember '33, die er als die glücklichsten seines Lebens angab, an die Weihnachtsentlassungen aus den Lagern, die er bei Hitler erwirkt hatte und bei denen er den Männern – überwiegend aus dem Arbeitsstand – gesagt hatte: „Sie können jetzt nach Hause zu Ihren Familien gehen. Sie verdanken Ihre Entlassung einem Gnadenakt des Neuen Staates, der in Ihnen Feinde seiner Existenz erblicken musste. Sie gehen in die Freiheit, ohne, dass Sie das Gefühl haben dürfen, künftig Bürger zweiten Ranges zu sein. Es wird kein Register über Ihre Monate im Lager Auskunft geben, noch wird Ihnen die Zeit als eine diffamierende Vorstrafe anhängen. Aber ich vertraue auf Ihre politische Klugheit, denn Sie sind ja alle erfahrene Klassenkämpfer.

Sie werden in der Freiheit sehen, was vorgeht. Ich erwarte von Ihnen, dass Sie es mit offenen Augen und Ohren wahrnehmen. Kein Mensch kann von Ihnen verlangen, dass Sie von heute auf morgen Nationalsozialisten werden, aber man kann von Ihnen fordern, wie von mir selber, der ich ebenfalls in diesen Staat hineingekommen bin, ohne Nationalsozialist zu sein, dass Sie dem neuen Staat und seiner Regierung in ihren guten Absichten keine Schwierigkeiten bereiten. Ich bin gerade bei Ihrem geschulten Verstande sicher, dass Sie bald den rechten Weg finden und vergessen werden, was Sie in diesen Monaten als ein Unbill empfunden haben. Ich wünsche keinem, dass er je wieder in eine solche Lage kommt."

*Tausende*, so schrieb er einmal, *hatten die Rede gehört. Ich habe sie ernst gemeint, im Überschwang meines Herzens*, hatte er geschrieben. *Dass sie auf einer falschen Einschätzung der*

*Entwicklung beruhte*, schrieb er, *habe ich schneller einsehen müssen als die nicht minder glücklichen Männer vor mir*.

Ja, das Verhängnisvollste des Nationalsozialismus war es gewesen, den Staat Jugendlichen anzuvertrauen, dachte er.

Ihm war kalt, er knipste die Lampe aus, saß noch Stunden in der Dunkelheit.

## 28

Reinhard.
Gehlen war seit '47 hauptamtliches Oberhaupt einer bedeutenden Wahnfantasie, der *Organisation Gehlen*, einer amerikanischen Einrichtung nahe München. Unmittelbar nach dem Krieg brachten die Amerikaner ihn und eine Handvoll weiterer Wehrmachtsoffiziere erstmal in die USA, sie bedurften spezieller Internierung. Einige dieser Deutschen hatten sich zuvor brieflich abgestimmt, um sich den Amerikanern in Kenntnissen ihrer Ostfront-Abwehrtätigkeiten anzubieten, der Beschaffung militärisch-wirtschaftlicher Nachrichten über die Sowjetunion. Gehlen hatte sicherheitshalber Mikrofilme an geheimen Orten verbuddelt und buddelte sie jetzt wieder aus. Dieser Stab ehemaliger Wehrmachtsleute stellte sich zur Verfügung, kommunistische Aktivitäten in der amerikanischen Besatzungszone aufzuklären, mit Gehlen als dem Leiter dieses ganz neuen Dings, denn im Gegensatz zur Polizei und zum Verfassungsschutz besaß die Organisation Gehlen keinen Vorläufer aus der Weimarer Republik oder dem Dritten Reich. Im Camp in Maryland hatte sich die Dokumentenbeute der Amerikaner schon getürmt, nur lesen und verstehen konnten die es selten selbst, daher war das Angebot der Wehrmachtsherren, diese für sie auszuwerten, ja darüber hinaus für sie tätig zu werden, ja auch so verlockend. Aus dem Stab, aus dieser in-group heraus, bildete sich eine immer konzentrischer werdende, unkontrollierbare Peripherie aus Verschleierung und Bespitzelung, dilettantisch und bedrohlich organisiert, blöde wuchernd, denn die Zahl der Informanten wurde unüberschaubar, ihr Handeln auch: Ein Geheimdienst im Geheimdienst im Geheimdienst war die prophetische Aussicht.

Gehlen war nach außen jungenhaft zerbrechlich, da war etwas Feines. Nach innen manifestierte sich in seinem Unwesen eine unstillbare Gier nach Geltung. Anfangs ließ er noch so manches schwärzen, wenn die hohen Befreier nach dem Rechten sahen, inzwischen ließ er den Amerikanern jede Einsicht in die innersten Aktivitäten in Deutschland. Er wollte die Finanzierung nicht gefährden. So etwas wie einen deutschen Standpunkt, wie ihn vielleicht noch ein Wehrmachtsleutnant bei der Deutung russischer Funksprüche anstrebte, gab es nicht mehr. Angloamerikanische Kontrolle war jetzt die Bedingung. Partnerschaft nannte man das.

Im Gegenzug wurden laufende Entnazifizierungsverfahren positiv beschleunigt, Wehrmachtsangehörige besser behandelt als der übliche Deutsche und viel Geld zur Verfügung gestellt.

Wenn man gemeinsam den Russen bekämpfen konnte, dann vergaß man gern mal, ob einer ein *SS-man* oder *former-Nazi* war. Armbanduhren, Damenstrümpfe und Kokain, Rasierklingen, Schokolade und Baumwollsocken – und natürlich noch mehr Geld.

Moralische Bedenken vonseiten der USA? Eher politisches Kalkül und damit die Welt auch sieht, wie anschmiegsam Deutschland geworden war, sollte die Organisation deutsches *knowhow* vorschützen, die Methoden aber waren längst amerikanisch.

Gehlen war über Globke auch mit dem Bundeskanzleramt verbunden. Adenauer wusste nur zu gut, dass Faschismus und Demokratie nur zwei verschiedene Spielarten der im Wesen identischen, zersetzenden Weltanschauung sind. Er ließ das Aufkommen eines sich eigenständig rekrutierenden Nachrichtendienstes geschehen, um der Welt zu zeigen, sehet, Deutschland ist keine Gefahr mehr, ist nicht mehr gespalten, ist erwachsen geworden, ist bereit für offizielles Abhören ausländischer Nachrichten zum Zweck innenpolitischer Stabilität. Sicherheit nach außen, Sicherheit nach innen. Aus dem Topf des Bundeshaushalts zur Verfügung des Bundeskanzlers für Forderungen des Nachrichtenwesens kam dann auch noch mehr Geld für Gehlen rein. In seinem verhängnisvollen Weltbild gab es neben der Finanzierung durch Amerika und den deutschen Staatsgeldern und damit fortschreitenden Einbettung in die Regierungsspitze letztlich nur noch einen letzten Zweig, den er gewinnen wollte – die deutsche Industrie und ihre Unternehmen. Sonderfonds konnte die Organisation Gehlen schließlich nicht genug bilden, viele Mitarbeiter und Sonderverbindungen mussten geschützt werden, hatten zum Beispiel eine gewisse Vergangenheit als KZ-Rampen-Sau. *Honorable correspondents*, wie Gehlen sie betitelte.

Gehlens Schnäuzer lächelte relativ zufrieden. Sausack John war also weg, wie der den General Manstein in Nürnberg auflaufen hatte lassen, das hatte Gehlen, der in den Dreißigern unter Manstein diente, diesem Spion Englands, der doch von den Russen gesteuert wurde – nie verziehen. So manch einer in diesem Land gehörte erst noch erzogen, dieser *Spiegel* auch, der immer wieder so unschmeichelhaft über Gehlen schrieb. Erzogen nach Ehrenart der Wehrmacht, überhaupt war es immer der Ehrengedanke in Gehlen, wenn er von der Notwendigkeit von Sonderverbindungen gerade auch im Inland sprach, die ihre Erkenntnisse an den Nachrichtendienst verdienstvoll weitergeben. Gehlens Traum, den Inlands -und Auslandsnachrichtendienst der Bundesrepublik unter seiner *alleinigen Kontrolle* zu verschmelzen, war zwar in Gefahr, da seine viel zu enge Verbindung mit den Amerikanern problematisch zu werden drohte, von wegen, Gehlen könne ja angesichts seiner Abhängigkeit niemals ganz die Interessen Deutschlands durchsetzen, doch gleich einem sich drehenden und drehenden Juwel schwebte es vor ihm, das Ziel, und er streckte langsam die Hand danach aus, und der Stein wich ihm aus und schwebte wieder näher heran, wich aus und, ja, da war er wieder! Eine Gänsehaut bekam er bei dem Wort *Bundesnachrichtendienst*.

Durch seinen ehrenwerten Mitarbeiter Erasmus, Deckname: Graumann/Gersten/Erbs, ehemaliger Offizier, hatte er Übersinnliches vollbracht. Erasmus hatte mit Unterstützung der *Organisation Gehlen* nach dem Krieg Jura studiert. '51, kurz nachdem Kanzler Adenauer Gehlen in Bonn die Übernahme der Organisation durch die Bundesregierung versichert hatte, traf sich Gehlen mit Erasmus, um über dessen Promotion zu sprechen und darüber, wie hilfreich eine rechtliche Würdigung der *Organisation Gehlen* jetzt wäre, um die staatsrechtliche Bühne zu betreten.

Die Promotionsgebühr zahlte die *Organisation Gehlen*, die dann publizierte Ausfertigung war ein für Gehlens Pläne bestens geeignetes Rechtsgutachten für Verhandlungen. Hans Globke nahm das Buch persönlich entgegen. Die Errichtung eines geheimen Nachrichtendienstes war somit juristisch begründet, in seinen Befugnissen verstörend erweitert und durch Globke politisch wirksam gemacht.

Kurzum, alle diese Herren waren der kranken und fatalen Überzeugung, dass Krieg nur verhindert würde, wenn man in Friedenszeiten immer und alles über jeden wüsste. Manchmal braucht es eben auch einen Krieg, um Krieg zu verhindern! Wofür sonst sind Friedensfonds da? Sollten doch die Normalsterblichen, die gewöhnlichen Menschen da draußen, dankbar in den überschaubaren und für sie allemal wohltemperierten Topf der Nachrichtenagenturen greifen, diesen herrlichst angloamerikanischen Erfindungen! Die darin enthaltene Nachrichtenlage genügte fürs Volk. Verständlich, dramatisch, konform.

Das unsortiert Auszuwertende aber, die kleinen dreckigen Geheimnisse und überhaupt gleich der Äther an Ereignissen, die zunehmend überhaupt nicht existierten, das alles gebührte denen in den neugläsernen Hallen.

Dass dieser Dienst an sich ein synthetisches Gebilde war, das war den betagten Jungs klar, aber sie spielten so gern, so, wie auch schon der Göring gern spielte, mit großen Burgen und langen Schwertern, nur jetzt eben in langen Mänteln und kurzen Unterhaltungen in Autos, mit stillen Kofferübergaben und schnellen Aufträgen, die aus dem ganzen Orkus jener einen allzu menschlichen und provinziellen Neigung heraus rühren – *ich will jetzt auch mal ans Ruder*.

Erasmus berief sich gern auch auf Ernst Forsthoff, einen der deutschen Staatstheoretiker schlechthin. Forsthoff hatte 1938 sein Lehrbuch des Verwaltungsrechts begonnen und 1950 fertigstellt. Er sah keine Notwendigkeit, seine Gedanken zu überdenken, an der Gesamtkonzeption habe sich nichts geändert.

Er lehnte das Grundgesetz ab, Zitat, *die vordringliche Sorge aller gutwilligen und aufrichtigen Demokraten müsse es sein, wie man diesem Gefängnis so schnell und so legal wie möglich wieder entrinnen kann*.

Den BND per Gesetz zu erwecken hätte Umstände wie eine Zustimmung des Parlamentes bedeutet, ein Erlass der Regierung genügte daher vollends. Doch Johns Weggang in die DDR, fürchtete man nun in Bonn und seitens Amerikas, würde die „Werteordnung", die man in Deutschland aufbauen wollte, zum Straucheln bringen.

Gehlen sah zum Fenster hinaus, in seinen untoten Garten und hatte Sorge … … totrote Rosen blickten andächtig hoch zu Adenauer, er stand am Fenster in seinem Haus, Globke neben ihm. Sie blickten auf den Rhein hinunter.

Adenauer wärmte zwei Schwenker in seinen Händen und reichte Globke dann ein Glas Cognac. Ein französisches Gastgeschenk, gold-brennend an der Kehle wie ein Messer.

Ein wundervolles und kaltes Grau legte sich nach einem heißen Tag über die hinabfallenden Talwipfel, doch dann lief der Himmel boshaft an, wie Blut hinter transparenter Architektur.

„Lassen wir et langsam anjehen", nuschelte der Kanzler.

Globke nickte.

„De Luft muss raus", murmelte Adenauer.

Die Maschine nickte.

„Dat is allet bald vorbei", sagte Konrad.

Der Staatssekretär nickte.

29

Bad.
Boy Diels betrat im Morgengrauen seinen Spätherbsthof. Die erste Luft dieses Tages wusch seinen Körper. Er hatte kein Auge zugetan. Das Rufen aus dem Garten hatte sich immer mächtiger erhoben, hatte alle seine Wiesen, auch die Weiten hinterm Haus, die Felder, die vor ihm mit dem Horizont zerliefen, bespannt wie mit silbernen Bändern.

Eine Stimme, weiblich, aus einem männlichen Brustkorb, aus der funkelnd gebietenden Sehnsucht einer Frauenkehle, aus der menschlichen Hoffnung eines Männerherzens. Traurig befehlend. Siegreich warnend.

Spinnenfäden fühlte er auf seinem Gesicht zerreißen, als er mit nackten Füßen über den Platz am Haus entlang zum feuchten Gras schritt.

Der Himmel wurde klarer und war doch ein einziges Rätsel, ein Drücken in der Brust. Er stellte seine Tasse ab und stand da wie ein namenloser Koloss von Rhodos, auf zwei Königreiche gespreizt – keines von beiden ließ ihn ein, weder die Vergangenheit noch die Gegenwart.

Man erwacht und begreift, nichts als Jahre des Wartens in sich wie einen heißen Ball am Leben gehalten zu haben. Er war umgeben von einem Dunst unbegreiflicher Anpassung der ausgerechnet frechsten Menschen. Er, eine „giftige Kröte"? Aus einem „Kübel des Unrats" käme sein Text? Diese Worte stammten aus dem deutschen Bundestag.

Lisa starrte, auf ihrem Bett bei Tante Vera liegend, in eine frische Ausgabe des *Spiegel*-Magazins:

*Wie erinnerlich, wurde Dr. Rudolf Diels anlässlich der John-Debatte im Bundestag heftig angegriffen, da alle Parteien in der Angelegenheit John irgendwie Dreck am Stecken hatten und es dankbar begrüßten, in Diels einen Prügelknaben gefunden zu haben, auf den sie die allgemeine Entrüstung ablenken konnten. Da es sich bei unseren Bundestagsabgeordneten durchweg um guterzogene Leute mit höherer Schulbildung handelt, bewarfen sie den wehrlosen Verfasser der Broschüre „Der Fall John" mit Ausdrücken wie „Ratte" (so der künftige Außenminister v. Brentano) und „giftige Kröte" (so der Severing-Schwiegersohn Menzel) und stellten damit ihren Benimm als neudeutsche Parlamentarier unter schlüssigen Beweis, was ihnen allerdings eine Klage vonseiten des Beschimpften einbrachte (worüber sie im Schutze ihrer Immunität nur lachen). Der Bundesinnenminister Schröder, dessen Ansehen durch sein Versagen im Falle John und die Weigerung, anschließend zurückzutreten, allerdings nur beim Volke und nicht beim Bundestag erledigt ist, griff in seiner Verlegenheit begierig nach dem Strohhalm und versprach feuereifrig, gegen den Dr. Diels ein Disziplinarverfahren einzuleiten.*

*Da er dazu gar nicht berechtigt ist, versucht er es jetzt dem niedersächsischen Innenministerium in die Schuhe zu schieben, das seinerseits Diels um eine Äußerung bat. Wir bringen hier die Antwort des Regierungspräsidenten z. Wv. Dr. Diels:*

„... Nach dem mir vorliegenden Bundestagsprotokoll hat der Herr Bundesinnenminister Sie, Herr Minister, auf parlamentarischen Druck hin ersucht, ein Disziplinarverfahren mit dem Ziel der Entziehung meines noch nicht rechtskräftig festgesetzten Wartegeldes gegen mich einzuleiten. Nach übereinstimmenden Pressemeldungen (Hamburger Abendblatt, Welt, Süddeutsche, Rheinischer Merkur) haben sachliche Erwägungen bei dem Ersuchen an Sie, Herr Minister, in der Tat keine Rolle gespielt. Der Herr Bundesinnenminister musste sich erst während der Debatte über meine Person und die ihm unbekannte Broschüre unterrichten lassen. Ich halte das Verhalten des Bundesinnenministers für rechtswidrig und für eine Dienstpflichtverletzung. Ich bin gewiss, dass Sie aus eigenem Antrieb heraus, Herr Minister, ein Verfahren gegen mich, viele Wochen nach dem Erscheinen und dem Ausverkauf der Broschüre, nicht eingeleitet hätten.

Zur inkriminierten Broschüre (die man getrost ein zeitkritisches Pamphlet im klassischen Sinne des Wortes nennen mag) muss ich bemerken, dass ich sie nicht etwa aus einem „Beruf zum Reformator und Kritiker" verfasst habe. Lediglich der Wunsch meines Verlegers, dem ich eine größere Veröffentlichung schuldig geblieben war, veranlasste mich zu dieser Auseinandersetzung mit Vorstellungen über Staatsdienst und Personalpolitik, die bei weniger Zeitnot wohl auch weniger krass in ihren Formulierungen ausgefallen wäre.

Es war vorauszusehen – und das war auch der Grund meiner anfänglichen Weigerung – dass die ausgelösten Beschimpfungen nicht gegen das Buch und seinen Inhalt, sondern gegen meine Person gerichtet würden. Die meisten Deutschen sind auch im demokratischen Gewande, und darin erblicke ich den nachwirkenden Einfluss Adolf Hitlers, Hysteriker geblieben und in öffentlichen Dingen einer sachlichen und offenen Betrachtungsweise nicht fähig. In diesem Sinne begreife ich auch die im frechen Gauleiterton vorgetragenen Ehrabschneidungen einiger Bundestagsabgeordneter. Mit dem, was die Abgeordneten Brentano und Prinz Löwenstein, der sich kurz vorher als Hilfe bei der englischen Ausgabe des Buches angeboten hatte, in der Form widerlicher Beleidigungen vor dem ganzen Volke von sich gegeben haben, muss ich mich in der Form einer besonderen Veröffentlichung auseinandersetzen. Auch die Ausführungen des Abgeordneten Menzel hätten den entschiedenen Widerspruch seines großen Schwiegervaters Severing hervorgerufen, der mir in Wort und Schrift bescheinigt hat, dass mein angeblicher Verrat an der Preußenregierung 1932 „ein Märchen" sei. Diese Herren bestreiten mir eben überhaupt das Recht, den Mund aufzumachen, wobei sie sich auf den von ihnen geleisteten Widerstand gegen das III. Reich berufen zu können glauben. Dagegen sind nun viele Menschen der Meinung, dass meine Person in erster Linie legitimiert sei, gegen die Ausschreitungen sogenannter Demokraten ein Wort mitzureden, weil ich zu den Wenigen gehörte, die nicht erst ab 1944 den Verflossenen konsequent und mit Wagemut gegenübergetreten seien. Linksstehende, bedeutende Politiker, die diese meine Vergangenheit besser als andere beurteilen können, hatten mir daher nach 1945 geraten, mit Energie die Klärung aller unhaltbaren Vorwürfe und Gerüchte zu betreiben. Sie wissen, Herr Minister, wie mir diese Möglichkeit durch die Verweigerung meiner Denazifizierung unterbunden wurde. Ich habe bei der Abfassung meiner Broschüre an die Staatsform überhaupt nicht gedacht, sie daher auch nicht angegriffen. Was ich kritisiere und, wenn es sein muss, immer kritisieren werde, das ist die Gefährdung des freiheitlichen und rechtsstaatlichen Gehalts dieser Staatsform. Dieser Inhalt ist gefährdet und verfälscht durch das Verhalten einiger seiner Repräsentanten. Es mögen echte Staatsfeinde ihr Vergnügen an meiner Publikation gefunden haben. Wenn das allerdings ein Argument für die Verfolgung des Autors bilden soll, so ist doch wohl gar nicht abzusehen, was mit der Zeit allen denen blühen soll, aus deren Angriffen gegen echte Mängel der westdeutschen Staatspraxis die „Staatsfeinde" Honig saugen können. Es würde Mundtotmachung, Verbot und Verfolgung jeder oppositionellen Meinung schlechthin präjudizieren und das Ende der zur Diktatur gewandelten ihres eigentlichsten Inhaltes beraubten Demokratie bedeuten. Es kann nur ein oberflächlicher Ignorant ernsthaft behaupten, dass ich die Demokratie schlechthin angreife, wo es in meinem Buche nur und einzig um die Menschen geht, die sie kompromittieren … ich bin gezwungen, in einem Vorwort zu einer Neuauflage der Broschüre zu dem unbegreiflichen Vorwurf der Staatsfeindlichkeit näher einzugehen. Das Buch hat jedenfalls als ein leidenschaftlich staatsfreundliches mehr zu einer Entgiftung verbitterter Staatsgegner beigetragen, als die beschönigenden Reden über die „Würde" der Parlamente. Und darauf allein kam es mir an, der ich von der Grundauffassung ausgehe, dass unsere Entwicklung außenpolitisch zum Kriege, innenpolitisch zu einem „Comeback der Nazis" führen muss, was ich zu meinem Teil nicht fördern, sondern verhindern möchte ... Wenn ich schon die Institutionen respektiere, so brauche ich doch nicht ihre schwachen, menschlichen Vertreter zu verehren ... Wenn ich einen ungerechten Richter „schelte", so will ich nicht die Gerichte abschaffen ... „Verunglimpfung der Männer des 20.Juli": Wenn ich auf diesen empörenden Anwurf überhaupt antworte, so nur deshalb, weil ich dahinter eine Bonner Anweisung vermute. Ich wurde nach dem 20. Juli 1944 verhaftet. Die Bedeutendsten unter den Getöteten waren meine Freunde und Gesinnungsgenossen. Um ihres Andenkens willen strebe ich eine Trennung des echten und des eingebildeten Widerstands an. Ich bin von vielen Beamten und Wirtschaftern aufgefordert worden – und ich kann diese Briefe, soweit sie niemand gefährden, vorlegen – als ein wirklich dazu Berufener in einer neuen Veröffentlichung eine noch schärfere Lanze für diesen echten Widerstand zu brechen und dem bloß behaupteten das Maul zu stopfen. Dieses Buch wird in einem der größten deutschen Verlage erscheinen ... ich denke nicht daran, die Männer des 20. Juli verächtlich zu machen. Meine Angriffe richten sich gegen die Nutznießer, die diese Männer kompromittieren, und ich feiere nicht den Nationalsozialismus, sondern ich warne vor der Gefahr seiner Wiederkehr, die durch diese Art Demokratie, wie sie sich durch meinen Angriff getroffen fühlt, provoziert wird ... Und ist nicht Demokratie Diskussion?! Wenn ich behaupte, „der Staat ist nicht souverän", so muss man es mir widerlegen ... das Verbot der Erörterung ist der Selbstmord der Demokratie. Ich schließe mit einem Wort des Urvaters der modernen Demokratie (Montesquieu): „Demokratie und Diktatur sind an sich weder gut noch schlecht, doch die Diktatur bedarf der Schergen und Schergen sind immer schlecht." Ich füge dem Zitat heute hinzu, dass die

Demokratie, die auf die Dauer der Gesinnungsjustiz und damit der Schergen bedarf, sich selbst verleugnet …" Die Kühle der Twenge-Luft strich über sein Kinn, Diels schloss seinen Hemdkragen.

Innenminister Schröder also, der als einstiger Student in seiner NS-Dissertation noch folgender Überzeugung war: *Der Kampf um die Erneuerung unserer Wissenschaft geht darum, die sogenannte objektive voraussetzungslose Wissenschaftsauffassung zu überwinden und an ihre Stelle eine Wissenschaft zu setzen, die genauso wie alle anderen Lebensäußerungen im völkisch-politischen Grund unserer Rasse wurzelt und aus den Werken unserer nationalsozialistischen Weltanschauung auch ihre eigenen Werke und Maßstäbe schöpft. Wenn schon ein ‚weltanschaulicher Rahmen' für das historische Urteil verlangt wird … dann erwarten wir die deutsche Weltanschauung, geboren aus Blut und Boden, Kampf und Not, Arbeit und Schicksal unseres deutschen Volkes.*

Herr von Brentano also, der in wenigen Jahren eine Paragraphenerweiterung zum *Ehrenschutz fremder Staatsoberhäupter vorschlagen wird: Wer öffentlich in einer Versammlung oder durch Verbreitung von Schritten, Schallaufnahmen, Abbildungen oder Darstellungen eine herabwürdigende Behauptung tatsächlicher Art aufstellt oder verbreitet, die das Privat- oder Familienleben eines ausländischen Staatsoberhauptes oder eines seiner Angehörigen betrifft und geeignet ist, die auswärtigen Beziehungen der Bundesrepublik Deutschland zu stören, wird ohne Rücksicht darauf, ob die Behauptung wahr oder unwahr ist, mit Gefängnis bis zu zwei Jahren oder mit Geldstrafe bestraft. Eine Beweiserhebung über die Wahrheit der Behauptung ist unzulässig.*

In seinem langen Kaminsaal lag der Dürer am offenen Fenster auf einem Tisch neben seinem Scherenstuhl in Eiche und rötlicher Lederpolsterung an Sitz und Rücken. Das Leder war ornamentiert, der Stuhl hatte einem Onkel von Rudolf Diels gehört, einem Naturwissenschaftler. Der Wind schlug das Buch auf, mischte die Seiten wie Karten eines neuen Spiels, ließ eine zurück, … *und wenn ich dieses nicht mit so zierlichen Worten anbringe, als es sein sollte, so werdet Ihr doch wohl bedenken, dass ich ja meine Tage mit anderem zugebracht und die Kunst der Beredsamkeit versäumt habe. Und ich bitte euer Ehrbarkeit daher sehr angelegentlich, mehr auf die Sache als auf schmucke Worte zu achten und dafür zu sorgen, dass mich keiner beurteile, er habe denn zuvor das Buch ganz durchgelesen und kennen gelernt; denn ich weiß wohl, dass es leichter ist, ein Ding zu tadeln, als ein Besseres zu machen*.

Das donnernde Rufen hatte jetzt alles in seinen ganzen Bann geholt, wie ein Stromkreis! Diels ging zwei oder drei Mal um das sehr hohe Haupthaus herum mit seinem gestreckten Quader nach hinten hin zu den Feldern bei den Wiesen. Dort erkannte er, dass es nur von der Stelle herkommen konnte, an der im Juli noch die Tulpen standen und die jetzt wie ausgeatmet da lag.

Die Tulpen!

Er schnappte sich einen Spaten, der an der Hauswand lehnte, eilte zu dem Fleck und berührte mit seinen Fingerkuppen die Erde, fuhr durch die Halme der Blumen, die er vom Sommer erinnerte, und bei dieser Berührung brach das Rufen ganz aus!

Er hieb den Spaten rein, zog ihn raus, stieß ihn rein, zog ihn raus, rammte ihn rein, schaufelte die Erde, die immer rotdunkler wurde, heraus, warf sie zur Seite!

Eine bald tiefe Mulde hatte er ausgehoben, grub weiter, grub heftiger.

Sein Haar, gegen die nasse Stirn trommelnd, seine Beine, wie aus Blei.

Der Spaten traf auf Holz. Sein Puls rannte!

Gebückt strich er die Sanderde und die Steinchen von der

Schachtel und dachte an Schliemann, der über Troja schrieb, *und was ich fand waren Ton, Steine, Scherben*. Das Holz nahm eine längliche Form an, rutschte wenige Zentimeter in ein Luftloch ab, blieb liegen, er zog es behutsam hervor.

Pustete die letzten, sich zu nassen Erdperlen zusammengefundenen Bröckchen weg, betrachtete diese Schatulle.

Suchte im tauenden Licht nach dem Verschluss.

Klappte den Deckel hoch, hob das schwarze Seidentuch, unter dem – auf Samt – ein einzelner Flügel eines Schmetterlings lag, der einzelne Flügel eines Tagpfauenauges.

Diels fiel auf die Knie.

Legte den Flügel auf seine Handfläche – starrte ihn an – mit tränenden Augen, schluchzend, ohne aufhören zu können.

Wo war der zweite Flügel?

Nachts schlagflattern Flügel ...

30

Vor.

Vier Jahren musste er zu Lisa ziehen, also zu Tante Vera. Die Stadt Hannover überlegte damals hin und her, ob er sein Haus behalten dürfe oder nicht. Vera hatte das ohne Umstände „durchgeführt", wie sie sagte. Zimmer genug, schöne Tapeten dazu. Eines morgens erwachte er und klopfte drei Mal an die Wand. Lisa antwortete drei Mal. Das bedeutete, in zwanzig Minuten fertig angezogen, Treffpunkt: Küche.

Er kam angezogen, sie aber nicht. „Dann hättest du nur zwei Mal klopfen müssen, das hätte ich verstanden, dann trüge ich jetzt nur Socken", sagte Diels und setzte den Kaffee auf. „Schade", fügte er hinzu.

Sie stand mit dem nackten Hintern vor dem Geschirrschrank. Diels setzte sich an den kleinen Küchentisch dieser doch eigentlich großzügigen Wohnung. Die Küche wirkte so puppenhaft, weil die Einbauten sich behaupteten. Das war nicht sein Ding, all das Linoleum und Pastell, er brauchte Holz und Räume, die nach Kälte flüsterten und *dreh dich jetzt ja nicht um, dreh dich jetzt ja nicht um, du kleine Hexe*. Tat sie aber, um den Tisch zu decken.

„Wo ist eigentlich Vera", fragte der zwielichtige erste Chef von Hitlers Gestapo, während er ein beachtliches Dreieck aus Haaren bewunderte, das gegen die geblümte Tischdecke gedrückt war, und sie kleine silberne Löffel auf jede Untertasse legte.

„Friseur", antwortete Lisa knapp.

„Letzten Mittwoch auch schon", bemerkte er.

„Jeden Mittwoch inzwischen", sagte sie, schenkte noch ein und setzte sich ihm dann gegenüber, ihre Brüste – sie war kurz vor den Tagen – waren geschwollen und taten – wie mit Steinen gefüllt – weh. Ihre Haut glomm, und ihr Unterleib durchwühlte sich selbst. „Ach!", rief sie. „Die Konfitüre!", tat die zwei Schritte zum Kühlschrank, der niedrig und bauchig war, und bückte sich.

Ihre Beine blieben dabei kerzengerade gestreckt. Diels betrachtete diese Sitar von einem Gesäß, es durchprickelte ihn vom Kopf bis zu den Füßen.

„Erdbeere oder Pflaume?", fragte sie, ohne sich umzudrehen.

„Beide", bat er und zeichnete mit seinem Blick den dunklen Flaum an ihrem Steiß nach, die weißen Hüften, die Sommerhände.

„Wie du willst", meinte sie und stellte beide Gläser auf den Tisch.

„Heute also", sie rührte in ihrer Tasse. Blass, totenblass.

Diels, leicht zeitversetzt von den rötlichen Honig-Brustwarzen, bejahte.

„Ich bin gespannt auf sie", sagte Lisa.

Er trank seelenruhig seinen Kaffee, teilte sein Brot, löffelte sich je eine Konfitüre auf je eine Hälfte und aß. Die war vom umgebauten Feinkost um die Ecke, wo Tante Vera einkaufen ging und neuerdings auch den *Party Service* in Anspruch nahm.

„Ich habe aber auch, um ehrlich zu sein, etwas Schiss vor Winifred."

„Wieso das denn? Quatsch", beruhigte Diels essend. „Unnötig. Wir fahren ja nicht zu Richard Wagner persönlich."

„Ist Wagner nicht furchtbar?", fragte Lisa.

„Schrecklich", sagte Diels, „billigster Abklatsch eines Albtraums, hat immer meinen Ekel erregt. Für Wagners Musik muss man sich schämen, nicht für Winifred.

Komm, lass uns losfahren – ach und, zieh dir noch Schuhe an, Winifred mag es nicht, wenn man barfuß erscheint."

Angezogen und unberührt fuhren sie los, in alle Jahreszeiten hinein, in alle Farben.

„Ich will meinen Opel loswerden", sagte Diels und machte es sich auf der Sitzbank bequem.

„Warum?", protestierte sie.

„Ich hatte da so Sachen gehört", murmelte er.

Sie hielt sich die Ohren zu. „Nicht schon wieder!“, rief sie. „Ich will nichts davon wissen!“

„Böööse Sachen“, bohrte er weiter und fuhr los.

„Nein, nein, nein!“, sie presste die Hände gegen den Kopf.

„Ach, was weiß ich.“

„Ich dachte, du wüsstest alles“, sagte sie.

„Dachte ich auch“, gestand er. „Aber so viel ist das wohl gar nicht gewesen, wenn ich an die Methoden heute denke. Weißt du, der Göring mit seinem Forschungsamt, das war eine Spielerei daneben. Göring nannte es *Forschungsamt der Luftwaffe*, dahinter verbarg sich seine dämliche Abhöridee, die er aber nur punktuell ansetzte und auch eigentlich nur, um zu hören, was der Goebbels macht und wer ihn zu dick fand. Uns, der politischen Polizei, wurden ungebeten Rapporte über *verdächtige Gespräche* zugeschickt.“ Diels und Lisa lachten. „Wenn man das mit heute vergleicht, huh“, sagte er. „Inzwischen dürfte ganz Deutschland übersponnen sein, wenn du verstehst. Weißt du“, sagte er und legte den Arm um sie, holte sie zu sich, mit dem anderen am Steuer, „dein Rudolf hier, war nie die Art Chefinspektor, der sein Glas abwischte und sein Laken verbrannte. Ich habe immer und überall Spuren hinterlassen, weil ich keine Angst mehr habe, weil ich irgendwann keine Angst mehr hatte.“

„Heißt: es gab einen Moment, wo du Angst hattest“, sagte Lisa und küsste seine Hand, die an ihrer Schulter hervorkroch.

„Ihr Frauen, ihr habt nicht zwei, nein drei Ohren, stimmt's? Wo ist das dritte Ohr?“ – er zwickte sie in die Seite, sie quiekte. „Sag mir, wo ist dieses dritte Ohr?“

Winifred Wagner empfing sie rauchend. Kurz und knapp. Sie floss von der Stirn bis zu den Schuhen wie in einem Guss dahin, wie aus einem Stoff. Antikisch, gutaussehend, uneindringlich, die Weichheit war fort.

„Hitler?“, fragte Winifred unwillig, umgeben von Rauch. „Hitler war Hitler. Sein Auge“, sagte sie, „so einen Blick hatte der, ganz Blau!“

„Hat einen durchschaut, gleich beim ersten Begegnen bis aufs Herz, ob man für oder gegen ihn war“, sagte Diels, ihr gegenübersitzend. Lisa lehnte am Fenster, ein kleiner Schattengeist.

„Ja“, sagte Winifred, „aber lieber Herr Dr. Diels, das musste er nicht bei allen, weil ihn das nicht bei allen interessiert hat, dieses Für oder Gegen. Manchmal wollte er einfach nur da sein, Hände schütteln, plaudern, schlafen gehen – na, Sie wissen das freilich. Er hat, jedenfalls in meiner Gegenwart, nie herumdirigiert wie ein Irrer. War gefasst und zurückhaltend. Höflich. Eigenartig scheu sogar. Aber nie laut und über Juden hat er hier kaum gesprochen, hier hat er sich immer sehr zurückgehalten.“

„Wie Sie wissen, gnädige Frau, hab ich für ihn gearbeitet“, sagte Diels, beugte sich aus dem tiefen Sitz zu ihr vor, nahm eine Zigarette aus dem Etui, das sie ihm reichte. „Das heißt, auch etwas von mir muss ihn gestreift haben. Ich bin kein Wurm und ich meine, sagen zu können, ich bin nicht ganz verkommen. Zumindest in unserem Zusammenspiel also, kann auch er das nicht ganz und gar gewesen sein.“

Im Haus war die einzige Musik die Luft, hauchte von selbst, alles andere schlief.

„Worauf wollen sie hinaus, Herr Dr. Diels?“, fragte sie mürrisch.

„Ich sagte Ihnen am Telefon nicht viel, ich weiß, verzeihen Sie das, ich muss nämlich aufpassen.“ Diels lehnte sich wieder zurück. „Die ganze Strecke hierher sind sie uns gefolgt, Lisa und ich hatten keinen Moment Ruhe vor ihnen. Meine Denazifikation zieht sich, ich habe ein paar teure Beleidigungen laufen und einige echte Probleme am Hals, aber das ist alles vergessen, wenn ich etwas tun kann und ich kann ganz gut schreiben, die Zeit beschreiben und wie sie gemacht wird und von wem. Wenn Sie so wollen, schreibe ich für den *Spiegel*-Verlag. Über Hitler. Und so also bin ich hier, bei Ihnen, die den ‚Führer' auch anders kennengelernt hat als andere. Lassen Sie uns ein bisschen was Gutes über ihn zusammensuchen, ja?"

Winifred sah ihn an. Hager. Ihr Haar hinten zusammengebunden. „Sie haben mir manches Mal geholfen, wenn ich Sorgen hatte", sagte sie. „Nicht er. Und an die SS wollte ich mich nicht wenden, mir schien die Sache persönlich. Im Falle unseres Arztes Herrn Koerber, der verhaftet worden war und in Untersuchungshaft kam, haben sie sich sogar drei Jahre nach Ihrem Weggang von der Gestapo um die Angelegenheit für mich gekümmert und rieten mir eben doch, auch den Weg über Himmler zu gehen, sie erkundigten sich parallel, trotz der Gefahr, die damit für sie einherging. Ich wandte mich an sie. Nicht an Hitler. Ich habe auch noch einen Brief von Ihnen, in dem Sie mich nach Hannover einladen, der Aufführung von ‚Herzog Wildfang' beizuwohnen, bei Ihnen unterzukommen und käme ich – schrieben Sie – mit einem meiner Kinder, dann ‚umso schöner.'"

„Lisa, ich will jetzt nur noch zu Dürer!" Diels fuhr den Wagen aus den kiesknirschenden Wegen hinaus, lächelnd. „Lass uns zu ihm, lass uns zu Dürer.

Jetzt oder nie!"

„Wirst du das Buch wirklich schreiben?", fragte sie, ihre Hände schlapp auf der Bank des Wagens.

Als er auf die Bogenstraßen glitt, als er das Auto loslassen konnte, versuchte er lange, eine erste Koordinate zu setzen.

„Als", sagte er, „ich Hitler das erste Mal begegnete, blieb keine Gelegenheit, etwas zu denken. Es gab keine Gedanken in seiner Gegenwart, er war ein Gefühl.

Alle fühlten sich eigenartig wohl mit ihm, seine Hasser und seine Bewunderer.

Er stieß so etwas aus, ein Fluidum. Unsere Begegnungen häuften sich, entspannten sich, wir vertrauten einander, ich mochte ihn, er schätzte mich. Das sah ich daran, wie er war, wenn wir allein waren. Er war unverbraucht, kam aus keinem Stall, hatte nirgends Formen gelernt, kannte keine Ausweichmöglichkeiten im Gespräch, übte keine Gepflogenheiten aus, klopfte keine Offizierssprüche – eben all das, was uns allen aufgezwungen wird, damit wir uns zurechtfinden, all das war ihm unbekannt. Er besaß nur seine eigene Art mit einem umzugehen. Amerikaner nennen so was relaxed, und Hitler war darin ein Meister. Er konnte dich entschleunigen. Wohingegen er die Massen von Menschen, die er so verachtete, und darin ist er ein Zwilling Lenins – entzünden, aufkochen und mobilisieren konnte.

Seinen Hass ihnen allen gegenüber kehrte er in epische Alleinherrschaft um.

In seinem papierenen Gesicht schnitten sich zwei Blicke auf, mit enormen Linsen.

In denen infiltrierte sich das Gesamtgeschehen. Alles, was er wissen musste und wissen wollte, sickerte darin wie ein inneres Archiv aus Codes. Ich lach mich kaputt über die Herren Geheimdienst überall auf der Welt, Hitler benötigte so was nicht. Ja, er ließ machen, er ließ ausforschen, doch er verabscheute das telefonische Bespitzeln. Mir hat er einmal gesagt, dass er es *widerwärtig finde*.

Er wusste, was zu tun war, wusste, was er wollte. Er wollte nicht die Welt abschlachten, das wollten Himmler und Heydrich. Hitler wollte die Welt sein.

Im Speer-Entwurf vom Großen Platz wurde dieser innerste Traum endgültig, das Kernstück seiner architektonischen Pläne, triumphaler Endpunkt seiner Großen Achse. Nicht nur der marmorne Hitlerpalast war hierfür vorgesehen, mit seiner alles brechenden Westseite, nein, auch die Neue Reichskanzlei und der Reichstag.

Doch das geplante Hauptstück, das war die Kuppelhalle – und Lisa, selbst die Gaben deiner Vorstellungskraft, die genügen nicht hierfür. Hitlers Kuppelhalle sollte im Inneren 180.000 Zuhörer fassen. Die Kuppel setzte überhaupt erst bei 98 Metern über dem Boden an, bei 220 Metern in der Luft hörte sie auf. Im Umfang übertraf sie damit 17-mal die Peterskuppel in Rom. Hitlers Kuppelhalle wäre der unbegreiflichste Bau der Welt geworden, weil er immer und die ganze Zeit wie ein Berg und von überall aus der Stadt sichtbar und fühlbar gewesen wäre, immer hätte sich ein unermesslicher Schatten über einen gewölbt, immer und für immer.

Die Fassade, ein Quadrat aus Granit. Die Kuppel, aus Kupfer – ein riesiger, übermächtiger, übergreifender, übersteigender, grüner Berg, wachend über meinem Leben, meinem Leben, mein Leben, mein Leben, es ist mein Leben! Ich wollte nicht, dass mein Leben lebendig begraben in Dimensionen des Unheils erstickt!

Ich wollte nicht, dass seine Gravitation die meine unter sich begrub! Ich wollte nicht, dass seine Träume über meine Fantasie wachten! Ich wollte nicht, dass im Scheinwerfergewoge der Lichtkreismasse seiner Ewigkeit meine Lebensdauer erlischt! Ich wollte nicht in seinem Reich enden! Ich wollte nicht in seinem Kosmos erkalten! Seine ganze Weichheit war immer nur für ihn selbst bestimmt, seine ganze Kraft! Er war nie ein Mensch für die Menschen, er tat das alles nur für sich! Er wusste nur sich! Er wollte nur sich! Er spürte nur sich! Er war die Tribüne einer gegenstandslosen Existenz von einer gestorbenen Erdkugel, die nichts mehr unter ihren göttlichen Füßen in sich geborgen, die nichts mehr unter ihren Flügeln gehütet hätte! Ich war erzogen zu Eigenmacht und Liebe, zu Vorstoß und Anerkennung, zur Fähigkeit, ein Mensch zu werden, der andere hält und erhält! Ich wollte Ich sein, in einem Land, dem ich dienen konnte als ein Herr unter Herren! Ich bin mein eigener Herr, ich will ein Herr sein unter vielen Herren, ein Mensch unter vielen Menschen! Unter Frauen und Männern, die ihre Herren, die ihre eigenen Herrinnen sind! – Nein Lisa, ich werde dieses Buch *nicht* schreiben."

Sie fuhren tatsächlich weiter nach München. „Nicht hier?", rief Diels. „Dürer hängt gar nicht hier? Aber telefonisch hatte man mir das vor einigen Tagen bestätigt!"

„Tut er auch, normalerweise, er hängt gemeinsam mit einem Teilbestand der Alten Pinakothek hier bei uns. Das *Selbstbildnis im Pelzrock* jedoch befindet sich gerade zu einer Sonderausstellung im Rahmen eines Stadtjubiläums in Nürnberg", sagte ein Mitarbeiter vom *Haus der Deutschen Kunst* in München. „Das hätten sie nun schwerlich wissen können, das tut mir sehr leid, aber fahren sie doch einfach nach Nürnberg weiter."

Diels bemerkte, dass Lisa sich kaum noch auf den Beinen halten konnte, sich gegen die Wand drückte, mit sich kämpfte. Er legte seine Hand an ihre Wange, ihr Kopf war eine Fieberflamme. Er erschrak sehr darüber und bettete sie sofort ins Auto. Seit vielen Stunden waren sie unterwegs gewesen und hatten mit dem Wagen einen Umlauf nach dem anderen erkreist, redend und lachend und haltlos sich wie eine Spule um das eigene Schicksal gebunden.

Die Fahrt zurück nach Hannover streckte sich. Diels dachte an seine junge Tochter, der er kein naher Vater war. Er dachte an seinen Bruder, der ihm Land auf ihres Vaters Grund und Boden schenken wollte. Er dachte an seinen, wie er oft sagte, *hoffentlich nicht für alle Zeit verregneten Hof* in Kaltenweide, den er liebte über alles. An die Tiere, die er, mal in Hannover, mal in Berghausen bei seiner Familie, gesund heranziehen wollte.

Lisa war wach, aber sie lag mit offenen Augen auf dem Sitz hinten, während der Tag endete und Diels in die Nacht fuhr, die sich sonderbar am Himmel zusammenmischte. Leuchtgrüne Schwaden, wie fluoreszierendes Öl, das in rauchiges Wasser fällt, schlierten und strömten zusammen, weit da oben. Er hielt an einem die Straße treffenden Waldpfad, stieg aus, blickte hoch. Sie sah ihn vom Auto aus dort stehen, einen Wächter, unzugehörig wie sie, regelwidrig, hungrig nach dem Leben, hungrig wie Lisa.

Lisa. Lisa war ein inneres Fernrohr, sie war hier und gleichzeitig an zehn anderen Orten auf der Erde.

Sie wusste selten wo und in wem, aber dass sie mehrmals am Tag und in der Nacht in *anderen* wieder erwachte, das hatte sie inzwischen verstanden. Es hatte einige Jahre gebraucht, eh sie das als etwas ihr Innewohnendes angenommen hatte.

Als Kind merkte sie zwar sehr bald schon, dass sie anders war – finsterer, liebender – doch die Jahre, in denen sie eine junge Frau wurde, ließen ihr kaum Raum für eine eigene Vorsehung: Deutschland war allen Schicksal geworden.

Sie spürte sich erst jetzt, mit Anfang Dreißig, wieder. Sie spürte, wie ihr Körper sich an sich selbst stärkte, immer dann, wenn sie glaubte, zusammenzubrechen – immer dann, wenn sie die Künstlichkeit der neuen Geschichte schmeckte. Jetzt allmählich wusste sie, dass das Boden-unter-den-Füßen-Verlieren die Schanze wahrer Schöpfung, das eigentliche Leben war.

Was das für Menschen waren, in denen sie plötzlich erwachen konnte? Sie fühlte dann, jetzt gerade weiß mich jemand, jemand hat mich erkannt, drückt sich in mich, sieht mich an. Mögen Entfernungen dazwischen liegen, dachte sie, mag die Welt tosen – auf dem Ring der Zeit aber bin ich mit einem anderen Menschen eins, in derselben Sekunde einer wunderbaren Unvergänglichkeit! Eine an einer Kette aus vielen Wächtern, die sich im Verborgenen erkennen. Als würde eine andere Brust weit, weit … weit von ihr, auf ihre Brust das Echo sein.

Diels legte sie in ihr Bett in Hannover, Tante Vera deckte sie zu, Sonnenwinde wasserspielten auf ihrem Gesicht, sie schlief ein. Er legte sich auf das Bett im Zimmer nebenan, angewinkelt das Bein, ein Ohr an der Wand. Horchte nach einem Laut von ihr.

„Lisa?“, hauchte sein Mund in die Tapete mit den Jagdmotiven. „Ich liebe dich.“

„Merkwürdig, dass von den bisher übersehbaren literarischen Darstellungen ein Dichter, der als Emigrant außer Landes war, den erschütterndsten und echtesten Ausdruck dieser Epoche gefunden hat, Zuckmayer, der in seinem *Des Teufels General* die Unwägbarkeiten der Zeit, die zwischen tödlicher Bedrohung und sieghafter Lebenskraft, zwischen kannibalischer Amoralität und höchster Menschentugend schillerten, gestaltet hat."

Rudolf Diels, Lucifer Ante Portas

♦ ♦ ♦

## 31

Aufgeben?
Das kam für Hendrik George van Dam nicht infrage, niemals. Und wenn die Welt noch einmal zerbrechen sollte, er würde sie wieder mitaufrichten, er würde nicht aufhören, an sie zu glauben: Er war der Generalsekretär des Zentralrates der Juden.

Alles, was diesen fantastischen Mann an geistigem Charme umgab, alles, was dieser mutige Mensch in sich trug, war anderen einen Schritt voraus.

Seine Quelle war nicht die Berechnung auf Schuld, er war kein neureicher Demokrat und erst recht kein Kampfhund der Moral. Er stellte sich ganz einfach nur die grazile Frage – wie kann es jetzt für alle, Juden und Deutsche, in Deutschland weitergehen? Rechnungen mit je nur einer Variable wollte er nicht lösen. Zusammen oder gar nicht.

Der aus England heimgekommene Berliner Emigrant entstammte einer sehr angesehenen Familie, die hier immer auf hoher Ebene mitgestaltet hatte. Wenn er einen Raum betrat, waren alle auf ihn bezogen, er hatte Esprit.

Jurist. Skeptiker. Seine Heimat, das war Deutschland.

Die Juden, die nicht hierher zurückkehren wollten, vielleicht schon im modernen Staat Israel lebten, nahmen ihm übel, nie Partei zu ergreifen. Er sah seine Aufgabe viel mehr im Ausgleich. Van Dam und seine Freunde, wie der *Spiegel* ihn zitierte, verlachten einen Robert Kempner um dessen Methoden. Methoden, die darin bestanden, einen Hans Globke aus dem Internierungslager zu holen – mitsamt Persilschein –, diesen dann als wertvollsten Zeugen zu positionieren und gezielt politisch aufzubauen. Van Dam stand solchem Treiben ablehnend gegenüber, er war von ganz anderem Schlag. Ein klassischer, gebildeter, abwartender Mensch. Ein vorsichtiger, behutsamer Kämpfer. Eher sanft widerstrebend als gefällig gefährlich.

Gerade jetzt musste man in Sachen Wiedergutmachung juristisches Gewissen walten lassen, Raster des Anstands auch für diejenigen fordern, die Advocatus Diaboli spielten. Es durften doch keine Geschäfts -und Rollenmodelle aus dem Judenmord entstehen! Zäsuren mussten allen Menschen das Recht vorhalten. Er fand es manches Mal belastender und schwieriger, den Juden außerhalb Deutschlands klarzumachen, warum ein deutscher Jude wieder in Deutschland leben wollte, als Entschädigungsansprüche bei der Bundesregierung durchzusetzen.

Gewiss, die Bundesregierung kam Wiedergutmachungsansprüchen respektabel nach, während aus Ostdeutschland oder Österreich nichts zu erwarten war, aber das musste alles irgendwie noch viel überzeugender werden. Wir haben das Jahr 1954, dachte er, und so wenig ist geschehen. Ihm ging es nicht nur ums Geld, da gehörte höchstens mehr Aufsicht hinein, aber das war nicht, was ihn umtrieb.

Ihn bedrängte ein königlicheres Verlangen: eine Kultur zurückzuerobern, die die einstige, unnachahmliche Alchemie zwischen deutschen Juden und Deutschen ausgemacht hatte. Diese träumerisch verhängnisvolle Echtheit fehlte ihm, er vermisste sie voll Sehnsucht, diesen geheimnisvollen Sauerstoff!

Um es unbekleidet zu sagen, viele deutsche Juden, wenngleich wieder hier, fühlten sich verlassen von Deutschland, wehtuend einsam, ausgestanzt.

Der Wiedergutmachungston der Bundesregierung besaß etwas so widerlich Gutmeinendes, etwas, das einen verletzte, wenn man wirklich genau zuhörte und wenn man zu denen zählte, die wussten, dass es nicht von Herzen kam, sondern nur aus der Tatsache, wie Adenauer einmal sagte, dass die Juden in der Welt nun einmal wichtig sind und wenn man also in dieser Welt ankommen will, so muss man auch mit ihnen umjehen. Das war im Sinn so abstoßend vernünftig, dass van Dam, wenn er jetzt so spazieren ging, den Kopf schüttelte, ja dunkelstaunend darüber lachen musste, wie über eine brutalste Korrektheit. Er ging durch das wiederauferstandene Frankfurt. Aus den zerbombten Schlünden flügelten sich geschliffene Bauten auf, bezaubernde Gebäude, die einander nicht mehr losließen, sondern eines zeichnete das nächste gleich mit! Ablenkende Häuser voll Klasse, durchsichtig und doch massiv hochgezogen, die Ecken abgerundet, lauter Lass-mich-vergessen-Schönheiten! Felder, die an- und ausgingen, Fenster, die sich bewegten, Fenster, die verschwanden und an einer anderen Fassade wieder auftauchten! Versucht und direkt vollendet. Es machte glücklich, das auch nur anzusehen, davorzustehen, so wie van Dam jetzt und er dann immer wieder weiterging und lachte und bald verzagen wollte und wieder die Hände spielen ließ, als würde seine unermessliche Aufgabe ihm zwischen den Fingern hindurchsickern. Vor Kaufhof blieb er stehen, stellte den Kragen seines Mantels auf, sah sich um. Frauen, in taillierten Mänteln und kleinen schwarzen Taschen, die sie in der Armkehle balancierten. Männer dazu, wie aus Karton ausgeschnitten. Riesige Kinderwagen, als lägen darin riesige Babys. Vollste Straßen, die Menschen touchierten einander im Vorbeigehen, im Gespräch, im Zufälligen – tausende Male, sie suchten das geradezu. Van Dam klappte einen Schirm gegen den Niesel auf, heiße Kastanien hüllten ihn ein, seine Brille beschlug, er dachte, einst gab es in diesem Land mehr jüdische als deutsche Ärzte. Jetzt waren die Juden nicht mehr dieselben, ihre widersprüchliche Brillanz angetastet, sie waren an den Rand gekehrt, liebevoll geduldet, vertraglich zwischen Himmel und Hölle für immer mitleidig anzubeten, auf ewig gefangen in einer beklemmenden Wiedergutmachung schimmelnder Absprachen – was die Deutschen zu heuchelnden Karikaturen ihrer selbst machte, zu vorauseilenden Dienern einer persönlichkeitslosen Massenschuld. Van Dam versuchte, dem Lauf der Dinge eine geweihte Bedeutung abzugewinnen: Urknall, Dinosaurier, Galilei, Mozart, Sechs Millionen.

Es gab so viele Facetten von Jüdischsein, dass er manchmal davonlaufen wollte.

Es gab die alten Großbürger, die noch Liebermann persönlich gekannt hatten, manche von denen hatten sich selbst nie als Juden bezeichnet. Es gab die gefestigten Zionisten, die sich aber nicht auf Israel beschränkten, was van Dam verurteilte. Es gab die erschossenen, vergasten, geschändeten, ermordeten und verbrannten Juden, die nie mehr zurückkommen würden, nie mehr. Es gab die Überlebenden. Es gab die Kinder, die in *displaced-person*-Lagern der Amerikaner geboren worden waren. Es gab die Frauen mit einer Nummer am Arm, die sich diese mit Pflastern überklebten oder deren kleine Kinder sich auch Zahlen auf die Haut kritzelten, um ihren Müttern ähnlich zu sein. Es gab den Altenheimdirektor, dem ein Bein und eine dreijährige Tochter fehlten, die in Auschwitz ums Leben gekommen war. Es gab den Juden, der in den Dreißigern Deutschland verlassen hatte. Es gab die deutschen Juden, denen Kunstwerke entrissen worden waren. Ostjuden, die in ihrer Heimat erneute Hetze zu erwarten hatten. Es gab jene, die sich versteckt hatten. Rückwanderer, vor dem Krieg emigrierte deutsche Juden und nach dem Krieg emigrierte Ostjuden. Es gab die orthodoxen Juden, die mosaisch lebten, und die Juden, die das verurteilten und dennoch auch Juden waren. Es gab die junge Jüdin, die in Deutschland „nur" studierte, aber jedem erzählte, bald ganz von hier fortzugehen, endlich zurück, und die selbst nicht wusste, wo das Zurück örtlich und seelisch zu verzeichnen war. Es gab jene, die plötzlich im deutschen Gedränge in der Straßenbahn zu zittern anfingen, weil sie nicht wussten, ob jene Hand da, die ihren Arm streifte, einst ...

Nach vorne schauen. Aber wo war das, fragte sich van Dam? Wo war dieses Vorne? Wie, all diesen Verkörperungen sie selbst zurückschenken? Die einen erstaunende Liebe zurückgekehrter Juden für ihr Deutschland konnte jedenfalls sehr weit gehen, so auch in Carl Zuckmayer, der, wie er wieder durch seine zerbombten Straßen ging, mit jedem Schritt wusste, dass er kein Amerikaner war, sondern dass er zu denen gehörte, deren Sprache und Art die seine waren und die er hatte verlassen müssen. Zu Hause war er dennoch nicht mehr, denn, wie er sagte, war da *der Schatten eines Verbrechens, das auch bei anderen Völkern denkbar und möglich gewesen wäre, aber bei dem unseren war es geschehen, und gerade bei diesem, wie wir es liebten und weiterlieben, hätte es nicht geschehen dürfen. Ich gehörte nicht zu den ‚Siegermächten', aber auch nicht zu den Besiegten. Jetzt, nach der Wiederkehr, war ich erst wirklich heimatlos geworden.*

Es stieg kein Rauch aus den Krematorien, sagte eine Überlebende.

Es war Feuerregen, sagte sie
Es stieg Feuerregen
Aus den Leben.

## 32

Adenauer.

Ließ den Tag ausklingen. Er schwenkte noch den Rest orangefarbenen Saphir in seiner Hand und trank den Cognac dann aus. Er war guter Dinge.

Noch ein bisschen abwarten die nächsten Monate, wenn alle Wogen sich geglättet, wenn alle Schreihälse sich wieder eingekriegt hatten, konnte die große Politik weitergehen. Schließlich war mit den Amerikanern abgesprochen, dass die Übernahme des BND an die Spitze der Bundesregierung so lautlos wie nur möglich vonstattenging. Globke, Gehlen und Adenauer hatten zudem ihrerseits per Schulterschluss beschlossen, dass der Bundestag keinerlei Rolle dabei spielen und über Entscheidungen an wichtigen Stellen gezielt im Unklaren gelassen werden sollte. Und die Deutschen selbst, die konnten sich doch nicht ernsthaft an politischem Geschehen ereifern, wo würde das hinführen?

Demnächst dann noch ein paar Synagogen eröffnen, schon war das Gleichgewicht wiederhergestellt und *allet widder jud*.

Er öffnete seinen Schrank, drückte auf den ganz erlesen silbrigen, kleinsten Knopf neben dem Autopiloten, die Tränendrüse.

Globke, der auf einem Sessel am Fenster bei ihm saß, legte die Akten beiseite, nahm die Brille ab und heulte bitterlich.

Adenauer legte seine Hand auf Globkes Schulter.

„Brav“, lobte der Bundeskanzler und blickte wehmütig hinab zum Rhein. „Braaav.“

33

Tante.
Vera warf den teuren Pelz von sich und tanzte! Sie tanzte mit Herbert und mit Erich, tanzte mit Ernst und mit Eberhard! Sie tanzte mit ihnen allen! Und bei ihnen allen drückte sie sich fest ans Jackett, krallte sich eng an ihre Oberarme, bis sie ihre Gesichter nicht mehr sah, ihre Stimmen nicht mehr hörte – bis sie glaubte, mit ihrem Mann zu tanzen, mit ihrem eigenen Mann.

Der hatte sich geweigert, jüdische Kollegen zu entlassen. *Verachen, die können so viel wie ich, ich seh da keinen Grund, das gehört sich nicht, hatte er gesagt. Verachen, nur gut, dass du so ein reiches Mädel bist, dann haben wir keinen Kummer.*

Etwas Schlimmes geschah ihm nicht, aber die „feige Sau", die blieb er. Da zögerte er nicht, als der Krieg rief. *Verachen, ich muss dann*.

Und sie presste sich jetzt an Heinz und an Fritz und an Magnus und an Frank und sie klammerte sich an ihre Körper und ließ sich in ihrem lila Ballkleid von Kaempferts und Rehbeins Melodien durchs Café Meyer tragen: in ihrem altfaltigen, wundervoll zerblätterten Hals – ihr ganzes ersticktes Gebrüll, ihre ganze Kostbarkeit, denn da drin steckte ihr ganzer Besitz, dieser brennende Klumpen in ihrer Kehle, das war er, da wusste sie ihren Mann. Da drin war er noch ganz da, an den Kehlenwänden ihres bedrückten Halses liefen Dias von ihm auf und ab, alle Tagesabläufe, die sie von ihm kannte, alle Bewegungen, die sie an ihm liebte, jede Einzelheit, ein jeder Blick hinter seiner Zeitung und Trompeten rankten und zankten sich verführerisch über ihr, während Chet Baker auf seinem Koffer saß und auf die Abreise nach Europa wartete! Seit er in Kalifornien mit sechzehn von der Schule abging und anschließend im besetzten Berlin unmittelbar nach dem Krieg in der US-Army-Band gespielt hatte – dann nach Amerika zurückkehren musste – konnte der G.I. trumpeter diese Reise nicht mehr erwarten. Auf eine Tour durch Europa hatte er sehr gepocht und nun konnte er endlich zwei Fliegen mit einer Klappe schlagen und sowohl bei seiner französischen Lili sein als auch über Paris nach Deutschland gelangen. Er war auf der Suche nach einem echten Publikum und über die Italiener, Holländer, besonders aber über die Deutschen hatte er gehört, sie würden mit einem solchen Format lauschen, dass es für einen Jazzmusiker eine Offenbarung sei.

Chet war der unpolitischste Künstler seiner Tage. Er war wie eingeschlossen in einer Kapsel. Sein Geschenk, das war die unversehrte Sekunde, die im Weltall schwingt. Er war in einem verwohnten, auserzählten Haus dasjenige Zimmer, das allein man aufsuchen würde, weil es so angenehm gleichgültig war, weil es so frisch duftete und weil darin außer einem cremeblauen Cocktail-Chair und einem Plattenspieler nichts auf einen wartete.

Er hatte sich fast zu Tode gelangweilt in dem kleinen Sausalito in San Francisco Bay, wo er ein Hausboot bewohnte. Wären die Clubs nicht gewesen, er hätte erst seine Trompete, dann sich in dem stillen Gewässer, auf dem sein großes Leben trieb, ertränkt. Und New York? War ihm egal, die Stadt war unerschöpflich für kleine, schnellgierige, das Glück rammelnde Gemüter, nicht für seine unstillbare Leidenschaft und für sein Jahrhunderttalent. Denn wenn Mister Baker seine Lippen an das Instrument legte, dann wie, um zu nippen, wie, um aus dem exquisiten Tümpel einen poetischen Wassersturm hervorzuholen, in sanft kitzelnden und ausführlich zärtlichsten Melodien.

Wer schon einmal in Kalifornien war, weiß, dass die Strecke zwischen Los Angeles und San Diego wohl eine der umwerfendsten dieses Planeten ist. Zwei Stunden entlang der ockerfarbenen Klippen! Zwei Stunden ultramarinschäumender Ozean! Zwei Stunden auf haarscharf über Felsbrüchen seilgleitenden Reifen!

Eh man, nach diesem verführerischen Geschlängel in San Diego angekommen, auf die Fischerboote hinabsieht, auf die Lichterketten der kleinen Restaurants.

Das war Bakers Schönheit, das Epische, das Grenzenlose und Willkürliche. Und doch, es zog ihn weg, es saugte ihn fort. Er wusste, wenn er es in Europa schaffte, hatte er etwas unausgesprochen Erhabenes vollbracht, dann war er ein Künstler und nicht bloß ein Star, unbestechlich und erfolgreich in einem dystopisch melancholischen und glaubwürdigeren, gesteigerten Sinn. Sein Europabegehren wurde durch das Komponistenduo Lerner&Loewe noch mehr erhitzt. Frederick Loewe war ein berlinstämmiges Wundertier, ein Hochmeister, der als junger Mann noch vor der Machtergreifung der Nazis nach New York ging und blieb. Einer der begabtesten Menschen überhaupt und jemals. Mit die teuersten und am freiesten verfeinerten Songpartituren dieser Menschheit stammen von ihm, von diesem Duo – *The Heather on the Hill, I talk to the trees, I've grown accustomed to her face*.

Chet wird mehr und mehr all diese vielen Glanzstücke für Trompete und Flügelhorn umsetzen, er wird Miles Meilen hinter sich lassen, er wird alles überglänzen!

Alles wurde angehalten in diesen Werken, überspannt bis zum süßesten Weh. Alles war erleuchtet in ihnen, aufrichtig und aufregend. Wenn es je einen dreifaltigen Nimbus aus absoluter Leichtfüßigkeit, Sanftmut und Begierde gab, dann wurde sie von *Lerner&Loewe* geschöpft. Solche Menschen entgifteten ihre Zeit. Sie machten alles *groß*, nicht *widder jud* … so gut wie Musik fühlte es sich an, als Rudolf Augstein, in seinen Lieblingssessel gekauert, den *Fall Otto John* aufschlug und sein weltmächtiges Schmunzeln in den verrückten Mundwinkeln nicht zu überbieten war, als er las, „nach meiner Kenntnis stehen jedenfalls dem *Spiegel* bessere Wege zur Wahrheitsforschung offen, als den Ämtern des deutschen Verfassungsschutzes" … Robert Kempner, im

Flugzeug zurück nach Germany, begutachtete hingegen Seite 26 des *Falls John*, „es bedeutet das Gewicht des viel beschrienen Anklägers Robert Kempner überschätzen, und das ‚Verdienst' der Emigranten vom Schlage Johns unterschätzen" … Kempner knüllte sich die Seite rein, würgte und kaute und schluckte sie hinunter, während er durch die Wolken glitt … unter verhangenem Himmel auf einer Bank in Langenhagen bei Hannover war Lisa auf der letzten Seite der Broschüre angelangt, ihr Fahrrad lehnte neben ihr. In ihren rauchigen Linsen flogen seine Worte wie durstige Möwen zusammen, „es gibt im heutigen Deutschland zahllose Staatsbürger, die von ihrem Bespitzeltsein wissen, ohne sich dagegen wehren zu können … was aber noch bedenklicher ist, es gibt rechtsradikale Persönlichkeiten, die zwar als Staatsfeinde öffentlich und gerichtlich angeprangert, aber gleichzeitig von Staats wegen ausgehalten werden … Nur muss es doch bedenklich stimmen, dass gerade John hohe Beträge an solche Gruppen gezahlt hat … es geht uns nicht um Otto John … Im großen Zusammenhang tritt die Bedeutung Johns weit zurück … Der Fall hat eine Fassade weggerissen … Aber das ist die andere Lehre aus dem Fall, dass uns niemand hindert, im Innern unserer staatlichen Gemeinschaft mit einer menschlichen und organisatorischen Erneuerung endlich zu beginnen, frei von Furcht, aber auch frei von Komplexen."

Carl Zuckmayer kehrte zurück und dann
Ging er durch die Straßen,
Lief durch den Wind und durch das Licht
Und er lief immer weiter durch das neue Gesicht,
Und er fühlte
Wie wenn er sein Herz zerschnürte,
Dass er Deutscher war für die Sprache und das Nest
Halt für das ganze innere Geäst,
Er war Deutscher weil er es spürte
Weil nur hier ihn etwas Unsichtbares berührte.

## 34

Safety.
First. Internierungslager unterlagen nicht wie Kriegsgefangenenlager dem Schutz der Genfer Konvention, sie waren keine Rechenschaft schuldig, und falls es Kriegsgefangene waren, die dort landeten, wurden sie ganz einfach in den Status Zivilinternierter umgewandelt. Jemandem Nägel rauszureißen, um etwas zu erfahren, der Gebrauch von Gummiknüppeln, sadistisches Filzen … ja, und vielleicht war es einem erheblichen Verlust an Realitätssinn geschuldet, wie hier mit Menschen umgegangen wurde, vonseiten *besserer Menschen* und vielleicht war es einfach nur absurd, dass England sogar daheim bei sich ein *Deutschlandministerium* ins Leben rief.

Rudolf Diels war bei Kriegsende unter anderem im Internierungslager No. 5 Staumühle gewesen, er hatte abzuwarten, wie viele andere, wie sehr viele andere auch. Dass die ersten deutschen Internierten wie Vieh zusammengepfercht auf Lastwagen eintrafen, versteht sich von selbst. Dass es die Zehn-Gebote-Lagervorschriften gab, befremdete.

Grußpflicht/Lagerpolizei/Kopfbedeckung/Drahtzaun/Wasserentnahme/Aufstehen und Zapfenstreich/Politische Gespräche/Krankenbetreuung/Gesuche/Wer gegen diese Lagervorschrift verstößt, hat strengste Bestrafung zu erwarten/Lagerführer.

Es gab geschlossene Blocks, in denen sich je nach Fokus SS-Wachmänner, Ärzte, Beamte oder Freikämpfer, SA oder gewöhnliche Deutsche befanden und manchmal mischte sich das alles und manchmal erschoss man einen, der einen vom Wind davongefegten Pappteller hinter der vorgesehenen Markierung zu erhaschen versuchte.

Wen es härter traf, das war Ernst von Salomon. Schläge und Tritte waren normal, schließlich waren es Deutsche. Sterberaten, oft durch Hunger ausgelöst und durch frühzeitige Entlassungen geringer gehalten, alles nicht der Rede wert. Dass in den Visitationsberichten schwere körperliche Misshandlungen aufgezeichnet waren, wen interessierte das. Dass es fünfundzwanzig Wort-Karten gab, um mit Angehörigen zu sprechen, vergessen und vorbei. Das Schlimmste war das Nichtwissen. Das Warten über Monate. Ein halbes Jahr. Ein ganzes Jahr. *Warum halten sie mich hier gefangen? – Wir werden schon etwas finden.*

Schwer, einen Internierten zu finden, so entwaffnend und so zerrissen zugleich, wie Ernst von Salomon es war. Den berüchtigten Fragebogen der Alliierten Militärregierung, den ein jeder deutsche Mann und eine jede deutsche Frau zu beantworten hatten, sonst drohten Strafen, den hat er beantwortet. Ja, er hat ihn beantwortet! Er hat die hunderteinunddreißig Fragen so gründlich beantwortet, dass daraus einer der schönsten Romane aller Zeiten geworden ist!

Das Verpflegungslager wurde von Negern bewacht, gutmütigen Gesellen, mit denen sich die SS-Leute ausgezeichnet vertrugen. „Du zweite Klasse, ich zweite Klasse“, sagten die Neger und teilten mit uns, wenn sie konnten, aber sie waren furchtsam – wenn sie erwischt wurden, ging es ihnen schlimm.

Dass darin von den inneren und äußeren Schmerzen erzählt wird, von den Konservenbüchsen, die sich die GIs mit ihrem Urin füllten, um sie dann über die oberen Luken in die Waggons der Internierten zu schleudern, das ist die eine Seite. Auf der anderen aber steht die Entschlossenheit einer Stimme, offen und unbarmherzig, genau, gereift, alles und jeden ansprechend, alles aussprechend – indem sie sich stellt, indem sie unerhörte, unübertroffene, verletzlichste Erklärungen abgibt für die großen Schatten der deutschen Geschichte. Schatten, die aus allen Deutschen Schatten machten. Schatten, die Salomon aufreißt, die er begreifen will, die er den Menschen nicht wegnimmt, sondern vorhält und ihnen entblößt. Schatten, denen man nur abschwören kann, wenn man sie erschließt.

Während Heinrich Himmler blankgeputzt das geheime Polizeiamt übernahm, musste man Rudolf Diels an die unpoliert staubigen Spitzen seiner Stiefel erinnern.

Während Heini sich hochtötete, überdauerte Diels den Röhm-Putsch auf einem Hochsitz in der Eifel. Der Talisman, den er immer an einer langen Kette an der Brust unter der Kleidung trug, barg den winzigen Fetzen einer graubündischen Fahne innerhalb eines goldeingefassten Medaillons in sich. Graubünden war einmal, vor vielen Jahrhunderten, so etwas wie ein freier Raum. Wollte niemandem gehören, war sehr begehrt. Dieses winzige Stück Stoff hatte einem Mann namens Georg Jenatsch gehört. Er hatte, so wie Diels, viele Namen, denn er besaß viele Tiefen. Jenatsch war das, wofür das gute Wort umstritten oft herhalten muss. Er war ein Jäger und er wurde gejagt. Seine Ernte aber, das war das Recht. Graubünden für ihn eine Rose, die in Not geriet, die er verteidigte, gegen Schergen, gegen das Abtöten ihres wahren Duftes.

Es geht nicht um Berlin, um Bonn oder um Graubünden. Jeder Punkt dieser Erde kann ein Achet-Aton sein, kann gedeihen und brennen, und jeder, der es verteidigt, ist ein Echnaton. Die SS hat nie etwas verteidigt. Sie hat ihren Schlund weit geöffnet und sie hat Menschen geschlachtet. Himmler und Heydrich haben Deutsche und Nichtdeutsche verraten und nichts als Asche hinterlassen. Das hat mit dem urmenschlichen Trieb von Eid, Schutz und Pflicht, wie Jenatsch es lebte, nichts gemein. Souveränität ist der Schlüssel. Eigene Gerichtsbarkeit und schützenswerte Rechtsformen. Bündnisse. Liebe.

Nach 1945 wurden diese alteuropäischen Begriffe unter einem riesigen *comfortable* Kissen abgewürgt. Alle Präfigurationen von Wahrheitsträgern, die aus machtvolleren Fähigkeiten zusammengesetzt waren und sich darum leichter einfühlten oder größer handelten, bezwungen.

Ein Bein angewinkelt, das andere ausgestreckt, lesend – so lag Diels am liebsten in seinem Schlafzimmer, auf seinem Bett, in seinem Haus, dem Hof Twenge in Kaltenweide bei Hannover. Sein Hof hatte eher etwas von einem Anwesen. Steinerne Pfeiler umketteten den Eingang vorne, weite Felder lagerten sich nach allen Seiten hin, und Pas des Quatres aus Bäumen verteidigten die von wuchtigen Dächern gescheitelten Bauten des in sich eingewinkelten Guts. Wege schoben sich heraus, ein paar Alleen uferten dahin, gekräuselte Wiesen, auf denen irgendwo ein Pas de Trois aus Bäumen dem Sonnenuntergang entgegenträumte. Hier erneuerte sich eine unbestechliche Veranlagung. Etwas, was man in sich tragen musste, um es auch zu bewohnen, um es zu erkennen.

Er lebte in einem Hallenhaus. Deutsche Hallenhäuser sind charakterlich erhaben und herrisch. Sie sind einmalig. Ihre bergende Geistigkeit ist ihre sittliche Kraft, und wie einen goldenlangen Bauch betritt man sie und findet etwas von sich darin wieder und doch etwas, was man immer in sich wusste, ersehnte oder suchte. Seine Tür stand offen, es war die Mitte einer Anschauung, in der es abermals unzählige Menschen-Mittelpunkte gab, einladend, selbstgesetzt, Herren unter Herrinnen.

Er viertelte einen Apfel. Draußen, Schneeregen. Die Äste kratzten schmusend am schwer gebretterten Dach, und er hörte ihr Rauschen selbst jetzt, wo nicht ein Blatt mehr an ihnen war.

Gleich neben der Tür stand eine alte, massive, prunkvolle Kirchenbank, an deren hoher Sitzwand sich drei romanische Bögen zogen und an deren Lehnen sich aufwendig und verführerisch geschnitzter Akanthus räkelte: Die Tür öffnete sich, und da war sie.

„Frohe Weihnachten", sagte er und richtete sich langsam auf, die Kette des Talismans glitzerte am V-Kragen seines Pullovers. Lisa trat ein, in Veras Nerz gehüllt, sie schloss die Tür.

Diels, noch ein Apfelstück zwischen den Zähnen, hielt inne, kaute nicht weiter, auf Knien am Bettende – gebannt, wie vor einer Offenbarung.

Sie kam auf ihn zu.

Der Schein der Lampe spaltete seine heftige Narbe, die in seine untere Gesichtspartie schlitterte, noch weiter auf.

„Ich weiß, dass du meine Schmerzen kennst", sagte sie. „Ich weiß es, weil du nie Fragen stellst. Ich weiß, dass du sie alle siehst und dass du mich so siehst, wie ich bin. Ich weiß, dass du die Wahrheit sagst. Ich weiß, dass du keine Angst mehr hast, und genau das nimmt auch meine. Mit dir hab ich keine Angst. Mit dir, tut alles weniger weh. In deiner Stimme liegt auch die meine. Deine Narben trösten mich. Deine Augen glauben an mich. Deine Worte sind ohne Dreck. Keiner ist dir gleich. Ich beobachte dich heimlich aus dem Auto, wenn du deinen Nachbarn Heu aufladen hilfst, wenn du mitanpackst, wenn du in Gedanken bist.

Ich will glücklich sein in dir, mit dir und durch dich. Ich fühle dich die ganze Zeit. Ich weiß, dass du auf mich aufpasst, all die Jahre ist mir nie etwas passiert. Deine dunklen Gebete, deine warme Hand – du warst immer, du bist immer da. Und jetzt … jetzt bitte ich dich nur noch um eines: bitte fick mich.

Fick mich bis ans Ende des Horizonts. Fick mich grenzenlos. Fick mich aus diesem Zimmer, aus dieser Stadt, aus diesem Land hinaus, fick mich aus diesem Universum in ein anderes hinein. Fick mich heute und morgen und fick mich übermorgen und fick mich so lange, bis ich regne, bis ich atme in dir, bis ich alles verliere, was ich hasse, und bis ich *blühe* in dir."

# 1957 : Aglais io

## 35

Nürnberg.
Frühjahr 1528. Er hustet. Er ist knochig und blass. Sein sehr langes Haar zwirbelt sich in einzelnen Bronzeketten über den schweren smaragdgrünen Samtumhang, mit der offenen roten Kordel am Hals. Er sitzt auf seinem ungepolsterten Scherenstuhl.

Er hustet wieder, fasst sich an die Brust, seine langen Finger liegen auf dem gewebten Hemd. Sein ganzes Haus atmet ihn, das Holz spricht zu ihm, seine Sinne antworten. Es ist das Haus eines Herrn. Hier leben Herren neben Herren bei Herrinnen.

Nur sehr wenige Gegenstände umgeben ihn, durch das bunte Fensterglas flüstert Lapisblau über seine Wange. Lehnend an einer Wand, seine liebste Kupferplatte, *Die Heilige Familie mit dem Schmetterling*. Er hat sie oft gedruckt, häufig verschenkt, sie fliegen durch das ganze Heilige Römische Reich, wer weiß, wo sie überall sind, diese Abblätterungen seines Lebens. Doch der Stecher allein ist er nicht, er hat auch mit seinen Farben alle Maler zum Schweigen gebracht, wie er sagt.

Seine Zauberstabfinger nehmen nun einen unsichtbaren Pinsel in die Hand, und er beginnt mit geschlossenen Augen die Luft zu streichen, als horche er einem weit entfernten Rufen. Er öffnet – ein – Auge, ein einzelnes, das zweite bleibt geschlossen. Seine Linse, hellwaldgrün!

Er bindet die rote Kordel zu, sein riesiger Kehlkopf ragt keilartig hervor.

Dann erhebt er sich, verlässt sein Haus mit dem Fachwerk oben und dem eitlen Dach, das wie ein Bug die Welt betrachtet.

Die Welt, das war immer die Alte Welt gewesen. Die Welt, das waren Afrika, Asien und Europa. Jetzt aber schaut er über die schwankenden Dächer seiner Heimatstadt hinweg, in die Neue Welt, die irgendwo dahinter liegen soll, hinter der Silhouette des hochmütigen Nürnberg. Ein vierter Kontinent ist von Spanien besetzt worden, doch dieser, so heißt es allerorten, ist kaum erschlossen.

Es heißt, einer seiner Entdecker sei ein Genuese, der im Auftrag des spanischen Königspaares nach Gold suchte, an Ort und Stelle, um den Zwischenhandel zu umgehen. Es heißt, dieser Seefahrer hätte bis zu seinem Tod alles abgestritten, es heißt, er habe ein Bordbuch geführt, falls man ihn ermorde oder ihm nicht glaube.

Der Wind zieht jetzt eine Strähne aus der Schläfe des Nürnbergers heraus, ein Band seines rotgoldenen Haars und lässt es vor seinem Blick flattern wie die von Stürmen angerissenen Segel der Schiffe. Er will sehen, was dieser Seefahrer gesehen haben muss. Er will malen, wie die schwangeren Schalen in Gottes unbegehbarste Weltenmeere gefallen sind. Er will den ersten Offizier porträtieren, den Arzt, den Aufsichtsbeamten der spanischen Krone, den Steuermann, den Dolmetscher, den Sonnenaufgang in ihren Augen! Er will wie aus aufgeschnittenen Lidern heraus sehen, wie es ist, wenn das Holz, noch festgezogen vom Hafen, sich allmählich ausdehnt, zu hauchen beginnt und auf den Tagesjuwelen des Wassers hochgeworfen wird. Die Spukgeschichten, die sich die einfachen Matrosen beim Aufziehen der dann spanngewölbten, aufgeblähten Kreuze wie die Arbeiter von Bühnenkulissen erzählen, von Geistern ferner Inseln und Nimmerwiederkehr, die will er über Kupferplatten flüstern. Er will betrachten, wie die Segel ausgetauscht werden, die dreieckigen mit runden, weil der hochgewachsene Generalkapitän diese für sicherer und schneller hält. Er will dessen Hassbangen nachempfinden, beim Spähen nach portugiesischer Marine und nach ungünstigen Winden. Wenn nichts als Wasser einen umgibt, schräg vor einem kippt, nicht aufhört zu schlucken, nicht aufhört zu schlagen und wie der Himmel nichts als weiteres Wasser verkündet, das in Tag- und Nachtstößen gegen die Eiche rasselt, einen höher trägt, dann wieder fallen lässt, und es spritzt – einen höher trägt, einen fallen lässt, und es spritzt – Wochen um Monate und man ist der Liebling des allmächtigen

Herrn, denn er ließ einen gewähren und lässt einen entdecken, was er vorgesehen hat. Er will die Furcht malen, die sich ausgebreitet hat auf den drei Schiffen, Angst, die dem Generalkapitän wie die Pestilenz vorgekommen sein muss, Angst, in den Gesichtern seiner Mannschaften, Angst und Unwissen, die ständig von ihm ins Gegenteil verkehrt werden mussten.

Und dann der Mastbaum einer gesunkenen Karavelle, der alles noch verschlimmerte.

Das Beobachten der Magnetnadel, die nicht nach Norden zeigte, und das Lauern vor seiner Kammer, wenn die Matrosen tuschelten, das Knarren der langen Bretter bei lautlos, stillglatter Nacht, das sich Einbilden von Vogelstimmen, die nur das konkave Rufen aus der Meerestiefe waren. Das erste Klatschprasseln der Morgenwellen, die Weiterfahrt, das immer öliger werdende Licht der Sonnenwolken, die Unendlichkeit des Ozeans, das ständig schreiende Herz der Ahnung, der Hoffnung! Er will den Frosch aquarellieren, der irgendwann auf Kräutern und Pflanzen auftauchte, die Thunfische, die sich wie silberne Lanzen synchron durchs Wasser schlängelten – und schneller und noch schneller, denn der Wind nahm wieder zu. Und die beiden anderen Kapitäne, die als Erste den Preis ihrer strengzarten Königin begehren, der Cristoforo Colombo gleichgültig ist: Er will einzig und allein das Land finden, das er schon innerlich sieht.

Die Bedenken, die endenden Vorräte, das Stocken im Wasser durch Moose, die tötenden Blicke der verzweifelnden Truppe will er malen! Die Hetze will er zeichnen, die die Matrosen Colombo im Vorbeigehen zuzischen, *niemand würde es widerlegen, dass er an Deck ausgerutscht und über Bord gestürzt sei*. Meuterei!

Das Tapp-Tapp von Schritten will er lasieren. Alle wollen zurück, doch die Kraft des großen Schiffes lässt nach ... die Flügel lassen nach ... Flügel ... Federn ... Vögel! Diesmal echte Vögel! Rückkehr oder euer Leben! – fordern sie Colombo geschlossen auf – *drei Tage geben wir Euch noch!* – rufen sie.

Drei Tage? Wie soll er das machen? Er sitzt in seinem Scherensessel in seiner Kajüte und fragt, wie soll er die marmornen Brücken in drei Tagen erreichen?

Wird er sie je finden? Da, ein Dornenzweig mit Beeren, mitten im Wasser! Zwei Tage noch! Zwei Tage! Colombo sieht vom Deck ein Licht, wie eine Fackel, die sich bewegt. Ist es teuflische Täuschung? Nein! Kanonenschuss! Es ist der 12. Oktober 1492, der Matrose Rodrigo hat Land gesehen, als Erster! Befehl: Segel einziehen! An einem Freitag begann die Reise, an einem Freitag endet sie!

Die Europäer betreten die sich lüftenden Inseln, die sich wie leuchtgrüne Perlen fortziehen, als seien sie nur die Zierde eines mächtigen, noch verborgenen, goldgefassten, unbegreiflichen Riesenamuletts. Eingeborene, nackt! Fremde Früchte, so schwer, dass die Zweige sich herabbiegen. Colombo spürt Boden.

Festen Boden unter seinen vergilbten Stiefeln, er kniet nieder. Und jetzt in diesem Augenblick, in dem alle Universen das unsere anschauen, neidvoll vor dem Glückwunder der Entdeckung dieser Menschen und ihrer Felsen, in diesem Moment, in dem Colombo das Eindrucksvollste tun könnte – nämlich nicht in die Geschichte einzugehen, sie sogar wieder zu verlassen, nie mehr zurückzukehren, in den Puder des Strandes zu sinken und vor Liebe zu weinen, alle zu umarmen und zu küssen, die bemalten, sanften und gutmütigen Bewohner mit ihren wundervoll geformten, bemalten Körpern, ihrer rötlichgelben Haut, ihren oval hübschen Gesichtern, ihrem glattschwarzen Haar – nicht wie das der Afrikaner, die er aus Lissabon kennt, kraus – sondern spiegelnd wie ein Rossschweif – zu bewundern und zu berühren und ebenso die zahmen, bunten Papageien zu streicheln und die Lanzen mit den Spitzen aus Fischknochen in die Sonne zu zielen und da, einer fast an Colombos Schwert, um es auch zu bestaunen, doch zieht sich eine Wunde zu – statt all das zu tun, statt die Canoes zu liebkosen, die an die Schiffe ziehen, statt all die

Gaben, die den Fremden gebracht werden – Baumwolle und Brot und Palmblätter – in sich zu empfangen, statt all das zu bewundern, rammt der eben noch selbst bedroht gewesene Weltenverräter, den seine Matrosen bei Verstreichen ihres Ultimatums am dritten Tag aufgefressen hätten, ein scheußliches Banner in den schimmernden Boden, wie ein Messer in die vierte und letzte Herzkammer der Menschheit, und lässt durch zwei Beamte der Krone bezeugen, dass er, Cristoforo Colombo, im Namen des spanischen Königs und der spanischen Königin, Besitz von der Insel ergreift!

Der Goldschmuck, den sich die Menschen hier durch ihre Nasen gestochen haben, tauscht man gegen Glasperlen, nimmt ihnen, was sie selbst für leicht und unschuldig gehalten haben, hintergeht sie lächelnd. Bekreuzige dich, bringen sie ihnen bei, mache so und so und so, du musst eine Christin werden, sonst ist dein Kind, das da in deinem Bauch schwebt, nicht gesegnet. Bekreuziget euch alle, saget das Ave-Maria, ihr unbekannte Rasse, bekreuziget euch und ihr werdet sein wie wir und zeiget uns eure Goldvorräte, denn uns allein gebühren sie! Danket dem Herrn, geht auf die Knie, verneiget euch vor dem Herrn, der der Allmächtige ist und unter ihm, der König und die Königin! Und ich taufe diese Insel Isabella, denn ihr, die ihr Federn im Haar tragt, habt keine gemeinsame Sprache und ihr bekrieget euch gegenseitig und ihr seid da, damit wir euch nun mitnehmen und zeigen und vorführen, hinter den festlichen Triumphwagen durch Madrid ketten, und eure Arzneien und Farben werde ich auch mitnehmen, und eure Sträucher und da, Cubagua ist schöner noch als Sizilien, und dort gibt es Masken, Aloe, Gewürze und Fischereigeräte, knollige Äpfel aus der Erde und Tobacco, den sie rauchen, und Tonfiguren, und sie sollen noch nicht angerührt werden, damit man uns nicht für Feinde hält, und die schöne Wilde wollte die Santa Maria gar nicht mehr verlassen, nach den Geschenken, die sie bekam, wenn sie uns dafür ihren vergoldeten Nasenring ließe, denn Hayiti hat nur wenig Gold und sie denken, wir seien vom Himmel gefallen und Häuptlinge bringen täglich neue Gaben, Gürtel und das Gold, das sie haben, sie geben alles her, sie geben uns alles. Riesige Schildkröten treiben über den feuchten Saum der Sandwellen und Vorsicht vor den abstoßend hässlichen Canibotos, es sind Menschenfresser und es muss sein, dass wir ihr Blut vergießen, wenn sie uns mit Stricken angreifen, aber ich, Colombo, ich werde aus ihnen gute Christen machen!

Aufrecht und groß steht er eine Weile so da, unruhig und irritiert über all das, was hinter dem Horizont sein muss, und er nimmt wahr, wie sich ein neuer Geruch in den feuchtherben, nussigen Geruch Nürnbergs eingeschlichen hat. Er will diesen Duft begreifen. Dann geht Albrecht Dürer los, er steht kurz vor seinem siebenundfünfzigsten Lebensjahr. Er will nachsehen, ob das Kind geboren ist, das Kind der Weberin am Ende der Straße. Es ist ein nasskühler Tag. Es schmerzt ihn im Kreuz, doch am schlimmsten ist es im Brustraum. Er vermutet, dass seine Lunge diese Schmerzen ausströmt. Sein Umhang wirbelt wie ein Zelt hinter ihm auf, als er durch die Schraube der Stadt geht, die sich hochschleudert zur Burg. Ganz Nürnberg thront hölzern. Rötliches Holz, feines helles und beinah schwarzes.

Holz, das in Furchen und Maserungen, wenn man nur die Hände darüber gleiten lässt, einem erzählt, wer hier lebt, und durch dieses Leben, durch Stürme und durch die Zeit, wird dieses Holz modelliert und geformt – bald geschmeidig, manchmal seidig und dann wieder rau und stolz, scharf vernarbt und durchfochten von Träumen. Die steinernen Böden schwanken! Sie heben an, sie ziehen sich hoch, dann fällt man eine Gasse hinab. Alles kreist empor! Am Platz vor dem Haus, in dem die Weberin lebt, kauft er Rosen. Er kauft sie bei einer Gemüsefrau, die ihm lange schon auffiel, weil ihre Ware prächtig ist zum Malen. Der Kohl ist zierlich und an den Enden der Blätter purpurn gewellt. Die Rüben lang und silbrig. Die Zwiebeln haben die Farbe seines Haars. Aus der Neuen Welt kommen Zucchini, die er gern mag, und Ananas.

Die Händlerin bindet ihm einen Strauß zusammen, es sind gelbe Rosen. Sie hatte vor vielen Jahren von einem Angelsachsen einen Topf dieser Rosa gekauft, sie eingepflanzt, und seither stürmte und zweigte sie ihr Bauernhaus entlang. Dürer legt eine Münze ins Tal ihrer Hand, dann betritt er die Stufen des Gebäudes, das genau gegenüber liegt. Oben angelangt, schreitet er den dunklen Laubengang ab, die Sohlen seiner Lederschuhe sind so ergeben, dass nur ihr Betupfen der tausendfach zerlaufenen Steinstufen überhaupt seine Gegenwart spürbar macht. Er ist ein leiser und zurückhaltender Mann, er ist ein ausgelassener Trinker, er ist frei und er ist seiner Stadt verpflichtet, er ist niemandem Untertan! Seine Geldgeschäfte regelt er mit den Kaisern persönlich, auch mit dem neuen, dem blutjungen Karl V., der der König ist und einmal Kaiser des Heiligen Römischen Reiches sein wird.

Dürer klopft an die niedrige Tür.

Sie bittet herein, sie liegt in einem quadratischen Bett am Fenster. Er tritt ein, gebückt, um sich nicht zu stoßen. Er versucht, nicht zu husten. Steht im Raum, sieht den Geburtsstuhl, der noch ganz durchtränkt ist vom Wasser, mit dem man das Blut abgewaschen hat. Es riecht nach feuchtem Holz, nach Regen im Wald, nach Brühe. Ihr Mann sei in der Weberei, sagt sie. Dürer setzt sich auf einen kleinen Hocker, weit abseits von ihr, gerade so, dass er sie im diamantblechernen Licht gut genug erkennen kann. In der Ecke lehnt eine Laute.

Niemand spielt sie, doch Dürer spürt die drahtig raupigen Saiten in seinem ganzen Körper aufzucken, als würde jemand seine Rippen entlangfahren, als würden schmale Fingerkuppen ihn kitzeln.

Die Weberin zieht die Haube bis weit übers verschwitzte Haar, die Stirn ist mandelfarben, die Augen klug. An ihre Brust gedrückt, ein schmatzendes Bündel, eingewickelt in Stoff. Sie hält es so fest, wie sie noch nie etwas gehalten hat.

Er beugt sich leicht vor, sieht den roten Kopf und Adern an den Schläfen, wie chinesisches Porzellan. Er nickt lächelnd, nickt und nickt.

Er trage ihr Hemd, sagt er ihr, weil nur sie verstünde, was eine Tagestracht sei, die einen ziere und doch nicht unnötig belaste. Sie erträgt sein Lob kaum, sie bittet ihn, aufzuhören. Er legt den Rosenstrauß ans Bettende, sie zieht die Füße zurück, sie schämt sich. Aus ihrem Schoß quillt sekündlich Blut, warme Blasen werfend, von Gewebsstücken versehen, Schub für Schub. Stehen kann sie nicht.

Er sagt ihr, sie solle sich die Blüten zerreiben und das Öl, mit abgekochtem Wasser vermengt, sich auf den Unterleib streichen. Gegen die Entzündungen, sagt er. Das habe er von seiner Mutter erfahren, die viele Kinder geboren hat. Sie verspricht es zu tun und sie weint. Das ist nur das Erwachen nach dem Gebären.

Vielleicht ahnt sie aber auch, dass sie in dieser Nacht verbluten wird.

Vielleicht weiß sie schon jetzt, dass ihr Mann, der Weber, ihr mit diesem Strauß die Lider schließen wird, wenn hoch über Nürnberg am nächsten Morgen die Krähen ziehen.

Dürer verneigt sich. Seine etruskischen Strähnen fallen mit nach vorn, sie hängen ihm kopfüber, bis fast auf die Riemen seiner Halbstiefel. Sie weiß nicht, was sie sagen soll. Ihre Augen funkeln. Sie fühlt sich unwohl, ungewaschen und untröstlich. Er ist wundervoll, er geht.

Wieder in der Stille seines Gemaches, lauscht er den Gerüchen der Köchin.

Er hat keine Kinder, aber er hat viele sterben sehen. In seinem Herzen empfindet er immer einen Bruch, wenn er sie sieht, ihre Verletzlichkeit, ihre winzigen Finger. Das muss die Liebe sein, was sonst, fragt er? In ihnen liegt die Liebe der Welt, liegt das Wissen vom stellaren Rausch und zugleich die Not, alles zu verlieren, die Liebe zu verlieren. Liebe ist auch immer Sehnsucht nach Liebe und während man liebt, sieht man sie entschwinden.

Er setzt sich auf seinen Scherenstuhl, das Holz knackt, sein Haus knackt, sein schmaler Rücken knackt. Er hustet.

Im Laufe der Jahre hat er einen beeindruckenden Kreis von Freunden um sich gegürtet, die gern wohlhabend und immer auf dem neuesten Stand waren. Von ihnen, in ganz Europa auf seinen Reisen, erfuhr er von den großen Nachrichten. Von der iberischen Expansion, von Sklaven, die zu Tausenden verschifft, von gigantischen Karten, die über die persischen Teppiche gebreitet wurden und die den allergegenwärtigsten Zustand der Kontinente verzeichneten – auf einer solchen las er vor wenigen Jahren das Wort America. Bewohner der Neuen Welt tauchten auf, überall in der Alten Welt. Menschen aus Afrika waren ihm schon zuvor begegnet, seine Zeichnung der Katharina ist das erste Porträt einer schwarzen Frau von einem solch bedeutenden Maler überhaupt, Nürnberger Porträtstudien daneben kühl! Nicht seine Verwunderung über ihr wundersames Aussehen hat er gezeichnet, sondern sie. Sie, als wäre sie ihm in Nürnberg über den Weg gelaufen, hätte Wasser geholt vom Brunnen, wie die anderen Frauen. Im Erkennen ihres Kummers, der allein in ihrem Blick lag, in ihrer metallisch seidenen Haut, hat Dürer ihre lautlose Verzweiflung eingefangen. Es ist, als hätten beide stillschweigend einander ihr Leben erzählt. Sie ihm seines, während er sie betrachtete und in der Kreuzschraffur seiner Handbewegung, der sie lauschte, berichtete er von sich. Im Hause eines ihm bekannten Portugiesen war sie gefangen, und gewiss kam der nachts heimlich in ihr Zimmer, und bestimmt wurde sie dafür von der Dame des Hauses ins Gesicht geschlagen am nächsten Morgen. Dürer hatte all das in ihrem Ausdruck, in ihrer Ausstrahlung erfasst und dem Papier gewidmet. Das war sein Geschenk. Was hätte er darüber hinaus tun können? Die Erde von der Sklaverei befreien und zum Freiheitskämpfer aller Dunkelhäutigen werden?

Dürer hat das Gefühl, etwas entweiche ihm, er würde nicht folgen können, er verliere sich selbst im Wind. Auch Karl V., halb so alt wie Dürer, steigt, vorteilhaft verheiratet, in das hysterische Machtspiel mit ein, in die Ausbeutung der Wunder. Wenn es so ist, denkt Dürer, dass diesem fernen Boden seine Bevölkerung entzogen, dass America neu besiedelt wird, aufgeteilt und ausgehandelt in besudelten Verträgen europäischer Geistlicher, deren Bischöfe gerade darum streiten wie Lausebengel um ein Stück in Honig getauchten Lebkuchen, dann kann es sich doch nur noch um einen unnatürlichen, unseligen Ort handeln, dann ist America nichts als ein künstlich geschaffenes Gebiet, unheilig, weil in seinem Seelengarten angerührt, ein geraubtes Land.

Niemals, denkt Dürer, kann es unter dieser Voraussetzung die Gunst der Himmelszeichen erlangen. Nie kann diese Neue Welt in ihrer gedemütigten Befangenheit so mächtig werden, womöglich einmal die Alte Welt neu zu ordnen.

Und Fortuna wacht ohnehin über allen, seine *Nemesis*, die er stach, als gerade die Neue Welt unter den Mächtigen zerlegt wurde: In der einen Hand hält Nemesis den Pokal der Belohnung rechtschaffener Menschen, in der anderen ihr Zaumzeug, um diejenigen zu zügeln, die zu weit gehen. Sie steht auf der Kugel, die diese Welt ist. Zwei habichtartige Flügel ragen aus ihren unbeugsamen Schultern hervor, der Vermessung dieser gnadenlosen Flügel nach, ist *Nemesis* unzerstörbar, diese fell-fedrigen Schwingen lassen sie über die Häuser und Flüsse gleiten – ihr echoisierender Ruf ist ein Rufen: hallt durch Mark und Bein, fest und gelassen, streng, tief, findet jeden.

Eine gelbe Rose hat Albrecht Dürer für sich zurückbehalten. Ihr Ast ist sehr hart, kaum biegbar. Zwei Zweige entspringen ihm, einer ist abgebrochen, der andere trägt drei große Laubblätter an sich. Dürer reißt eines ab, hält es gegen das Nachmittagslicht.

Seine Linse begutachtet Maserungen goldener Gänge, in deren Gefilde sich Aberdutzende Smaragde aneinanderschmiegen. Es erinnert ihn an die unregelmäßigen Edelsteine an den Kaiserkronen, mehr noch an die Ware voll Schmuck, die die Händler von ihren Reisen aus entfernten Ländern über Nürnberg transportieren. Einmal hatte sich Dürer einen eigenen Ring gemacht, zuvor einem Fahrenden einen Kupferstich von sich angeboten. Der Händler war so ergriffen davon, dass er Dürer dafür einen Smaragd in einem Samtsäckchen schenkte. Noch in jener Nacht hatte Dürer sich darangesetzt, einen Ring von einem ehemaligen Meister, den er als Dank für seine Lehre bei ihm erhalten hatte, umzuschleifen und den Stein einzusetzen. Das wunderliche Gold prallte mit dem Meeresgrün des Edelsteins zusammen, der Ring wurde zu einem Hauptstück an ihm, viele bewunderten ihn, Dürer ließ sie im Ungewissen, nur seinem Nachbarn verriet er die Geschichte und hatte ihm den Ring irgendwann sogar geschenkt.

– Jetzt betrachtet er den Kopf der Rose, fühlt mit seinen Fingerkuppen ihre äußeren Blüten. Er denkt natürlich an Papier, an Bütten! Doch so könnte Bütten nie sein, Samt und Seide in einem. Wie Safran, dessen korallenrote Fäden Dürer in Wasser auflöst, um das bernsteinglühende Ergebnis hin und wieder in seine Malerei zu holen. Ihre Spitzen rollen sich nach außen, von einer dunkelbraunen Linie am Rand der Blüte gefärbt. Von den ausladenden, äußeren, gelben Zungen schrauben sich unangetastete Blüten wie in einem Rückwärtsfluss der Zeit nach innen. Er wühlt sich mit seinen langen Fingern hinein, als suche er etwas darin.

Immer spitzer wird die Blütenhagebutte, er fühlt vorsichtiger und vorsichtiger, und da … da ist es.

In der Mitte der Blume, im kühlen Gefieder ihrer verborgenen, von ihm freigelegten Stelle, von einem Reigen beweglicher Staubblätter treu umwacht: die feste Rosennarbe. Narben. Er denkt an sein Kampfkunstbuch, an die Meisteraquarelle fechtender Männer. Dürer will ein einzelnes Blütenblatt entreißen, wählt eines aus und zieht und zieht und … bringt es nicht übers Herz. Er weint in die Rose hinein, glücklich! Presst seine Nase in ihre Mulde, umlegt seinen Mund und seine Nasenflügel mit ihrem ganzen Fächer, der nach Regen riecht, nach Moos an Zaunfüßen und schwarzen Brombeeren hinter alten Schuppen.

Sein Atem saugt sie an, und es ist, als sauge sie zurück! Als küsse die Rosennarbe auch ihn!

Er trennt den Rosenkopf vom Kelch, schraubt ihn ab, in seiner Hand liegt der gelbe Ball. Erhebt den Arm hoch über sich, lässt langsam los, lässt die Blüten über seine Wangen, über seine Stirn schneien, über seine Wimpern, über die Lippen, sie fallen auf sein ganzes Gesicht nieder, über die Schultern, über den auf Hochglanz gehobelten Nürnberger Boden … Lisa stand da, das Gesicht ins Sonnenlicht gehalten – vorgestreckt – während unzählige Blüten vom Kirschbaum im Garten im Taunus über ihre Wangen, über ihre Stirn, über ihre Wimpern regneten, über ihre Lippen, am Hals entlang, an den Armen herunterflatterten – eine Blüte fing sie auf, roch daran: Es war die reinste Haut, ein Duft von süßem Wind, den sie lange nicht mehr besaß.

Berlin's most far-flung, secret and orphan suburb sits in the saltbrush desert about ninety miles southwest of Salt Lake City. „German Village", as it is officially called ...

Mike Davis, Dead Cities

♦ ♦ ♦

## 36

Es.
War vor zwei Jahren gewesen, 1955, ein Tropfen von Chet Bakers mildem Speichel rann durch den Stimmzug, weiter durch den universalen Messingtunnel seiner Trompete – hinab, hinaus: und explodierte als lautlose Träne vor dem deutschen Publikum!

Er hielt das Instrument fast waagerecht. Seine Zunge klang trocken, trocken und gesund genug, um den ganzen getarnten Ehrgeiz seiner Musik – ohne falsche Feuchtigkeit, ohne geistlose Eile, ohne etwas von diesem Land zu wollen – zu erheben. Seine Haartolle schob sich wie eine mit Brillantine bespritzte Lilie über der hellen, klaren Stirn hervor. Da war nicht eine Falte auf seinem Alabastergesicht.

Es war, als habe Chet Baker auch seiner Trompete etwas Magisches verabreicht, als sei irgendwo in ihr ein Elementarteilchen versteckt, nachdem Miles Davis immer den Nachthimmel abgesucht hatte, vergeblich. Aus dieser Trompete kamen, selbst vertraute Stücke, neu und schwerelos. Alles klang oval. Und dann, als sein hinreißend in die Länge gezogener Hauch sich legte, ließ er die Schultern hängen und sang. Sang wie vor dem Schuldirektor, dem er nicht in Worten, dem er nur in diesem betörenden Gesumme antworten konnte.

„Der nuschelt ja!", flüsterte Lisa begeistert. Etwas von der Konsistenz ihres portweinroten Lippenstifts haftete an Diels' Ohrläppchen, das spürte er ganz deutlich, spürte es überall, spürte es bis in die Waden. Es war schwül, die Kniekehlen brannten. Er sah sie an, ihr wundervolles Profil mit den großen Wangen und dem vorsichtigen Kinn, den gehässigen Augen. Ihre Augen erregten ihn, jedes Mal, wenn er sie und sie ihn ansahen.

Chet lehnte im Anzug an einem Barstuhl, die Trompete wie einen besonderen sechsten Finger neben sich. Als seine Puppenspielerlippen wieder das Mundstück fühlten, fühlten seine Füße auch wieder ihre Gravitation. Er brachte den ganzen Raum zum Wiegen. Hinter ihm schlängelte sich eine Freitreppe hoch, die riesigen Glaswände des Gebäudes ließen kein Geräusch von draußen herein, nur rot-blaue Autolichter suchten die neue Durchsichtigkeit ab.

Das war das ganz und gar Besondere, dass er manchmal sang, dass er seine Trompete wie durchatmen, scheinbar wirklich ausruhen ließ, denn es gab für seinen Harfengesang keinen Sinn dieser Welt. Immer, wenn seine Stimme wieder abtauchte, zog er das Tier hervor, setzte an, nie zu laut, nie zu verhalten – leicht, wie Sonnenglitzern auf Wasser, aber durch dunkelgelbes Sonnenbrillenglas oder sommernachmittags durch das Fenster einer Kathedrale.

Von einem *Warum hast du das getan?* konnte seine Musik bis zu einem *Ich fahre mit meinem Jaguar in den Abend hinein!* alle Gefühle zeigen. Er war das zärtliche Rätsel der Band, die Deutschen, wie sie da auf einzelnen Stühlen verteilt saßen, mochten seine Zurückhaltung, seine technische Lust, ihr Applaus klang darin immer wieder fern-wolkig auf, nachdenklich, was war nicht alles geschehen, was lag nicht alles hinter dieser Musik, noch da, noch in jedem drin. Twardzik am Klavier ließ nichts, aber auch gar nichts von seiner Heroin-Ungeduld vermuten, er spielte mit diamantenen Fingerspitzen und den immer halb geschlossenen

Augen! Littman am Schlagzeug brachte elegantes Chaos, wirbelte alles auf, was Chet sorgfältig beichtete, alles kribbelte!

Vielleicht war Chet Baker der einzige Amerikaner seiner Zeit, der Deutschland nicht bekehren wollte. Er fühlte sich unwohl, wenn er etwas sagen musste, als hätte er zu viele Vorstellungen von den Deutschen, die nicht mit dem zusammengingen, was Amerika zu wissen vorgab. Auch wenn er es gar nicht abzusehen vermochte, wusste er, die, die da vor ihm saßen und wirklich ehrlich jubelten, das waren nicht bloß Nazis. Da saßen auch *Menschen*. Da saß auch noch mehr. Geist und Temperament saß da. Witz und Sehnsucht. Und da saß in Gestalt einer ihm unbekannten Menge an Männern und Frauen auch seine Chance. Denn Germany, das war aufregend. Hier war etwas ganz Bestimmtes noch nicht gestorben, obwohl er das erwartet hatte, als er diese Reise angetreten war, und was eben nicht an Lilly in Paris lag, sondern an den Auftritten und Aufnahmen hier, in Deutschland. Er kam sich vor, als balanciere er auf einem Absatz, hinter ihm leuchtete eine deutsche Vergangenheit, die er nicht kannte, die ihn aber anzog und seine Fantasie bis zur Ekstase steigerte. Und vor ihm, da lag ein neues Deutschland, das leben wollte. Sie waren ganz offensichtlich auf der Suche nach der fünften Jahreszeit, und er konnte sie ihnen erschaffen.

Unhöflich war er nur zu sich selbst, wenn er sich nachts spritzte, unhöflich war er zu den Amerikanern, die ja gerade, so hatten Therapeuten herausgefunden, an erheblichen Traumata litten, ja sie waren erschöpft, sie waren fertig, diese Welt jenseits der USA war so anstrengend, all die Kriege, all die Feuer, die man als Amerikaner ständig legen musste, um diese Welt zu heilen, all die Nazis obendrein und jetzt mussten sie auch noch ein Auge auf Vietnam haben, damit der kommunistische Norden keine Faxen machte. Als ehemaliger G.I. war Chet eher angewidert von militärischen Gepflogenheiten, von Befehlen amerikanischer Vorgesetzter, die ihn in eine innere Flucht getrieben hatten. In Amerika sah er die Täuschung einer ganzen Bevölkerung vor sich ausgebreitet. All das war eine Plage für ihn, nicht aber diese Tour, er war hier als Künstler, nicht als Besatzer.

Kollektivschuld gab es für Chet nicht, was er brauchte, waren intelligente Ohren und auch, wenn das alles – dieser Charme, diese Offenheit und Klasse in den Deutschen – längst verloren und verschwunden sind und von einem menschenhassenden, freiheitverstümmelnden, sich austauschend globalisierten Weltteam greifbarer Bösartigkeit ausgerottet werden, so hatte Chet das kurze Glück, in seltene Räume dieses neuen Deutschland niederzusinken, die noch verletzlich waren und doch auch lebenshungrig und die Elektrizität seiner Musik genau deswegen *halten* konnten, nämlich mit ihrer eigenen Energie. Chet strahlte auch nicht die amerikanische Kreuzrittervisage aus, sondern Melancholie. Er wollte etwas. Sich selbst wollte er. An dem Punkt, wo er sich haben wollte. Da war er noch nicht. Da würde er aber hingelangen. Und hier in Europa wollte er sich dafür taufen lassen.

Sich taufen lassen sagte Lisa immer, wenn sie etwas trinken gehen wollte. „Dann darf es ruhig das Beste sein!“, meinte Diels. „Wenn ich dich jetzt ausführe, was ich mir vorgenommen habe, dann soll es das Höchste der Gefühle werden – Alex sprach von dieser Bar hier, die ich an dir ausprobieren soll, ja, hat er wirklich so gesagt!“ Diels huschte in einen Türflügel der Drehtür, presste sich mit dem Bauch gegen die Scheibe, grinste ihr zu, Lisa schob ihn weiter im Kreis ... weiter und weiter, er betrat nicht den Eingang, sondern schob sie weiter im Kreis ... weiter und weiter.

Mehrere massive geflieste Pfeiler durchgliederten die schummrige Halle, deren Decke niedrig hing, weithin beleuchtet von mondhellen Untertassen. Um jeden Pfeiler fächerten sich Sitzinseln. Etwas missmutig stand Diels da und blickte wie in einen angenehmen Albtraum.

„Was ist?“, fragte Lisa. „Du zögerst?“

„Schon gut“, sagte Diels. „Die Ecke da ganz hinten am Fenster, die?“

Sie ging sofort hin, warf ihre Tasche – ein schmales Etui – auf ein himmelblau gepolstertes Sofa, ein Sofa, so geometrisch, so exakt und so lieblich und scharf geschnitten, auf einem Nussbaumgestell womöglich, das auch den Rücken der Lehne hinten sauber umschloss, als seien sie so und zusammen durch unbefleckte Empfängnis auf die Welt gekommen. Diesem gegenüber, dasselbe Modell, nur in Limonengrün auf Eiche, dazwischen ein einzelner Diamond Chair, dahinter wieder ein Armlehnstuhl in einem Perlton auf geflammtem Kirschholz und so weiter – wie das Kinderzimmer eines Erwachsenen oder umgekehrt. Das waren keine Möbel, das war Schöpfung! Gott hieß nicht Ozean und Sturm und Berg, Gott hieß Antimott.

Diels warf sein Jackett zu ihrer Tasche und sich selbst zu ihr auf die Limone.

Sein Hintern saß gut, und es wurde weniger Licht, der Vorhang zugezogen und die kochende Nacht verschwand.

„Hilfe“, sagte Diels, ein Bein und einen Arm angewinkelt, den Vorhang anstarrend, „jetzt bin ich gefangen.“

„Gefangen wo?“, wollte Lisa wissen, während sie die kleine Liste der Drinks überflog. „Gefangen wie?“

„Gefangen in Knoll“, sagte er.

„Wie meinst du das?“ Lisa sah ihn wütend an.

„Nicht doch“, versicherte er, „es ist einfach zauberhaft hier“, er blickte sich um, mit dem Lächeln, mit diesem ganz bestimmten Lächeln, das es schaffte, nur in seinem linken Mundwinkel zu verbleiben. „Wirklich, so außerordentlich zauberhaft.“ – Inmitten all der Farben stach sein schwarzschwarzes, von einzelnen grauen Sternschnuppen verwunschenes Haar wie das schimmernde Haupt eines Falken kurz vor dem Angriff auf eine Taube hervor. Unterhalb seiner hochmütigen Augen schlich sich so ein Fieber, glitzerte Wahrheit, ein bis ans Ende dieser Wahrheit gehender, großer, wahrhaftiger Trotz. Seine Krawatte war dunkelkaramellbraun, weiße Rauten zierten sie. Vollblütig saß er da, ausdauernd, reicher an unglaublichen Erkenntnissen, gefüllter an so vielen Einsamkeiten, wärmer von Tagen, an denen er nur sich selbst hatte.

Lisa wirkte unruhig. „Den!", rief sie und zeigte mit ihrem Finger auf die Liste.

„Da ist reichlich Gin drin, den magst du doch!"

„Den mag ich?", fragte er.

„Alle Männer mögen Gin", meinte sie. „Und nun zum Moment des Abends, als –".

„Als du mir deine Lippen ans Ohr legtest und sagtest, zieh mich aus", unterbrach er sie.

„Ich flüsterte: der nuschelt ja!", korrigierte sie.

„Sag ich ja: zieh mich aus", berichtigte er.

„Der Moment des Abends war natürlich, als –", fing sie wieder an.

„Als ich in Berghausen war, weil ich wegen des Hauses meiner Eltern Dringendes zu tun hatte und dich zur Bahn nach Langenhagen brachte, dich wegfahren sah, zurückblieb, zurückspazierte, jedoch bei allem an dich dachte, bei allem, was ich tat, und mich nur zwei Tage später dein Brief erreichte, den ich mir für die Nacht aufhob, um ihn im Bett zu lesen, und du hattest geschrieben, *Liebes Rudolfchen ... die Wolken ziehen hier genau so vor dem Vollmond her wie in Berghausen, das ist doch ein Wunder. Wenn du jetzt auch draußen wärst, wie ich am offenen Fenster, hättest du dasselbe Bild vor dir ... Gute Nacht, Lisa*."

Er lächelte nicht, er schaute erschrocken. Er wusste, dass er sie liebte. Das war ein Schrecken wert.

Die Getränke standen bereit. Diels betrachtete sein hohes Kristallglas, dessen Durchmesser von einer schwarzen Olive an einem Zahnstocher ausgemacht wurde.

Lisas Cocktailglas war ganz rosa unterlaufen, das machte der Likör darin, Crème de Noyaux. Geeiste, pinke Rosenblätter waren über die Sahnehaube gestreut.

In ihrem kurzärmligen Kleid beugte sie sich vor und nippte. „Kein Eis darin?“, fragte sie schmatzend. In ihr schien es zu brodeln, sie wirkte so nervös, so schön, so bedrohlich, so wahnsinnig.

„Doch doch“, antwortete der Kellner, „in die weiße Creme Cacao gaben wir etwas Eiscreme.“

„Ne ne“, winkte Lisa ab, „machen Sie mal auch Eis rein, es ist ein unerträglicher Sommer, verstehen Sie – verstehen Sie? Und bringen Sie uns auch zwei ganz kleine Korn, die brauch ich vorab, also bringen Sie einfach vier kurze Korn oder zwei große – verstehen Sie?“

„Sie werden doch wohl verstehen?“, und Diels deutete auf die Bar, „bringen Sie uns einfach den Schmittmann, den hab ich auch zu Hause.“

Der Kellner brachte eine Flasche *Alt-abgelagerten Edel-Korn*, vom Original. Das Eis brach er vor den beiden leichthändig in grobe Splitter, mit einer silbernen Kelle ließ er drei atlantische Schollen in ihr Glas gleiten, dann wurde er gerufen und den Eispickel, den vergaß er in der Schale an ihrem Tisch. Sie strich mit ihren Handflächen über den aufwendig gewebten Stoff des Knoll-Sofas, das war etwas zwischen Wolle und Leinen. Die Polsterungen waren Einzelteile, die wie zu einem Engel verwachsen waren. Lisa zog ihre Peeptoes aus. Mit ihren nackten Zehen tippte sie über den Teppich, der vor schweren Palmblättern rauschte.

„Der Moment des Abends war natürlich“, fuhr sie fort, nahm einen Mundspitzenschluck, noch Diels' Worte von ihrem Brief in ihrer Brust schaukelnd, noch seine Augen dabei sehend, „als Nico uns zuwinkte.“

Diels ließ das deutsche Erzeugnis durch sein Brust fließen, vorgebeugt, breitbeinig, zuckte die Serviette, tupfte sich den

Mund, tupfte über die Narbe, die seine schmetterlingsartige, sehr filigrane Oberlippe durchfuhr, nahm noch einen Schluck, spülte sich die Zähne und lehnte sich wieder zurück. Dass er nichts darauf sagte, war niederschmetternd für sie.

„Der war auch da!", versuchte sie es wieder und machte ein überverwundertes Gesicht.

Diels schwieg.

Darauf trank sie erst den Kurzen, dann die Creme weg. „Ja, also ich wusste es ja, er hatte mir das geschrieben. Kürzlich. Kürzlich erst und, und daher wusste ich das, aber ich hatte es wieder vergessen und wie ich ihn da so stehen sehe, denke ich mir, ja aber natürlich, Nico!"

Auch Diels trank, in dem hellen Heidelbeer seiner dunklen Augen kreiste so eine Kraft, die er gut zu zügeln gelernt hatte. Er ließ die Flasche gleich aufgeschraubt.

Auf Lisas Zunge zerschellte ein Rosenblatt. „Ich hatte ihm das, vielleicht ja auch am Telefon, erzählt, dass wir zum Konzert kommen, du und ich, weil ich es mir so wünschen würde. Er muss dich gesehen haben und, und muss sich wohl mit einem, mit einem Mal ganz unwichtig vorgekommen sein, der Nico!" – sie lachte schrill auf. Diels schaute sie an. Musik drang zu ihnen durch. Lisa nahm sich seinen klirrenden Gin und trank weiter. „Nico hat geschrieben, dass er, dass er glaubt, also dass er glaubt, dass Deutschland vielleicht voller, voller … voller Missverständnisse ist. Könnte ja sein, sagte er. Könnte ja sein, dass man Deutschland vielleicht, vielleicht erklären muss, allen, also allen, der ganzen Welt da draußen!" – sie schwang ihren gebräunten Arm in Richtung Fenster. „Er meint, dass auch schon der Kaiser falsch verstanden wurde, vielleicht deswegen, weil wir vielleicht gar nicht so, so, so *militaristisch* sind, wie alle immer glauben!", sie krümmte sich vor Lachen. „Hab ich das richtig ausgesprochen? Er glaubt jedenfalls, dass das letzte Wort, dass das noch nicht zu Deutschland gesprochen ist."

„Und er ist zuständig?“, brach Diels sein Schweigen. „Er wird alles heilen? Dein Nico? Mit seinem ‚besonderen‘ Verständnis? Wie will er das machen? Indem er Wilhelm II. gegen Bismarck ausspielt? Wollte er nicht Weltbürger werden? Und jetzt doch die alten, bösen Größen? Es wird doch täglich ein neuer kleiner Thomas Mann geboren. Und man kann sich nirgends hinretten.“

Sie sah ihn an. *Only you.* Tony Williams' Kehle schmiegte sich bis zu ihnen durch, die ganze Lobby war erfüllt von ihm. Es gab *Doo Wop* und es gab Tony Williams. Die Platters existierten nicht, die Platters waren Tony Williams. Er war vollkommen! Hochfantastisch! Seine Stimme vibrierte am Stahl des Diamond Chair, flatterte durch die Gitter wie durch einen Käfig in die Freiheit. Was für ein Atem! Bei dem Lied wollte man es auf der Stelle irgendwo treiben, irgendwo zu zweit verglimmen, sehr tiefe Sachen machen …

… Diels beugte sich ganz weit vor. „Sagte ich dir nicht voraus, dass dein Nico sich abarbeiten wird an seiner eigenen Geschichte, weil genau die, die '45 vor ihr flohen, genau die kommen wieder angekrochen? Stimmt nur das Thema, stimmt auch die ausgebombte Seele wieder. Möglichst etwas Skandalöses muss es sein, nur skandalös genug muss es sein, jemanden wie den letzten Kaiser eben, der, laut Nico, angeblich kein Monster war, was Nico Sombart beweisen wird, na, da können wir ja alle hochgespannt sein!“ Diels schenkte nach. „Schamgefühle sind dir fremd, hab ich recht? Was du da mit Ille und Heinz abgezogen hast neulich, ist unter aller Sau: Lädst ihren Ehemann ein, weißt genau, dass die den Heinz will, dass die beiden zusammen sind, weißt genau, wie es dem Heinz geht, dass er jeden Tag um Ille bangt, jeden Tag fürchten muss, dass sie ihn verlässt, und was tust du? Du lädst ausgerechnet auch ihren Mann ein und dem Heinz erlaubst du einen Tag später nicht mal, dass er darüber furchtbar wütend ist – er hat mir das alles geschrieben!“

Sie fuhr ihn an. „Ihr schreibt euch hinter, hinter meinem Rücken? W-was erlaubst du dir? Du wolltest doch gar nicht hierher mitkommen!", zischte Lisa. „Du hasst den Chet, du hasst das alles, du hasst mich, du, du hasst mich! Du hasst mein Haus in Langenhagen und willst immer, immer nur bei dir sein oder, oder im Taunus! Du hasst meine neuen Möbel! Du hasst mein Knoll-Sofa und mein Knoll-Bett, du hasst uns! Du hasst uns!" Sie wurde sehr laut und zog die Flasche an sich ran.

Geräusche von Gläsern, Stimmen an der Bar, Tony Williams entjungferte das Hotel!

Er war der beste Sänger weltweit, ohne Frage, dieser Planet war ihm gewiss.

„Dein Haus finde ich sehr schön, das weißt du, deine neuen Möbel jedoch, ja, allerdings, die mögen deine Sache sein", erwiderte Diels, nass bis auf die Haut.

„Du hasst mich! Du hasst mich! Ich hasse dich! Du-du darfst nie mehr, nie, nie, nie mehr auf meinem Knoll in meinem Haus sitzen! Nie mehr!", schrie sie. Diels packte sie an beiden Händen und zog sie an sich heran, zwischen ihnen der Tisch wie ein Spiegel.

„Glaube mir, du würdest auch nicht mehr auf deinem Knoll sitzen wollen, wenn du wüsstest, was ich weiß!" Er ließ sie los.

Sie nippte. „W-was wissen? Was weißt du? Was soll das heißen Rudolf? Was bitteschön soll das heißen, sehr ver-verehrter Herr Gestapochef!"

„Komm, lass das", bat Diels. „Von *H.G. Knoll* zu *Knoll International*. Ich weiß schon, du bist stolz auf dein neues Leben, stolz, zu leben, und ich liebe dich für dein Leben. Du bist stolz, zu Knolls Privatkunden zu gehören, jetzt, wo alle Büros einen – wie sagt man – einen Knoll-Boom ausgelöst haben? Du bist stolz, etwas so Außergewöhnliches für dich entdeckt zu haben. Du bist stolz, wenn deine Freundinnen kommen, wenn sie darauf sitzen. Aber diese Möbel baden keineswegs in Unschuld, Lisa. Sie tragen eine unermessliche Schuld."

Lisa verstand nichts.

„Hans Knoll ging Ende der Dreißigerjahre nicht rein beruflich nach England und schließlich nach Amerika, er ist auch kein verprellter Emigrant, der Name dieses deutschen Unternehmens ist in England und in Amerika seit geraumer Zeit ein Begriff. Vielmehr muss er hier mit Anfang Zwanzig derart schlechte Laune bekommen haben, in der Hochzeit von Heydrich und Himmler, gepaart mit einer überwältigenden Langeweile, dass er Deutschland wie in einer überstürzten Kränkung verließ. Es ist kein allzu gehütetes Geheimnis, Lisa, dass er nach ein paar Martinis mit der *Standard Oil* zu einem sehr teuer bezahlten Berater wurde, einem Sachkundigen für die Bombardierung Deutschlands durch den angloamerikanischen Luftkrieg. Mit Hochkultur konnten ihn die Amerikaner kaum locken, also müssen sie ihm eine derart hohe Summe geboten haben, dass er in dem Augenblick – fern seines Zusammenhangs und bestürzend blutjung, wie er war – einfach gestorben ist und angenommen hat. Es muss eine Summe gewesen sein, jenseits von Gut und Böse. Eine Summe, so höllisch, so verführerisch, so ausweglos. Die Vorstellung, für immer frei zu sein, alles neu zu formen, den Zugriff auf so etwas wie die Erschaffung der Welt nach ihrem Untergang zu haben, das hat ihn entmenscht. Gleichzeitig fühlte er sich berufen, weil sie ihn über Materialen und Konstruktionen ausfragten, er empfand die Schuld gar nicht, sie fühlte sich eher an wie eine Aufgabe. Eine andere Erklärung dafür, dass er die authentischen Inneneinrichtungen des *Deutschen Dorfs* beaufsichtigte, das sie, wirklichkeitsgetreu in der Wüste von Utah nachbauten, um es zu bombardieren, um die effektivste Wirkung ihrer Brandbomben zu erzielen für den Bombenkrieg auf Deutschland – bei dem dein Vater, der mein Freund war, sein Leben verlor – eine andere Erklärung, meine Lisa, gibt es nicht dafür. Dass jüdische Emigranten wie der Architekt Mendelsohn auf Rache nicht verzichten würden können und dabei ganz zufällig genaueste Kenntnis deutscher

Dachgebilde aufwiesen, das ist gewiss. Dass Gropius denen in die Arme laufen würde, war nie schwer zu erahnen, dieser Propagandaminister seiner eigenen Unsinnlichkeit, er hatte gehofft, die Nazis würden ihn doch noch mal umwerben, Bauhaus ist ein ganz eigener Faschismus, weißt du. Bei Hans Knoll aber beginnt es, weh zu tun. Hans Knoll, das ist ein ganz besonderer Fall. Knoll war das erste Unternehmen, das die Möbel des Bauhauses auch umsetzte, in einem herausragenden Verständnis für Materialien, in exzellenter Weltklasseverarbeitung. *Standard Oil* hatte überall seine Finger im Spiel, selbst an den amerikanischen Universitäten war keiner sicher vor ihnen, Gropius hatten sie da zu einer Art „Gottheit" aufgestellt, und von ihm zu Knoll war es dann nicht mehr sehr weit – *Standard Oil* kommt zu dir, sie finden dich, sie sind smart, und bist du es auch, haben sie dich. Die hatten ohnehin schon einen Frust auf Deutschland angestaut: Die Japaner waren in Besitz des Großteils der Welterzeugung von Chinin gelangt. Der einzige Ersatzstoff für die Bekämpfung der Malaria war Atebrin, ein synthetisches Präparat, das von der I.G. entdeckt worden war. Als die I.G. von den Nazis zum chemischen Sektor von Hitlers Vierjahresplan auserkoren wurde, verhinderte die I.G. nicht nur die Herstellung von Atebrin in den Vereinigten Staaten, sondern hemmte dort auch die Entwicklung und Produktion von Buna-Kautschuk bis zum Jahre 1940, während die I.G. zur selben Zeit hier genügend Mengen herstellte, um die deutsche Armee und Industrie unabhängig von der Kautschukeinfuhr zu machen. *Standard Oil* entwickelte versuchsartig künstliches Kautschuk, das Butyl. Es kam zu einem Abkommen zwischen I.G. und *Standard Oil*, demnach beide Parteien angehalten waren, gegenseitig umfassende technische Informationen über die Herstellung dieser Produkte auszutauschen. Die I.G. unterließ es absichtlich und behandelte es als militärische Angelegenheit im Einvernehmen mit Wehrmacht und Nazibehörden. Als sich die Vereinigten Staaten '41 im Krieg befanden, standen sie da, ohne ausreichende Vorbereitungen zur Herstellung künstlichen Kautschuks. Ihre Anwerbung deutscher Sonderfälle vom Schlage Hans Knolls und ihrer Kenntnis deutscher Bau- und Einrichtungsmaterialien kam nicht von ungefähr. Deutschland war dann erstmal vorbei für Knoll und seinesgleichen, Briefe verboten, Nabelschnur ab, und am stärksten noch kann man bekanntlich seine Treue unter Beweis stellen, indem man seine Wurzeln nicht nur kappt, sondern sie auch verbrennt. So wie dein Vater verbrannt ist, in seinem eigenen Haus, ein deutscher Unternehmer ohne SS-Gelüste, ein aufrechter Mann. Wenn du so willst, hat Hans Knoll ordentlich was dafür getan, um das leer geräumte Deutschland ganz neu einrichten zu können."

Lisa war ganz still. Sein Lächeln hatte überlebt, sie konnte es nicht ersäufen, wie sie es auch anstellte. Direkt und verschmitzt pflegte ihr Vater zu lächeln, wie Väter ihre Töchter eben anlächeln. In seiner Weste stand er immer da, mit der Uhr darin. Dieses Bild wollte einfach nicht verschwinden, diese Liebe einfach nicht ersticken. Über seine Kindheit zu schreiten, wie über Millionen Kubikmeter von Schutt, ist ein eigenartiges Gefühl. Überall da hat man gespielt, sich verletzt, ist man geflogen in den Stunden des Nachmittags hinterm Haus.

Eine untere Schicht birst plötzlich nach oben, die Feuerbomben ätzen die Straßen auf, ein Mikado des Schreckens.

– Lisa krallte sich den Eisstecher aus der Schale und hieb mit seinem langen, gusseisernen Spieß auf das Sofa ein, auf dem sie saß.

Wieder.

Wieder!

Sie zerstach sitzend den Himmel unter sich. Das prall gefüllte Polster machte jedes Mal pop! Und pop und pop! Und pop! Und in seinem popcornfarbenen Speedster schoss Hans Knoll die kubanischen Klippen entlang, die wie der Körper einer riesigen Violine auf dem Wasser lagen. Colba, hatte Columbus berichtet, nannten die Indianer diesen Ort, auch Cubagua, und dort sollte es *Gold, Perlen und Spezereien* geben, große Schiffe, *voll mit Waren,* und es klang, als habe Columbus diesen Ort gefürchtet, ja gemieden. Knolls dickes Haar wurde vom Regenwind steil nach hinten gedrückt, sein großes, gebräuntes, wunderbares Gesicht war sanft nach vorn gerichtet. Nur die ungeheuerliche Geschwindigkeit war brutal an ihm, er saß in einem rasenden Hai und zerriss seine Gedanken. Am Bodensee, dachte er, konnte der Regen ähnlich sein, über den hohen Hügeln Süddeutschlands. Ob Florence sich wirklich von ihm scheiden lassen würde? Nicht, wenn sie das Geschenk sieht, das er für sie entdeckt hat, das schwor er sich! Er zog die schmale, von einem roten Band umschnürte Schachtel aus seiner weiten Bundfaltenhose, dabei fiel sein Feuerzeug aus der Tasche, unter die Pedale. Das war wiederum ein Geschenk von Florence gewesen, ein Dupont, ein Gasfeuerzeug, herrlich abgenutzt, weil er damit immer herumspielte bei den Präsentationen, wenn die englische Sprache in seinem Kopf, in seinem Herzen zu blubbern begann, dann klangen sie alle um ihn herum wie unter Wasser. Feuer war was Wunderbares! Man konnte darin alles vergessen, und Feuer liebte einen zurück.

Die eine Hand fest am taupefarbenen Lenkrad, hinter dem die Zeiger, von Champagnerlack ummantelt, den Verstand verloren hatten, suchte er mit der anderen den Boden ab, Augen nach vorn – doch es war ein Griff zu weit, der Wagen drang seitlich ab, als hätte eine unsichtbare Hand ihn weggeschoben.

Er erschrak gar nicht, er ließ es geschehen, so also fühlte es sich an: kalt und gleichgültig. Gleich, wusste er, würde er zerbrechen und während er das wusste, überschlug sich sein Wagen wie ein Raubfisch in allen Erinnerungen, die nichts mehr bedeuteten, weil Hans Knoll keine Erinnerungen mehr zuließ, jetzt, in diesem Sturz in ein willkommenes Fegefeuer.

– Diels hielt Lisa fest umschlungen. Zwei Kellner standen um sie herum, blickten erstarrt auf das Sofa, das durchstochen war wie ein Schweizer Bergkäse und das Lisa von einem größeren Loch her einmal quer aufgerissen hatte, sodass blutender Schaumstoff und entsetzter Polyestervlies austraten.

„Verzeih mir“, bat er immer wieder und hielt ihren Kopf fest, „du musst mir verzeihen, verzeih mir … bitte, bitte verzeih mir.“

Er war ein deutscher Junge aus Berlin
Seine Mutter wollte nicht
Dass das Gesicht
Der Zeit ihn als Juden erkennt
Verbarg ihn längst.
Der Schädel seines Vaters wurde im KZ schrumpfzerhaun
Am Nachmittag eines Faun.
Und dann die Bomben und die Amis!
Und er kletterte durch Löcher aus Ruin und stieg durch die Zeit
In ein Labyrinth aus Feuer und aus Stein
Jemand warf Flugblätter mitten im den Flammenwind hinein!
Alles schrie beim Reden im Luftschutzkeller
Und die Uhr raste noch schneller
Ob Jude oder Deutsch.

Für Michael Degen

Um der Parteileitung die Festnahme Adenauers, des Zentrumführers, ... auszureden, bedurfte es ständiger Beschwichtigungsaktionen, wenn die alten Kampfreden dieser Größen Göring vorgelegt wurden.
Rudolf Diels, Lucifer Ante Portas, 1949
(Schweizer Ausgabe)

Von Adenauer bis zu dem kleinen Bibelforscher, denen ich in ihren Bedrängnissen mit meinen Mitarbeitern zur Seite zu stehen versuchte, wurden, wie es der Menschen Art ist, diese Bemühungen vergessen. Nur einige fanden unter der Herrschaft der Denazifizierung noch einmal den Weg zu mir. Ich durfte ihnen für ihre Richter und Ankläger bestätigen, dass sie nie in einem menschlichen Zusammenhang mit mir gestanden hatten.
Rudolf Diels, Lucifer Ante Portas, 1950
(Deutsche Ausgabe)

♦ ♦ ♦

37

Die.
Zeit ist immer noch da. Seit sie 1933 gekommen ist. Sie ist noch immer da und sie hat nichts von ihrem Hunger verloren und sie hat nichts verstanden und sie bereut nichts und sie wird nichts tun, um etwas Gutes zu hinterlassen. Sie ist sie selbst, das ist ihre Qualität. Die Zeit, das ist der Wind unter den Sternen, die große Einsamkeit, die Erinnerung, die Hoffnung, die Vergeblichkeiten. Hatte er Schuld auf sich geladen vor einem höchsten Richter, weil er sich 1934 der Verantwortung entzog, statt zu bleiben – wie er sagte – auf die Gefahr hin, von irdischen, unzulänglichen Richtern und Anklägern schuldig gesprochen zu werden und um den Deutschen die Schande von Treblinka und Auschwitz und die Einsatzkommandos erspart zu haben? Tägliche Gedanken in Rudolf Diels.

Rudolf Diels.

Reden wir über Rudolf Diels! Reden wir doch endlich einmal richtig über ihn.

Über alle Genres hinweg, über alle Zuständigkeiten hinaus, in freiestem Nachdenken. Sprechen wir über ihn oder sollten wir besser zu ihm sprechen? Ihm sagen, dass es in der Fülle der Falschdarstellungen eine ulkige Abhandlung zu seiner Person gibt, die den Titel „Der Überläufer" trägt und etwas über ihn sagen will und über die Zeit und über seine persönliche Zeit innerhalb der großen Zeit der Geschichte?

Diels, bekanntlich viel Übles gewohnt, würde über die Namensgebung „Der Überläufer" zunächst einmal auflachen, hitziger und zorniger, den Verfasser schließlich leidenschaftlich und unter reichlich pointiertem Geschrei zurechtweisen, ihm eine überwältigende, vollgeistige Ohrfeige nach der anderen verpassen und ihm am nächsten Tag eine Verleumdungsklage vorbeibringen – persönlich.

In Briefen zelebrieren Diels' Freunde sein fiebriges Diskussionstalent, Verleger bedauern, dass er nicht in persona die Buchhändler überzeugen kann, sondern die trockene Kaste der Vertreter dazwischen klemmt – und das Wort Gestapo.

All jene, die ihn über Jahre begleiteten, würden bei der Bezeichnung „Überläufer" nach Luft schnappen, denn diese Kategorie und alles, was sie, übelwollend, suggerieren soll, trifft in keiner Weise auf diesen unbekannten, triumphalen, rebellischen Joker deutscher Geschichte zu. Noch dazu stammt sie nicht vom Verfasser selbst, dieser aber wirft sie seiner Schrift über, unverantwortlich und im Gewand der Wissenschaft, im Namen des Guten, geschmückt mit einem Amtsantrittsfoto von Diels, sodass die Diels'schen Mensurnarben dann auch gleich zu Beginn für den Autor – bei allen gravierenden Unterschieden freilich – doch so manche mögliche Fährte zu Kaltenbrunners Satisfaktionsfähigkeit erritzen, Kaltenbrunner also, jener unmissverständliche

Kriegsverbrecher und führende Kopf von SD und spätem Reichssicherheitshauptamt, der Diels verdächtigte und verfolgte und der bei den Nürnberger Prozessen, lässig und in tadellosem Anzug, von der letzten Schlacht zwischen sich und Himmler berichtete, immer und immer und immerfort bis zum Ende, Menschenleben um die eine, ewige Gunst Hitlers geopfert zu haben. Außenwirkung dieses „Überläufer"-Kostüms also, unbestreitbar!

Um ein Leben zu öffnen, die Ruhe eines geheimnisvollen Toten zu stören, die Geschichte seiner Tage und Stunden hervorzuholen, braucht es eine nervöse Ruhe, eine gewissenhafte Begierde nach Motiven, nach Brüchen, nach charakterlichen Refrains, die so etwas wie eine Anschauung, eine Persönlichkeit, eine Überzeugung hervorbringen. Diels' Nachlass durchzieht eines unleugbar: das Brennen für sein Land. Wie oft verschwand er zwischen gleißenden Autodächern in Hannover, wenn er über München nach Frankfurt fiel, aus Spanien durch Afrika, wieder an die Riviera zurück in den Taunus, über Italien, wo das nun wirklich ungelogen unfassbar schöne Fräulein und Fotomodell Toto Koopman, vom Skifahren völlig geschafft, auf ihn wartete? Wie oft ging er durch die Straßen einer uns unbegreiflichen Vergangenheit und Wirklichkeit, die Welt schmeckend, Deutschland kennend, sich vorwerfend, ob es nicht seines Schuldigwerdens vor einer höheren Wahrheit bedurft hätte, um das noch größere Schuldiggewordensein verhindert zu haben? Wie oft sprach er da wie zu sich selbst, wie oft zog ihn der Sog der Geschichte in sich hinein, wie oft verließ er die Geschichte wieder, angewidert?

Wie oft ließ er sich hinreißen, wie oft entglitt ihm die Zeit? Wie oft schien alles möglich gewesen, wie oft war alles zerstört? Wie oft brach sich die deutsche Geschichte an seiner Person wie an einem Korallenriff?

Wenn Menschen Gestapo hören, sind sie augenblicklich erbleicht, eine Hand zum Mund führend, der leicht geöffnet ist vor Entsetzen. Ein Reigen aus langen, blonden Kerls in quietschenden Ledermänteln taucht aus dem Nichts auf, die Wolken ziehen sich zu, es hämmert an der Tür. Es stimmt, so ist es gewesen, genauso grauenhaft, genauso geschmacklos. Solche Jungs aber kamen mit Heydrich und Himmler, für deren treuen Bereitschaftsdienst des Todes, für deren Terrorstaat, Diels seinen Posten als erster Gestapochef Hitlers, nur ein Jahr nach Amtsantritt, 1934, räumen musste und das Staatskräfte ausgleichende, traditionsreiche, durch Prinzipien friderizianischer Judiz vorgebildete Büro der Geheimen Polizei, im vom parlamentarischen Partei-Orgien-Ausnahmezustand mittels Notverordnungen erprobten Palast Preußen, zum SS-Reich wurde. Eine geheime Polizei, die eigentlich die geheime Polizei Görings war, die dann zu Himmlers geheimer Polizei aufstieg, die dann zu Adenauers geheimer Polizei erblühte, die zu keiner Zeit Diels' geheime Polizei war.

Göring suchte Anfang der Dreißigerjahre nach einem frischen Fachmann, der sich benehmen, der sich sehen lassen konnte, einem jungen Verwaltungswildhüter, einem korrekten Typen, einem Juristen, einem Preußenexperten von Schlag, einem feinsinnigen Mann, einem Unerschrockenen, der heißblütig deutsch war und den er fantasievoll ausnutzen konnte, für eine Reform des Amtes der preußischen politischen Polizei, hin zu einer Geheimen Staatspolizei. Das fand er in Diels in einem Moment, in dem ein beklemmender und aufwirbelnder Albdruck aus rasenden Kommunisten, rasenden Nazis und rasend unzugehörigen Deutschen die Luft zum Knistern gebracht hatte. Diels, ungehemmt und hellwach, längst auffällig geworden, Tiger, lauernd, angespannt, einzeln, angesehen, verhasst, vertrauensvoll und selbstständig – will nun seinerseits Göring bearbeiten: schleust seine eigenen Überzeugungen in dessen Befehle, streut seine eigenen Ideen durch die Gegend, ist unvorsichtig begabt, mischt die Karten stündlich neu, bevorzugt keine Seite, lässt keiner Seite ihr falsches Spiel, modelliert die Skulptur des Wahnsinns, modelliert die Echtzeit um, möchte das Ganze auf eine Linie des Verständigen, wenn auch auf sich Bestehenden, Staatstragenden bringen, isst mit Hitler zu Mittag und versucht, in einem nationalen und liberalen Stolz – ohne die Welt retten oder beenden zu wollen – nur einfach den guten Menschengeschmack zu bewahren und die Zeit anzufassen. Es ist ihm nicht gelungen, die Zeit *aufzuhalten*.

Görings Schießbefehle an die antipreußische SA-Hilfspolizei sind wie Regentropfen, die einem durch die Finger hindurchperlen: Es ist schlicht unmöglich, einem jeden Fall nachzugehen, jeden zu beschützen, alle Unruhen zu glätten. Dennoch versucht Diels es mit einigen wenigen anderen in der Polizeizentrale der Prinz-Albrecht-Straße und weit über die Dreißigerjahre hinaus, dennoch steht Rudolf Diels heute für den Obernazi, für den Schlächter schlechthin, für einen bürgerlichen Antisemiten, für einen Einläuterer des Dritten Reichs, für einen Verbrecher. Der Verfasser des „Überläufers" sucht sich die Figur Rudolf Diels aus, ohne auch nur für einen Hauch zu ertupfen, was das für einen jungen Menschen 1933 in der Elektrizität der Zuspitzungen bedeuten mochte, und sein Doktorvater, der natürlich eine Agenda verfolgt statt Erkenntnis, kündigt im Vorwort die bislang minuziöseste Darstellung der Widersprüchlichkeit von Diels an, verspricht von seinem Zauberlehrling, Diels oft zu falsifizieren.

Sollte ein Werk dieser Tragweite nicht erst einmal verifizieren, lichten, ordnen und Halt schaffen, sich historisch und menschlich einfühlen, auch um den Preis, dass Rudolf Diels unfassbar bleibt, weil sein Format das des Verfassers überragt, weil sein Esprit den des Verfassers besticht und weil sein Handeln persönlich, aber von der angreifenden, schillerschen Idealismussehnsucht eines gemeinsamen Ganzen durchfunkelt ist – oder warum findet sich in Diels' Texten plötzlich ein *immer strebe zum Ganzen und kannst du selber kein Ganzes werden als dienendes Glied, schließ an ein Ganzes dich an*?

Wenn es aber um Widerlegung statt um Einfühlung geht, wäre da nicht der unidealistische Henker Heydrich als Figur geeigneter gewesen für die Verachtung von vornherein? Heydrich ist es, der verdammungswürdig an sich ist, per se, ohne Wenn und Aber, da seine Entwicklung immer nur innerhalb von Vorstellungen und Vorhaben der Erniedrigung, Unterdrückung und Vernichtung zirkulierte, diese allein erstrebte und dieses gefährliche Vakuum nie verließ. Warum aber Diels zum „Vorläufer" Himmlers küren? Warum Diels derart anrühren? Ihn übel karikieren?

Er könne nicht mit Himmler in einem Atemzug genannt werden, so der Verfasser, und der Verfasser macht es doch. Das Ausmaß der groben Unterstellungen und Anschuldigungen gegen Diels in diesem größenwahnsinnig kleinmütigen, rabulistischen „Überläufer" erstreckt sich von einer führenden Rolle bei der Errichtung der NS-Diktatur, über die Verfolgung und Inhaftierung der politischen Opposition, hin zu einem im innersten Wesen rechtsradikalen Mann. Diels habe später die Absicht gehabt, sich selbst in mildem Licht und er habe offensichtlich das Bedürfnis verspürt, sich als Kriegsteilnehmer darzustellen.

Wagte nicht, offen zu widersprechen, er hatte widerstandlos den Anweisungen der politischen Führung Folge geleistet, staatsbürgerliche Grundrechte spielten für ihn keine Rolle. Ein zweiter Forsthoff. Charakterschwach. Doppelagent.

Doppelgesicht. An Männern wie Diels, die die Verwaltung gut kannten und sich über vorgeschriebene Regeln immer wieder hinwegzusetzen pflegten, konnte den Nazis nur gelegen sein. Akzeptierte vorbehaltlos die Vorherrschaft der SS.

Unsachlich. Bekennender Nationalsozialist. Er hat politische Kontakte geknüpft.

Behauptete dies, behauptete das. Ihm war das Unterdrückungssystem nicht repressiv genug. Seine Weggefährten vergröberten, verstellten, schönten Nachkriegsaussagen zu seinen Gunsten. Dass Diels einzelnen Juden, die sich an ihn wandten, geholfen hat, heißt noch lange nicht, dass er die NS-Politik gegen die Juden blockiert hätte. Schließlich habe er zwar mehrfach Juden die Flucht ins Ausland ermöglicht, sich aber nie gegen die Nürnberger Gesetze gewandt.

Diels' Beschreibungen sind unglaubwürdig und fragwürdig. In schriftlichen Dingen war ihm Schludrigkeit eigen. Fühlte sich auch nach dem Krieg rechtsextremen Kräften verbunden. Stellte sich selbst als wichtig heraus, als Kenner der Geheimdienstszene. Verfälschte historische Wahrheit. Unzufrieden mit der eigenen Existenz. Unterstützte autoritäre Kräfte. Hat zu Beginn der Dreißiger VERRAT an Severing und den Deutschen Demokraten begangen. Der VERRAT aber reichte nicht, um von den Nazis akzeptiert zu werden: er war während der ganzen NS-Zeit ein misstrauisch beäugter Überläufer. Hatte sich den NS-Führern gegenüber so tief verbeugt, dass er sich nachher nicht mehr aufrichten konnte. Schaffte es nicht, sich von der Loyalität zum NS-Regime zu lösen. Diesem Überläufer fehlte später die Kraft, erneut überzulaufen. Zwar schwer einzuordnen, aber ohne Rudolf Diels keine Gestapo. Ohne Rudolf Diels hätte Augsteins *Spiegel* anfangs nicht diese nationalistische Prägung erfahren. Diels ist ein Propagandist Carl Schmitts. Heimlich NS-treu. Vollstrecker des Maßnahmenstaates. Als Gestapochef beteiligt an Aktionen staatlichen Mordens. Opponierte lediglich später im Kleinen. Er hatte einen verengten Staatsbegriff. Ausgeprägter Diensteifer und hohes Kontrollbedürfnis: Ein Mitarbeiter – aufgepasst – berichtete, Diels habe, entsprechend ministerieller Gepflogenheiten – jetzt kommt's – meist bis 22 Uhr gearbeitet. – Nein! Nicht möglich! Das ist einfach nicht möglich! – Er habe zudem Stimmungsberichte erbeten. Wollte über Gruppen und Sekten aufgeklärt werden. Strich einer Gruppe kommunistischer Schutzhäftlinge, die die Hindenburg-Eiche gefällt hatten, drei Tage lang das Mittagessen. – So ein Teufel aber auch, dieser Diels! (Und wohlverdient: Bäume tötet man nicht, sie haben Hitler nicht gewählt.)

– Abermals und wortwörtlich: Diels „verachtete staatsbürgerliche Grundrechte". Und er verachtete Kommunisten so sehr, dass er sie mehrmals rettete. 1952 schrieb ihm sein ehemaliger Berliner Kollege Günther Joël aus einem Verfahren gegen die Reichswerke: „... nun behauptet die Gegenseite, Görings Drohungen seien nicht ernst zu nehmen gewesen. Sie sagen wörtlich: ‚Bei der Veranlagung Görings konnte man nicht damit rechnen, dass augenblickliche Unmutsäußerungen zu tatsächlichen Maßnahmen führten. Göring hat überhaupt niemals jemanden eingesperrt.' So etwas habe ‚außerhalb seines Vorstellungsbereiches' gelegen. Wenn Sie und ich, die wir die turbulenten Jahre des tausendjährigen Reiches an Stellen miterlebten, die nähere Einblicke gestatteten, und die wir zahlreiche gesetzlose Maßnahmen Görings kennen, solche Behauptungen lesen, können wir sie nur als unverschämte Lügen bezeichnen. Sie erinnern sich wie ich, um nur ein aller Welt bekanntes Beispiel herauszunehmen, daran, dass Göring, Heydrich und Nebe am 30. Juni 1934 in Hermanns Palast am Leipziger Platz ... saßen und Göring Tötungsbefehle am laufenden Band erließ. Sie kennen aber auch andere Fälle, in denen Göring ohne Gerichtsverfahren Tötungen durchführte und sie der Öffentlichkeit als ‚Erschießungen auf Flucht' mitteilen ließ. Ihre, v. Hackes und meine Bemühungen, ordentliche Gerichtsverfahren gegen die Täter durchzuführen, wurden behindert ... Ich erinnere mich eines anderen Beispiels, der Tötung des früheren Kommunisten und 1933 zur SA übergetretenen Kattner, der von der Kommune in seiner Wohnung erschossen wurde. Sie haben selbst erlebt, dass Hitler und Göring Ihnen befahlen, zur Vergeltung dieses Mordes tausend Geiseln aus dem Kreis der verhafteten Kommunisten zu erschießen. Sie verhinderten das ... Im Anschluss an den Reichstagsbrand, den Hitler und Göring als Beginn eines kommunistischen Aufstandes ansahen, waren beide ... entschlossen, jeden kommunistischen Funktionär zu erschießen, wo er betroffen wurde, und alle kommunistischen Abgeordneten in der gleichen Nacht aufhängen zu lassen. Auch diese Maßnahme verhinderten Sie."

Da dem Verfasser des „Überläufers“ eine selbstgedachte Welt, eine eigene Wahrnehmung und eine selbstständige Theorie fehlen, lebt seine Schmähschrift meist von krakeelenden Aussagen Dritter, wie Bernd Gisevius oder Edward Crankshaw, die so gezielt geschnitten und miteinander verwoben werden, dass ein Hillgruber längst Zitatmanipulation für erfüllt sähe. Jener Gisevius, über den Diels schon in Nürnberg '46 zu Protokoll gab, dass er – anders als Diels – *freiwillig* zur Gestapo kam und Diels bestand darauf, doch um einiges glaubwürdigere und schlüssigere Aussagen über 1933 machen zu können, *zumal ich eine größere Konsequenz und eindeutigere Ablehnung des Regimes unter Beweis stellen kann als Gisevius ... der das Ende des Regimes nicht im Gefängnis verbracht hat, in der sicheren Erwartung des Todes.*

Jener Gisevius, über den Graf Soltikow in einem Brief an Diels sogar Anfang der Fünfzigerjahre noch Beschwerde führt, Gisevius habe Soltikow vorgeworfen, einen Leutnant denunziert zu haben, der dann hingerichtet worden sei, den Soltikow jedoch lebend in München ermittelt. Gisevius würde sich zum 20. Juli zählen, dabei wüsste Soltikow von Canaris selbst, dass Gisevius diesen schon '43 verraten haben und zur OSS übergegangen sein soll, was die lebende Frau Erika Canaris in Zeugengegenwart bestätigt. Gisevius habe ihr eintausend Mark aus seinen Bucherlösen überwiesen, sie aber habe das Geld zurückgeschickt, von einem Gisevius wolle sie kein Geld annehmen. Jener Gisevius, über den die Frau des hingerichteten Reichsgerichtsrats von Dohnanyi sagte, ihren Mann vor Gericht schwer belastet zu haben. Jener Gisevius, der sich beschwerte, dass man ihn in der Schlussphase der Vorbereitungen zum 20. Juli ausgeschlossen habe. Jener Gisevius, der aber in seinem Buch behauptete, am 20. Juli noch Beck Trost zugesprochen zu haben. Jener Gisevius, der erzählte, mit Brauchitsch im Hotel einen Putsch abgesprochen zu haben. Brauchitsch bezweifelte das in Nürnberg in seiner Zeugenaussage, er kenne den Namen Gisevius gar nicht und dass jeder, der aber Brauchitsch kenne, darüber nur lachen könne, dass er mit einem fremden jungen Mann über einen Putsch gegen das Staatsoberhaupt sprechen würde. Jener Gisevius, der das Gespräch mit Diels '44 in der Schweiz und alles, was Diels gegen Hitler, den Krieg, die Korruption der Partei und die Tätigkeit der SS sagte, der Gestapo mitteilte.

Und wer darüber hinaus ernsthaft Crankshaw als Quelle heranzieht, leidet an einer unheilbaren Schwäche für B-filmartige, im amerikanischen Trailer-Englisch vorgetragene, halluzinatorische Geschichtsstunden.

Auch Robert Kempner wird im „Überläufer“ als Kontrast zu Diels aufgestellt, die längst bekannte Geschichte von Diels' Ausweis, den er einst bei einer Prostituierten vergessen hatte, ausgepackt: Kempner kaufte ihn ihr ab, Diels habe Kempner im Gegenzug einige Namen verraten, die auf den berüchtigten Listen im Rahmen des Reichstagsbrandes standen, sodass Kempner einige Gefährten und – sich – warnen konnte. Wie hat Kempner das nur angestellt? Wie warnt man sich selbst? Nun gut, er war ja in Besitz seiner eigenen Telefonnummer, möglicherweise rief er sich an. Oder er hinterließ sich selbst eine kurze Nachricht im Briefkasten. Vielleicht begab er sich auch vorsichtshalber in eigene Schutzhaft.

Ist Diels der einzige Zeuge einer Situation, wird vom „Überläufer“ diese einfach bestritten. Besitzt Kempner hingegen keinerlei Belege, so muss das nicht gegen Kempners Erinnerung sprechen.

Auch die dubiose Gräfin Kálnoky vom Zeugenhaus ist im „Überläufer“ eine denkwürdige Größe, jene, über die Diels einmal schrieb, sie hätte dem CIC gegenüber sicher noch mehr über Diels ausgepackt, wenn der CIC ihr nur noch mehr Zigaretten in Aussicht gestellt hätte.

Und sogar die amerikanische Botschaftstochter Martha Dodd wird als Stimme vom „Überläufer“ geachtet, jene Frau, die schon in den Fünfzigern samt Ehemann entlarvt und fallen gelassen worden war und über die Diels Anfang ’39 in einem Brief an Staatssekretär Körner schreibt: *Wie ich höre, hat Martha Dott, dieses unerhörte Ferkel, nunmehr auch in Amerika „Erinnerungen" herausgegeben. Sie soll dabei sich in besonders unanständiger Form über mich und angebliche Äußerungen von mir ausgelassen haben. Da ich nicht englisch spreche und diese Person, solange ich sie in Berlin erlebte, fast kein Wort Deutsch konnte, können diese Lügereien nur aus der Luft gegriffen sein. Das Ganze wird nur wieder einmal gefundenes Fressen für meine Freunde sein. Jedenfalls, wenn ich einmal einige Monate in der Stille Hannovers annehme, die Gestapozeit sei vergessen, kommt doch immer wieder eine Biesterei hoch.*

Und er schreibt *englisch* klein und er schreibt *Dott* und nicht *Dodd*, denn er missachtet sie und spricht ungern Englisch, wenngleich er es beherrscht, Französisch ist ihm da lieber: *Tu vas très bien, Madame la Marquise* ließ er sich 1940 von Telefunken als Originalplatte und in dreifacher Kopie bereitstellen, für sein Gerät mit dem Saphirtonarm, für seine legendären Abende. Und er schreibt *Heidrich* und *Heiderich* und nicht *Heydrich*, weil er ihn allzu geringschätzt und weiß, dass er nicht ist, wofür er sich gibt, der Herr Heydrich, der den Grabstein seiner Großmutter Sarah Heydrich(!) zu S. Heydrich umändern ließ.

Der „Überläufer" soll gelesen werden mit einem Vornherein, dem Vornherein der Vorverurteilung durch eben jene Furcht und Komplexe, vor denen Diels in seinem eleganten *Fall Otto John* warnte. Es ist eben jene Furcht, und es sind eben jene Komplexe, die alles kaputt machen können. Jene Furcht und jene Komplexe, in deren Mittelpunkt politische Dienerschaft in einem demokratischen Absolutismus steht, dessen Staatslehre kein organisches Rocaille mehr treibt, sondern stillsteht, totschweigt und mitmacht – mitmacht bei dem jeweils gebotenen Narrativ. Der „Überläufer" ist dabei selbst der größte Überläufer, der Gegenwart und ihren

Postulaten kriecherisch Folge leistend. Die Methode ist aggressiv, schnoddrig und erfinderisch in einer talentfreien Zone.

Psychologie? Einfühlung? Neue Schlüssel? Nein, nichts davon hat der „Überläufer" zu bieten. Dabei steht Diels selbst mehrmals in seinem Buch *Lucifer* vor Hitler oder den Deutschen wie ein Nervenbotaniker vor einem Garten voller durchgeknallter Disteln, aus einem Betrachten heraus, das seine ganze Unzugehörigkeit kristallisiert, seinen Drang, selbst und eigenmächtig etwas zu bewegen – in die richtige Richtung. Die Psychologie ist womöglich der klügste Weg in die Geschichte, in die Poesie, in die Kunst, in die Verbrechen, in die Massengefühle, ja ins Leben. Das fürchtet der „Überläufer" derart, dass er sich nur mittels dritter Stimmen und mittels eines unaufhörlich einfallslosen Alarmismus, den er an der Universität vorbildlich lernte, fortbewegen kann.

Überhaupt, Nachempfindung verboten, könnte ja was bei rauskommen.

In Diels' Texten spielt die analytische Psychologie eine entspannende, fingerübende Rolle. Von Freud und dem Zugang zur Seele, weiter zu Burkhardt und Ethos, Renaissance, Humanismus, Skepsis, Burkhardts *Feinfühligkeit und Charme der Sprache: seine universalhistorische Haltung europäischer Geisteskultur faszinierten mich schlechthin*, so Diels. Diese ganzen Pastelle sind auch Diels' Weg in sein Geschichtsverständnis, für das gerade das Altertum den *universalhistorischen Aspekt erzwingt*. Er ist weit geöffnet für die Ursprünge und Anfänge der Jahrtausende: zu begreifen, wie *Kultur und Religion, Politik, Wirtschaft und Kunst einander bedingen* und um sich überhaupt eine *historisch fundierte Weltanschauung* zu bilden, ist die Geschichte des Altertums, des Orients, ja der Jahrtausende der ganze *Baugrund für Mensch und Kultur*. Dies sind Diels' eigene Worte, an deren Seitenrändern links oben noch der Rost der Büroklammern ihren geisterhaft atmenden Abdruck hinterlassen hat: *Dass ein Mensch etwas ganz entschieden besonderes leiste, wie nicht leicht ein anderer in der nächsten Umgebung, darauf kommt es an*. Zu zeigen, *wie es gewesen ist*, schreibt er, und macht einen Abstecher zu Eduard Meyer, den er für dessen echte *historische Leidenschaft* bewundert, für *das Waage halten individueller und allgemeiner Faktoren historischer Wirkung*. Für Meyer, so Diels, blieb Geschichte etwas *Unberechenbares*, in jedem ihrer Abläufe *Einzigartiges*.

Die andere Kostbarkeit, die Diels so viel bedeutet, ist die Natur, *die geistige Erschließung der außermenschlichen organischen und anorganischen Welt, die in vielleicht noch stärkerer Weise wie die Menschheitsgeschichte den Menschen vor die Grundfragen des Daseins stellt*. So viel zu dem ihm, Diels, vom „Überläufer" attestierten, angeblich immer enger und enger und enger werdenden Weltbild.

Diels verachtete also staatsbürgerliche Grundrechte? Der Diels, der im *Lucifer* schreibt, dass *jedem handelnden Mitglied der tragenden Generation die Verantwortung obliegt, zu handeln als ein Element der sittlichen Weltordnung*?

Der Diels, der davon spricht, dass der Mensch vom *Objekt der Geschichte zum Subjekt der Geschichte* werden muss? Der von dem *Mindestatom an Freiheit* ausgehen wollte? Der von Liebe spricht, *ohne die Tapferkeit zum Hebel des Bösen* wird? Der in einem Brief von 1941 die fehlende *Zivilcourage bei den Herren Soldaten* als einen *allgemeinen Missstand* beklagt und unten dann sein *Heil Hitler* setzt, auf das sich aber der landende, langgezogene Habicht seiner Signatur stürzt, mit dem i-Punkt von *Diels*?

Ist dem Verfasser des „Überläufers" etwa entgangen, dass Diels noch im Herbst 1957 den Verlag Kurt Desch über seinen Rechtsanwalt Josef Augstein wissen ließ, dass sie die Stelle mit dem „Verrat", den Diels in Bezug auf die Verhandlungen Severings mit den Kommunisten begangen haben soll, umgehend richtigzustellen hätten? Ist dem Verfasser des „Überläufers“ entgangen, dass Diels keine finanzielle Entschädigung, sondern persönliche Auseinandersetzung mit dem Verfasser dieser Fantasien, Gerald Reitlinger, suche und hierfür um die Adresse bitte?

Anfang der Zwanziger Jahre in Marburg begegnete Diels Erich Jaensch, dem Erich Jaensch. Kaliber wie dieser Professor stehen für ihr Fach. Dass die NSDAP auch vor ihnen nicht haltmachte, ist eine schlüssige Sache, und wie soll ein konzentrischer Kreis in der Luft der Zeit einen anderen umgehen, während beide sich die Welt teilen? Sie fließen ineinander, bewusst und unbewusst, gewollt und ungewollt und manchmal fasziniert und manchmal zurückschreckend und mal geht einer zum Satan über und mal lehnt einer ab. Jaensch war an der inneren Welt der Menschen interessiert, an Intelligenz und Wahrnehmung, an ihren Typen und Merkmalen, während die Forschung in Amerika zum selben Zeitpunkt und Onkel-Doktor-Mengele-gleich halb Madagaskar die Syphilis spritzte, für den holden Dienst an der weißen Wissenschaft. Diels, so der „Überläufer“, hätte Augstein gegenüber in den Fünfzigern behauptet, zu Jaensch Kontakt gehalten zu haben.

Jaensch starb 1940 überraschend, noch im Sommer 1938 verabreden er und Diels sich brieflich. Es ist also weit mehr als eine Behauptung, es ist ganz einfach nur die Wahrheit.

Die Wahrheit versuchte Diels auch in Nürnberg dem Militärtribunal nahezubringen, zu erklären, dass eine *preußische Gestapo nie gegründet wurde, wenngleich sich Göring schon immer dieser Tatsache gerühmt hat: Er nannte sich ab Mitte Juni 1933 mit besonderem Stolz „Chef der Geheimen Staatspolizei“ – obwohl er sich täglich mit dieser Institution ebenso wie mit dem „Forschungsamt“ beschäftigte, hatte er keine Ahnung von der Organisation. Er hatte die Abteilung IA des Berliner Polizeipräsidiums aus dieser Behörde herausgenommen, im Lande aber noch nichts an dem Einbau der polit. Polizei in die allgemeine Polizei geändert ...*

*Die leitenden Beamten hatten keinen Zusammenhang mit den Nazis, außer dem von Göring zum Leiter der Exekutivabteilung bestimmten SS-Führer Nebe. Sie stammten, außer Gisevius, ich meine meine 8 juristischen Mitarbeiter, aus der alten polit. Polizei aus Severings Zeiten, den sie verehrten ... Weil diese Gestapo in die allgemeine Polizei eingebaut blieb, war sie auf die Zusammenarbeit mit dieser angewiesen. Sie war selbst zu schwach an Exekutivbeamten. Die Gestapo sollte sich auf Standardfälle von Hoch-und Landesverrat beschränken. Doch diese Absicht wurde durch die Ereignisse über den Haufen geworfen ...*

Einseitig negative Darstellungen des Dritten Reichs, ausschließlich negative Urteile über diesen gesamten Zeitraum und sein gesamtes Personal, sind, wie es Ernst Nolte sagte, in Deutschland eine Art *Lebensnotwendigkeit*. Dabei wurde Noltes zarte Note von der Unterscheidung von Revision und Revisionismus völlig übergangen. Innere Blutungen bekommen die Deutschen beim Wort Revision, doch es ist ein Fachbegriff der Wissenschaft, der besagt, jedes Werk, jede Quelle, jedes historische Ergebnis darf und kann gespiegelt, durchleuchtet, in Jacob Taubes Worten: immerfort *neu gelesen* werden. Wird das unterlassen, ja untersagt, stirbt Wissenschaft. Zudem laufe einseitig negative Darstellung Gefahr, so Nolte, ebenso wie nur positive Darstellungen zum Mythos, zur Legende zu verfaulen.

Daraus wurde einigen sehr angesehenen, sehr feinfühligen Historikern eine Verharmlosung des Judenmords angedichtet, in einer hexenverbrennenden Schamlosigkeit, wie es kein anderes Land auf dieser Erde mit seinen Besten, mit seinen um die Menschen Bemühtesten wagen würde. Nolte hatte längst eine Struktur angeboten, hatte längst ein Ziel formuliert. Nie hat er den Kern der Verbrechen zwischen 1933 und 1945 angerührt, nie die typisch deutsch-kalte Technik des Holocaust angezweifelt. Nie die Schande nicht empfunden. Nie die Vernichtung an Juden, Slawen, Zigeunern in ihrer sehr einzelnen, maschinellen Massentodesindustrie unausgesprochen gelassen. Nie die besondere Variable Hitler übersehen.

Aber *einzigartig*, wie ihm Andreas Hillgruber zustimmt, ist ein jedes Ereignis der Geschichte der Welt, da es nur einmal geschah, nur einmal geschieht, nur einmal geschehen wird. Jeder Tag, jeder Mensch, jedes Verbrechen, jeder Kuss sind einzigartig, einmalig in ihrem zeitlichen Abschnitt und ihrer Wirkung.

Widersprüche muss man aushalten, sie sind die besten Intelligenztests.

Geschichte neu zu denken ist nicht rückläufig, sondern öffnet die Knöpfe des Narrativkorsetts! Deutungshoheit kann sich nur an der Urquelle entscheiden!

Rudolf Augstein etwa schrieb als junger Mann anders denn als späterer Augstein, manchmal ist er gar nicht mehr wiederzuerkennen, und manche seiner späteren Punkte glänzen nicht mehr so einzeln und kompromisslos – würde nicht der beißende Witz und die raffinierte Angriffslust, diese Laune an der Spitze, das große, gewisse Etwas, das er besaß, ihn und nur ihn allein durchschimmern lassen. Er schien irgendwann die Lust verloren zu haben, sich mit diesem Land auseinanderzusetzen, weil, wie er einmal sagte, womöglich doch zu vieles schon seit 1948 eingespielt war, ja spätestens mit Adenauers tabula rasa 1949. Ein Raubtier von Augsteins Art aber, das davon lebt, den Ausgang einer Geschichte noch nicht zu kennen, während es in ihr ist, missfiel das sehr, das, wie er es nannte, *Monstrum Bundesrepublik*. Die Bundesrepublik! Abtreibung nein, Militär ja!

Den Widersprüchen im Leben eines Menschen muss man eine Würde lassen, ein Gesicht. Augstein hatte nicht nur den Krieg erlebt, sondern wird noch Staatsfeind unter Adenauer sein, und das wird etwas mit ihm machen, Prioritäten verschieben, Perspektiven kippen – sein feine Härte bleibt zwar, aber seine literarische Geduld schnürt sich fester, und manchmal spürt man bei einem Text, wie es ihn anwidert, darüber zu schreiben, wie er sich schämt für sein Land, weil die Deutschen auf nahezu allen Gebieten zum Beleidigtsein neigen, man kann dann an seinen Metaphern erkennen, wie er sich das alles wegsäuft, das ganze Unattraktive an den Deutschen, ihre unheimliche, unsinnliche, verbohrte, immer nach irgendeinem seelischen und sprachlichen Duden lebende Natur und wie magisch es deshalb für den jungen *Spiegel*-Gründer gewesen sein muss, auf einen Mann wie Rudolf Diels zu treffen, der keinem ähnelte und doch so sehr ein Deutscher war.

Auch Augstein verkannte Nolte und wollte oder konnte, vermutlich wollte nicht mehr eingestehen, dass Hitler in seiner toxischen Phiole doch auch eine Reaktion, vorsichtiger gesagt, Teil historisch-gesellschaftlich-wirtschaftlicher Kontinuitäten war. Das Dritte Reich war einzigartig, ja, aber auch unaufhaltbar.

Nolte erwähnt den *verhängnisvollen Einfluss der Juden* in Deutschland oder den Traum von einem muskulösen Staat, zwei gesellschaftshistorisch, wirtschaftlich-kulturelle Phänomene, bei deren Inhalation man dennoch Gefahr läuft, öffentlich durch einen Kotsturm gesteinigt und anschließend von Alarmismus-Pornografen enthauptet zu werden.

Allein, Walther Rathenau, Hans-Joachim Schoeps, Jacob Taubes – sie selbst verhandeln sich doch selbst, sprechen es aus, nähen es mit ein, das große unberechenbare Gleißen eines deutsch-jüdischen Deutschland, eines jüdischen Europa, mit all seinen Rätseln, mit all seinem Nervenkitzel und all der gegenseitigen Sprengladung, die im Laufe der Jahrhunderte erkeimte.

Will man und kann es nicht, könnte man und will es nicht mehr thematisieren?

Wohl eher darf man nicht, und wer es dennoch wagt, der muss moralisch zurückgeblieben, faschistoid und nicht ganz auf dem Laufenden sein.

Was ist das für ein Diamant, dieser deutsch-jüdische? Was liegt in ihm verborgen? Jeder will darüber schreiben, jeder will daran unschuldig sein, jeder will ihn schleifen und tragen, was aber ist das, und wie könnte man ein jüdisches Germania als Samen derjenigen Geschichte begreifen, die zum Holocaust führte?

Ein Versuch.

Angenommen, man setzt einen Anfang in die ottonische Zeit, in der Juden – den jüdischen Glauben Praktizierende – sich ansiedelten, sich hinzuvölkerten, ein Teil des Gartens wurden, was also, wenn sich eben dann ein *Ungleichgewicht* ihrer Privilegien bildete, die sie als begabte Minderheit genossen? Was, wenn dieses Ungleichgewicht zu einem *Übergewicht* ihrer Vorrechte über die der anderen wurde, die doch auch noch ein Teil vom Ganzen waren? Und was, wenn dieses Übergewicht schließlich alle anderen in den Vorteilen zu *übersteigen* drohte, je mehr Juden selbst in der Bevölkerung wuchsen? Und was, wenn das alles irgendwann, einem Schneeball gleich, der Jahrhunderte rollt und Eis sammelnd anschwillt, schließlich in einer Lawine historischer Katharsis zusammenstürzen musste?

Taubes nannte sich übrigens einen *Erzjuden*, der ohne Carl Schmitt nicht könne und genau wisse, dass er deswegen auch ausgeschlossen sein werde, weil er Schmitt eben keinen Arschtritt verpassen und das demokratische ABC nach '45 nicht blind aufsagen wolle, nur, um von den Universitäten den Segen des Konformismus und die Erlangung der Ehrendoktorscheuklappen verliehen zu bekommen. Und Schoeps? Schoeps schrieb Diels an, im Dezember '56. Er bat ihn um Auskunft, bat ihn um Rat, in der nur denkbar höflichsten Weise, ohne Gejammer, ohne irgendetwas übel zu nehmen, ohne jegliche Vorurteile. Das erfährt man nicht im „Überläufer", über Schoeps erfährt man auch nichts, er, der Jude war, aber einer, der noch 1935 einen Vortrupp geführt hatte, er, der Deutscher war, der zurückgekehrt war, Professor in Erlangen wurde, der die Juden, wie Diels sagte, geistig deutsch machen wollte, für ein gemeinsames Preußen, intelligent und stark, weil es beiden gehörte. Geschichte gehört allen Menschen, allen Genres, am denkbar schlechtesten aber ist sie wohl bei Historikern aufgehoben, wie Taubes meinte. Die Ausnahme machte er bei Nolte.

Soll der Verfasser des „Überläufers" Diels glauben, soll er nicht? Besser nicht, ist oft die Entscheidung, darum zitiert er Diels einmal richtig – dass es *Hitler* war, der, darauf angesprochen, dass Diels die Hände nicht aus den Hosentaschen nehmen würde, wenn man vor ihm steht – meinte, Diels sei wenigstens kein Bürokrat, vielleicht ein Putschist ... und zitiert ihn einmal falsch, dass es Hitlers *Adjutant* gewesen sei, der das gesagt habe. Vertauscht der „Überläufer" die Briefe, verdreht er sie absichtlich oder versehentlich oder zu einem guten Zweck? Das weiß man nicht, es war jedenfalls *Hitler*.

Der Verfasser kann sich nicht einschmiegen in Geschichte, die nun mal voller unerhörter Begebenheiten ist, kann sich nicht einatmen in die frühen Machtzweige und Verfeinerungen, in die Ironie einer Dunkelheit, in die Lust, leben zu wollen, auch, wenn es 1933 ist. Ein jeder war mit Leib und Seele in diese Zeit gebannt, schrieb Diels, und von ihrem *Hauche krank, beglückt oder bedrückt*.

Unterwürfig? Diels? Meint der Verfasser des „Überläufers" jene Zeilen an Heini Himmler, in denen Diels' ganze Üppigkeit an Sarkasmus, seine vollen goldenen Eier, sein unverstellter Spott zum Vorschein kommen, in denen er *seinem Reichsführer SS* verspricht, künftig so richtig *SS-mäßig* zu werden? Diels' Entscheidungen würden, so der „Überläufer", schwerer wiegen, da er, im Gegensatz zu Himmler keine nationalsozialistische Vorprägung besaß? Da will man doch schnell Harry Schulze-Wilde zitieren, der Diels in einem Brief versicherte:

*Ziemlich sicher scheint mir zu sein, dass Heydrich für so ziemlich alle Maßnahmen der SS schuldig zu sprechen ist.*

*Himmler war, nach Unterlagen, die mir zur Verfügung stehen, ein Vollidiot. (In München leben noch enge Verwandte von ihm, die ich interviewte).*

Diels verfolgte Oppositionelle? Diels, antidemokratisch? Meint der Verfasser jene demokratischen Strukturen eines politisch-römischen Katholizismus, der im Rheinland fanatische Nuancen annahm, wo meist nur Menschen derselben Konfession akzeptiert sowie in der ohnehin schon entzündeten Luft vergiftende Kanzelpolemiken erörtert wurden? Meint der Verfasser jene demokratischen Strukturen leninscher Sprengstoffhorter im verschlüsselten Labyrinth Berlin, die Deutschland als Bühne für den Kampf ausersehen hatten und schließlich doch den, wie Diels sagte, *Verlockungen des Hitlerreiches* nachgaben?

Schließlich wollte Diels über den *Spiegel* die Feinheiten des Abegg-Gesprächs einmal in allen Einzelheiten zum Teppich knüpfen, jenen historischen Moment, für den ihn der „Überläufer" als Verräter bezeichnet. Ein Bekannter riet ihm davon ab, mit der Begründung, keine Redaktion hätte dafür einen Sinn. Wenn aber dafür kein Raum vorhanden ist, sollte sich die Wahrheit, sollte sich die Moral der Geschichte auch selbst auflösen. Wenn für Innenschau keine Zeit, keine Lust und kein Geld da sind, dann hebt sich alles auf, wird alles zur Farce, zur Behauptung, zu einem Ende der Freiheit. Alles ist dann tot.

Diels berichtet im *Lucifer* davon, auf den frühen Hitler eingeredet zu haben, nachdem dieser – auch und gerade auf Goebbels' Inspiration hin – wissen wollte, warum Diels die *Frankfurter Zeitung*, das „Judenblatt", nicht verbieten lasse?

Nach einigen zunächst amüsant skizzierten Gründen besteht Diels schließlich auf der *literarischen und politischen Klasse* der Zeitung, als *Dokument der Gegenwart*, als *Krisen-Spiegel*, als *unentbehrlich*, wenn es um die Art des Umgangs mit den *Problemen des Nationalsozialismus* gehe. Hitler habe Diels dann schließlich einlenkend und müde der Diskussion erwidert: *Dann tun sie, was sie nicht lassen können,* und das Blatt war erst einmal sicher, um nicht zu sagen, ganze zehn weitere Jahre da. Der „Überläufer" bestreitet aus dem Nichts seiner pöbelnden Ahnungslosigkeit, dass Diels diesen Ausschlag gab und zieht, wie so oft, Stimmen der Ressentiments heran, um das wirkungsvoll als Übertreibung zu etikettieren, stellt Diels als Spinner dar. Doch bei näherem Hinsehen ergeben sich lauter verblüffende Ansätze, die für Diels sprechen, wie Günther Gillessens *Frankfurter Zeitung im Dritten Reich* vorsichtig aufschlüsselt.

Zunächst einmal war Diels als Chef der Gestapo in verantwortlicher Position, der Partei verhasste, liberale Zeitungen schließen zu lassen. Diese Zuständigkeit überschnitt sich mit der von Goebbels als Propagandaminister, der, wie Diels schreibt, es einem nicht übelnahm, wenn man vor Hitler – der da noch der Hitler war, dem man widersprechen konnte – die besseren Argumente vortrug. Es hat also noch und trotz schon voll aufgedrehtem 1933 einen spielerischen Wettbewerb zwischen Diels und Goebbels gegeben, die sich respektierten, sogar bis zur letzten Begegnung 1944 im D-Zug, als Diels zu Himmler gerufen wurde, weil der meinte, Diels habe – laut Gisevius – in der Schweiz desertieren wollen.

Für Goebbels ist die *Frankfurter Zeitung* ein zwar brauchbares, aber fälliges Blatt. Für Diels eines, für das man sich gegenüber dem schnippischen Ausland nicht schämen muss, schreibt die *Frankfurter Zeitung* doch in einer Zwischen-den-Zeilen-Pointierung, die er liebt. Es macht ihn stolz, nicht nur auf SA und ihre Bunker angesprochen zu werden, auf Misshandlungen und primitive Weltanschauung, auf Peitschensammlungen und inhaftierte Journalisten, sondern auf eine Zeitung, die unabhängig ist, furchtlos und sozusagen relativ unfolterbar. In der diels'schen Mischung aus Temperament und Beamtenneutralität mischt er diese Situation, dieses Problem, auf. Kallmann, ein junger Maler mit politischen Verbindungen, der in Berlin lebt, sorgt für ein Gespräch zwischen Diels und Heinrich Simon, dem Verleger der *Frankfurter Zeitung*, der Vertreter auch der jüdischen Besitzer. Kallmann und Simon kennen dieselben großen Künstler von Slevogt bis Beckmann, und Diels bevorzugt bekanntlich extravagante Kontakte.

Was Diels Simon berichtet, ist nicht bekannt, aber bekannt ist, dass in Simons Korrespondenz Diels von ihm um Auskunft gebeten wird, um Auskunft, was die Zukunft der Zeitung angeht, die für Simon alles bedeutet: Bekannt ist, dass sie sich weiter austauschen, dass Diels Goebbels gegenüber von einer neuen Redaktion im Sinne der neuen Verhältnisse spricht, ja diese verspricht, was darauf schließen ließe, dass Simon Diels von ersten jüdischen Redaktionsmitgliedern erzählt, die Deutschland verlassen, um das Blatt zu retten.

Die *Frankfurter Zeitung* wurde da schon seit einiger Zeit von den I.G. Farben unterstützt. In Diels' Texten finden sich Passagen über die Frühzeit dieses Konzerns, dessen Ruf den Mitgliedern die Feindschaft der Partei eingetragen hatte, als *ein demokratisch-jüdisch-versipptes Ungeheuer. Ein Repräsentant des Liberalismus, des jüdischen internationalen Kapitals, des Amerikanismus*.

Schließlich schlierten sich mit dem Erstarken der Nazis Fäden der NSDAP in die I.G. hinein, und sie verwandelte sich langsam, aber sicher von einer von Kaufmännern und Chemikern und Industriellen geschaffenen Labor- und Lobbygemeinschaft, zu einer nachrichtendienstlichen Waffenwunderkammer.

Diels bestellte Hummel von der I.G. Farben zu sich in seine Berliner Wohnung, um ihn davor zu warnen, die jüdischen Eigentümer der Zeitung um ihren Besitz zu bringen, denn das seien wichtige Leute. Dass Hummel selbst Jude war, schien Diels nicht davon abzuhalten, erheblichen Druck auf die I.G. auszuüben, um die Sache zugunsten der Simons zu steuern – nämlich, dass das

Blatt unter allen Umständen erhalten bleibt. Bei dieser Gelegenheit muss Hummel ihm eröffnet haben, die Zeitung unterstützen zu wollen und keineswegs nach jüdischem Besitz zu greifen oder aber wusste Diels mehr von Hummel und dessen möglicherweise nicht ganz einwandfreien Verstrickungen und trat darum so eindringlich und explizit drohend auf?

Die Sache schien es Diels wert gewesen zu sein. In Hummel und Diels trafen sich jedenfalls zwei Einflussnehmer. Überhaupt war es eine Zeit, in der man andere in ihrer Gesinnung und ihren Vorhaben erst einmal ermessen, abschätzen, einschätzen musste, eine noch unbekannte Zeit lag vor ihnen allen, vieles schien offen, undurchdringlich und absurd, gleichzeitig fieberten alle durch die Gegend, und jeder wollte sich behaupten, und die Überlegenen lavierten ohne Ende. Dass es jedoch Diels' Einwirken zu verdanken ist, das mit den Möglichkeiten seines Amtes zu diesem Moment nun einmal untrennbar verbunden war, dass die *Frankfurter Zeitung* erst einmal nicht angerührt wurde, ohne, dass man das Hitler aufs Brot schmierte, worauf Diels ganz gewiss Wert legte und der Zeitung so ungefähr sagte – *verhalten sie sich jetzt möglichst angemessen, ja dankbar* – ist in der Summe all dieser einzelnen Begebenheiten unleugbar.

Im *Lucifer untertreibt* Diels seine Bemühungen zur Rettung einzelner Juden beinah schon, wenn er, lässig und ohne Dank zu erwarten, vom Eigentümer des Mosse-Verlages erzählt, Hans Lachmann-Mosse, der vor der SA ins Ausland geflüchtet war.

Diels konnte, heißt es weiter in seinem *Lucifer*, ihn telefonisch erreichen und ihm freies Geleit zusichern, wenn er nach Deutschland zurückkehre und ihm bei der Aufklärung der Vorgänge in Mosses Unternehmen unterstützen würde.

Ein SA-Führer etwa hatte sich im Verlag auf den Posten des Generaldirektors aufgeschwungen. Diels erschien mit Lachmann-Mosse vor Göring, stellte den SA-Halunken immer peinlichere

Fragen, und sie gestanden schließlich, sich die geldschweren Positionen durch vorgehaltene Pistolen erpresst zu haben. Göring befahl, sie sofort festzunehmen.

Solche Begebenheiten, schreibt Diels weiter, könne er ins Unendliche fortsetzen! Tun wir es für ihn: Georg L. Mosse, Sohn des besagten, berühmten Verlegers, schreibt in seinem bereits 2003 erschienen Buch *Aus großem Hause, Erinnerungen eines deutsch-jüdischen Historikers:*

*Bei dem Treffen mit meinem Vater unterbreitete ihm Göring, wie ich aus späteren Erzählungen meiner Stiefmutter weiß, womöglich das „Angebot", die Firma zu arisieren, was unter den Zeitumständen nicht eben verwunderlich gewesen wäre. Goebbels hatte kurz vorher unseren Chefredakteur Wolff gedrängt, aus Frankreich, wohin er sich abgesetzt hatte, zum Berliner Tageblatt zurückzukehren. Die Nazis bemühten sich zu Beginn ihrer Herrschaft um solche Persönlichkeiten, um ihr internationales Prestige aufzupolieren. Allein, sowohl Wolff (nach einem Briefwechsel mit Goebbels, der sich, warum auch immer, in Kopie in unseren Familienunterlagen wiederfand) als auch mein Vater lehnten alle diesbezüglichen Angebote ab. Auf seiner Rückreise von Berlin nach Paris wurde mein Vater von Wilhelm Ohst und Rudolf Diels, dem ersten Chef der Gestapo, eskortiert. Hatten sie den Auftrag, ihn zu liquidieren? Wie mein Vater später meiner Schwester schrieb, hatten die Nazis entweder Diels oder Ohst vorübergehend verhaftet, weil die beiden meinen Vater die Grenze nach Frankreich hatten passieren lassen.*

In *Lucifer* schreibt Diels, dass im Weltbild der SA auch das Berliner Demokratentum – Juden und Sozialdemokraten –, von der SA *Mosse-Bolschewisten* genannt, als Kommunisten mit in die Auslegung miteinbezogen wurden. Das war Teil des Programms. Und diese Logik, die alle Berichte von Diels durchzieht, ist unbestreitbar.

So unbestritten wie seine schützende Hand, die er über Konrad Adenauer bereits in der Gestapozeit hatte schweben lassen. Auch dies, so der Verfasser des „Überläufers“, würde Diels nur behaupten. Warum sollte er das tun?! Adenauer lebte, als Diels seine „Behauptung“ veröffentlichte. Gut die Hälfte aller Beteiligten war noch am Leben, nur jetzt hießen sie Demokraten. Adenauer hätte dem widersprechen können. Stattdessen geschah etwas ganz anderes, wovon man im „Überläufer“ – in dem lediglich Adenauers Abneigung gegenüber Diels anhand Adenauers Erinnerungen durch Adenauer erwähnt wird – ebenfalls nichts erfährt: Adenauer vergaß nämlich.

Er hatte nach 1945 plötzlich vergessen, dass er 1933 als Oberbürgermeister Kölns und Zentrumsmann ein ungewollter Systembonze war und seine Zähmungsversuche der Nationalsozialisten nicht griffen. Vergessen hatte er, dass er in seiner Dienstwohnung in Berlin Zuflucht fand vor dem Kölner Gauleiter, Zuflucht vor der SA. Göring gewährte den Polizeischutz, jedem einigermaßen mit Verstand gesegnetem Menschen dürfte klar sein, dass Göring ihn gern verhaftet hätte für Adenauers Preußenhass. Wer also flüsterte Göring unentwegt ein, den rheinischen Herrn von eigenmächtigen SA-Übergriffen fernzuhalten? Doch wohl der erste Chef von Hitlers Gestapo, der, mit dem guten Geschmack, der, mit den Folterkatalogen, der, mit den Narben, der Zwielichtige, Verkommene, Verdorbene, der gerade juristisch versuchte, Görings Umbau der politischen Polizei so ausgleichend wie möglich zu gestalten und keine Eskalationen zwischen dem Kindergarten der revolutionären SA einerseits und der anständigen preußischen Polizei andererseits auszulösen, die ja – unter Gönnerschaft Görings – von der SA und ihren Methoden unterwandert wurde.

Auch des Instruments der *Schutzhaft* bediente sich die SA auf ihre Art, diese *Schutzhaft* aber, eine Praxis aus Weimarer Zeit, von der die Regierungen der Republik ausgiebigsten Gebrauch gemacht hatten, war keine Erfindung der Gestapo!

Sie war als Maßnahme bereits bestens erprobt und einhergegangen mit dem dauernden politischen *Ausnahmezustand* der Weimarer Republik, und durch diese allen schon ausgiebig vertraute *Sicherheitshaft* vermochten die Weimarer Regierungen, jeweils mögliche Gegner rasch und ohne viel Aufsehen vorübergehend zu inhaftieren. Vielmehr gibt es da Parallelen als Unterschiede, die Empörung über einen vermeintlich neuen, hochinfernalen Polizeiapparat ab '33 ist also ein gespielter, moralischer Orgasmus: Die Leute waren Anfang 1933 bereits an einiges gewöhnt, etwa an die politisch und menschlich einfallslose Arroganz der regierenden Herren des Zentrums, gewöhnt an tollwütige Abeggs, gewöhnt an Eberts grausame Unterdrückung von Protesten – einzig die Habsburger hatten das Deutsche Reich im vorläufigen Wegsperren ihrer Staatsbürger noch überboten.

Diese *Schutzhaft*, die ihre Wurzeln zu Beginn des 20. Jahrhunderts hatte, diente also im Gedanken der *sozialen Kontrolle innerer Feinde, moral policing* der Bürger und wurde von SA und SS schließlich massiv missbraucht.

Adenauer hatte auch vergessen, dass er ohne Polizeischutz in eines der frühen Lager gekommen wäre. Er hatte vergessen, dass auch der Staatssekretär ihn nicht leiden konnte, dass man ihm seine Separatistensehnsüchte, das Rheinland von Preußen zu trennen, übelnahm. Er hatte vergessen, dass er seinen Bruder auch im November '34 bat, polizeilichen Schutz von Diels, dem dann nach seinem Weggang von der Gestapo in Köln lebenden Regierungspräsidenten, zu erbeten und dass dieser diesen gewährte. Er hatte vergessen, dass Rudolf Diels es war, der ein Schreiben an die Stadt Köln, das in einer Sondernummer des extremen *Westdeutschen Beobachters* mit sehr hässlichen Bemerkungen über Adenauer behandelt worden wäre, verhindert hat. Er hat vergessen, dass Diels Adenauers Ausweisung aus dem Regierungsbezirk dergestalt betrieb, dass es zu Adenauers Bestem war. Adenauer: *Der Polizeibeamte, der mir die Verfügung zu-*

*stellte, erklärte mir, die Polizeiverwaltung habe eine Verfügung des Regierungspräsidenten bekommen, dafür Sorge zu tragen, dass meine Abreise unauffällig erfolge.*

Adenauer hatte vergessen, dass er selbst schrieb: *Vielleicht ist auch der Regierungspräsident dafür empfänglich, dass es auch für das gegenwärtige Regime nicht gerade angenehm ist, wenn die Stadt Zwangsmaßnahmen gegen mich vornimmt.*

Wie wäre er ohne Vorgeschichte darauf gekommen, dass dieser Regierungspräsident empfänglich dafür sein könnte? War Adenauer doch allseits von überzeugten Nazis umschlossen, ganz besonders in Köln, wo der Gauleiter Grohé kein gutes Haar an ihm ließ. Er hatte später vergessen, dass dieser ihn Durchbugsierende – Rudolf Diels – hieß. Er vergaß, dass er selbst, nachdem er, als Oberbürgermeister abgesetzt, in Rhöndorf saß und ihm der von den Nazis später aufgelöste Junggesellen-Schützenverein ein Ständchen gab, anregte: *Man sollte m.E. den Regierungspräsidenten persönlich um eine Besprechung bitten und ihm die ganze Sache vortragen und die Situation schildern. Er wird sich ja doch auf alle Fälle mit der Angelegenheit beschäftigen müssen. Ich glaube, es würde sich empfehlen, wenn mein Bruder, Justizrat Adenauer, mit zu dem Regierungspräsidenten ginge, er ist schon einmal für mich bei ihm gewesen, er könnte dann auch ev. schildern, welche Unannehmlichkeiten ich durch die Angaben der Stadt über die Kosten der Unterhaltung meines Gartens bei der Steuerverwaltung habe.*

August Adenauer war dann auch aus Anlass des Brüning-Prozesses bei Diels und hat dort eine *gute Aufnahme* gefunden, so der spätere Bundeskanzler. Adenauer würde sich erst Jahre später wieder erinnern, dass er im Frühjahr '36 durch Vermittlung des Regierungspräsidenten, *den mein ältester Bruder August darum bat*, wieder nach Rhöndorf zurückkehren konnte. Er hatte vergessen, dass er aus der Abtei Maria-Laach seiner Frau schrieb, dass seine vorübergehende Ausweisung durch *revolutionären*

*Überschwang* begründet würde, was wörtlich Diels' Charakterisierung der SA aus dem *Lucifer* entspricht.

Dass Diels in seiner Zeit als Kölner Regierungspräsident Adenauer vor den harten Jungs der NSDAP schützte, ist eine einwandfreie Tatsache, die auch von Adenauers Biografen Hans-Peter Schwarz bestätigt wird, der sich mit seinem Diels-Lob zurückhalten muss, was ihm nur bedingt gelingt, weil man zwischen den Zeilen die heimliche Bewunderung für Diels liest. Die *Lektion über Diktatur*, die Rudolf Diels Adenauers Bruder erteilt hat, als dieser Diels aufsucht, um seinen Bruder zu retten, ist bei Schwarz erwiesen. Auch die Depression, die Adenauer aufgrund der Ausweisung erlitten hatte oder aber diese besondere dielssche Intelligenz, die, weil den allermeisten der Umgang damit zu anstrengend war und ist, in dümmlicher *Herzensfaulheit*, wie Mozart sagte, als zwielichtig oder undurchsichtig oder zynisch verdreht wird – ach, man könnte ein Psychogramm erzeichnen, wie ähnlich die Herren der frühen Bundesrepublik doch tickten: Sie trugen kein echtes Blut mehr in sich, sondern einen Cocktail aus politischen Minderwertigkeitskrämpfen, neu erwachter Gier und einer heiter-lustigen Aufgeräumtheit, hinter der ein Meer aus Lügen in einem Vierten Reich des Schweigens wogte.

Hätte Diels den schlotternden Konrad einst nicht zeitweise aus dem Regierungsbezirk ausgeschlossen und damit aus dem Schussfeld geworfen, hätten sie den Adenauer geholt und ihn … – Dass Hilfe nicht immer auf zierliche Weise erfolgen kann, liegt im Wesen der Sache, die spinnenbeinig an tausend Faktoren hängt, die an hundert Hindernissen einer sich formierenden Diktatur abprallt, die nur innerhalb der Lasernaht ihrer Möglichkeiten ausgreifen kann, und das war in diesem Fall das Höchstmögliche, denn es hat Adenauers Leben verschont.

In seinem *Lucifer*, in dem Diels schon gleich zu Beginn von den *sachlichen und wahrheitsgetreuen Berichten aus den Konzen-*

*trationslagern und von den Einsatzkommandos in Polen und der Ukraine* ausgeht, die, den Deutschen gar nicht *eindrücklich* genug zu Gemüte geführt werden könnten, wie er darin sagt, erwähnt Diels im Kapitel *Persönlicher Einfluss* ganz nebenbei – wie es eben nur jemand tut, der sich seiner selbst gewiss ist – diesen Schutz auch schon als Gestapochef veranlasst zu haben. Einleuchtend, da Adenauer bekanntlich auf die Rückkehr des Zentrums wartete, während andere von der Zeit aufgeschlitzt wurden und er ja bis zum Kölner Rückzug irgendwie überlebt haben muss. Wörtlich schreibt Diels, musste der Parteileitung die *Festnahme Adenauers*, des Zentrumführers, ausgeredet werden, unter *ständigen Beschwichtigungsaktionen* Göring gegenüber. Manche dieser von der geheimen Polizei Beschützten, so Diels, wussten gar nicht um die Wache, die er ihnen stellen ließ. Im selben Abschnitt macht Diels schließlich klar, auch den verhafteten Kempner vor einem Prozess bewahrt und ihm die Flucht ermöglicht zu haben. Bayerische Monarchisten flohen vor Himmler zu ihm, zu Diels, und es folgen weitere Fälle, weiß Gott noch lange nicht alle – wo anfangen? Es wird sich in dieser noch Vorheydrichschen Ära, in der die Sachbearbeiter des Mordens noch nicht ihr Unwesen trieben, also kein Dokument finden, auf dem steht:

*Tag Leute! Auch heute wieder, am Tage X des Monats Y im bösen Jahre 1933, habe ich – Rudolf Diels – den Konrad Adenauer erneut und abermals durch die preußische Polizei bewachen und vor selbstständigen Aktionen der SA und SS sowie vor Göring schützen lassen. Heil Hitler, euer Rudi!*

Denn dieser Schutz war mit Diels' Person verbunden. Er war dieser Schutz qua Amtes. Seine Methode war das Auf-jemanden-Einwirken. Er hatte zu diesem Zeitpunkt den direkten Zugang zu den Machtpersonen des Reichs. So, wie sein Vater, der Erbhofbauer aus Katzenelnbogen im Taunus, mit ihm gesprochen hatte, als er ein Junge war – edel, streng und ausgleichend –, so sprach

Diels mit einem Göring, der im Kreuzritterkostüm und mit Degen und Umhang durch die Gegend polterte und nur auf eine unverfälschte Art, auf einer menschlich-männlichen Ebene, witzig-aggressiv, beruhigt werden konnte.

Der Verfasser des „Überläufers" belässt es nicht bei der Diffamierung von Rudolf Diels, er wird auch noch frech gegenüber Rudolf Augstein. In einem pseudopsychologisierenden, die historische Wirklichkeit, die persönliche Echtzeit und die Komplexitäten verfälschenden Beitrag zur Zeitgeschichte und NS-Aufarbeitung „Der halbierte Rechtsstaat" macht er aus dem frühen *Spiegel* einen, aufgepasst: Bunkerbau für die untergegangene NS-Diktatur.

Nur Mensurgeübte bleiben hier ruhig.

Mitarbeiter mit NS-Vergangenheit beim *Spiegel*. Nein so was! Was macht man da? Was würde der Verfasser des „Überläufers" mit denen machen, mit all jenen, die am Leben geblieben sind? Ausrotten wäre eine Möglichkeit.

Zitat: Nahm Augstein womöglich den Einfluss dieser Leute nur billigend (?) in Kauf, um damit ein anderes Ziel zu erreichen: ein Magazin zu erstellen (?), das dank der braunen Seilschaften mit interessantem Lesestoff (?) auf den Markt treten und folglich von sich Rede machen konnte? (?)

Sprechdurchfallend gelangt er rasch ans Ziel: Rudolf Diels. Nein, wer hätte das erwartet? Dieser Diels, der scheint es ihm angetan zu haben. Der Verfasser glaubt von sich, Platzhirsch der Quellenhoheit zu Diels und zu Augstein zu sein und dass wohl keiner je nachschauen würde. Diels ist hier plötzlich nicht mehr der erste Chef der Gestapo, sondern ohne viel Vorrede ein früherer NS-Funktionär und neuerdings auch Geschäftspartner von Augstein. Der *Spiegel* selbst, ein Kampfinstrument unter Missachtung journalistischer Grundprinzipien. Augstein hätte sich nicht als Mitgestalter verstehen dürfen. Im Vorgehen hätte der *Spiegel* aus agitatorischer Feindbekämpfung bestanden. Wie die mit dem Strauß umgegangen seien, wie sie ihn verfolgt hätten und mit welchen Mitteln.

Weiß der Verfasser eigentlich von den Lieferungen unter Straußens Inspiration an den neuen Staat Israel bereits 1956, darunter Waffen, Flugzeuge, Hubschrauber und Flugabwehrgeschütze als sozusagen erweiterte Wiedergutmachungsmaßnahmen?

Distanzlos sei der *Spiegel*-Chef geworden, so der Verfasser. Mit Diels an seiner Seite wollte Augstein Adenauer kränken, eine eigene Wahrheit besaß Augstein demnach nie, vom Verfasser des „Halbierten Rechtsstaats" wird er als fremdgesteuerter, überheblicher, martialischer Machtpolitiker hingestellt, der, so wörtlich, alle Hemmungen verlor. Der Spiegel sei ein bloßes Machtorgan gewesen, keines der Aufklärung. Seine Zeitschrift vermittelte ein verharmlosend verniedlichendes Bild des Nationalsozialismus. Die Beleuchtung von Fehlentwicklungen und Missständen beim Aufbau etwa der Demokratie seien zu kurz gekommen: Der *Spiegel* habe eine Chance vertan. Augstein sei zudem ein Carl-Schmittist gewesen, habe sich an dessen Staatsverständnis orientiert, in Schmitts Umfeld rumgetrieben, sich an Schmitts Begriff des Politischen aufgebaut: Also Fakten, die für die Bestätigung des eigenen Vorurteils nützlich sind, bekommen starkes Gewicht und andere, die das eigene vorgefasste Bild infrage stellen, bleiben ausgeblendet – mit den Worten des Verfassers von „Überläufer" und „Halbiertem Rechtsstaat", der verrät sich an dieser Stelle ja wohl selbst, liefert ungewollt ein gründliches Psychogramm seiner Arbeit und seiner Vorgehensweise ab. Und wieder werden Stimmen herangezogen, die den Komplexen Zucker geben, ausgerechnet Peter Merseburger und Otto Köhler, fehlgriffiger kann es sozusagen gar nicht mehr kommen! Rudolf Augstein würde laut stöhnen und gleich ohne Jacke davonrennen, ja barfuß, nur Hauptsache weg!

Der Verfasser hat sich selbst für politische Zwecke instrumentalisieren lassen, nur ist die Füllmenge neben den Magnumflaschen

Diels/Augstein eher das eines *Feigling*-Fläschchens. Augstein und sein Bruder, Diels' Rechtsanwalt Josef Augstein, hätten Diels mit dem Erscheinen und der negativen Reaktion auf den *Fall Otto John* hängenlassen.

Lüge!

Rudolf Augstein war mit Diels bis zu dessen Tod verbunden, immer ging es um mögliche Aufbereitungen für die Deutschen, für die deutsche Geschichte, für die Wahrheiten, die nicht Einlass gefunden hatten im Adenauerweltbild. Den Otto John hatte der *Spiegel* doch selbst begleitet und angekündigt und dann auch erheblich verteidigt! Noch nach Jahren erwähnt Rudolf Augstein Diels mehrfach in seinen Texten und versucht, dessen Positionen lebendig zu halten.

Und der Jurist Josef Augstein, der Diels bei dessen Disziplinarverfahren vertrat, macht ihm in einem exzellenten Brief vom Oktober '54 klar, dass ein Prozess für Diels gegen einzelne Bundestagsfrechheiten nicht erfolgreich ausgehen würde, womöglich sogar juristisch gesehen Notwehr der besagten Personen in Betracht käme, angesichts der *sehr harten Worte im Fall Otto John, dieser,* Zitat, *im Übrigen zweifellos sehr gewandten und äußerst geistreichen Schrift und der in ihr enthaltenen geschickten Angriffe, die so gefährlich waren, dass auch grobe Ausführungen in der dann erforderlichen Verteidigung angesehen werden können.*

Nun hatte Adenauer, wie der Nachlass von Rudolf Diels zeigt, auch einen gewissen Kapitänleutnant Wilhelm Maus vergessen. Ein gewissenhafter, begabter Mann bei der Marine. Der Ton in den frühen Briefen an Diels ist derart vertraut, ist voll von Charme, brüderlich, voller Erinnerungen. 1955 wird Maus auf die autorisierte Adenauer-Biografie aufmerksam, die in der Revue thematisiert wird. Lassen wir Wilhelm Maus doch einfach selbst zu Wort kommen:

*Wilhelm Maus*
*Herrn Regierungspräsident a.D. Rudolf Diels, Hannover Langenhagen*
*Berend, den 29. Oktober 1955*
*Lieber Herr Präsident!*
*Bei dem Vielen, das wir … rückerinnernd durchsprachen, ist m. E. ein wesentlicher, für Sie wichtiger Punkt – den ich zu Beginn unserer Unterhaltungen erwähnte – zu kurz gekommen. Es handelt sich um Folgendes: In der autorisierten Adenauerbiografie … ist veröffentlicht: „Der Krieg (1939) war da, die Verhaftungswelle war vorübergerauscht, und niemand schien sich mehr für das Schicksal des pensionierten Kölner Oberbürgermeisters zu interessieren. Später erfuhr Adenauer, dass sein Name in letzter Stunde von der Liste der Gestapo gestrichen worden war, doch konnte er nie ermitteln, auf wessen Veranlassung das geschah."*

*Herr A. hat also „nie ermitteln können, auf wessen Veranlassung sein Name in letzter Stunde (gemeint ist eine Proskriptionsliste) der Gestapo gestrichen worden ist."*

*Dies, obwohl ich bereits im Juni 1945 den Dr. A. in seinem damaligen Amtszimmer als Kölner Oberbürgermeister, sehr massiv daran rückerinnerte, was er und seine Familie alles dem R.P. Diels zu danken habe. Bei unserem Zusammensein sagte ich Ihnen bereits, dass er davon nichts hören wollte und mir über den Schnabel fuhr mit den Worten: „Diels war als Spion Hitlers an die Kölner Regierung gesetzt worden usw."*

*Als ich dem natürlich widersprach, schnitt er mir die Rede ab mit den Worten: „Ich (Dr. A.) weiß das besser als Sie (Maus) usw."*

*Als dann Ihr Buch „Lucifer ante portas" in 1950 erschienen war, habe ich die Kanzlernichte (Frl. Dr. Hanna Adenauer, Stadtarchivarin der Stadt Köln und Tochter des Herrn Justizrat Prof. Dr. August Adenauer) wie auch den Herrn Prof. speciell auf die Seiten … Ihres Buches hingewiesen, in persönlichen Besprechungen und beiden Adenauers erklärt, dass ich aus eigenem*

*Miterleben bezeugen könne, wie geradezu kameradschaftlich sich der Kölner Regierungspräsident Diels damals sowohl für Herrn Dr. Konrad Adenauer als auch für die beiden Söhne des Herrn Professors, (Ernst und Hans, beide in der S.S.) immer eingesetzt habe. Ich bäte demzufolge, dass man doch den Kanzler endlich einmal an die damaligen Geschehnisse rückerinnere, auch deswegen, weil R.P. Diels damals erhebliche Differenzen mit dem Gauleiter Grohé bekommen hätte, eben wegen seines (Diels) Eintretens für Dr. A. Dabei erzählte ich dem Herrn Professor sowohl als auch seiner Tochter Hanna, dass der Kanzler mir gegenüber die absurde Bemerkung gemacht habe: „Diels sei als Spion Hitlers an die Kölner Regierung (1934) gesetzt worden; dass er (der Kanzler) mir mein Eintreten für R.P. Diels sogar verüble. Das hielte ich für einen unmöglichen Zustand, den die Familienmitglieder, die doch damals alle von R.P. Diels profitiert hätten, bei dem Kanzler in Ordnung bringen müssten; die Familie müsste dem Kanzler die angezogenen Seiten Ihres Buches unbedingt vorlegen!“*

*Frl. Dr. Hanna Adenauer ... meinte, mit den Ohren schlackernd: „Ach, man kann es nicht jedem recht machen usw.“ und der Professor schlackerte natürlich auch mit den Ohren und bedauerte die große Inanspruchnahme seines Bruders usw. Die Familie erzittert natürlich vor dem Tyrannen und mehr als einmal sagte mir der Herr Professor, wenn er mich in einer anderen Sache privat informiert hatte: „Sagen Sie das aber um Gottes willen nicht meinem Bruder (Konrad), dass Sie das von mir wissen usw.“*

*Und nun las ich – Sie können sich denken, mit welchen Gefühlen – in der Revue den lammfrommen Satz, dass dieser allerchristlichste Herr nun auf einmal der Meinung ist, „er hat nie erfahren können, auf wessen Veranlassung sein Name von der Liste der Gestapo gestrichen worden ist“.*

*M.E. können – wie ich die ganze Sache aus eigenem Miter-*

*leben weiß und kenne – nur Sie es gewesen sein, dem der Kanzler es zu verdanken hat, dass sein Name „in letzter Stunde“ gestrichen worden ist, und dass er (der Kanzler) somit heute überhaupt noch am Leben ist! Wer, außer Ihnen, hatte in der damaligen Zeit denn überhaupt noch ein Interesse (von Mitgefühl gar nicht zu reden), für den „entthronten“ Kölner Oberbürgermeister Adenauer! Kein Mensch, nicht einmal seine „Getreuen“ der Zentrumspartei (worüber ich aufgrund meiner Gespräche mit Dr. A. in der Abtei Maria-Laach ein Buch schreiben könnte).*

*… Bei Ihrem ersten Empfang, den Sie als Kölner Regierungspräsident in Ihren Privaträumen gaben, legten Sie dem Gauleiter Grohé das besagte Buch von Prof. Benda vor, betitelt: „Die Geschichte der Stadt Köln“. Unter Hinweis auf die erste Seite des Buches (darstellend ein Bild Dr. Adenauers, umgeben von den Bildern seiner Amtsvorgänger) sagten Sie zu Grohé: „Herr Gauleiter, ich habe dies Buch soeben durchgelesen und muss sagen, dass dieser Dr. A. doch nicht so ganz unfähig ist.“*

*Grohé antwortete damals: „Haben Sie eine Ahnung!“*

*… Als Sie mir s. Zt. die Akten zurückgaben, die ich Ihnen – auf Bitten von Dr. Konrad Adenauer, sowie auf Bitten seines Bruders Domkapitular Adenauer – zu Ihrer Information und der durch Sie erbetenen Information Görings, in 1934 vorlegte, sagten Sie mir, ich solle die Akten in Verwahrung nehmen, sie seien bei mir in besserem Verwahr als bei Adenauer oder bei Ihnen.*

*(Es handelte sich um Akten betr. Adenauers separatistische Bemühungen betr. die Teilung Preußens im Jahre 1919).*

*… In den angezogenen Gesprächen im Januar 1937 in Hannover, erzählte ich Ihnen, dass ich beim Kommando der Marinestation der Ostsee Kiel, und zwar beim Personalchef des „Sanitätsamtes des Kommandos der Marinestation, … das Notwendige in die Wege geleitet hatte, zwecks Eintritts des Ernst Adenauer (Sohn des Herrn Prof. Dr. August Adenauer) in die Sanitätsoffizierslaufbahn der Marine. Dabei erwähnte ich, dass Ernst Ade-*

*nauer, den Sie in Köln protegierten, mich gebeten hatte, mich für ihn bei der Marine zu bemühen, weil er (Ernst) es nach Ihrem Fortgange von Köln dorten nicht mehr aushielte; Ernst schrieb mir: „Jetzt, nach dem Fortgange von Diels von Köln, fällt hier wieder alles über mich her, weil ich den Namen Adenauer trage.“*

*Sie begrüßten damals meine Bemühungen für Ernst bei der Marine, waren auch Ihrerseits bereit, das Gesuch ... zu unterstützen, und äußerten Ihre Sorge um das Wohlergehen von Dr. Konrad Adenauer. Dies Gespräch fand statt beim Morgenkaffee auf der großen Terrasse Ihres Hauses, Hannover ... Ferner entsinne ich mich, dass wir auch Jahre später, und zwar in der Diele Ihres Hauses in Berlin ... nochmals über Dr. Adenauer sprachen. In der Diele stand ein Flügel, deswegen entsinne ich mich des Gespräches noch. Auch der S.S.-Sturmbannführer des damaligen Kölner Reservesturmbanns ... muss sich m.E. genau rückerinnern an die Tatsache, wie sehr Sie in Ihrer Kölner Amtszeit die beiden Söhne von Prof. Dr. August Adenauer ... protegierten, trotz des Gauleiters! Und nun heißt es in der autorisierten Adenauerbiographie lammfromm, dass Dr. A. nie erfahren habe, auf wessen Veranlassung sein Name in letzter Stunde (1939) von der Liste der Gestapo gestrichen worden sei.*

*Dem Mann kann geholfen werden, sein verlorenes Gedächtnis wiederzufinden etwa frei nach Milton: „Das verlorene und wiedergefundene Paradies“. Man muss diesem sonderbaren Heiligen m.E. schon deswegen helfen, weil die vielen Unsachlichkeiten, Unwahrheiten usw. der autorisierten Biographie nicht unwiderlegt bleiben dürfen ad majorem gloriam dei! (Möglicherweise werde ich ein Kapitel meiner besprochenen Schrift überschreiben: „Das verlorene und wiedergefundene Gedächtnis des Kanzlers“. Was halten Sie davon? Als ich in der Biographie jenen ominösen Satz las „er habe nie erfahren können, auf wessen Veranlassung sein Name von der Liste der Gestapo in letzter Minute gestrichen wurde“, war mir sofort klar, dass der*

*Unbekannte nur Diels heißen kann. Eben deswegen ließ es mich nach der Revueveröffentlichung nicht ruhen, bis dass ich Sie „wiedergefunden" hatte. Auf Grund unserer gemeinsamen Erlebnisse mit diesem sonderbaren „Heiligen" glaube ich mich in Betreff des „Unbekannten" ebenso wenig zu irren, wie in der Sache „Freiherr von Lüninck" ... Meine Besprechungen mit Herrn von Lüninck ergaben, dass kein Wort Wahrheit ist, was die Biographie über Herrn von Lüninck veröffentlicht hat. Der Herr Baron war empört, als ich ihm die ihn betreffenden Passagen (die er noch gar nicht kannte) bekanntgab; er schrieb sich die Passagen ab und wird – unter Mitteilung an den Kanzler – der „Revue" eine Berichtigung zustellen lassen. Mithin nehme ich als sicher an, dass Sie es gewesen sein müssen, der 1939 der spiritus rector gewesen ist, der veranlasst hat, dass Adenauers Name von der besagten Liste „in letzter Minute gestrichen worden ist". Denn wer – außer Ihnen – hat sich damals noch um Dr. Adenauer und seine Familie gesorgt?? Keiner ... das hat Dr. Adenauer mir selber gesagt, als ich ihn (seiner und seines Bruders ... Bitten entsprechend) im Mai 1933 zweimal in der Abtei Maria-Laach besuchte und dorten einen verzweifelnden, entthronten, „ungekrönten König des Rheinlandes" einsam und von allen verlassen, antraf.*

*Weil dem damals so war, nur deswegen übergaben die Adenauers mir ... die angezogenen Akten, die ich Ihnen dann – den verzweifelnden Bitten der Herren Adenauer entsprechend – vorlegte zwecks Information von Göring. Der hatte nämlich noch kurz vorher ... über alle deutschen Sender am 11. März 1933 die fürchterliche Anklagerede gegen Dr. Adenauer und seinen Schwager ... gehalten ...!*

*Im Mai 1933 war ich bei meinen Besuchen in der Abtei Maria-Laach, politisch noch ein Baby und glaubte damals noch arglos dem lammfrommen Theater, das mir an der geweihten Stätte der Abtei ... im Beisein des Abtes ...und des ... Hans*

*Adenauer, vorgegaukelt worden ist. In meiner damaligen Gutgläubigkeit habe ich Ihnen, lieber Herr Präsident, die „Adenauers aufgesackt", wie Sie es bei meinem jüngsten Besuch so treffend formulierten. Den Dank des Hauses Adenauer kennen wir inzwischen. Das Haus und der Hausherr haben das Gedächtnis verloren, das wir wiederfinden müssen ...! Bei dieser Konzeption muss ich unwillkürlich an meinen alten Herrn Schopenhauer sehr intensiv denken. In seinem Buche „Die Welt als Wille und Vorstellung" schreibt er in den Kapiteln „Über die metaphysischen Bedürfnisse der Menschen zwar nicht direkt über die Niedertracht des politischen Katholizismus ... aber der alte Herr Schopenhauer schreibt da Sätze, die an Deutlichkeit nichts zu wünschen übrig lassen und m.E. den Nagel auf den Kopf treffen, auch die von Dr. A. betriebene Politik. Die Sätze lauten: „... Niemals hingegen hat es an Leuten gefehlt, welche auf die metaphysischen Bedürfnisse des Menschen ihren Unterhalt zu gründen und dasselbe möglichst auszubeuten bemüht waren; daher es unter allen Völkern Monopolisten und Generalpächter desselben gibt: die Priester. Ihr Gewerbe musste ihnen jedoch überall dadurch gesichert werden, dass sie das Recht erhielten, ihre metaphysischen Dogmen den Menschen sehr früh beizubringen, ehe die Urteilskraft aus ihrem Morgenschlummer erwacht ist, also in der ersten Kindheit: denn da haftet jedes wohl eingeprägte Dogma, sei es auch noch unsinnig, auf immer. Hätten sie zu warten, bis die Urteilskraft reif ist, so würden ihre Privilegien nicht bestehen können. Eine zweite, wiewohl nicht zahlreiche Klasse von Leuten, welche ihren Unterhalt aus den metphysischen Bedürfnissen der Menschen zieht, machen die aus, welche von der Philosophie leben: bei den Griechen hießen sie Sophisten, bei den Neueren „Professoren der Philosophie". Aristoteles zählt den Aristipp unbedenklich den Sophisten bei: den Grund finden wir beim Diogenes Laertios, dass nämlich er der Erste unter den Sokratikern gewesen ist, der sich seine Phi-*

*losophie bezahlen ließ, weshalb auch Sokrates ihm sein Geschenk zurücksandte ... Mit diesem Schopenhauerzitat darf ich hier abschließen und nochmals zum Ausdruck bringen, wie groß meine Freude war, Sie, lieber Herr Präsident, nach elf schicksalsschweren Jahren wiedergefunden zu haben ... Diese Jahre der Entscheidung bedürfen m.E. noch der den Deutschen adäquaten, d.h. historisch gewachsenen Gestaltung. Ich meine jedoch ernsthaft, Sie und Herr von Lüninck sind Gestalten, auf die unser Volk heute nicht verzichten kann, weil auch Sie den Grafen Brockdorff-Rantzau als einen „ganz großen Menschen" so treffend bezeichneten. Überflüssig nochmals zu erwähnen, dass die bloße Erwähnung des Namens „Brockdorff-Rantzau" für Dr. Adenauer und seine Politik, das gleiche rote Tuch bedeutet wie s.Zt. Für Erzberger. ... Unterschiedlich zu unserem ultramontanen Kanzler, hätte ein deutscher Kanzler (vorausgesetzt, dass er staatsmännische Qualitäten besitzt nebst den dazu gehörenden Kenntnissen) schon längst auf Brockdorff-Rantzaus geistiges Erbe zurückgegriffen. Der ganze Quatsch der Entnazifizierungsverfahren, der Kollektivschuld der Deutschen, die völlige Verkennung des ECHTEN Preußentums, all das wäre unserem Volke erspart geblieben und vor allem: die Nation tappte nicht in einem gewollten und bewusst gezüchteten geschichtslosen Dämmerzustand, der letztlich zu nichts Gutem führen kann. Der Materialismus, inkarnierend in dem „Wirtschaftswunder", ist kaum noch zu überbieten, und wenn alles so weiter geht wie bisher, dann werden wir alle noch etwas erleben.*

*... M.E. kann nur einer die abgerissene Verbindung zu diesem Bundesgenossen, den Hitler schmählich verraten und dann überfallen hat, wiederherstellen und das Geschehene erklären. Dieser Eine kann ... nur „Brockdorff-Rantzau" sein ... Rantzaus Erbe kann m.E. einzig und allein das in unseren Beziehungen zur UdSSR und damit zur Regierung der DDR entstandene, ultramontan gezüchtete Tohuwabohu entwirren, erklären und*

*somit läutern und damit den allerwertvollsten Beitrag zur Entgiftung in den gegenseitigen Beziehungen leisten, den wahrhaftigsten Beitrag der deutschen Bundesrepublikaner zur Erhaltung und Sicherheit des Weltfriedens!*

*… Und nun zum Schluss: ich bedanke mich noch recht herzlich für die genossene Gastfreundschaft. Sämtliche Mäuse freuen sich jetzt schon, Sie in unserer demnächstigen Wohnung in Kiel … geziemend begrüßen zu können. Mit herzlichen Grüßen, und mit meiner Empfehlung an Frau …*

*verbleibe ich, lieber Herr Präsident,*

*Ihr Willy Maus*

♦ ♦ ♦

*Bundeskanzler K. Adenauer*

*– Privatsekretariat –*

*Rhöndorf, 30. 10. 55*

*Sehr geehrter Herr Maus!*

*Ihr Brief … lag dem Herrn Bundeskanzler vor. Der Herr Bundeskanzler lässt Ihnen dazu folgendes mitteilen:*

*Der Herr Bundeskanzler wird, sobald er wieder gesund ist, der Sache nachgehen.*

*Er habe niemals angenommen und auch zu niemandem gesagt, dass Sie im Dienst des englischen Geheimdienstes gestanden haben.*

*Hochachtungsvoll!*

*gez. Hohman (Sekretärin)*

♦ ♦ ♦

*Bundeskanzler K. Adenauer*
*Rhöndorf, 23. 11. 1955*
*Sehr geehrter Herr Maus!*
*Nachdem ich einigermaßen wieder hergestellt bin, habe ich die von Herrn Weymar geschriebene Biographie und Ihren Brief ... zur Hand genommen.*

*Ich stelle zunächst fest, dass auch nicht im Entferntesten in der Biographie auf Ihre Person hingewiesen worden ist. Es heißt lediglich, Herr Görlinger habe an einen Bekannten im britischen Geheimdienst geschrieben. Das entspricht vollkommen den Tatsachen. Er hat Ihnen als Bote den Brief mitgegeben. Sie haben ihn mir überbracht. Das ist der Tatbestand, womit aber trotzdem in keiner Weise auf Sie hingewiesen ist. Somit bestätige ich Ihnen, dass Sie m.W. und meiner Überzeugung nach niemals im britischen Geheimdienst irgendwie tätig gewesen sind.*
*Hochachtungsvoll!*
*gez. Adenauer*

♦ ♦ ♦

*... M. E. muss der Fragenkomplex gänzlich anders und von einer geistig viel höheren Warte angefasst werden, wenn ein Erfolg erwartet werden soll. ... Damit möchte ich gleichzeitig anregen und zum Ausdruck bringen, dass – nachdem Sie mit Ihrer „John-Prognose" völlig recht behalten haben – Ihr Buch: „Lucifer ante portas" ... noch dringend einer ergänzenden Fortsetzung bedarf ... Die angeregte Fortsetzung ist m.E. heute gar nicht so schwer, weil inzwischen die sogenannte „autorisierte Biographie" (die kein Meisterschuss und auch kein meisterlicher Schuss darstellt), veröffentlicht worden ist.*

*Inzwischen hatte mir übrigens Dr. A. unter dem 23. 11. 55 das Ihnen mit Brief vom 10. Dezember ... überschickte persönliche Schreiben zukommen lassen, das ich dann im Einver-*

*ständnis mit meinem Anwalt … beantwortete unter Einschreiben gegen Rückschein nach Rhöndorf wie folgt:*

*„Sehr geehrter Herr Bundeskanzler!*
*Das Schreiben … wird dankend bestätigt. Es entspricht zwar nicht dem, worauf ich glaube Anspruch haben zu dürfen. Es trifft ja auch keinesfalls zu, dass Ihnen der Brief erst später bekannt geworden ist. Ich habe ihn Ihnen, wie Sie mir mit dem Schreiben vom 23. November selbst bestätigen, damals in loyalster Weise sofort mitgeteilt. Ich habe ihn nicht den Engländern gegeben. Auch das ist Ihnen durchaus bekannt.*

*Ich habe nun berechtigte Hoffnung, dass sich meine Verhältnisse über das Bundesverteidigungsministerium entscheidend ändern. Dann werden wohl keine Befürchtungen mehr wegen meiner und meiner Kinder Zukunft gegeben sein. Es bleibt dann aber das Bedauern, dass offenbar aus politischen Gründen, die Berichterstattung sehr wenig exakt geworden ist. Das schmerzt mich besonders.*

*Ich glaubte und glaube noch, enge Beziehungen zu Ihnen und Ihren Kindern, sowie zu Ihren Brüdern gehabt zu haben. Das drückt z.B. auch aus Ihr Brief vom 27. Juli 1945, den ich Ihnen beiliegend ins Gedächtnis zurückzurufen mir gestatten darf …*

*Indem ich Ihnen für Ihre Rekonvaleszenz weitere Kräftigung wünsche, verbleibe ich Ihr hochachtungsvoll ergebener*
*gez. Wilhelm Maus“*

*(Dr. A.s vorstehend angezogener Brief vom 27. Juli ’45 an mich lautet:*
*„Stadtverwaltung – Köln.*
*Sehr geehrter Herr Maus!*
*Handeln Sie bitte nach bestem Wissen und Können für meinen Sohn Konrad, ich lege es vertrauensvoll in Ihre Hand. Ich hoffe,*

*Sie demnächst wiederzusehen. Mit ergebenen Grüssen*
*Von Herrn Oberbürgermeister Dr. Adenauer angesagt, infolge Abfahrt nicht mehr unterschrieben.*
*I.A. gez. Unterschrift*
*(Vorzimmer des Oberbürgermeisters)"*
*...*
*Und nun, lieber Herr Präsident, Ihnen, wie auch Frau ..., alles Gute von Ihren Kieler Mäusen. Ob wir Sie einmal in Kiel begrüßen dürfen?*
*Herzlichst, Ihr Willy Maus*

♦ ♦ ♦

*Wilhelm Maus*
*Kiel, den 22. Februar 1956*
*Verehrter, lieber Herr Präsident!*
*... Ihre Zeilen vom 26. Januar (fehlt) erfreuten uns sehr, noch grösser wird die Freude sein, wenn wir Sie und Frau ... hier in Kiel begrüssen können, wenn die „Winterstürme dem Wonnemond gewichen sein werden". Bis dahin ist m.E. noch viel zu tun und vorzubereiten, trotz der Hundekälte, die das Eis noch immer dicker werden lässt. Wie erfreulich, dass das „Bonner Eis" so erheblich knistert ... Der „kalte Sand, auf dem" – wie Sie so richtig schreiben, „kein Weizen gedeihen" muss von der Frühlingssonne ... nicht aufgewärmt, sondern umgepflügt werden durch besagtes „junges Geschlecht" (Sie erinnern vielleicht noch das schöne Gedicht, das Ihnen damals gewidmet wurde, betitelt: „Das junge Geschlecht".)*

*Sie ersehen, dass ich mich noch sehr gut der damaligen Kölner Ereignisse erinnere (das Gedicht habe ich übrigens noch im Wortlaut) und mich somit auch sehr gut der Ereignisse um Dr. Riesen erinnere. ... Ich habe übrigens mit Dr. Riesen, nach sei-*

*ner damaligen Amtsenthebung, eine Privatunterhaltung gehabt in seiner Kölner Wohnung ... In dieser Unterhaltung (ich war dabei in Marineuniform) habe ich mich mit ihm sehr eingehend ... unterhalten. u. a. darüber, dass er mich ... (Mai 1933) aus seinem Kölner Amtszimmer herausgeworfen hatte wegen meiner verschiedenen Besuche bei Dr. Adenauer, der damals in die Abtei Maria-Laach geflüchtet war. Riesen versicherte mir in aller Form, dass er das bedauere, er habe damals sich dem Druck des Gauleiters fügen müssen und hätte deswegen auch die Zwangsversteigerung meines elterlichen Erbes betreiben lassen durch die Stadt Köln.*

*... Ich habe das einmal eingehender der Vergessenheit entrissen, um daran zu erinnern, wie auch das Ausland damals von dem „Nationalsozialismus" beeindruckt war. Die Tatsache, dass damals die Kölner akkreditierten Konsuln und Generalkonsuln eigens ihre Fahne in die Kölner Oper geschickt hatten spricht Bände gegen die angebliche Alleinschuld der „tumben Deutschen".*

*In diesem Zusammenhang sind Gespräche, die ich am 10. und 25. Mai 1933 in der „Abtei Maria-Laach" mit dem dorthin geflüchteten Dr. A. führte und dabei von ihm schriftliche Erklärungen entgegennahm, heute kardinal wichtig u zwar deswegen kardinal wichtig, weil in der „autorisierten Biographie" das alles nicht nur verschwiegen worden ist, sondern mehr als auf den Kopf gestellt worden ist.*

*Darüber muss ich mit Ihnen noch mündlich sprechen unter Vorlagen von Akten.*

*Unabhängig davon werde ich dem hohen Herrn mit dem ich z. Zt. eine mehr als aufschlussreiche Korrespondenz führe, in der kommenden Woche in Rhöndorf aufsuchen. Es sieht nämlich so aus, als ob er meine – Ihnen ja Bekannte Bewerbung in Koblenz dahin abzubiegen versucht, dass ich in Kiel bei der „Wehrkreisverwaltung" untergebracht werden soll, während ich nach Koblenz möchte ... damit hätte ich dann Gelegenheit, wieder in meine Vaterstadt zurückkehren zu können ... die ich 1936 verlassen musste ... Durch Ihre Initiative wurde ich dann bei der Marine reaktiviert; Sie hatten sich damals bereits mit dem „Kölner Geschmeiß“ überworfen und Ihre Versetzung als Regierungspräsident-Hannover, beantragt und bewilligt bekommen. Dr. A.s Versuch, mich von Köln fernzuhalten ... hat natürlich einen tieferen Grund. Ein Oberverwaltungsrat der Stadt Köln sagte mir in 1953, ich könne mich überall bewerben, nur nicht bei der Stadt Köln, er sei sogar bereit, mir ... ein Bewerbungsschreiben aufzusetzen. Als ich dem Beamten erwiderte, das könne ich nur dahin verstehen, dass man mich nicht in Köln haben wolle „Weil ich zu viel wisse“ schwieg er und nickte statt dessen mit dem Kopf!*

*Ich habe Dr. A. inzwischen ziemlich deutlich an die Folgen erinnert, die mein damaliges Eintreten für ihn ... für mich gezeitigt hatte ... und habe ihm meinen Besuch in Rhöndorf für die kommende Woche avisiert. Man muss diesem Herrn, der sein Gedächtnis verloren hat, Briefe vorlegen, die ich glücklicherweise noch besitze und in sicherer Verwahrung untergebracht habe.*

*... Wie ich damals in Maria-Laach geradezu missbraucht worden bin von dem politischen Katholizismus, sehr zu meinem Schaden, das kann – wenn nötig – in Rhöndorf zur Sprache kommen. Ich berichte darüber demnächst weiter. ... Bis dahin Ihnen und Frau ... alles Gute mit herzlichsten Grüssen von Ihren Kieler Mäusen,*
*Ihr Willy Maus*

♦ ♦ ♦

*Wilhelm Maus*
*Kiel, den 20. Dezember 1956*
*Sehr verehrter, lieber Herr Präsident!*
*In dem zu Ende klingenden Jahre habe ich oft Ihrer gedacht und oft gewünscht, dass Ihre Wege Sie doch einmal nach Kiel führen möchten. Ich hätte Sie dann – an Hand von Urkunden – über den Stand meiner früheren, sowie meiner derzeitigen Beziehungen zu Dr. Konrad Adenauer, Rhöndorf, informieren können. Darüber führt mein Kieler Anwalt z.Zt. eine sehr aufschlussreiche Korrespondenz mit Dr. Adenauer, nachdem ich im Laufe von 1956 den dicken Wälzer der autorisierten Adenauer-Biographie sehr eingehend durchstudiert habe.*

*Die autorisierte Biographie enthält eine Reihe von Unrichtigkeiten, die politisch hochbedeutsam und aktuell sind. In einem Fall, der die SPD angeht, bin ich ... „eingeflochten" worden, ohne dass mein Einverständnis eingeholt wurde. Dies, obwohl ich – unterschiedlich zur SPD – in der Lage bin, urkundlich nachzuweisen, dass die diesbezügl. Angaben in der Biographie, sowie die daraus gezogenen und veröffentlichten Schlussfolgerungen frei erfunden sind.*

*Zu diesem Betreff hat mein Anwalt unter Klageandrohung nunmehr von Dr. Adenauer u.a. eine von mir entworfene „Erklärung" sowie Rückgabe von Akten gefordert, die ich im Juli 1945 Dr. Adenauer zu treuen Händen in Verwahrung gab, weil mir damals Ihre Anschrift noch unbekannt war.*

*Die zwischen meinem Anwalt und Dr. Adenauer laufende Korrespondenz wird Sie interessieren, ich müsste sie jedoch mündlich ergänzen; kommen Sie vielleicht in absehbarer Zeit einmal nach Kiel?*

*Auf der Seite 472 ... erwähnt Dr. Adenauer übrigens auch Sie namentlich, in diffamierender Weise. Es heißt da ... wörtlich: „Die Verhandlungen gehen weiter. Am 17. November (1949) ist der Bundeskanzler wieder auf dem Petersberg. ‚Wird die Bundesrepublik beim Sicherheitsamt mitarbeiten?' fragt Robertson. Adenauer antwortet: ‚Ja'. Und wie steht es mit den Fortschritten des demokratischen Lebens in Deutschland? Vorwurfsvoll meint McCloy, die Nazis rückten in der Bundesrepublik schon wieder in die führenden Stellungen auf. Adenauer antwortet, die Amerikaner selbst gäben kein gutes Beispiel: Der frühere Gestapo-Chef Diels sei von ihnen in Nürnberg zur Jagd eingeladen worden!"*

*... Sie sehen, lieber Herr Präsident, wie Sie sowohl als auch ich mit der autorisierten Biographie geradezu „verheiratet" worden sind, nur mit dem Unterschiede, dass mein Name nicht genannt worden ist ... Im Jahre 1957 werde ich dem Hohen Herrn sehr schnell klar machen, wie gründlich er sich bei mir verrechnet hat und nehme an, dass ich dabei auch in Ihrem Sinne handle. Somit nochmals alles Gute Ihnen und Frau ... in 1957 und hoffentlich auf ein baldiges Wiedersehen, möglichst in Kiel.*
*Stets Ihr*
*Willy Maus*

Einzig, weil Hanna Adenauer von Maus bereits eingeführt wurde, wollen wir natürlich an dieser Stelle keineswegs versäumen, auch sie einmal in einem Brief an Diels von 1936 zum Klingen zu bringen, in dem sie dem Regierungspräsidenten beteuert, wie *aufrichtig leid es ihr täte, ihn schon so oft und immer wieder mit ihren Angelegenheiten zu behelligen: Sie haben gerade in letzter Zeit so außerordentlich viel für mich getan, dass ich Ihnen kaum jemals entsprechend dafür danken kann.* Und sodann behelligt sie Diels wieder und bittet um Rat.

Interessant ist auch ein Brief, der Diels im Erscheinungsjahr der Adenauer-Biografie, 1955, ereilt, in dem ein Bekannter schreibt: *Mit viel Missvergnügen lese ich die Revue mit der Adenauer Bio-*

*graphie. Ich finde es wenig geschickt, was man da alles dem alten Herrn nachsagt und noch weniger geschickt, was da von ihm und seinen nächsten Freunden selbst erzählt wird. ... Eigentlich müssten doch Sie als der zuständige Regierungspräsident in Köln die Akten mit bearbeitet haben, in denen später trotz der laufenden Untersuchungen die Pensionierung verfügt wurde. Ich weiß jedenfalls noch aus meiner Tätigkeit im Preußischen Staatsministerium, dass Göring m.E. aufgrund einer Anfrage der Regierungspräsidenten von Köln oder war es der Oberpräsident, mit einer großzügigen Handbewegung über die Beschuldigungen hinwegging ... und persönlich bei Hitler die Pensionierung mit 23.000 RM (oder waren es viel mehr) monatlich durchsetzte. War das noch 1933 – also in der Zeit, als K.A. sich laut Biographie in Maria-Laach verstecken musste oder war es später? Wenn es später war, dann fällt es noch in Ihre Amtszeit als Regierungspräsident von Köln – wer war wohl der Sachbearbeiter für Disziplinarverfahren gegen den Kölner OB? – und Sie müssen es ganz genau wissen. ... Bitte geben Sie mir möglichst bald Bescheid, ich sage Ihnen dann auch, warum ich das genau wissen will. Nicht, das sei vorausgeschickt, um es zu veröffentlichen oder gar zu einem Angriff gegen unseren hochverehrten Herrn B.K. zu verwenden. Sonst kann ich nur hoffen, Sie bald wiederzusehen ...*

Im August 1940, als Schurickes *Kannst du mir vielleicht bis morgen, eine Mark und fünfzig borgen? Denn ich hab mein erstes Rendezvous, was sagst du dazu?* durch das Reich sprudelte, wiederholte Diels seine schon 1937 abgegebene Ehrenerklärung für Ernst Adenauer, dem Neffen Adenauers und dessen Beförderung zum Offizier. Da wird Diels ebenso dafür gesorgt haben, dass Konrad Adenauer 1939 von den vogelfreien Listen der SS verschwindet, Diels war SS-Oberführer.

Hier geht es nicht um Papier, sondern um – wie Maus es formulierte – die treibende Kraft, die Diels war. Als Mitglied der von ihm – von Wegbegleitern bestätigten – so verhassten SS hatte Diels seine Handlungsfreiheit bewahrt. So würde es ein jeder Vernünftige in seiner Situation und Position tun, um überhaupt weiter agieren zu können.

Widerstand? Im kleinen Finger seiner linken Hand, so Diels, habe er mehr davon in sich getragen als der ganze Deutsche Widerstand in zwölf Jahren zusammen.

Jeder wohlanständige Beamte, schrieb er in einem Brief, habe jeden Tag Widerstand geleistet, gegen die SS, gegen die Zeit, gegen die Befehle. Von Treibereien sprach Diels schon in den Dreißigerjahren ganz offen in seinem widerspenstigen Naturell. Selbst in der Reichskanzlei war mehr Widerstand möglich als im Bonn der Fünfzigerjahre, sagte er einmal.

Das ist ein wunderschöner Gedanke, denn wenn Widerstand in den Köpfen der Menschen einzig und allein mit den Männern des *20. Juli* in Verbindung gebracht wird, einzig und allein mit dem letzten Zirkel, des sich in Last-minute-Entschlossenheit gegen Hitler gerichteten Reigen, einzig und allein mit denen, die von solchen wussten, dass es jene gab, die jene kannten, die es waren, die am *20. Juli* für ein anderes Deutschland starben – dann wird kein Mensch mehr wagen, in diese Fußstapfen zu treten.

Hatte Alexander von Stauffenberg nicht immer unter den *Erwartungen der Nachwelt* gelitten? Darunter, das, was geschehen ist, nicht *objektivieren* zu können, vor sich nicht und vor dieser Welt nicht? Vielmehr wollte er diese Geschichte innerhalb der Geschichte besingen. Denn einzig durch den Ruf, der sich aus einer Zeit erhebt, gelangen wir zu uns selbst.

Was ist mit dem Anstand, der eben keinen Namen hat, sondern Gesinnung oder Überzeugung heißt? Was ist mit jenen, die halfen, ohne in die Geschichte einzugehen? Was ist mit jenen, die über Jahre eine unentdeckte Spur widerständiger Liebe leisteten und mit ihrem Trotz, ihrer Genauigkeit und ihrem Widersprechen jenseits aller Narrative standen und stehen?

Widerstand gegen Deutschland 1933? Mit dieser Täuschung muss Schluss sein!

Hitler war schuldig am deutschen Volk wie das deutsche Volk an ihm und die Jahrhunderte unausgeglichener Arroganz taten ihr Übriges. Führte nicht das Jubelgeschrei der Massen ihn erst auf die Spitze, wenn er sie genügend herausgekitzelt hatte, in seiner Verachtung, in seiner Verblüffung über die Niedertracht des Universums? War er nicht erstaunt über das lüsterne Geschrei der Deutschen und das lechzende Geschrei der Deutschen über ihn? Alltägliche Gedanken in Rudolf Diels.

Rudolf Diels.

Dann sah der auch noch unglaublich aus, der Rudolf Diels, das gestand sogar Kempner. Groß, dunkel, Bombe. Derart gutaussehend, kühl und faszinierend, einnehmend und frontal, dass viele schon das Zucken kriegen, wenn sie ihn nur auf einem Foto sehen, ganz zu schweigen davon, wenn er auf einen zukommt, wenn er dann schließlich nach all der Reise vor einem steht und die japanischen Augen unter der feinen Krempe seines Hutes zu erzählen beginnen.

Und dann flirtete er sich auch noch durchs Leben! Und das mitten im Krieg!

Und dann noch diese Narben! Und dann noch: Gestapo. Wirklich, da kann etwas nicht mit rechten Dingen zugehen, da muss etwas übel, verbrecherisch, mörderisch und brutal gewesen sein von Anfang an.

Mit Nachdruck an den Schreiberling des „Überläufers" und an alle übrigen Subalternen der Empirie: Wer gefährlich lebt, muss es nicht deswegen auch selbst sein.

Der „Überläufer" merkt an, dass Diels oft auf *fragwürdigen und verschlungenen* Wegen *half*. Mit dem Hammer: Diels half! Er handelte! Juden kamen in seine Wohnung! Juden bekamen Pässe von ihm ausgehändigt!

Warum wird im „Überläufer" nicht auf Diels' eidesstattliche

Aussage in Nürnberg hingewiesen, in der er erklärt, in der Pogromnacht der brennenden Synagogen zum 9. November Aktionen der SS in den meisten seiner, Diels', Regierungsbezirke, untersagt zu haben? Im „Überläufer" hat es den Anschein, Diels stünde vor den Flammen, kopfschüttelnd, c'est la vie.

Sich bei Vorgesetzten über das Dritte Reich beschweren? Man weiß nicht mehr, wie man bei dieser Vorhaltung noch an sich halten soll. Diels war weder ein Verbrecher, noch war er hilflos, sondern 1933 ganz einfach auf dieser Welt.

Wer würde sein eigenes Leben ohne die zerreißende innere, verzweifelte Fragerei hergeben und wer würde all das tun, was er tat, unter ohnehin schon misstrauisch beäugten Parteiaugen? Und wenn es eine Konstante in diesem erschütternden, mächtigen, falkenartigen Leben gibt, dann ist es das sich Wälzen durch alle Fragen des Lebens, auf die ein Albdruck der Geschichte fiel: Plötzlich steht man da, alles sieht noch genauso aus, doch es ist nicht mehr dasselbe: Handle da einer ihm gleich und werfe dann den allerersten Stein auf Diels!

Ganz im Sinne der Bundesrepublik nach '45: Der Verfasser des „Überläufers" sollte das alles wiedergutmachen. Für Rudolf Diels. Aus Achtung vor seinem Leben, seiner Familie, seinen Freunden, Nachbarn und Weggefährten, aus Respekt vor seinem Tod und aus Wissen um sein Wachsein, sein unstillbares Temperament …

Aus Anstand. Aus einem Rest Empfindung. Am Ende meinetwegen auch nur aus einem logischen Schluss dieser überwältigenden Beweise für Diels' Gewissen, seinem bestmöglichen Widerstand, seinen humanistischen Bewegungen, seinem anspruchsvollen Wesen.

Oder fühlen sich die Subalternen nun angegriffen durch mich? Wie stark ist eine Gesellschaft, die sich *angegriffen* fühlt?

Besinnung! Selbsterkenntnis! Mündigkeit!

Faszination durch Erkenntnis, Geist durch Quellenschatz, individuelle Persönlichkeitsbildung durch eigenes Gehirnschmalz – alles bereits systematisch ausgerottet.

Wahrheit? Eine Wahrheit wäre, endlich auszusprechen, dass die Deutschen einmal von Hitler zusammengefasst wurden und einmal durch einen gemeinsamen Schuldkomplex. Sie lassen sich eben gern dirigieren, am liebsten und frenetischsten von der *Provinz der Geschichte im Reich der Moralität*, wie der Philosoph Helmut Fleischer sagte. Rebellen aber, die eine jede Zeit stören, gibt es nur wenige unter den Deutschen. Rudolf Diels war einer.

Mögen all diejenigen da draußen, um deren rotzig gekauften, viertelgebildet geistesverzwergten, vom Narrativ verklärten Alarmismus, um deren persönliche Entscheidung für das Niedere, um deren ganzen Dummheitsporno sich nun ein Ring aus Tollwut erschäumt hat, mögen sie diesen einfach abwischen.

Ja, wo sind die alten Zeiten
Da du stolz vorangeweht
Um die Wege zu bereiten
Die allein die Jugend geht?

Weißt du noch, in Wichs sie kamen,
Stiefel blank gewichst und hoch
Weiße pralle Hosen, Narben
Stolz getragen, – Weißt du's noch?

Weißt du noch all die Mensuren
Hieb und Stoß: „Achtung, bindet die Bandagen!
„Sind gebunden!"
„Fertig – los!"

Weißt du noch, die Saufgelage
... ja, wo sind sie hin die Jahre?
... andre Menschen siehst du nun
... du verstehst nicht, was sie tun
... alte Fahne ... es blasst das Gold
... und die Zeit ... sie eilt, sie rollt
... ganz allein bist du geblieben
... stolz und schweigend hängst du da
... vivand academia!

In seinem Nachlass

38

Konrad.
Adenauer stand in einem erstaunlich gut sitzenden Anzug vor erstaunlichen Wesen. Sie saßen da, wie bei einem Klavierkonzert, unter freiem Himmel, in geraden Reihen vor ihm. Er war der Pianist, er konnte spielen, ohne die Tasten zu berühren. Es klang gut. Die Wesen vor ihm glichen Menschen, vielleicht waren es Deutsche.

Unter den harten Schatten, die sich in seine Stirn schoben, suchte er ihren Blick. Er stand da wie ein abwartendes Reptil, dessen Kopf aus Hemd und Kragen späht. Er hatte eine Hand auf seiner schönen Weste, er war lang und gerade. Seine Schläfen formten sein schalenartiges Gesicht, das das Gesicht einer Wahrsagerin war, die im Körper eines Mannes die erste Position eines bösen Balletts einnahm. Ein Sonnenfinsterniskönig. Die einzige Figur im Wahlkampf. Er war das Entweder.

Er öffnete die Lippen, hob das Kinn, Augen sehr ruhig. Er befahl seiner Stimme: „Wir sind fest entschlossen, dass die SPD niemals an die Macht kommt."

Einige wenige wollten applaudieren, doch er bat um Einhalt, denn er war noch nicht fertig. Er nahm eine noch geradere Haltung ein, als würde sich seine Wirbelsäule sekündlich einem Lineal gleich begradigen. Ein schnelles, rücksichtloses Licht jagte durch seine Linsen, von einem Augapfel in den zweiten hinein, wie Raumschiffe in einem stummen Krieg in einem kalten Kosmos.

„Warum sind wir so fest dazu entschlossen?", fragt er in die weißen Gesichter aus Pappe. Die Pflanzen, die sich zur Dekoration auf der Bühne wie Flügel um ihn drängten, wehten leicht. „Nicht etwa – glauben sie mir – aus parteipolitischem Hass", fuhr er fort und er dachte, dass er sich eigenartig vom rauschenden Tanz der fächergrünen Schwingen angezogen, sich gestört fühlte, ihre fliegenden Falkenhände abschlagen wollte. Voll unsagbarem, undeutschem Hochmut, in der seine lichte, aufrechte Beherrschung sich nun ganz aufstellte, sagte er: „Das ist nicht der Grund, sondern wir sind dazu so fest und zutiefst entschlossen, weil wir glauben, dass mit einem Sieg der Sozialdemokratischen Partei der Untergang Deutschlands verknüpft ist."

## 39

Eine.
Handvoll Außerirdischer saß beim Damenfriseur Schneider in einer Reihe am Fenster. Durch den gestickten Vorhang zeichnete sich ein gut gelauntes Hannover ab. Tante Vera steckte tief unter ihrer Trockenhaube. Es war, als würde ihre Schädeldecke sauber von ihrem unteren Gesichtsteil getrennt und als würden ihre Gedanken dann synthetisch verlängert, steil nach oben, Richtung Garantie.

Ihre im hohen Bogen gezupften Brauen stiegen wie zwei braune Grashalme über den kleinen, hübschen Lidern auf, Sommersprossen verklumpten mit den Falten ihre oberen Wangen zu wunderbar geblümten Flecken. Gezweige aus Falten zogen sich über das Dekolleté hinab, zwischen den alten, gebräunten Brüsten hinunter in ihr junges Herz. Auf dem Schoß ihres karierten Rockes, der ihre noch immer liebliche Hüfte mit einem riesigen Gürtel fest umschloss, lag das kleine Tablett, auf dem in Puppengröße eine Tasse, ein Kännchen Kaffee, Würfelzucker und ein Stück Mokkatorte auf sie warteten. Dieses Tablett war Adenauer! Ohne ihn würde sie womöglich täglich von einer Schar Russen vergewaltigt werden, mehrmals am Tag, auf bolschewistischste Weise, von mehreren Sowjets gleichzeitig, in alle Löcher, ohne Rücksicht auf ihr Alter und auf ihr Leben und irgendwann, nach den ihr noch verbliebenen Stunden, gefangen in ihrer eigenen Wohnung, würden sie sie aufhängen, anzünden und ihre verstümmelten Überreste als Sputnik ins All schießen.

Sie zückte das Kännchen, schenkte ein, warf ein Zuckerstück in Herzform hinterher, rührte gerührt, sie war bereit, noch einmal bereit für Adenauer.

Diesmal richtig, nun, da sie als Frau auch Mensch genannt werden durfte: gleichberechtigt, gleichwichtig, gleichlebendig.

Die deutsche Grausamkeit ist einzigartig in der Welt
Sie stellt
Alle anderen Völker in den Schatten
Von '33 bis '45 waren nämlich ALLE Deutschen Ratten.
Was ist das Ergebnis der Bomben auf Dresden?
*Dresden? There is no such place as Dresden!*
Das Ziel am Firebombing Japans?
*Incineration!*
Schluss damit:
Die deutsche Grausamkeit ist einzigartig in der Welt
Sie allein stellt
Alle anderen Völker in den Schatten
Das sind hammerharte Fakten!
Komm mir nicht mit concentration camps in Südafrika!
Da gab's doch zum Beispiel gar keine Öfen da!
Kann man doch gar nicht vergleichen ohne Ofen!
Das warn nur ganz normale Hungerlager
Für die Buren von Afrikaner.
Die Kinder sind doch einfach nur verhungert, mehr nicht
Vergleich hier nichts, du Revisionist!
England ist kein Sadist
Einzig und allein Deutschland, diese Hure von Faschist!
Das war keine Endlösung bei den Briten
Nur endgültige Unterwerfung fremder Riten!
Es war nur ein *moral effect from a military point of view*
Wenn sie im Punjab auf Menschen feuerten.
Die standen ja nicht im Dienst Hitlers! Die taten das als Empire.
Und Cork wurde abgefackelt, weil die Iren nichts zu schätzen wussten!
Die Briten mussten
Sie dafür strafen!
Ein Ire soll ruhig *God save the King* öffentlich unter Schlägen singen!

Bomber Harris war kein Mörder! Er war the Wunderkind of the skies!
Er kannte Afghanistans Weiten, hörte Mesopotamiens wüstenflüsternde Saiten
Über die goldenen Harfenhügel des Orients gleiten!
Er hatte auch die Böden im Blick von oben
Und wenn seine Briten mit den Jews vor Ort die Araber ins brennende Öl warfen
Dann geschah das in liberalem Namen!
Auf Malaya haben the British nicht im Rahmen
Der *collective punishment* die Brüste der Frauen durchstochen!
Nie ist so was geschehen!
Niemals haben weiße und schwarze *agents of the Empire* einem Mau Mau die Hoden
Abgeschnitten, die Ohren
Oder einen Augapfel herausgezogen!
Scharen von Männern und Frauen kastriert?
Ist das nicht etwas sehr glasiert?
*Keep Britain white!*
Auf Zypern drohten die Engländer nicht mit Verfolgung demjenigen
Der ihre *rapes* und *tortures* der Weltöffentlichkeit präsentierte –
All das ist nie geschehen!
Wir dürfen immer nur von Hitler ausgehen!
Deutschland ist die Bestie. Die Bestie spricht deutsch.
Wie käme man darauf, dass die Geschichte des Empire sich wiederholt?
Wer erlaubt sich von einem System gar zu sprechen
Das andere Länder bedroht?
Wie kannst du das vergleichen? Das kann man nicht mit Deutschland vergleichen!
ENGLAND IST KEIN RASSIST!
Du Propagandaopfer! Du Verschwörungstheoretiker! Du lügst! Du betrügst

Die Geschichte!
Grausamkeit ist DEUTSCH!
Es gab nie die langsame japanische Folter und nie das Schlachtfest überkopf
Im Namen Allahs, mit einem glitzernden Halbmond im dunklen Schopf!
Nie haben die Stürmer der Bastille
Einem Marquis
Auch nur ein Haar gekrümmt!
Nie hat der Süden Vietnams einen Vietcong
Unter amerikanischer *Aufsicht* befragt
Und reichlich gelernt für alle Zeit.
Nicht war es Leopold Mozart im London von 1765
Als er nach Hause schrieb, dass die Engländer sich
Auf *offnen Platz* und mit *schmaalen Eysen*,
*Mit denen man hier das Feuer schieret*
*Und die sie glühend machten*
*Und in Gegenwart mancher 10000. Menschen*
*Einander die nakenden Leiber verbrannten*
*Auch mit Fäusten einen Aug*
*Aus dem Kopfe stossen.*
Nie ist das passiert!
Der Tod spricht DEUTSCH!
Du bist zu hässlich, um das zu wissen! Guck mal deine Visage an!
Du selbst ernannter Historiker! Ich distanziere mich von dir!
Brenne! Brenne nun auf dem zwitschernden Scheiterhaufen da vorn:
Verbrenne in dem großen Wundershitstorm!

## 40

Tony.

Williams lag zusammengesackt in dem Sessel eines Hotels, das er nur per Hintereingang betreten und verlassen durfte. Seine Platters hatten heute Abend einen Auftritt, vor Weißen, die das Hotel per Vordereingang betreten und verlassen konnten. Zwischen seinen Schenkeln klemmte ein Jim Beam.

Tony Williams war in den letzten Jahren immer besser geworden. Er hatte sein Talent verlassen und die Künstlerschaft betreten. Er war überragend, er sah Klasse aus, er hatte Stil in der Stimme. Hinzu kam eine wunderschöne Reife in den hohen Tönen, die nie ihre Frische verlor, ihr närrischer Sexappeal, ihre verdammte Kraft. In den Studioaufnahmen war er besonders groß. So sauber sang keiner sonst, weit und breit nicht. Seine Musik machte einen an, machte einen frei. Die Platters stützten sich auf ihn wie auf einen Diamanten. Ohne ihn gab es sie nicht, dennoch drängte er sich nie in den Vordergrund. Prachtvoll sang er, großartig war die Stimmung, wenn er auftrat. Was für ein geübtes Atmen mitten im Gesang, und die ganze Welt hörte zu.

Der amerikanische Doo-Wop! Diese Art zu singen setzt so viel Liebe voraus, so viel Geistigkeit, so viel Lust auf Entschlüsselungen von Gefühlen, dass alles danach musikalisch Folgende nicht ohne den Doo-Wop zu denken wäre.

Der Doo-Wop ist eine höhere Energie. Es gibt den Weltklasse-Doo-Wop, es gibt den Mittelklasse-Doo-Wop, es gibt schlechten Doo-Wop, und immer sind sie grandios.

Ist es erforderlich zu erwähnen, dass der Doo-Wop ohne seine dunkelhäutigen Interpreten nicht existieren würde? Ist es nötig, daran zu erinnern, dass es ihre fantastische, erwachsene, seelisch universale, königliche Magie war, die diesem Gesanggeflecht sein Leben schenkte? Eine Ausdruckskraft, so zaubervoll, so zart und doch so übermächtig?

Leider war seit einiger Zeit ein anderer aufgetaucht, nicht innerhalb der Band, sondern da draußen auf dem Planeten, ein Weißer aus Memphis, einfach aus dem Nichts. Wenn der sang, dann vergrößerte sich das Herz in einem. Wenn der tanzte, dann wie als würde er mit den Seiten seiner Lackschuhe den Staub der Sterne zusammenfegen, Gott, ja! Es war so! Tony setzte die Flasche an. Jim Beam schmeckte beschissen, machte sehr aggressiv und machte sehr vergessen. Seine Mandelaugen blickten zum Fenster hin, mitten in die amerikanischen Wolken hinein, eine einzige Watte aus Unschuld war das! Ganz anders als die „bösen, bösen, bösen" Wolken über Twenge bei Kaltenweide vor Hannover. Rudolf Diels konnte nicht ohne Hannover. Er hatte seinen Hof verkauft, lebte mit Lisa abwechselnd in Katzenelnbogen in Berghausen auf dem Land seiner Familie, das er sich mit ihnen teilte, und in Langenhagen bei Lisa, doch hatte er sich vor Kurzem Land zum Kauf angesehen hier in der Nähe Gifhorns und jetzt musste er einfach, auf dem Rückweg in den Taunus, über Twenge fahren, aussteigen, in die moorigen Wiesen rein, in die zirpenden Weiten der Felder und Wiesen, deren Linie zum Himmel wie ein einziger Trompetenzug von West nach Ost gekreidet war.

Sein Hund, ein schwarzer Riesenschnauzer, begleitete ihn. Diels schleuderte einen Stock über die im Nachmittagslicht milchig lang geschweifte Linie der Landschaft, der Hund stürzte wie ein lang gestrecktes Rennpferd los.

Der Riesenschnauzer war ein stilles, hochgewachsenes Tier, der glich einem Fabelwesen. Er hatte einen Bart und über der Schnauze und weit über die rotschwarzen Augen lange, glatte Strähnen hängen. Wenn Diels stehen blieb, blieb auch er stehen, verharrte wachend auf durchgestreckten Vorderbeinen, während sich die Hinterbeine wie Zentaurenhufe vom Boden abstützten, und wartete ab – sobald sein Herr weiterschritt, tat auch er es.

Wolken schoben sich vor das Licht, Pastellblau, mattes Grau, silbrig pfirsichweiche Tupfen. Ein bisschen wie Lisas Augen.

Albrecht Dürer prüfte die gereinigten Pinselspitzen mit dem Daumen.

Schwer hustend ging er zu seinem Pult über, der Boden unter ihm knarrte wie auf einem Schiff. Er berührte die Karte eben da, wo sie Nürnberg verließ. Er wollte fort. Fort! Fort von allen, die er hasste und die er liebte, raus aus den Karten. Venedig war nicht weit genug und hieß nur zurück. Aber die Fernen hinter der Welt, wo man vielleicht auf ihn wartete, dorthin zu gelangen, das kitzelte ihn, kitzelte Diels, der die ovale Fingerkuppe seines Zeigefingers über einen alten Kupferstich Merians fuhr, einer Ansicht Hannovers, die er einem Antiquar verkauft hatte. Hannover, Deutschland – nur Topographie, Sehnsucht und Erinnerung, Bruchstücke unendlicher Gedanken. Wo aber lag die Welt?

Die Welt, in die man fallen konnte? Dürers Finger glitt neben Diels Finger auf dem Papier entlang, wie jene Hand, die schon einmal das Büchlein für Diels umgeblättert hatte, Dürers Hand. Diels hielt an, sein Finger war auf die Rätsel der Fährten gedrückt, rastlos. Wohin gehörte er? Wo würde man ihn erwarten? Wo verstehen? Er war bereit, alles aufzugeben und dafür eine große Veränderung zu gewinnen. Bereit, dieses Land zu verlassen. Nie wieder und nie wieder zurückzukommen, nie mehr und niemals wieder. Sein Herz faltete sich auf, klappte entzwei wie diese alte Ansicht vor ihm, und Dürer fragte sich, was mit seinen Fingern geschehen würde, mit seinen Händen, sobald er den Atem von Wind und Nacht verliere. Würden alle Laubengänge Nürnbergs, die er so oft im Vorbeigehen streifte, seinen Namen behalten? Würde von dem alten Grün seiner Augen etwas in die Luft Nürnbergs gemischt? Würde etwas von Diels' schwarzen Brauen in die Schwingen der mandelflaumigen, breitgestrichenen Büsche überfedern? In die Birken seitlich der schlammgetrockneten Pfade?

Würden die Wiesen von Twenge bei Hannover etwas von der warmen Strenge seiner Träume erinnern? Wo verbarg sich der zweite Flügel des Schmetterlings, des Tagpfauenauges? Wo würde er ihn finden? Wo auf dieser Erde, wann in seinem Leben?

Und im Augenwinkel spürte er einen Habicht im drahtigen Gras sitzen!

Langsam näherte er sich dem Tier, dessen rundes Haupt, einem großen Federball gleich, aus der Erde kuppelte. Der Habicht bewegte sich ein, zwei Mal, er verschmolz mit seiner Umgebung, es schien, als könne er die Farben einer angemischten Palette übernehmen. Diels war ihm bald so nah gekommen, dass sein Herz wie um sich schlug. Rudolf Diels liebte Habichte, es gab nichts auf dieser Welt, das ihm teurer war!

Er hatte sich schon seit seiner Zeit als Regierungspräsident in den Dreißigerjahren Jungtiere in sein Leben geholt, einen Falkenhandschuh hatte er ohnehin aufgrund seiner Falknerei-Leidenschaft besessen. Dieser Habicht war nicht steinfarben, sondern weichgolden, ockerncremig, mit wandernden und überscharfen, überwältigenden Augen. Diels lächelte vorsichtig, seinem Hund deutete er mit einer ruhigen Handbewegung an, sich nicht zu offenbaren. Der Herrschervogel hatte sie längst wahrgenommen und duldete ihre Anwesenheit auf seinen vertrauten Böden. Diels musste zurückdenken an seinen kleinen Habicht, der nicht überlebt hatte und dessen Tod auch von einem Labor nicht zu ergründen gewesen war. Diesen Schmerz hatte er lange nicht überwunden und noch viele Jahre war er davon bestückt und hatte schließlich auch die Falknerei aufgegeben. Dieser Habicht jetzt vor ihm, jetzt und hier, sah ihn an, schob sich noch weiter ins Gras – Diels tat noch einen Schritt – da wand sich der Vogel, kehrte Diels den prächtigen Rücken zu, der vom Hinterkopf an bis zu den festen langen, wie ein Fächer zusammengeklappten Saumfedern gerade hinabfiel, breitete seine Flügel und fuhr durch die dichten Halme über der flüsternden Erde hinweg, hob an, setzte hoch, zerschellte in der würzigen Luft zu einem V wie die V-Narbe auf Diels Wange und glitt in bogenartigen Flügen seiner dicht ausgestreckten Pharaonenflügel zu einem weit oben gelegenen Ast eines Baums – einem jener mächtigen Bäume in der Allee, die von Twenge abzweigte. Dürer legte sich, keuchend vor Husten, in seine Bettstatt.

Gerade lag er da, lang und zitternd vor Fieber. Seine Zotteln schlängelten sich auf das vom nächtlichen Husten Rot bespritzte Pollock-Kissen. Seine Hand auf dem Schlaftuch führte die unsichtbare Kreide, jene Hand, mit der er vor einigen Jahren den Flügel einer Blauracke, die er von der Ware eines Handelsschiffs abkaufte, zum Strahlen gebracht hatte. Das Tier war auf der Reise von Afrika nach Europa gestorben und lag auf dem schmutzigen Boden eines grässlich engen, eisernen Käfigs, in dem noch weitere ferne, samtig fremde, unerklärlich schöne Vögel gefangen waren. Dürer hatte den Kerker geöffnet, den zusammengebrochenen Vogel herausgehoben und unter seinen Umhang geholt. Es hatte stark geregnet an jenem Nachmittag, ganz Nürnberg lag in grau glänzenden Türmen verspiegelt. Eilig lief er nach Hause, das Haar von einem Netz zusammengehalten, eine Hand ums Tier gedrückt, fest an sein Herz. Bei sich im Trockenen, legte er die Blauracke auf einen Stoff, stand da, betrachtete ihn minutenlang und hauchte sich die Finger warm. Der Regen floss am schmalen Fenster hinab, das über seinem Tisch brauchbares Licht einließ. Er warf den nassen Umhang von sich, nahm einen Schluck Wein von seinem hohen Becher, klappte den rechtwinkligen linken Flügel weit aus, strich darüber, schloss die Augen, spürte den Trotz, die einzelnen Farben, die Saiten einer Laute. Dürer war ein meisterhafter Farbhersteller, denn Farben gab es nicht zu kaufen, ein Maler seines Rangs war selbst dafür verantwortlich, und darin lag auch der Wert eines Künstlers, ja es wurde sogar von ihm erwartet, eine eigene Werkstatt der Geheimnisse anzulegen. Er wusste, welche Eingeweide von Tieren ein eitles Gelb ergaben, er wusste, welche Schmetterlinge – zerrieben und zerstoßen – zu rotbraunem Pulver wurden, und er wusste, aus welcher Lilie der grelle

Staub und aus welchen Kräutern, die er sich bei Mönchen holte, lasierende Glühgrüne herauszudrücken waren. Mit dem Eiweiß der von ihm geliebten Hühner band er die zu Hunderten winzigen Steinschälchen auf dem Boden verteilten Pigmente zu deckenden Farben. In Venedig hatte er bei einem angesehenen Vergolder, der aber kein Wort sprach, das Vergolden, den Umgang mit Blattgold erlernt. In dutzenden Vorgängen wiederholt, übereinander gestrichen mittels eines fächrig sanften Pinsels, deckte sich das Gold schließlich körperlich auf, das war die Musik Italiens und der alten deutschen Tafelmalerei. Die Blauracke war eine göttliche Explosion an Farben. Dürer wandte die Aquarellpulver nicht als durchsichtige, wasserträumende Flecken an, wie er es bei Landschaften zu tun pflegte, sondern im Falle des Flügels ganz exakt, als zeichne er mit den Farben. Das puffrig bewachsene Gefieder reckte sich auf seinem elfenbeinernen Pergament wie die Schulter des Umhangs eines Aztekenkönigs. Echter Lapis opferte Dürer und Türkise von so perlender, stolzer Leichtigkeit, dass die Kontraste ins buttrig Grüne gar nicht fassbar schienen, gar nicht möglich sein konnte, wie diese Schatzstreifen einer verborgenen Kenntnis aneinandergereiht waren, zusammenliebkost und verbündet wie die Wälder Europas. Wälder, in denen sich das Leuchtblau der indischen Meere in abzählbaren Härchen ins Schwarzviolett deutschen Fachwerks kämmte. Schuppen von Federn schuppten in erhauchte Federwedel zartester ovaler Abschlüsse über. Glatt und massiv, wie Schwingen bedeutender Vögel sich anfühlen, warf diese Blauracke vom Bügel ihrer unbeugsamen Schulterspitze aus ihr Gewand über die ihr dienenden Initialen A D.

## 41

Vielleicht.

War es auch nur die abendliche Pervitinpille, die Adenauer so stramm nach vorn blicken ließ, ohne Sinn für die Vergangenheit, ohne Liebe, wie Diels sagte.

Der Kampf ums Kanzleramt hatte jedenfalls jetzt erst richtig begonnen, alles zuvor war ein Spaß gewesen daneben. Gegen den dicken Wirtschaftsjungen musste und würde er sich durchsetzen, das wusste Adenauer. Überhaupt, *Wirtschaftspolitik*. Nein, nein, nein – es ging ums Ganze, und er, Adenauer, er war das Ganze. Dass der Erhard von dem Bucerius gestützt wurde, das war dem Kanzler egal. Bucerius war ein Träumer, pah! Adenauer und autokratisch? Diese Undankbarkeit allerorten. Und was ist schon die ZEIT, wenn es die Ewigkeit gibt?

Die Umfragen hatte Adenauer auf seiner Seite, weit mehr als die Hälfte der Menschen verehrte ihn wie einen *demokratischen Monarchen*, den großen Vater.

Und dieser Wahlkampf hatte doch nur ein Ziel: Wahlwunder zu werden wie ’53.

Adenauer hatte nicht vor, mit seinen zweiundachtzig Jahren an irgendein Aufhören zu denken, an irgendeinen anderen als an sich. In seinem Umfeld fragte man sich, wie es kam, dass er so gar keinen Verfall zeige. Er genoss es, sie alle abzuschreiten, weiß Gott. Und wer brauchte Leben, wenn es Kontinuität gab, und wer brauchte Wahrheit, wenn es Amerika gab?

Adenauer hatte Ruhe in die Geschichte gebracht, Störungen konnte er nicht leiden, da wurde er zickig. Geordnete Verhältnisse waren endlich da und die Deutschen erzogen. Selbst das Auswärtige Amt hatte er in seine Schranken gewiesen. Am Informationsaustausch in der Bundesrepublik wollte er nämlich nichts ändern, keine Experimente! Globke hatte bereits seit einigen Jahren, etwa zeitgleich mit dem Tod Stalins, Meldungen, sowie regelmäßige Lageberichte der Organisation Gehlen ans Auswärtige Amt weiterleiten lassen, so könnte, wünschte Globke damals, das Auswärtige Amt doch gleich seine Informationsinteressen mitteilen, damit diese beim *Informationseingriff* auch berücksichtigt werden könnten. Pullach schickte jedoch daraufhin derart viele rüber, dass es kaum einen beim Außenministerium gab, der sie noch klar auszuwerten vermochte und vielleicht Wichtiges in einem schwirrenden Gezirpe an Berichten unterging.

Gerade das überfließende Material zur Ostzone, zur DDR, war schwer zu bewerkstelligen. Gehlen, dem es mehr denn je um die Gunst der Ministerien gegangen war, überschüttete das Auswärtige Amt mit Informationen, die sich bei genauem Hinsehen als minderwertige Mangelware herausstellten, und der Organisation Gehlen die ganz einzelnen Diamanten aus Angst und Verzweiflung schürender Qualität offensichtlich fehlten. Aber Gehlen brachte seinem geliebten Papstkanzler nun mal alle außenpolitischen Opfer, von denen die Sowjetunion der größte Feind der Menschheit war, darin waren sich alle einig.

Und wer brauchte das Außenministerium, wenn es Gehlen gab und seit einem Jahr nunmehr und ganz offiziell und von Konrad und der CIA gesegnet – den BND!

Ob der Jehlen nu misch liebt odder die Amis odder dat Jeld, dat weißisch nischt, dat mussisch noch stetisch herausfinden.

Nachfolger dieses Kanzlers konnte nur der Kanzler selbst werden. So, wie er nirgends hergekommen war, so konnte es für ihn keine auf ihn folgenden Menschen geben – einzig, wenn er weiterlebte, wenn das Amt zu seinem Synonym wurde, seine Aura forttrug, nur dann konnte es auch für das Volk immer im Guten weitergehen, und dafür musste er jetzt noch mal ran. Nur, wenn seine große Demokratur, wie Augstein sie nannte, niemals enden würde, würde auch der Frieden nie enden. Er war herausgeragt aus allen anderen Menschen, auserwählt von dem Konklave des

Schicksals. Die Ewigkeit seines Amtes war die Ewigkeit wirtschaftlicher Blüte.

Seine Amerikaverneigung hatte das Leben in der Bundesrepublik Deutschland gefestigt, seine Preußenabscheu hatte die DDR wie Unrat vom Rest des gemeinsamen Landes abgesondert, seine Erniedrigung der Sowjetunion war das Wunderglück in den Bundesbürgern, er erregte sie, frenetisch erregte es sie, geilte sie andächtig auf, Russenhass war Wahrheit, Reinheit, Seligkeit – im Namen des Vaters, des Kanzlers, des heiligen Vergessens. Das Tor des Himmels stand ihm geöffnet, begleitet von gregorianischen Gesängen würde er dort empfangen, mit seinen Sammlungen der Meisterkunst, s a a a a a a l v e ...

Ob er wusste, dass die CIA eine Kamera vorne ins Flugzeug hineingebastelt hatte, als er vor zwei Jahren die Sowjetunion bereiste? Globke hatte es bestimmt gewusst, der wusste alles, der wusste sogar, wie man in Sachen Wodka mithält: den abzulehnen wäre aus diplomatischer Sicht unterentwickelt, darum hatte er sich zuvor Olivenöl verabreicht, so brauchte der Alkohol länger.

Adenauer hielt sich mit derlei nicht auf, er war in Gedanken bei Spitzweg, der zwei überdimensionale Schmetterlinge gemalt haben soll, das durfte nicht wahr sein, das konnte nicht stimmen, das war nicht nach Gottes Plan, und es war nicht normal, so große Falter! Es hatte etwas Krankes für Adenauer, und er blickte in ein giftgelbes Licht hinaus, zu jenem Pfad hin, an dem Spitzwegs *Schmetterlingsjäger* innehält und zwei Falter entdeckt. Etwas an der Raumzeitkrümmung, etwas an dem optischen Irrsinn des Bildes gehörte gejagt und für gefährlich erklärt, ja die Sicherheit der deutschen Seele war bedroht.

Die Deutschen musste man vor eigenen Gefühlen schützen. Die Gedanken sind nicht frei, man kann sie erraten.

Adenauer schwebte in einer Linie mit Jeanne d'Arc, mit dem leidenden Achatius, mit dem arglosen Florian, dem Hausbeschützer, und das heilige Haus war Deutschland. Adenauer wusste, er würde auch diese Wahl seines Lebens gewinnen, mit absoluter Gewissheit. Viele Briefe und Meldungen waren schon in ihm vorgefertigt. Auf dem Punkt dieser Macht musste man sehr ruhig bleiben, um nicht vor Erstaunen umzukippen, sie war beispiellos, sie war verflucht, weise und unantastbar. Macht konnte nur durch Macht beherrscht sein, Kontrolle nur durch Kontrolle, Angst nur durch Angst. Er war die Spritze ins Blut, lang und filigran und treffsicher. Er zog seine Hand nicht mehr zurück, wenn jemand sie küsste.

Das Außenministerium war daran gescheitert, Aufsicht über den Meldefluss zu gewinnen, denn BND und Kanzleramt, das war eins, das ließ sich Adenauer nicht nehmen, das hatte eine ganz eigene Chemie, *et bleibt wie et is*.

Wenn sich die Kinder streiten, dann sollen sie sich auch wieder vertragen, und so geschah es. Das Auswärtige Amt und der BND reichten einander die Hand und tauschten die Schippen und Bagger. Dem undurchschaubaren Willkürapparat eines Spitzeldilettantenzirkus', vor dem Diels immer gewarnt hatte, waren nun keine Grenzen mehr gesetzt, und der letzte Rest an Skrupel und Ermessen, die das Auswärtige Amt noch in sich getragen hatte, erloschen. Inzwischen, 1957, erreichten das Auswärtige Amt rund dreihundert Meldungen pro Monat, und das lief ungefähr so ab: Ein Bericht über jemanden wurde aus Pullach nach Bonn katapultiert, das Auswärtige Amt aber durfte diese Meldung je nach Meldung nur ganz schnell angucken und musste dann wieder die Hände vor die Augen schlagen und die Meldung zurückschicken. Falls nötig, durfte es an ausländische Diplomaten weitergereicht werden, aber nicht sagen, woher!

So hatte sich Gehlen das schon seit jeher gewünscht, und so ist es gekommen. Ein kryptischer Organismus wimmelnder Ameisen, den er befehligt. Manchmal spielte er in seinem Büro Staatsfeind & Agent. Dann warf er sich seinen Trenchcoat über, setzte die Sonnenbrille auf, lud seine Wasserpistole und versteckte sich drei Stunden unterm Tisch neben dem geflochtenen Mülleimer. Außer der Personalzunahme und Verschleierungssucht hatte sich beim feierlich „neu“ gegründeten BND seit der Organisation Gehlen nämlich rein gar nichts verändert. Rekonstruktion von Vorgängen? Unmöglich. Und das ist auch so gewollt. Undeutsch, könnte man sagen.

So auch die BND-interne Irritation: gewollt. Menschen, die verwirrt sind, sind gutes Material. Und Chiffren? Die neuen Hieroglyphen! Waren bislang das Kanzleramt und der CIA die Hauptabnehmer der Meldungen, verließen die Berichte Pullach nun völlig losgelassen, an welches Ministerium, an welche Leute auch immer, ist doch egal: Adenauer ist glücklich, und wer braucht ein Verteidigungsministerium, wenn es den BND gibt? Militärische Nachrichtenbeschaffung ist des BNDs zentrale Zuständigkeit, auch wenn eine Bedingung, an die Bundesspitze zu kommen, war, das Verteidigungsministerium ranzulassen. Und wer muss sein Wort halten, wenn es den Wortbruch gibt? Und wer braucht Deutschland, wenn es die Bundesrepublik gibt? Und wer braucht Liebe, wenn es Betulichkeit gibt? Und wer braucht die Freiheit, wenn es die Angst gibt?

Kanalisieren, koordinieren, integrieren. Auswertungshoheit wahren, auch wenn nichts dahintersteckt. Ausland, Inland – Hauptsache BND. Sicher ist sicher. Und ist es nicht zauberhaft, dass die Bundesrepublik und die Sowjetunion doch noch eine diplomatische Verbindung ausmachten? Ja, ist es. Und noch reizender ist, dass der BND dann auch unmittelbar damit begann, die künftige sowjetische Botschaft auszuforschen und Überläufer zu gewinnen – einfach brillant. Und auch, wenn die CIA vor noch einem Jahr die fehlenden Hochkaräter der politischen Meldungen beim BND vermisste, diese an Interessantem Zitat: gleich null waren – so gab es ja längst den Langkau-Apparat, einen Geheimdienst im Geheimdienst, so ein ganz klein bisschen was Eigenes, deutsches, so ein ganz eigener Fangarm. Mit der Zeit würden Informationen schließlich gänzlich ungefiltert, möglichst direkt verwendet, möglichst von keinem anderen gesichtet, möglichst unmittelbar kosmisch an ihn gesandt, an ihn, den einen Reinhard Gehlen.

Gehlen lächelte seiner Frau zu, die Rosen in die Vase steckte, sehr behutsam, sie war puppenhaft schön, seine Frau, und sie erwiderte sein Lächeln.

Die Rosenart, die sie aus dem Garten hatte, hieß nach dem Mann, der dieser sehr roten Sorte auch den Namen gegeben hatte, auf der Gartenbauausstellung mit ihren durchlässigen Pavillons und elegant weißen, botanischen Käfigen. Sie hieß nach dem Mann, der selbst viel über Schädlingsbekämpfung nachgedacht hatte. Sie roch garstig scharf. Sie war die *Adenauer-Rose*.

Rudolf Diels lief durch den Regen. Es war längst Nacht geworden, die Landstriche hatten ihn verschluckt wie eine Gräte. Er schloss seine Augen, stakte durch schmatzendes Moor, der Wind packte ihn am Kragen, zerfetzte seine Strähnen. Dunkelblaue, hellschwarzgraue Wolken schlugen wütend gegeneinander, wie ein atomares Wunder. Bunte Blitze stachen in seinen geschlossenen Lidern ineinander, er lief weiter und weiter, in den Donner, verschwand in den Armen pfeifend anmutiger Wälder.

*Amerika foltert nicht!*
Amerika ist das Licht
Des Völkerrechts, der Samen
Der weiße Namen
Der Freiheit unter Gott!
Mögen alle vereinten Nationen
Die Welt bedrohen
Wenn sie das nicht glaubt!
Einer glaubt es nicht, geht über eine Straße
Krallt die Finger in die Haare
HÖRT AUF! Schreit er.
HÖRT AUF MIT FOLTER! IMMER IMMER FOLTER!
HÖRT AUF!
Er bricht zusammen
Die Leute schauen
Im rauen
Wind.

Für Nils Melzer

42

Gold.

War dieser Sommer. Endlich war der Wirbel um die Wiedereröffnung der Alten Pinakothek vorbei. Diels und Lisa stiegen aus dem VW und spazierten über den trockenen Boden zum Eingang, der rücklings lag und breit gefächert war.

„Vielleicht nehmen wir uns eine Wohnung in Wiesbaden", sagte Diels, „ich halte Wiesbaden für die schönste deutsche Stadt, und sie liegt näher an Bonn."

Er trug einen marineblauen Anzug, wirkte gesund und kräftig, gebräunt von seiner Reise nach Tunis, wo er einige Zeit mit der Familie des Präsidenten Bourguiba verbracht hatte. Er hatte Bourguiba in Paris kennengelernt. „Langenhagen bleibt uns ja trotzdem", beruhigte er sie.

Mit Sonnenbrille und seinen noch immer, trotz einzelner ergrauter Fäden, tiefschwarzen Haaren hätte er auch als hochgewachsener Moslem aus der Sahara, aus einer alteingesessenen Kalifenfamilie stammend, durchgehen können. Er hatte sich wohl erholt dort und war sogar noch weitergereist, nach Marokko, Algerien, Libyen. Jene, wie er sagte, neuen Staaten, die uralt waren.

Besonders die pflanzensoziologischen Verhältnisse interessierten ihn und ließen ihn weitere Pläne für Deutschland fassen. Die Kümmerflora, die Steppen und Wüstenränder und das, was ihn schon einmal als tunesischer oder libyscher Frühling überrascht hatte, öffneten seinen Mut, seinen Kopf, seinen Entschluss.

Ganze Mappen voll botanischer Notizen hatte er vor Ort mit sich herumgeschleppt, während die Sonne in seine ebenhölzerne Stirn flutete. „Die *Frigidität* der politischen Kräfte hier bei uns in Deutschland muss jetzt ein für alle Mal durchbrochen werden", fuhr er fort und nahm die Sonnenbrille ab. „All diese *Zuständigen*, diese Atmosphäre um den *starrsinnigen Geronten* in Bonn! Es liegen unermessliche Möglichkeiten in Nordafrika für die deutsche

Industrie, für Frankreich, für Europa, du hast es gesehen. Doch wir ziehen überall Groll auf uns, denn was tut die Bonner Außenpolitik? Sie fühlt sich in die letzten Ungereimtheiten des *weltumspannenden Schwachsinns der Amerikaner* ein. Mein Buch wird mehr sein als ein Buch, ich werde es durchs ganze Land tragen, ich werde zu den Menschen sprechen, werde daraus in ihre Gesichter hineinlesen, bis sie erwachen! Dieser ganze Ring der 45er Clique gehört gesprengt. Ich kann der Demokratie keine neuen Federn wachsen lassen, aber ich werde ihre *Perversitäten* mindern. Hast du das Buch gelesen, das ich dir schenkte?"

„*Westlich von Mohammed?*", summte sie, „ja, es ist wundervoll!"

„Ich will es besprechen!", rief er und erschrak plötzlich, der Eingangsbereich würfelte ihn neu. Aufsteigende Geometrie!

Lisa, in ihrer Seidenhose und einer weiten, bordeauxperlmuttgestreiften Bluse aus Tunis, drehte sich, den Kopf in den Nacken gelegt, im Kreis und hielt dabei ihren Strohhut fest an sich gedrückt. „Sieh dir das an, Rudolf, sieh dir das an!" – Das Licht verteilte sich bis in jeden Winkel wie in einem Dom.

Zu Dürer ging es links die Treppe hoch.

Das aber war keine Treppe. Es war die fast senkrecht steile, elternlose Ebene einer Tempelpyramide! Lisa und Diels lächelten sich an, betraten die erste Stufe, die zweite, die dritte. Nach einer Weile blieben sie stehen und sahen, wie das Tageslicht um sie herum kollidierte. Stimmen hallten, Schuhsohlen, die über die glänzenden Böden schrillten.

Höher. Weiter höher. Diels berührte sie am Arm. In seinen Schenkeln schoss Blut und Leben auf. Eine schwere Tür ließ sie in die Grabkammer ein.

Er lief vorbei an Menschen in Sommerkleidern, vorbei an einem leise nuschelnden, graugelockten, rundlichen Museumsdirektor Buchner, der in jemandes Ohr hineinbeschwor: „Ich habe ja selbst Liebermänner gekauft, ich habe schon damals Liebermänner gekauft, ich habe nichts anderes getan als der Herr Tschudi, na was hab ich denn anderes getan als der Tschudi? Das hab ich auch dem Herrn Bundeskanzler gesagt, den ich schon drei Tage vor Wiedereröffnung hier herumführte. Der hat ja erheblichen Anteil genommen am Schicksal der deutschen Kunst, unvorstellbare Fürsorge getragen, na und wo wär' das denn heute alles ohne mich?

Ich habe die doch eigenhändig mit dem Einmarsch in Polen aus diesem Hause geschafft, das hat mir der Hitler noch selbst angeraten, und ich handelte von einer auf die nächste Sekunde! Das waren hier fast ausschließlich Werke von Sonderklasse, diese ganze Batterie bis da vorne hin, oberste Priorität!"

Ein einzelnes goldschwarzes Feld zog Diels an.

Er blieb davor stehen, ungläubig über das längliche, weißerpfirsichbleiche, sonderbare Gesicht, das wie zu einem Fenster hinter Diels Schulter blickte.

Der Ausdruck eines tief angespannten Menschen war das, der an einem vorbeisieht, dessen Gedanken jedoch einen anschauen.

Vorsichtig ging er darauf zu.

Im All gibt es Bereiche, die von Licht und Strahlung, von Geschichte ausgeschlossen sind. Schwarz in Schwarz. In einen solchen Raum hatte sich Albrecht Dürer gestellt, in einen Raum, der er nur selbst sein konnte.

Der Krieg der Welten lag wie ein dystopischer Gürtel um diesen schwarzen Ring herumgeschnallt, doch der Krieg vermochte ihn nicht zu durchbrechen. An den gleißenden Kordeln, bis in die Fäden seiner rehnass flüsternden, fein gedrechselten Haare, entbrannte dieses Schwarz eines eigenen Raums!

Ganze Rehherden aus jahrtausendealten Zöpfen entflochten und gelöst, bündelten sich um seinen zylindrischen Hals herum, legten sich auf den bernsteinglühenden Fellkragen nieder, Leben auf Leben. Es war das Fest des goldenen Waldes, der, reich bewachsen, wie der Schoß der Zeit, hinabwuchs, zu seiner gelblichen Jadehand. Diese Hand. Zeigefinger und Daumen – Diels trat noch einen Schritt heran – die beiden Finger, diese beiden Finger, sie hielten doch etwas fest.

Dürers Daumen drückte etwas gegen den Zeigefinger, etwas, das fortfliegen würde, etwas Zierlichstes, ein Blütenblatt, ein Lilienblatt, ein Tulpenblatt, ein Rosenblatt, einen Flügel, einen Flügel – einen Flügel! Den zitternden Flügel eines Schmetterlings!

Diels zerrte an seiner Krawatte, machte einen Schritt nach hinten und trat einer älteren Frau auf den Fuß, dabei geriet er ins Wanken und stürzte.

Zwei Männer halfen ihm auf, auch Lisa war zurück, eine schwarze Strähne kitzelte sein Auge, er lachte, Schweißperlen jagten über seine hohe Stirn hinweg!

Die gepflegte Dame versicherte ihm, dass ihr nichts zugestoßen sei, dass es überhaupt nicht wehgetan habe, dass sie seine Begeisterung für Dürer sehr gut nachvollziehen könne, und ein Student klopfte Diels die Schultern des Anzugs sauber – Diels' Blick aber war in Dürers Blick gestochen, wanderte über die erlesene Braue des Malers zu den einzelnen Wimpern, zum hellweichen Grün dieser einschüchternden Trancelinsen. Er sah und hörte die Umgebenden nicht mehr, er sah diese Hand vor sich, und diese Hand war eines Meisters Hand. Sie war durch einsame Geselligkeiten und durch viele Regentropfen gegangen. Im genestelten Ärmel pochte die Kraft seiner Reflexe und Muskeln, zog sich bis in die Adern seiner Finger, deren Fingerkuppe sagte – *ich*. Diese Hand hatte nicht gemordet und nicht morden lassen, denn sie sagte – *du*. Aus dem weißen Hemdansatz drang die Einfachheit seiner Mutter und aus dem nie ohne Gefühle der Sehnsucht Gedachten, das träumerische, feste Gewissen seines Vaters. Auch sah er so seine Geschwister an, auf dass sie nicht fehlten. Wie Narben wuchsen ihm die langen Halme seines Bartes von den aufmerksamen Mundwinkeln, Puls lag in den Lippen, Schönheit hielt ihn wach, berauschende Leidenschaften strömten über seine Wangen – nur *eines* nicht: Angst. Er sah an Diels vorbei und Diels mitten in ihn hinein, und da war keine Angst zwischen ihnen. Denn sie ist die widerwärtigste Pestilenz, die durch alle Jahre der Menschen hindurch aalt, sie nährt sich von sich selbst und sie duldet keinen Mut. Nur Mut und Liebe und nur, an der anderen Mut und Liebe zu glauben, stößt diese Krankheit ab.

Zu wissen, seine eigene Geschichte zu entblößen, sich selbst zu erschaffen, nur das und nur das allein führt zum Freisein aller Gedanken, bändigt allen Rausch, zähmt alle Reize und lässt in der Neugier eines unversehrten Augenblickes übrig, was allein Freiheit bedeutet: den Menschen da vor sich zu achten als einen Fremdling der eigenen Freiheit, als einen Besitzer eigener Freiheit; keine Freiheit kann über die andere bestimmen, selbst wenn sie an dasselbe glauben!

Tränen umrollten wie in einem Glasperlenspiel Diels' Lider, als er dastand, allein mit seinem Herzen, in dem sein ganzes Leben lag, und er sah das Bildnis an. Er spürte das leuchtende Öl überall an sich aufgetragen, Dürer berührte ihn, beruhigte ihn, sagte ihm – du Mensch vor mir – sie werden über dich lachen, sie werden dir Namen geben, die deine Eltern dir nicht gaben. Sie fürchten zu sehr, dass jemand sonst ihnen diese Namen gibt, nur so können sie ihre Angst überleben, indem sie andere fortwährend versehren, denn sie wissen nicht, was sie aus ihren Worten lassen, und sie haben Angst, Angst haben sie, Angst. Sie werden dich bis an den Abgrund drängen, du aber wirst an diesem Abgrund erst recht erkennen, wie sehr du gewachsen bist, wie frisch deine Hoffnung über all deine Sorgen strahlt! Du wirst an diesem Abgrund in den tiefen Spiegel deines Inneren blicken, du wirst deinen Kummer begrüßen und deine Prüfungen und Schmerzen annehmen! Du wirst nicht fallen, du wirst nicht zerbrechen, du wirst nicht verzagen! Strebe gegen alles, auch gegen dich selbst, aber vertraue deinem Stolz und lass jedem anderen sein Gesicht und lass jedem anderen seinen Stolz und zerreiße nicht eines Anderen Empfinden und belüge nicht dich selbst. Sie werden nicht erkennen, sie sind zu viele und sie werden nicht verstehen. Halte dich an die Sehenden, kette dich an die Seltenen, zähle dich zu den Wenigen: ihr seid die Besitzer der Freiheit. Ihr seid die Freiheit! Wir haben sie geboren, denn sie war vorher nirgends im Universum von Bedeutung – erst hier, hier nur ist sie zu Hause, bis zu dem Tage, an dem alles – von Feuer gesalbt – vergeht und nie gewesen ist. Und sie werden dich jagen, und du wirst gedeihen, je mehr sie dich quälen, und du wirst nicht sterben, nur weil es den Tod gibt. Denn deine schönsten Taten werden im Wind überleben, werden in den Rosen weiterblühen, werden fliegen wie von Flügeln getragen!

## 43

Alles.
Schob sich zusammen! Diels saß in seinem VW – stratosilber, Schiebedach, Baujahr ’55 – Richtung Langenhagen. Sie wollten das Wochenende hier in Hannover verbringen, zur Taufe im Haus von Lisas Bruder, sie war einige Tage früher aus Berghausen angereist.

Diels gab Gas, als wolle er mit einem Raumschiff durch den brennenden Ring einer Umlaufbahn, die frei herumschwebt, ohne Planet. In seinem Kopf schnitten sich die Stunden wie Scheren ineinander. Rubinrot glomm die Ampel, als er weiterfuhr. Im Vorbeifahren gab ihm ein Polizist per Haltestab die Anweisung anzuhalten, Diels rollte weiter, doch nur wenige Meter, dann stoppte er und stieg aus. Der Polizist trat an ihn heran: „Warum haben Sie nicht vor mir gehalten?“

Diels brüllte ihn an: „Was erlauben Sie sich eigentlich? Ich halt doch! Ich werde mich über Sie beschweren!“

„Wer sind Sie? Weisen Sie sich aus, wenn schon ein Beamter vor Ihnen steht!“

„Regierungspräsident! Rudolf Diels mein Name, hier, sehen Sie nach! Daher weiß ich auch, wozu Sie berechtigt sind und wozu nicht, ich als Regierungspräsident weiß sehr wohl, Beamte zu beurteilen! Der Zeuge da kann bestätigen, dass ich nun gehalten habe!“

„Mitnichten, der wird gesehen haben, dass Sie sowohl die Straßenverkehrsordnung missachtet als auch vor einem Beamten nicht angehalten haben, als dieser Sie dazu aufforderte!“ Der Polizist wies auf die Umstehenden.

„Das hier wird für Sie übel ausgehen, lassen Sie es doch lieber gleich!“, rief Diels. „Wollen Sie Ärger? Wollen Sie diese Angelegenheit weiterverfolgen? Wozu?“

„Tschuldjung die Herren, ich kann sehr wohl bezeugen, dass

Sie den Herrn Polizisten hier angeschrien haben!", kam ein Mann zu ihnen. „Pinnow, heiß ich, Pinnow!"

„Eben! Das hier wird nämlich für – Sie – ein Hauptverfahren geben!", drohte der Wachtmeister.

„Ich warne Sie, ich habe genug anderes zu tun, als von – Ihnen – vor Gericht zitiert zu werden!" Diels hielt ihm den Zeigefinger entgegengestreckt.

„Gesellen sie sich wieder zu Ihrem Kollegen, dem Polizeiposten da an der Abfahrt, da drüben der! Auch so einer! Was gestikuliert der so unverschämt in meine Richtung?" Diels stieg ein und fuhr weiter. Ihm war klar, dass es lästig werden würde, auf den Brief vom Oberstaatsanwalt freute er sich jetzt schon, *Anklageschrift an Herr Rudolf Diels, wohnhaft soundso, wird wegen Vergehen und Übertretung der Paragraphen soundso am soundsovielten und überhaupt, 25 Mark Strafe ... – ach, zur Hölle. Diels würde, einmal wieder in seinem Leben, so ungefähr antworten – ich hielt es für meine staatsbürgerliche Pflicht, gegen das Verhalten der beteiligten Polizisten anzugehen, deren grober Unfug nicht auf Dauer durch mechanisierte Rechtsprechung geduldet werden kann* und so weiter und so fort. Doch wozu das alles? Draußen verschwamm die Landschaft, von den weichen Fensterlinien seiner Scheiben gefasst, zu unendlichen Wegen aus Ocker und Sandton: darüber, ein kalkweißer und ahnungsloser Himmel, ein sehr deutsches Licht.

Paraguay? Argentinien? Aber klar doch, gerne, gerne alle Nazis wiedersehen und ein paar Huzulen mit ihnen züchten! Diels sagte immer zu Lisa – Lisa, es stimmt, ich will weg hier, aber das miese Klima, das alles auf Erden zu Löchern macht, ist überall verbreitet. Und in ihm stieg die Galle hoch. Nein, schmecken tat dieses Land hier nicht, man könnte es sogar höchst unappetitlich nennen, kein Wunder bei dem Koch, der auch gleichzeitig Kanzler war und jeden künftigen Brei bereits verdorben hatte: krankmachendes Deutschland mit seinem Kollektivsouverän, mit seinen *lauter kleinen Wichtigs*, wie es der Preußenkönig einmal formulierte. Und schreiben? Für wen? Die Deutschen hielten die Bücher alle verkehrt herum, die Kritiker und die Politiker, die Menschen, ihre Kinder, ihre Katzen, alle lasen verkehrt herum! Und sein Verleger Schlüter, der wollte ja lieber Minister werden. Politiker, lachte Diels herzhaft und fuhr auf die Autobahn. Politiker! Wie hatte es in einem der letzten Briefe eines Bekannten geheißen – *Preußen, der Staat der Gerechtigkeit, der Sauberkeit, der selbstlosen Hingabe an den Staat, musste zerschlagen werden, um ehrgeizigen Politikastern den Weg zu fetten Pfründen freizumachen. Als Kaiser Wilhelm II. den hervorragenden General v. Caprivi zum Reichskanzler machen wollte, lehnte dieser vermögenslose Edelmann mit der Begründung ab, dass er kein Politiker sei. Hat heute schon mal eine Null einen hochdotierten Posten ausgeschlagen?* Gerade die schlimmsten Verbrechen, schrieb jener Vertraute, würde die jetzige Regierung der Bundesrepublik im Namen der Landesverteidigung begehen. Und Otto John? – schrieb er, die vier Jahre, wenn überhaupt? – der sei doch ein Freund von Adenauer, von Innenminister Schröder, Schröder, der stets eine Lanze (aus Schokolade) für seine halbstarken Freunde bräche! Es seien *charakter-* und *marklose* Gestalten, die heute ihre *Regierungsexperimente* mit den Menschen treiben würden. – Diels lachte! Laut und genüsslich und wahnsinnig vor Liebe!

Und irre vor Wut! Eine zauberhafte Welt der Freiheit und des Friedens lag da draußen, wie vom Nürnberger Tribunal hoch und heilig angestrebt! Ja, sie hatten ihr Versprechen gehalten, so fest, dass es nie zustande gekommen war! NATO? UNO? – hatte der Bekannte geschrieben, die hatten doch nur den Wert eines Kegelclubs!

Eigentlich hatte dieser Briefwechsel überhaupt erst begonnen, weil der Bekannte seiner ungeduldigen Vorfreude darüber Ausdruck verlieh, von Diels' geplantem Buch über eine *Reform des*

*Systems* gehört zu haben. Trotz aller Abgeneigtheit an dieser Bundesrepublik hatte dieser Mann namens Rudolf Diels also keineswegs die Isolation gesucht – ganz im Gegenteil! Noch immer schrieben ihm Menschen, die sich bei ihm bedankten, für seine Grundsätze des Rechts. Dafür, dass er einfach nicht aufhörte richtigzustellen, auszumisten und die Wahrheit kundzutun. Das war kein Hitlerbuch diesmal, kein Versuch, darzustellen, wie es war – es war ein Buch für die Zukunft! Ganz wie er beteuerte in seinen Briefantworten, er wusste es *tiefgenau: ein großer Trubel* mochte zwischen dieser *faden Gegenwart* und jener *lichten Zukunft* liegen, doch diese Zukunft war da. Sie war da!

Der Jahresjagdschein für 1957 war beantragt, für Katzenelnbogen/Nassau, das Passbild beigefügt, und die Beitrittserklärung zum Fasanenring wartete auf seine Unterschrift. Diels schickte seine Jagdflinten regelmäßig zur Begutachtung, mit denen stimmte also alles. Mit ihm auch. Er trachtete nach ungehemmter *publizistischer Betätigung, auf eigener finanzieller und unkompromittierender Basis*. Diels dachte dabei an eine Zeitschrift, die womöglich kein eigenes Geld mehr besaß, um zu überleben, und die er hätte kaufen können. Schreiben, nur schreiben für die Wahrheit … ach, dachte er, fühlte er, spürte er – als er das Steuer schwang …

Ein anderer Freund hatte ihm berichtet, wie gern er eigentlich in die Ostzone würde, und darin lag kein Ekel, kein Zögern vor minderwertigen Landsleuten, sondern echte Lust und Entschlossenheit, sogar Einladungen nach Russland anzunehmen – *und ich geh auch hin, mögen sich die Butterweichen hier noch so erschrecken*.

Diels schmunzelte in die Straße, die sich vor ihm schnörkelte. Seine Brust kribbelte. Die Narben rings ums Gesicht verwuchsen mit seinem Leben zu einer Baumkrone, die weiche Stelle unterm Kinn war gewölbt und die dunkelblauen Augen wach und weitgereist. Das Haar war noch immer nach hinten gekämmt wie ein weicher Stoff, schwarz, mit Fäden von Schmerz, mit Vorstellungen von Lust.

Hatte er Lisa je erzählt, dass er Tulpen liebt? Hatte er von jener Frau erzählt, die ihm früher manchmal den Schlüssel aus dem Fenster geworfen hatte? Hatte er Lisa gesagt, dass er sie – Lisa – liebt? Wusste Lisa, dass er heimlich Gedichte schrieb, um sie dann zu verstecken, vor sich selbst zu verbergen?

Der Reichstagsbrand? Diels lachte wieder! Der Reichstagsbrand! Kuby von der *Süddeutschen* hatte hartnäckige Telegramme geschickt, um Diels den wahren Täter zu entlocken, doch Diels hatte kein Interesse an dieser vermeintlichen Zäsur, seine Einschnitte lagen ganz woanders, ihn hatte diese ganze Angelegenheit immer nur besetzt. Er hatte in unzähligen Briefen längst erklärt, dass er dazu keine Meinung hege, dass man aus seinem Schweigen bitteschön weder gutartige noch böswillige Schlüsse ziehen solle und dass er von der Sensationspresse nicht dafür benutzt werden möchte. Curt Riess hatte ihn sogar noch gewarnt, sich auf Unberufene einzulassen, die plötzlich auftauchen würden, um in der Sache zu forschen. Fritz Tobias sei einer, dem man nicht trauen könne, der plane eigentlich eine Apologie auf die Nazis. Immer wieder wurde Diels auf den unseligen Reichstagsbrand angesprochen, er hatte Augstein den Vorschlag unterbreitet, das Ganze noch einmal in aller Sorgfalt anzugehen, um die künstlich heraufbeschworene, skandalöse Heimlichtuerei und all die erfundenen Tatsachen ein für alle Mal aus dem Weg zu räumen. Diels dachte auch daran, das Institut für Zeitgeschichte mit dieser wissenschaftlichen Untersuchung zu beauftragen und das noch Feststellbare unter den Lebenden festzustellen. *Man quatscht also erheblich mit Ihrem Namen in der Gegend herum!* – hatte man ihm berichtet.

Er glitt wie über die Wogen eines steinernen Ozeans in seinem VW, am Ende der deutschen Geschichte, am Anfang seiner Geschichte. Das Erlebte perlte von ihm ab, entfloh durchs offene Fenster in den lauen Wind, in dem Lisa lag, in dem seine Zukunft lag und die Zukunft der Menschen.

Die Sonne kam auf, sie war warm und weit. Er hielt. Landschaft. Deutschland. Ein Café aus der Entfernung, hell bestuhlt, ein Rundbau, Sonnenschirme, Sonnenbrillen, die Männer hatten ihre Jacketts über die Schultern geworfen.

Er fuhr weiter. Aus dem Autoradio – in den Dreißigern schon hatte er eines besessen – sang Nat King Cole. Dieses Radio war schmal und glänzend, mit zwei magischen Nippeln versehen. Nat King Cole war schon fast verboten kultiviert.

Seine orphisch verrauchte Stimme wölbte sich mit den Wegen, die Diels passierte, wie einst, als er durch dieses Land fuhr wie durch sich selbst.

Im Gefängnis der Gestapo, in den Internierungslagern und in den verschiedenen Zellen des Nürnberger Justizpalastes hatte er sich oft an Schopenhauers Worten festgehalten, trotz Armut und Krankheit, aber dank seines Geistes und seiner Heiterkeit, festlichere Tage in einer Zelle erlebt zu haben als der reiche, gelangweilte Tropf in seinen Parks und Schlössern je erträumen könnte.

War es nicht komisch, und er musste lachen und er musste doch so lachen, dass, kurz nachdem sein *Fall Otto John* erschienen war und er zum Staatsfeind auserkoren wurde, der Bonner Wirtschaftspolitische Club bei ihm anfragte, über dasselbe Thema unbedingt vor ihnen zu sprechen?

Diels hielt vor Lisas Haus, um das herum seine Stolzenauer Lilien blühten, stieg aus, trat ein – es war still, Lisa war nicht da. Kaugummi kauend, trat er an das Bild über der Anrichte aus Esche mit den Hairpin-Füßen heran: ein Kurt Schwitters, der sich seit einem Jahr in Lisas Besitz befand. Abgerissene Spuren von Briefen, Briefumschlägen, Poststempeln und Zeitungsausschnitten – zu einer Schicht, zu einer Haut vernarbt. Abfahrtszeiten der Straßenbahn Hannover, Zahlen, Anzeigen, Papier-Futurismus …

nur Schwitters konnte so zusammenstreichen, ineinanderkleben, so sinnlos und albern bedrücken und so befreien, aus allen Konstruktionen der Vergangenheit. *Wann wird der Retter kommen diesem Lande?* – hatte es in dem Brief seines Bekannten geheißen. *Wird er noch rechtzeitig kommen?*

Beklemmend war die Aussicht auf den bevorstehenden Bundestag. Adenauer, und unter ihm seine blinden, tauben, stummen Kinder im Parlament und im Land.

Bedrohlichste Einfalt floss durch diese Aussicht, als warte Einsamkeit und seelische Verstümmelung auf einen. Sein Herz wollte nicht länger warten, Diels würde nicht mehr zurückschrekken, er packte sich bei der Brust, er war bereit – bereit, alles abzureißen, woran er nicht mehr glaubte und woran so viele nicht glaubten, so viele mehr, als manch einer ahnte. Zu vieles erstickte, zu vieles lag gefesselt zwischen Enthemmung und Apathie. All die Nuancen, Sorgen und Träume, sie wurden gar nicht gesehen. *Wann wird der Retter kommen diesem Lande?*

Seine Pupillen schraubten sich in diese Collage, in das offene Wandgraubraun, in diesen Anblick abgezogener Tapeten, jenem Augenblick, wenn etwas Neues beginnen kann, wenn alles noch einmal in seiner vollen Blüte und in all seiner Herrschaft und seinem filigran monumentalen Verständnis kämpft! Für die Menschen kämpft! Für das, was sie Freiheit nennen, dieses erstaunliche Elixier rings ums wunde Herz, tief in der Existenz eines jeden! Dieses Glitzern über alle Grenzen hinweg, da drin, hier drin in uns! *Wird er rechtzeitig kommen?*

Wie aufgeschnitten schaute sein Leben in die Mitte des Bildes hinein. Lapisblaue Streifen leuchteten hervor, himbeerrote Schnipsel, Schwarz und Grün, und es war, als sei eine Blauracke durch sein Leben geflogen und habe sich in einer Pirouette wieder als Papiersturm herauserobert! Noch einmal die ganz große Bewegung, sagte er sich, noch einmal und ich schwöre bei meinem Leben, ich will eine neue Farbe erschaffen, die viele, viele

Menschen in sich vereint und ihnen zeigt, wie es geht, wie stark sie sein können, wie gütig und wie edel, und er sah zwischen all den ineinander verschachtelten Ebenen, Glasuren und Wahrheiten – sich selbst.

## Fotografie 1934

Göring übergibt das Amt an Himmler
Schlimmer
Kann es nicht kommen
Hermann faselt, Himmler lechzt.
Diels steht mitten im Raum
Und man glaubt es kaum
Er schaut einen an
Hinter Görings Hand.

Im Walde bin ich König, der Wald ist Gottes Haus ...
Ein Jäger will ich bleiben, so lang die Tannen grün – mein Mädchen will ich küssen,
solang die Lippen glüh'n ...
Dann steig ich nimmer wieder ins graue Dorf hinab
Im Walde will ich leben, im Walde grabt mein Grab!

Wilhelm Müller, 1822

♦ ♦ ♦

## 44

Rudolf.
Diels war sein ganzes Leben hindurch ein Jäger gewesen. Seine Heimat, Berghausen im Taunus – nur eine der hundert Heimaten, die er auf dieser Welt bis in die Wüste Mohammeds liebte – war verwoben mit der Jagd, die Jagd verwoben mit der Existenz, die Existenz nicht da, ohne die Jagd.

Nicht Kriege oder der Nationalsozialismus steckten in den Menschen, sondern die zauberhaften Macken einer alten, prachtvollen Kultur.

In den Dreißigern hatte er gern schlechte Laune an den Tag gelegt, wenn er – wegen seiner Verpflichtungen – einer Jagdeinladung absagen musste. Den Umgang mit der Waffe hatte er bereits als Jugendlicher gelernt, so, wie man lernt, ein Buch zu halten: Respekt vor dem Wort, Respekt vor dem Schuss.

„Einen meiner besten Freunde", begann er im Auto, während Lisa neben ihm saß, „beauftragte ich damit, mir Jungfalken aus Marokko zu besorgen." Diels trug seine Joppe, das Haar frisch gewaschen nach hinten gekämmt, grinste ins eiskalte Licht, fuhr langsam die Anhöhe hoch, die am Waldesrand enden würde. „Ich gab ihm Anweisungen eigener Art!" Diels lachte.

„Anweisungen?“, wollte Lisa wissen.

Diels legte seine Hand auf ihre: „Nicht, was du denkst, nix mit Frauen, ich wollte die schönsten Falken der Welt!“

Sie sah ihn an, er hatte nichts von dieser Euphorie eingebüßt, brachte man ihn auf die Punkte seiner Wahrheit, war er nicht aufzuhalten! „Ich sage: die schönsten der Welt, Lisa! Er schrieb mir aus Casablanca, es muss 1936 gewesen sein. Er schickte mir die Tiere über einen Zwischenstopp in Barcelona nach Hannover. Sie seien zunächst unauffindbar gewesen, schrieb er. Unauffindbar im Herzen des wilden Atlasgebirges. Über Mogador kam er bis nach Marrakesch, wo man ihm sagte, dass es im Gebiet von Skoma noch einige Falken geben könnte. Doch dort angekommen, musste er erkennen, dass es verboten war, diese seltenen Tiere auszuführen. Er fand jemanden, der ihn in die Gegend von Erfoud führte, das sind so 430 km von Marrakesch entfernt und dort“, Diels hielt den Wagen an, „dort befand sich ein Zaouia.“

*„Zaouia“*, wiederholte Lisa.

„Ein Heiligtum“, sagte Diels, hinter seinem Sitz steckte seine Flinte, von zwei ledernen Gurten fest und sicher umschnallt, Mündung nach oben. Der Riesenschnauzer ging ein, zwei Mal auf dem Rücksitz auf und ab und legte sich dann wieder auf seine Decke, wartend, dass sein Herr seine Geschichte beendet.

„Dort gab es auch Priester“, fuhr er fort, „die berechtigt waren, diese Falken zu halten, weil sie mit dem Caïd, das ist ein Präfekt oder ein Landrat, weil sie mit dem höchstwahrscheinlich familiär liiert sind. Dieser Freund von mir hat also, so musst du dir vorstellen, das gesamte Atlasgebirge überquert! Sie hatten noch einen Maulesel, und das war’s. Überall schwer gangbare Wildnis, schrieb er. Und schließlich … schließlich kamen sie bei den Falken an.“ Diels lächelte, seine zierlich dunklen Lippen erinnerten ein jedes Wort aus dem langen Brief. „Dann musste er einige Salem aleikums über sich ergehen lassen, eh endlich die Person erschien, die die Tiere brachte. Diese Falken!

Stundenlange Diskussionen folgen, mein Freund verteilt großzügige Trinkgelder und entreißt denen, wenn du so willst, zwei von drei dieser wundervollsten Tiere.

Die mussten natürlich geprüft werden, in der Wüste. Und – er war begeistert! Er sagte, es sei die schönste Falkenjagd gewesen, die er je erlebt hätte: in nur einer Stunde sieben Hasen! Na, und der Araber, der hatte sich unter Tränen von seinen Vögeln getrennt, unter Tränen! Diese beiden Falken stammten von echten Wüstensöhnen. Ich weiß nicht mehr, wie es heute ist, aber damals, da durchzogen Casablanca Karawanen von bis zu fünfhundert Reitern, alle schwer bewaffnet mit Flinten und Dolchen, die kamen vom äußersten Süden des damals noch sehr großen Marokkoreiches südlich vom Atlas und ritten nach Fez, um dort dem Sultan die Hedia, die Abgaben, am Hof abzuliefern."

„Teppiche?", fragte Lisa und knöpfte sich ihre kurze Filzjacke zu. Ihre klare Haut war durchspült von einer milchigen Blässe.

„Teppiche, Silber, schöne Sklavinnen", schmunzelte Diels. „Ganz früher auch Elefantenzähne, Löwenfelle und das alles. Mein Freund beschrieb sie, diese Männer, in blaue Tücher eingehüllt waren sie, den Turban um den ganzen Kopf gewickelt, nur den Mund und die Augen ließen sie frei, die Sandstürme, die Sciroccos, können verflucht brennen. Ihre Pferde bekamen Datteln. Jeder dieser Reiter hatte auf dem Rücken seines Pferdes einen Falken angebunden, schrieb er.

Bei den unendlichen Strecken gab es so gut wie nichts Essbares aufzutreiben, die Vögel besorgten den Männern Nahrung. Sie waren dressiert auf Gazellen- und Hasenjagd.

Er schrieb mir, ich solle mir zwei dicke Lederhandschuhe besorgen, die Falken mussten Lederhelme tragen, damit sie nichts sehen konnten, nur während des Fressens entfernte man die. Man gibt ihnen etwas mageres Fleisch, kein Wasser und niemals Salz. Niemals, niemals und niemals steckt man sie in einen Käfig! Ich tat, wie er mir schrieb. Ich habe im Leben die drei prächtigsten Falken besessen", sagte er.

„Aber du sagtest, es seien nur zwei gewesen", antwortete Lisa.

Er sah sie an.

„Den Hals dieser Falken zu streicheln mit einem Finger, ganz vorsichtig ...",

Diels streichelte Lisas Kinn, fuhr mit dem Finger an ihren Nacken. „Nächste Woche besichtigen wir zwei Wohnungen in Wiesbaden, bitte vergiss es nicht", bat er.

„Und in einem Monat hast du Geburtstag", sagte sie, „auch das vergess' ich nicht."

Siebenundfünfzig, dachte er ...

... dann rutschte er auf seinem Sitz hin und her, schaute in den Rückspiegel.

„Du, ich steh nicht gut, warte kurz!"

„Lass mich vorher raus", meinte sie, „das kann bei dir wieder ewig dauern!" Sie warf die Autotür zu und drückte der Scheibe einen Kuss auf, der in der Eisluft auftauchte und verschwand.

Diels setzte den Wagen um, prüfte seine Taschen, da lag das Kästchen für Lisa mit dem Ring darin. Seine Patronenetuis steckten in seinen Brusttaschen, ein Jäger lädt erst kurz vor Jagdbeginn.

Er ließ seinen Hund hinaus, Novemberniesel hatte sich wie ein Tuch über die Äste und vor allem über die Sträucher am Waldeingang niedergelegt, überall schimmerte das zartkalte Fieber dieses Morgens. Etwas stieß ihn hart gegen sein Auto. Warm lief das Blut zwischen seinen Beinen herunter, er hielt seinen Unterleib mit beiden Händen fest, sank auf den Kies, lehnte sich gegen seinen VW – Dummkopf, sagte er sich, du hast die Beitrittserklärung für den Fasanenring für dieses Jahr noch nicht unterschrieben. Er blutete stark. Er wunderte sich über diese eine Rose bei dem Schild, genau vor ihm. Sie war noch fast geschlossen, darum konnte der Frost ihr wohl nichts anhaben. Ruhig atmend, betrachtete er sie, und auch er fror nicht. Sie zapfte einen Tautropfen an und mit einem Mal schoss sie auf! Wie ein gläserner Speer, von dunkelgrünen Blättern gefolgt, wuchs sie empor, schlängelte sich um das hölzerne Schild, wand und wand und wand sich darum und immer höher stieg sie hoch! „Auf!“, befahl er. „Blühe! Blühe! Blühe immer und immer noch höher!“

# Quellen

Die grundlegende Quelle zu diesem Buch ist der Nachlass von Rudolf Diels (1900-1957) im Niedersächsischen Hauptstaatsarchiv in Hannover VVP 46.

Weitere Quellen:

Staatsarchiv Nürnberg
(Wegen Renovierung des Nürnberger Staatsarchivs sah ich die Akten zu Rudolf Diels in seiner Zeit als Zeuge bei den Nürnberger Prozessen im Staatsarchiv Augsburg ein.)

KV-Anklage Interrogation D-33/KV-Prozesse Fall 6, A-18/1 und A-26/D-861, NO-5821, NI-2970, PS-2544, PS-2472, PS-2460, D-976, NO-684, NID-14982, NG-4836, NG-4832, NG-4835, NI-4671, NG-3331

Rudolf Diels
LUCIFER ANTE PORTAS. Zwischen Severing und Heydrich, Zürich 1949

Rudolf Diels
LUCIFER ANTE PORTAS. ... es spricht der erste Chef der GESTAPO ... Stuttgart 1950

Rudolf Diels
DER FALL OTTO JOHN. Hintergründe und Lehren, Göttingen 1954

Des Weiteren:

* Ich danke der Familie Münkel, den heutigen Besitzern des Hofs Twenge, der einstmals Diels gehörte, für das wunderbare, offene und entspannte Gespräch in der Winterluft Kaltenweides – zufällig am Tage von Rudolf Diels' Geburt, wie mir später auffiel.

* Dank an Dr. Andrea Kauer Loens vom Rätischen Museum Kanton Graubünden für ihre Auskünfte zu Georg Jenatsch

* Dank an Mischinka Schackwitz für seinen künstlerischen Rat zur Aquarellmalerei des Mittelalters.

Franziska Augstein
DAS DUELL. Verfilmung der Spiegel-Affäre, Süddeutsche Zeitung, 26. April 2014

Robert Becker
DIE KÖLNER REGIERUNGSPRÄSIDENTEN IM NATIONALSOZIALISMUS. Zum Versagen von Vertretern einer Funktionselite
Köln, Wien, Weimar 2018

Sonja Begalke u.a.
DER HALBIERTE RECHTSSTAAT. Demokratie und Recht in der frühen Bundesrepublik und die Integration von NS-Funktionseliten
Baden-Baden 2015

Hartwig Beseler, Niels Gutschow
KRIEGSSCHICKSALE DEUTSCHER ARCHITEKTUR. Verluste, Schäden, Wiederaufbau, Neumünster 1988

Jürgen Bevers
DER MANN HINTER ADENAUER. Hans Globkes Aufstieg vom NS-Juristen zur Grauen Eminenz der Bonner Republik
Berlin 2009

Helmut Bock
STURZ INS DRITTE REICH. Historische Miniaturen und Porträts 1933/1935
Berlin, Jena, Leipzig 1983

CHRISTIE'S. Impressionist and Modern Works on Paper, London, 22 Juni 2006, Auktionskatalog. Lot 467: Kurt Schwitters 1929, Ohne Titel (Ereid), Collage auf Papier. Vgl. Karin Orchard, Isabel Schulz (Hg.), Kurt Schwitters, Catalogue raisonné, Bd. II, 1923-1936, Hannover 2003, Nr. 1610.

Jean-Louis Cohen
ARCHITECTURE IN UNIFORM.
Designing and Building for the Second World War
New Haven CT, London 2011

Christoph Columbus
DAS BORDBUCH 1492. Leben und Fahrten des Entdeckers der Neuen Welt
Tübingen-Basel 1970

Mike Davis
DEAD CITIES. And Other Tales, New York 2002

Michael Degen
NICHT ALLE WAREN MÖRDER. Eine Kindheit in Berlin, München 2006

Der Spiegel
Ausgaben der Jahre 1949 bis Anfang 1960, Hamburg

Albrecht Dürer
DÜRERS BRIEFE, TAGEBÜCHER UND REIME. Nebst einem Anhange von Zuschriften an und für Dürer, Wien 1872

Dominik Andreas Eberl
»ES GEHT UM KOPF UND KRAGEN«. Die Auseinandersetzung mit der jungen Bundesrepublik zu Beginn der fünfziger Jahre in Wolfgang Koeppens »Tauben im Gras« und »Das Treibhaus«, Augsburg 2010

Caroline Elkins
LEGACY OF VIOLENCE. A history of the British Empire, New York 2022

Walter Frevert
JAGDLICHES BRAUCHTUM UND JÄGERSPRACHE, Stuttgart 2020

Jörg Friedrich
BRANDSTÄTTEN. Der Anblick des Bombenkrieges, München 2003

Günther Gillessen
AUF VERLORENEM POSTEN. Die Frankfurter Zeitung im Dritten Reich
Berlin 1986

Hermann Glaser
SOVIEL ANFANG WAR NIE. Deutsche Städte 1945–1949, Berlin 1989

Gisela Goldberg u.a.
ALBRECHT DÜRER. Die Gemälde der Alten Pinakothek, Heidelberg 1998

Heide Grape-Albers (Hg.)
DIE HOLLÄNDISCHEN UND FLÄMISCHEN GEMÄLDE des 17.Jahrhunderts
Hannover 2000

Otto Gritschneder
»FACHLICH GEEIGNET, POLITISCH UNZUVERLÄSSIG …«. Memoiren.
München 1996

HISTORIKERSTREIT. Die Dokumentation der Kontroverse um die
Einzigartigkeit der nationalsozialistischen Judenvernichtung
München, Zürich 1987

Karl Hüser
»UNSCHULDIG« IN BRITISCHER LAGERHAFT? Das Internierungslager No. 5
Staumühle 1945–1948, Köln 1999

Michael Imhof
BERLIN. Gestern und Heute – Yesterday and Today, Petersberg 2017

André Keil, Matthew Stibbe
Ein Laboratorium des Ausnahmezustands. Schutzhaft während des Ersten
Weltkriegs und in den Anfangsjahren der Weimarer Republik – Preußen und
Bayern 1914 bis 1923.
In: Vierteljahrshefte für Zeitgeschichte Jg. 68, Heft 4 (2020)

Robert M. W. Kempner (in Zusammenarbeit mit Jörg Friedrich)
ANKLÄGER EINER EPOCHE. Lebenserinnerungen, Frankfurt/M. u.a.1983

Robert M. W. Kempner (Hg.)
DAS DRITTE REICH IM KREUZVERHÖR. Aus den Vernehmungsprotokollen
des Anklägers, Düsseldorf 1984

Stefan Koldehoff
DIE BILDER SIND UNTER UNS. Das Geschäft mit der NS-Raubkunst und
der Fall Gurlitt. Berlin 2014

Wolfgang Koeppen
DAS TREIBHAUS, Stuttgart 1953

Daniel Koerfer
KAMPF UMS KANZLERAMT. Erhard und Adenauer, Stuttgart 1987

Otto Kranzbühler
RÜCKBLICK AUF NÜRNBERG, Hamburg 1949

Wolfgang Krieger
PARTNERDIENSTE. Die Beziehungen des BND zu den westlichen Geheimdiensten 1946–1968, Berlin 2021

Curzio Malaparte
DIE HAUT, Karlsruhe 1950

Nils Melzer
DER FALL JULIAN ASSANGE. Geschichte einer Verfolgung, München 2021

Hans Peter Mensing (Bearb.) ADENAUER IM DRITTEN REICH,
Berlin 1991

Peter Merseburger RUDOLF AUGSTEIN. Biographie, München 2007

Arthur D. Morse DIE WASSER TEILTEN SICH NICHT,
Bern, München, Wien 1968

Georg L. Mosse AUS GROSSEM HAUSE.
Erinnerungen eines deutsch-jüdischen Historikers, 2003 München

Wolfgang Amadeus Mozart
MOZART. Briefe und Aufzeichnungen 1755–1776, Band I, Kassel 1962

Ulrich Raulff
KREIS OHNE MEISTER. Stefan Georges Nachleben, München 2009

Leni Riefenstahl
MEMOIREN, München, Hamburg 1987

Alfred Rosenberg DIE TAGEBÜCHER von 1934 bis 1944,
Frankfurt a. M. 2018

Ernst von Salomon
DER FRAGEBOGEN, Hamburg 1951

Wolfgang Schivelbusch
VOR DEM VORHANG. Das geistige Berlin 1945–1948,
München, Wien 1995

Fridolin Schley
DIE VERTEIDIGUNG, München 2021

Hans Friedrich Schmidt
DIE GEHALTE DER MENSCHENAUFFASSUNG ALBRECHT DÜRERS UND IHR ZEITLICHER WANDEL, Würzburg 1939

Gerhard Schoenberner
DER GELBE STERN. Die Judenverfolgung in Europa 1933–1945, Gütersloh 1978

Birgit Schwarz
GENIEWAHN. Hitler und die Kunst, Köln, Wien 2011

Hans-Peter Schwarz
ADENAUER. Der Aufstieg 1876–1952, Stuttgart 1986

Theresa Sepp
ERNST BUCHNER (1892–1962). Meister der Adaption von Kunst und Politik Inauguraldissertation, München 2020

Robin Schuldenfrei (Hg.)
ATOMIC DWELLING. Anxiety, Domesticity, and Postwar Architecture London 2012

Nicolaus Sombart
PARISER LEHRJAHRE. 1951–1954, Leçons de Sociologie, Hamburg 1994

Nicolaus Sombart
RENDEZVOUS MIT DEM WELTGEIST. Heidelberger Reminiszenzen 1945–1951, Frankfurt a. M. 2000

Nicolaus Sombart
WILHELM II. Sündenbock und Herr der Mitte, Berlin 1996

Albert Speer
ARCHITEKTUR. Arbeiten 1933–1942, Berlin, Frankfurt a. M., Wien 1978

Reinhard M. Strecker (Hg.)
Dr. HANS GLOBKE. Aktenauszüge, Dokumente, Hamburg 1961

Ulrich Weitz
DER MANN IM SCHATTEN. Eduard Fuchs. Sitten-Fuchs, Sozialist, Konspirateur, Sammler, Mäzen, Berlin 2014

Jacob Taubes
AD CARL SCHMITT. Gegenstrebige Fügung, Berlin 1987

Uwe Tellkamp
DER SCHLAF IN DEN UHREN, Berlin 2022

Richard Tüngel, Hans Rudolf Berndorff
AUF DEM BAUCHE SOLLST DU KRIECHEN. ... Deutschland unter den Besatzungsmächten, Hamburg 1958

Klaus Wallbaum
DER ÜBERLÄUFER. Rudolf Diels (1900–1957). Der erste Gestapo-Chef des Hitler-Regimes, Frankfurt a. M. u. a. 2010

Benedikt Wintgens
TREIBHAUS BONN. Die politische Kulturgeschichte eines Romans Düsseldorf 2019

Robert K. Wittman, David Kinney
DIE ROSENBERG-PAPIERE.
Die Suche nach den verschollenen Tagebüchern von Hitlers Chefideologen München 2016

Thomas Wolf
DIE ENTSTEHUNG DES BND. Aufbau, Finanzierung, Kontrolle, Berlin 2018